PRÉFACE

Pour la deuxième année consécutive, les éditions Hugo & Cie font route avec le projet *Storia*, un recueil de nouvelles au profit de l'Association Européenne contre les Leucodystrophies (ELA).

Storia est le fruit du travail d'un collectif d'auteur.e.s qui ont souhaité mettre leur talent au service des malades atteints de leucodystrophie. En deux éditions, trente auteurs se sont déjà engagés au travers de leurs nouvelles.

Pour qu'un tel projet voie le jour, pour dynamiser ce collectif, il faut un capitaine qui donne le cap et le garde. Ce capitaine, nous l'avons trouvé, il s'appelle Damien Eleonori. Sensible au combat d'ELA, il est de ces hommes discrets qui ne font pas de bruit mais qui sont capables de déplacer des montagnes. D'une envie simple et sans prétention comme il aime à le dire, il a su rassembler pour faire quelque chose de bien.

Et pour que ce voyage puisse continuer sa route, il faut trouver un bon armateur. Convaincues par Damien, les éditions Hugo & Cie, représentées par Bertrand Pirel et par Arthur de Saint Vincent, président du groupe, ont relevé le défi.

Chaque auteur du recueil que vous avez entre les mains a écrit une nouvelle autour d'un thème qu'il, ou elle, connaît presque par cœur : lui-même, ou elle-même.

Cette thématique a permis d'accueillir le témoignage de Marina, la maman de Joris atteint de leucodystrophie, et qui vous permettra de toucher d'un peu plus près le quotidien difficile de ces femmes, ces hommes et ces enfants qui se battent contre la maladie.

Voilà, *le voyage Storia* continue, il est le résultat d'une mobilisation originale de femmes et d'hommes au service du combat d'ELA. Un grand merci aux auteur.e.s, aux éditions Hugo & Cie et à Damien qui en composent l'équipage idéal.

Bon vent à *Storia 2* !

Guy Alba
Fondateur d'ELA

INTRODUCTION

Qui êtes-vous ?

Une question d'apparence banale, certes, à laquelle bon nombre d'entre nous répondront par une simple déclinaison de leur identité. D'autres se présenteront par leur statut marital, social ou encore par leur métier, en fonction de leurs valeurs. Quelques téméraires oseront même mettre en avant leur trait de caractère principal pour se définir et apporter, en une phrase courte, une réponse de surface à cette interrogation bien plus profonde.

Pour nous, auteurs, définir qui nous sommes devient plus complexe. Nous qui passons notre temps à inventer des personnages presque fictifs, à leur faire vivre des histoires sorties de notre imagination, à flirter avec les dédoublements de personnalité, notre identité propre nous semble bien plus difficile à définir. Comme si, au fur et à mesure de nos récits, nos personnages devenaient nous-mêmes, et inversement, chacun d'eux protégeant notre vrai moi du monde extérieur, pour ne pas dévoiler ce qui se cache derrière ces pages noircies.

Pourtant, comme pour conjurer nos dérives, nous avons tous accepté, pour cette nouvelle édition de *Storia*, d'écrire une nouvelle ayant comme thème l'auteur lui-même.

Au sein de ce recueil, plus d'échappatoire donc. Ni de faux-semblant, ni de ressemblance purement fortuite avec une personne ayant existé. Tous les auteurs de ce recueil ont accepté le challenge de se mettre à nu. Parfois de la manière la plus simple et intimiste, parfois au travers d'une fiction ou encore par un témoignage. Mais, quelle que soit la voie choisie, nous livrons à vous, lecteurs et lectrices, un fragment de qui nous sommes.

Des hommes, des femmes, ayant une passion commune pour l'écriture, avec nos faiblesses et nos doutes, nos erreurs et nos échecs. Des mères, des pères, des filles, des grands-pères, des maris, des épouses, profondément touchés par ce que vivent les familles frappées par les leucodystrophies. Des êtres humains, qui ont choisi de donner une partie d'eux-mêmes pour soutenir le combat de l'association ELA.

Nous sommes ce que vous allez lire au travers des nouvelles présentes dans cette nouvelle édition de *Storia*.

Nous aurions pu être vous. Nous aurions pu être eux. Nous aurions tous pu être ces familles, ces enfants, ces parents.

Nous sommes là pour eux et pour les soutenir, nous avons choisi d'être nous.

Damien Eleonori

Une simple fiction

BARBARA ABEL

Les séances de dédicace en librairie sont toujours une épreuve pour un écrivain, quelle que soit son audience. Bien sûr, certains auteurs, plus *bankables* que d'autres, ont moins de soucis à se faire lorsqu'ils sont invités à ce genre d'événements : leurs chiffres de ventes sont la garantie d'une rencontre couronnée de succès. Pour la majeure partie d'entre nous pourtant, c'est une autre paire de manches. Il n'y a rien de pire pour un romancier que de passer un après-midi seul derrière une table au milieu d'une librairie, à la fois encombrant et cependant invisible, à l'évidence dans le chemin de clients pressés parmi lesquels il y en aura toujours un pour enfin daigner lui prêter attention… et lui demander où se trouve le rayon des livres scolaires.

J'en ai connu des séances comme celles-là, interminables, durant lesquelles on tente piteusement de faire bonne figure, le sourire plaqué sur nos traits déconfits, avec cette sensation que le temps a figé notre honte à jamais. Ces instants de torture font malheureusement partie du parcours du combattant, celui que chaque auteur débutant doit affronter pour séduire son public naissant, souvent quelques lecteurs égarés au hasard d'un samedi pluvieux, parce qu'ils n'avaient rien d'autre à faire et que, là ou ailleurs… Bref, je suis passée par là.

Aujourd'hui, ça va mieux. Beaucoup mieux. Non pas que je vende par millions d'exemplaires ma prose fébrile et passionnée de destins chahutés par mon imagination féroce. Mais du moins ai-je l'assurance, lorsque je me rends dans une librairie pour signer mon dernier opus, que quelques-uns parmi mes fans les plus fidèles me tiendront compagnie et flatteront mon ego inquiet.

C'est donc plus ou moins sereine que j'ai poussé la porte de cette librairie, il y a dix mois. Le libraire m'a accueillie avec chaleur, débarrassée de mes affaires, proposé un café. Puis il m'a menée jusqu'à ma table où, à mon grand soulagement, quelques lecteurs attendaient mon arrivée. Je les ai salués avec bienveillance avant de m'installer à ma place, percevant déjà leur hâte d'échanger quelques mots et de repartir avec un exemplaire signé de ma main.

La séance s'est déroulée comme à l'habitude : la foule n'était pas au rendez-vous mais des flots épars de clients se sont succédé devant moi, égayant mon après-midi de considérations aimables sur l'intérêt et la qualité de mon travail. J'ai appris au fil des ans à accepter les compliments exprimés par des admirateurs parfois un peu trop exubérants à mon goût. J'ai mis un certain temps à trouver la réaction adéquate, ni trop réservée, ni trop complaisante, un juste milieu entre une modestie bienvenue et un soupçon de fierté dont on me pardonne volontiers la manifestation.

J'écris du thriller psychologique. Il est vrai que je malmène le destin de mes personnages avec une certaine cruauté, poussant parfois leur infortune jusqu'aux confins de l'horreur domestique. Les recoins obscurs de mon imagination fascinent souvent mes lecteurs. En règle générale, je me contente de mettre mes angoisses en scène : au lieu de dépenser de l'argent sur le divan d'un psy, j'en gagne en transformant mes tourments (très ordinaires pour la plupart) en histoires à faire frissonner dans les chaumières. De nature bienveillante, on me dit de bonne compagnie. Est-ce la raison pour laquelle on s'étonne souvent de me voir moi, tellement aimable, l'auteur de si sombres récits ?

« Comment une si charmante personne peut-elle imaginer des trucs pareils ? » Nous rigolons souvent, mon amie et consœur Karine Giebel et moi, de cette phrase récurrente qui semble nous définir comme deux monstres déguisés en romancières cordiales et sympathiques. Et s'il est vrai que nous ne ferions pas de mal à une mouche, n'oublions pas que tout ceci n'est que de la fiction.

Bref. Tout se déroulait donc de façon routinière lorsqu'elle est apparue devant moi. Au début, je ne lui ai pas prêté d'attention particulière, elle était une lectrice comme les autres, pas vraiment empressée d'ailleurs. Je lui ai demandé son prénom pour la dédicace.

– Bérénice.

J'ai souri, c'était justement le prénom de l'héroïne de mon prochain roman, celui que j'étais en train d'écrire. Je le lui ai dit, histoire de partager avec elle un peu de cette complicité dont raffolent les fans. Ravie, elle a voulu en apprendre davantage.

– Ça raconte quoi ?

En général, je rechigne à divulguer des informations sur un récit en cours de rédaction. Je réponds toujours par une pirouette, genre « suspens ! », mais cette fois, allez savoir pourquoi, j'ai « pitché » la situation de départ :

– C'est l'histoire d'une femme, Bérénice donc, plus ou moins votre âge d'ailleurs, que son mari soupçonne d'avoir une liaison extraconjugale alors que, a priori, il n'en est rien.

– Ah bon ? s'est-elle exclamée, vivement intéressée. Et… que se passe-t-il ensuite ?

– Ensuite ? Et bien ensuite… suspense !

Elle a hoché la tête en signe d'intelligence tandis que je revenais à ma dédicace.

– Comment s'appelle le mari, dans votre roman ? m'a-t-elle demandé après quelques secondes de silence.

– Victor, ai-je répondu sans lever le nez de ma tâche.

J'ai achevé de signer le livre que j'ai refermé avant de le lui tendre. Elle me fixait avec un mélange de surprise et d'incrédulité.

– C'est drôle, mon mari s'appelle Victor.

J'ai haussé les sourcils, amusée par ce concours de circonstances.

– Quelle coïncidence ! J'espère qu'il ne vous soupçonne pas de le tromper...

– Ben... si, justement, m'a-t-elle répondu d'un air perplexe.

Cet aveu m'a poussée à la considérer plus attentivement. Je ne visualise jamais avec précision le physique de mes personnages et n'en fais en général qu'une description sommaire, laissant aux lecteurs la liberté de les façonner à leurs goûts. En la dévisageant pourtant, force m'était de constater que ma Bérénice était exactement le genre de femme qui se tenait devant moi : petite, fluette, plutôt jolie, exprimant une vulnérabilité censée provoquer autant d'inquiétude que de sympathie.

– Ça alors ! ai-je murmuré, sans toutefois lui faire part de la ressemblance qu'elle partageait avec ma Bérénice.

Nous nous sommes observées quelques secondes sans rien dire.

– Vous faites quoi dans la vie ? me suis-je alors enquise afin de chasser l'idée étrange qui était en train de germer dans mon esprit.

Elle a hésité un court instant.

– Je suis vétérinaire.

– C’est une blague ? me suis-je écriée dans un rire stupéfait.

À voir sa tête, il était évident qu’elle ne plaisantait pas.

– Votre Bérénice aussi ?

– Oui, et son mari est chirurgien !

J’ai suspendu mon souffle, curieuse de voir ce que cette information allait provoquer. Son regard a été suffisamment éloquent pour confirmer ce que je pressentais.

– C’est incroyable ! a-t-elle lâché, cette fois sincèrement troublée. C’est tout à fait nous !

J’ai dégluti avant d’aller plus loin.

– Vous avez des enfants ?

– Non.

– Ma Bérénice non plus.

Nous nous sommes à nouveau dévisagées, à présent véritablement ébranlées.

– Et… que se passe-t-il dans votre histoire, m’a-t-elle demandé d’une voix grave. Je veux dire… Son mari la soupçonne de le tromper. Comment réagit-elle ?

Les pensées se pressaient dans mon esprit. L’idée qu’un des personnages, tout droit sorti de mon imagination puisse exister en chair et en os était trop extravagante pour être vraie. Ignorant sa question, j’ai pris quelques secondes pour réfléchir. Alors seulement, j’ai compris : c’était une blague, une plaisanterie qu’un de mes camarades de plume me faisait, de connivence avec le libraire. Il devait y avoir une ou plusieurs caméras disséminées dans la librairie, filmant cette rencontre insolite sans rien rater de mes réactions. Parmi mes compères écrivains, certains étaient assez dingues pour imaginer ce genre de farce.

Une fois cette possibilité validée par ma raison, je me suis demandé comment ce fou de François-Xavier Dillard – car ça ne pouvait être que lui, j'en étais à présent certaine ! – avait eu connaissance de mon histoire. Seule notre éditrice commune était au courant du pitch de mon prochain roman, mais il n'était pas exclu qu'elle soit dans la combine. Je ne lui avais toutefois encore rien confié sur l'évolution de cette situation de départ : dans mon récit, les doutes de Victor quant à la fidélité de sa femme devenaient de plus en plus insistants, pervertissant leur relation et les plongeant l'un et l'autre dans l'enfer du soupçon. Exaspérée par les accusations de son mari, par ailleurs totalement infondées, et après avoir tenté à plusieurs reprises d'apaiser ses tourments, ma Bérénice finissait par lui donner raison. Tant qu'à supporter les reproches d'une faute qu'elle n'avait pas commise, et s'il fallait en subir les inconvénients, autant en avoir également les avantages. Elle succombait donc aux avances d'un de ses collègues et commettait le péché dont on l'accablait injustement.

Revenant à ma lectrice, je l'ai considérée avec une lueur de malice dans les yeux, bien décidée à tirer parti de la situation.

– Comment réagit-elle ? Et bien, je ne sais pas… Vous, comment avez-vous réagi ?

Surprise par ma question, Bérénice est restée muette un court instant. Puis, après avoir regardé autour d'elle, elle s'est penchée vers moi.

– Je veux bien vous le dire mais vous me promettez de ne le répéter à personne ?

J'ai promis, curieuse de savoir ce que mes petits camarades avaient prévu pour la suite de cette situation rocambolesque. Bérénice a encore hésité quelques secondes avant de lâcher le morceau.

– Je vous passe les détails mais, en gros, j'ai fini par le tromper pour de vrai. La vie était devenue un enfer, il n'arrêtait pas de me fliquer, je ne pouvais plus adresser la parole à un homme sans qu'il me fasse une scène. Au bout de trois mois, notre relation n'était plus qu'une succession ininterrompue de reproches. J'en ai eu marre. De toute façon, c'était ça ou je le quittais.

Là, je dois dire que j'en suis restée coite. Je l'ai considérée sans mot dire, bouche bée, incapable de trouver une explication logique à ce qu'elle venait de me révéler. Je ne pouvais plus soupçonner F-X d'avoir fomenté ce scénario délirant, à moins d'en déduire que l'évolution de mon intrigue était à ce point banale que tout le monde pouvait la prévoir. J'étais aussi sidérée que mortifiée.

– C'est ce qui se passe dans votre roman ? m'a demandé Bérénice à brûle-pourpoint.

– Dans les grandes lignes, oui… ai-je murmuré, cette fois complètement décontenancée.

– C'est dingue !

C'était dingue, en effet. Trop dingue pour y croire. Il devait forcément y avoir une explication logique. Sauf que j'étais la seule à connaître l'arche narrative de mon scénario. Impossible à présent d'accuser qui que ce soit de me jouer un tour.

– Comment ça se termine, dans votre roman ? s'est alors enquise Bérénice sans cacher son inquiétude.

Un frisson glacé ma parcourue tout entière. Même si je n'avais pas encore rédigé la fin de mon texte, Bérénice savait comme moi que mes romans se terminent rarement bien. En vérité, j'avais prévu de faire monter une tension insoutenable entre Bérénice et son mari, faisant sans cesse passer l'avantage de l'un à l'autre, au point qu'ils finissent par s'entredéchirer, tant psychologiquement que physiquement. Je n'étais pas certaine du sort que j'allais réserver à mon héroïne mais, fidèle à ma réputation, je ne pouvais pas la laisser s'en sortir indemne.

– Je ne sais pas encore, lui ai-je répondu d'une voix trop indécise à mon goût. Pour l'instant, je n'en suis qu'à la moitié de l'histoire.

– OK, mais vous comptez la ménager un peu ? Je veux dire… Elle s'en sort, à la fin ?

Puis, consciente de l'absurdité de sa question, elle a émis un rire crispé.

– Vous comprenez, je suis une de vos fidèles lectrices et… je sais comment vous traitez vos personnages. Je ne voudrais pas subir le même sort !

– Ne soyez pas stupide, ai-je lâché sans cacher mon malaise. Vous n'êtes pas un de mes personnages et je n'ai aucun pouvoir sur votre vie. Tout ça n'a aucun sens !

– Alors, comment expliquez-vous que vous êtes en train d'écrire exactement ce que je vis en ce moment ? Tout concorde, jusqu'à mon prénom et celui de mon mari !

– Ce sont des choses qui arrivent, c'est tout ! Si l'on considère l'histoire dans ses grandes lignes, c'est un scénario assez banal. Et puis, c'est un peu ma recette : je pars d'une situation ordinaire et je la pousse jusqu'à ce qu'elle bascule dans l'horreur.

– Justement ! Je ne veux pas que ma vie bascule dans l'horreur !

– Il ne vous arrivera rien, ai-je gloussé d'un ton assuré. La preuve en est que je n'ai jamais écrit une scène dans laquelle Bérénice se rend dans une librairie pour se faire dédicacer un roman. Pourtant, vous êtes bien là, devant moi !

Mon argument a paru la rassurer. Elle a hoché pensivement la tête puis, revenant à moi, elle m'a souri.

– C'est vrai, c'est absurde. Désolée.

Elle s'est ensuite emparée de l'exemplaire que je venais de lui signer et m'a saluée. Quand elle a quitté la librairie, j'étais encore sous le choc cette rencontre insolite.

De retour chez moi, ce soir-là, j'ai parcouru la quinzaine de chapitres déjà écrits. Je ne parvenais plus à chasser l'image de Bérénice, dont les traits se substituaient désormais à ceux de mon personnage. C'était plus fort que moi : au fil des pages, elle incarnait littéralement mon héroïne et j'avais même la sensation d'entendre sa voix dans les passages dialogués. C'était très perturbant.

Puis les jours ont passé et, avec eux, le côté surréaliste de cette aventure s'est peu à peu estompé. Ne m'est restée que l'incroyable coïncidence d'une rencontre hors du commun. La vie a repris son cours, et moi ma plume.

La semaine suivante, j'ai abordé la seconde phase de la chute infernale de mes personnages : Victor apprenait que Bérénice l'avait bel et bien trompé et pétait un câble. Il débarquait sur le lieu de travail de son épouse, la prenait violemment à partie devant ses collègues et agressait celui qui avait fauté avec elle. Le problème, c'est que l'amant en question n'était autre que le mari de la patronne de Bérénice. Le scandale de Victor en provoquait donc un second et, trois chapitres plus loin, ma pauvre Bérénice se faisait virer comme une malpropre pour un motif fallacieux.

J'avais presque oublié l'existence de Bérénice, celle de la vie réelle, lorsqu'un matin, en sortant de chez moi pour me rendre à la boulangerie, elle m'est tombée dessus comme une furie.

– Qu'est-ce que vous m'avez fait ? a-t-elle hurlé sans préambule.

La surprise m'a paralysée, celle de la découvrir dans mon quartier d'abord, d'être confrontée à la violence de sa réaction ensuite, d'en déduire la raison de sa colère enfin.

– Vous êtes pas bien, non ? me suis-je défendue dans un réflexe offensif.

– Ma vie est en train de partir en miettes et c'est votre faute ! On ne traite pas les gens de cette manière ! Vous n'avez pas le droit !

– Les gens ? ai-je rugi à mon tour. Vous êtes complètement folle ! Je ne fais strictement rien aux gens, je suis romancière, j'écris de la fiction !

– Ça n'a plus rien à voir avec de la fiction, figurez-vous ! Là, non seulement je n'ai plus de boulot, mais en plus je suis à « ça » du divorce !

Est-ce le fait qu'elle n'ait pas eu besoin de me raconter les derniers rebondissements de sa vie, ou celui qu'il semblait maintenant acquis entre nous qu'il existait un lien réel entre son destin et mes écrits ? Si un reste d'incrédulité me forçait à réfuter ses accusations, je savais comme elle qu'il se passait quelque chose qui nous dépassait toutes les deux.

– Écoutez, je suis désolée de ce qu'il vous arrive, mais vous conviendrez avec moi que ça n'a aucun sens ! Vous n'êtes pas un personnage de fiction !

– Je ne sais pas comment ce genre de choses est possible et, sincèrement, je m'en tape ! Tout ce que je sais, c'est qu'il faut que vous arrêtiez de détruire ma vie !

– Ah oui ? Et comment ?

– C'est simple : vous écrivez que Bérénice retrouve son boulot et que Victor comprend que c'est lui qui a déconné. Il s'excuse, elle lui pardonne et tout redevient comme avant.

– Impossible !

– Pourquoi ?

– Parce que j'écris du thriller, pas du *feel good* !

– Et alors ? Vous ne pouvez pas faire en sorte que votre histoire se termine bien, pour une fois ?

– Les *happy end*, c'est pas mon truc, désolée.

– Mais j'en ai rien à foutre, que ce ne soit pas votre truc ! s'est-elle mise à crier en perdant toute contenance. Vous n'avez pas le droit de me faire ça !

– J'ai tous les droits, je suis l'auteur !

Le ton montait dangereusement. Je tentais malgré moi de rester ferme, comme si j'étais en train de me battre pour conserver des droits fondamentaux, l'indépendance du romancier, sa liberté de création, ce genre de choses. Où allions-nous si nous commencions à nous faire dicter notre histoire par les protagonistes ? J'admets que certains d'entre nous reconnaissent à leurs héros une certaine autonomie, le personnage qui nous échappe, blablabla… Mais jusqu'à présent, ce concept n'était pour moi qu'une métaphore, je ne l'avais jamais pris au pied de la lettre !

J'en étais là à tenter de mettre de l'ordre dans mon esprit quand Bérénice s'est jetée sur moi. Elle m'a attrapée par le col de ma veste et m'a collée contre le mur de mon immeuble.

– Écoute-moi bien, auteur de mes fesses ! Tu n'as aucun droit, et certainement pas celui de bousiller ma vie sous prétexte que tu n'aimes pas les *happy end*. Alors le deal est simple : soit tu t'arranges pour que les choses redeviennent comme avant, soit je vais te pourrir l'existence comme tu pourris la mienne !

J'ai tenté de me dégager mais elle avait beaucoup plus de force que son petit gabarit ne le laissait présager. Elle semblait mue par une haine féroce, peut-être nourrie par l'affreuse sensation que son destin lui échappait… Autour de nous, les passants nous dévisageaient, intrigués par notre altercation, avant de poursuivre leur route sans intervenir. J'ai essayé de la repousser mais elle a resserré son étreinte sur ma gorge. L'espace d'un instant, j'ai cru qu'elle allait m'étrangler. À ce moment-là, une voisine est sortie de mon immeuble et, me voyant en fâcheuse posture, s'est approchée de nous.

– Vous avez besoin d'aide ? m'a-t-elle demandé en brandissant son portable, signe qu'elle était prête à prévenir les forces de l'ordre.

Levant les mains en signe de paix, Bérénice m'a aussitôt lâchée. Puis, sans me quitter des yeux, elle a reculé de quelques pas.

– Vous savez ce qu'il vous reste à faire, a-t-elle simplement dit, dardant sur moi un regard chargé de défi.

Elle ne s'est pas attardée plus longtemps et, quelques secondes plus tard, elle disparaissait au bout de la rue. Ma voisine s'est assurée que j'allais bien avant de, à son tour, passer son chemin.

Les jours suivants ont été empreints d'une révolte indignée. Notre altercation m'avait secouée, c'est vrai, mais j'étais surtout offusquée par la façon dont cette femme m'avait traitée, d'autant que j'avais perçu chez elle une violence qui m'avait laissée totalement démunie. J'étais d'autant plus scandalisée que mon esprit refusait obstinément de concéder à cette situation absurde la moindre cohérence. Malgré tout, ses menaces revenaient sans cesse me hanter, me forçant à envisager les solutions qui s'offraient à moi. Si je me pliais à ses ordres, optant pour un *happy end* fade et sans envergure, je sabordais mon histoire. Je ne doutais pas alors de l'accueil déplorable que le livre allait recevoir et du tour désastreux que ma carrière allait prendre. Je pouvais également abandonner cette intrigue et m'atteler à un autre récit, mais la date de remise de mon texte approchait à grands pas et je n'avais plus le temps de tout recommencer. Modifier son prénom ainsi que d'autres détails caractéristiques ? À ce stade, cela allait-il changer grand-chose ?

J'en étais là à tourner et retourner toutes les échappatoires dans ma tête quand, dans un sursaut de lucidité, j'ai remis les choses à leur place : cette femme était folle, j'ignorais de quelle manière elle avait eu connaissance de la progression de mon histoire mais ce qui était certain, c'est que je n'allais pas céder d'un pouce. Il fallait que je reprenne la main afin de lui montrer de quel bois je me chauffais. J'étais l'auteur, seul maître à bord de cette fiction – car c'était une fiction et rien d'autre ! – et moi seule avais le pouvoir de décider du destin de mes personnages. Merde. Pour cela, je n'avais qu'une chose à faire : achever mon roman.

J'ai rempli mon frigo pour pouvoir tenir plusieurs jours sans sortir et je me suis enfermée chez moi. Je me suis alors mise à écrire comme je ne l'avais jamais fait auparavant. Les doigts soudés au clavier que je martelais au rythme des battements de mon cœur, j'ai écrit en apnée, alignant les phrases dans une débauche de mots, jusqu'à l'épuisement, tant j'avais hâte de prouver à cette dingue qu'on ne me menaçait pas en vain. J'avais presque la sensation qu'écrire était devenu une question de vie ou de mort. J'ai plongé à corps perdu dans les recoins les plus sombres de ma créativité, imaginant pour mes personnages un destin dont le calvaire semblait ne pas avoir de fin. Pendant des heures et des heures, j'ai décrit par le menu la lente et interminable déchéance de cette femme qui avait eu l'outrecuidance de vouloir me dicter ma conduite. Portée par ma détermination, j'ai libéré une cruauté dont je n'avais jamais fait preuve dans mes précédents romans. J'ai pris soin de détailler les souffrances de Bérénice, tant morales que physiques, prêtant à son mari, au fil de la narration, un tempérament malfaisant dont les limites étaient repoussées au-delà de la raison. Pour donner le change et accroître encore la tension, mon héroïne n'était pas en reste : elle passait du statut de victime à celui de bourreau, donnant libre cours à cette violence dont j'avais été la proie, légitimée par un sentiment de vengeance autant que par celui de protection, deux émotions dont j'éprouvais l'indicible proximité. En deux mots, j'ai lâché les chiens de ma conscience.

J'ai terminé mon roman en transe, galvanisée par ma toute-puissance créatrice. Bérénice finissait par assassiner Victor avant de se suicider, ultime façon pour moi de prouver à tous en général, et à Bérénice en particulier, que j'avais droit de vie et de mort sur mes personnages.

Après avoir écrit le mot « FIN », la tension s'est délitée d'un coup. Comme toujours lorsque j'achève un roman, un sentiment de libération a déferlé en moi en même temps qu'une sensation de vide m'a aspirée tout entière. Je me suis sentie à la fois légère et abandonnée, un mélange d'allégresse et de solitude, d'ivresse et de fragilité. J'ai lentement repris pied dans la réalité tangible de ma condition d'auteur, retrouvant mes repères, mes habitudes et le cours de mon existence.

Au début, je me suis tenue sur mes gardes, bien entendu, parée à affronter la foldingue qui se prenait pour l'un de mes personnages. J'étais prête, preuve à l'appui, à lui balancer au visage toute l'étendue de sa bêtise. J'avoue l'avoir guettée parmi les passants dans la rue, au milieu des lecteurs dans les salons du livre auxquels j'étais conviée, devant la porte de mon immeuble quand je rentrais chez moi. Aucune trace de Bérénice. Apparemment, elle avait lâché l'affaire.

Avec le temps et le recul, tout cela m'est peu à peu apparu de plus en plus futile. Et puis surtout, tout s'est enchaîné : le travail éditorial, les corrections, les relectures, les réunions de représentants, le choix de la couverture, celle de la photo et du texte de la quatrième de couverture… À chaque fois, c'est pareil : durant les six mois qui séparent la remise du manuscrit de sa parution, je pense avoir le temps de faire mille et une choses et puis, en fait, non. L'édition d'un roman est peut-être encore plus chronophage que sa rédaction.

Le livre a très bien marché. L'histoire de ce couple dans la tourmente a visiblement touché beaucoup de lecteurs. Les uns ont témoigné une franche compassion envers mon héroïne, d'autres lui ont prêté un esprit manipulateur et ont vivement condamné ses agissements.

À la sortie du roman, j'ai repensé à Bérénice, celle de la vie réelle, curieuse de voir si elle allait se manifester et, si oui, quel serait son état d'esprit. J'étais satisfaite d'avoir tenu bon, lui faisant savoir d'une certaine manière qu'il était vain de me menacer et que mon imaginaire ne souffrait aucune contrainte.

Il semble que le message soit passé. En tout cas, elle n'a plus jamais tenté de m'intimider. La dernière appréhension que j'ai eue à son sujet remonte à seulement quelques jours, quand j'ai poussé la porte de la librairie, celle-là même où nous nous sommes rencontrées pour la première fois. J'y étais invitée pour dédicacer mon roman. Le libraire m'a accueillie avec sa gentillesse coutumière avant de me mener à la table préparée à mon attention. Quelques lecteurs attendaient déjà, que j'ai salués avant de m'installer à ma place.

La séance s'est déroulée comme à l'habitude. J'ai pris le temps de discuter avec chacun, profitant de ces instants d'échanges dans la joie et la bonne humeur.

– Comment une charmante personne comme vous peut-elle imaginer des trucs pareils ? m'a demandé une dame en me tendant avec avidité un exemplaire du roman.

J'ai souri, songeant à cette phrase récurrente qui nous entendons si souvent, Karine Giebel et moi. Car s'il est vrai que nous ne ferions pas de mal à une mouche, n'oublions pas que tout ceci n'est qu'une simple fiction.

Il est temps de payer

AMÉLIE ANTOINE

Amélie

Mon cerveau se rallume, passant instantanément du off au on, de la torpeur à la conscience, et je n'ai même pas besoin d'entrouvrir les paupières pour savoir que je suis seule dans le lit. Je n'ai pas entendu Nicolas se lever, mais je sais qu'il est parti il y a un moment déjà. La fatigue prend tellement le dessus sur moi ces derniers temps que je n'ai même pas eu le courage de sortir du lit pour lui dire au revoir.

Aujourd'hui, j'ai prévu de relire entièrement le premier jet d'un manuscrit terminé il y a plusieurs mois. Un travail de fourmi que je trouve des plus rébarbatifs, sans parler de la crainte de trouver ennuyeux et médiocre le texte que j'ai pourtant mis près d'un semestre à rédiger.

Même si je suis parfaitement éveillée, je reste quelques instants immobile dans la pénombre de la chambre. Le jour peine à percer à travers les deux lignes du volet roulant. Si je le pouvais, je crois que je resterais allongée toute la journée sans rien faire, l'esprit dans le vague. Ici, je suis protégée. Ici, à l'abri dans ma chambre, rien ni personne ne peut m'atteindre. Aucun mot ne peut arriver jusqu'à moi.

Alors que si je me résigne à me lever, je deviendrai aussitôt une cible. Une proie. J'ouvrirai ma boîte aux lettres pour y trouver un énième message anonyme, écrit en lettres majuscules au marqueur noir ou avec des caractères soigneusement découpés dans des magazines puis collés sur un morceau de papier. Je consulterai ma boîte mail ou Messenger pour y découvrir toujours les deux mêmes phrases, envoyées par des faux profils. J'irai jusqu'à ma voiture garée dans la rue pour tomber sur une feuille blanche pliée en quatre et coincée dans l'essuie-glace. Toujours les mêmes mots, invariablement.

Je sais ce que tu as fait. Il est temps de payer.

Rien que d'y penser, mon estomac se serre comme si quelqu'un s'amusait à l'essorer de toutes ses forces. Ce quelqu'un joue avec mes nerfs depuis près de trois mois maintenant. Trois mois à recevoir chaque jour le même message sous des formes variées pour que la désagréable surprise reste intacte. Quatre-vingt-quatre fois à lire les deux mêmes phrases, histoire qu'elles s'impriment de façon indélébile dans mon esprit, qu'elles le marquent au fer rouge. Histoire que je n'ai plus le moindre instant d'insouciance ou de répit au quotidien, que je sois en permanence aux aguets, avec la conviction d'être espionnée et traquée.

Je sais ce que tu as fait. Il est temps de payer.

Tous les mots reçus sont dans le dernier tiroir de ma table de chevet, derrière les boîtes d'ibuprofène et de paracétamol en réserve. Bien à l'abri, là où personne n'ira mettre le nez.

Il y a trois mois, quand j'ai trouvé le premier message entre deux factures dans la boîte aux lettres, je me suis contentée de le plier et de le glisser dans la poche arrière de mon jean. J'étais un peu désarçonnée, c'est vrai, mais rien de plus. N'importe quel adolescent pouvait avoir déposé ce mot pour faire une mauvaise plaisanterie.

Au bout d'une semaine à ce régime, j'ai dû me rendre à l'évidence : ces lettres m'étaient vraiment destinées. Un corbeau avait décidé de s'en prendre à moi, sans pour autant réclamer quoi que ce soit. Sans doute que les exigences n'allaient pas tarder à venir. Une inquiétude sourde a commencé à m'envahir, mais pas un instant je n'ai songé à me confier à qui que ce soit. Il aurait fallu être innocente pour cela.

Un mois plus tard, je n'étais plus inquiète mais paniquée à l'idée d'être surveillée par un inconnu, à l'idée que quelqu'un me veuille du mal au point de, chaque jour, trouver le moyen de me faire parvenir un message. Le corbeau savait où j'habitais, il prenait un malin plaisir à régulièrement laisser un mot dans la boîte aux lettres. J'avais le sentiment d'être une mouche engluée dans une toile d'araignée. Piégée et impuissante.

Aujourd'hui, l'angoisse, les insomnies et les cauchemars ont eu raison de ma santé. Je tente de faire bonne figure devant Nicolas, devant les enfants, mais plus les jours passent, moins je suis capable de faire illusion. Mon teint est cireux malgré le blush, mon sourire est aussi crispé que factice, mon agressivité permanente est la preuve évidente que quelque chose cloche, même si je prétends le contraire.

Je sais ce que tu as fait. Il est temps de payer.

J'ouvre le volet roulant au ralenti, absolument pas pressée de démarrer une nouvelle journée qui sera rythmée par la même interrogation lancinante, à chaque personne croisée : « Est-ce que ce pourrait être elle ? » La boulangère, la voisine de l'appartement d'à côté qui joue du violoncelle, le hipster tatoué assis à la réception de la bibliothèque, le caissier de la supérette qui me demande si je veux mon ticket de carte bleue, le mendiant installé au feu rouge au coin de la rue… Tous coupables jusqu'à preuve du contraire. Le corbeau pourrait être n'importe qui.

Soudain, ma main lâche la corde du volet et il retombe d'une dizaine de centimètres dans un grincement mécontent. J'ai toutes les peines du monde à déglutir, ma gorge se ferme brutalement.

Collé à la vitre avec du scotch transparent, un morceau de feuille de classeur sur lequel sont inscrites les deux phrases sibyllines que j'en suis venue à haïr. J'ouvre la fenêtre pour le décoller, la referme aussitôt, comme si le corbeau pouvait se trouver de l'autre côté, prêt à bondir pour m'étrangler. Instinctivement, je me dépêche de jeter le message dans le dernier tiroir de ma table de chevet. Vite, vite, qu'il disparaisse de ma vue. Vite, vite, que je puisse faire comme s'il n'avait jamais existé.

Hier soir, ou dans la nuit, quelqu'un s'est aventuré jusqu'au balcon pour accrocher ce mot à ma fenêtre. J'ai la nausée d'imaginer qu'il a pu se trouver si près de moi alors que j'étais endormie. J'ai des sueurs froides de songer que Nicolas aurait pu tomber sur ce message avant moi. Il se serait tourné vers moi, interloqué, et comment aurais-je réagi ? Aurais-je été capable de donner le change, de paraître sereine et innocente, étonnée et insouciante ? Tout ça va trop loin, même si la menace n'est pas explicite, qu'il n'y a toujours aucune revendication.

Une heure plus tard, j'emmène les enfants à l'école, le cœur tellement en vrac que j'arrive à peine à suivre leurs pépiements enthousiastes. Ma fille me parle d'une soirée pyjama à laquelle elle espère être invitée, mon fils me demande pour la centième fois quel est mon Pokémon préféré. Leurs paroles emplissent mes oreilles et mon cerveau au point que, brutalement, je me sens oppressée et j'explose.

– Je t'ai déjà dit mille fois que c'était Evoli, mon Pokémon préféré ! je hurle sur mon fils qui me fixe d'un air médusé.

Au passage piéton, comme d'habitude, une voiture fonce et refuse de nous laisser traverser. Je ne sais pas ce qui explique ce comportement, mais à cet endroit-là, juste en face du parc aux grandes grilles rouge vif, aucun automobiliste ne cède jamais le passage. Tout ça pour, une fois sur deux, s'arrêter dix mètres plus loin au feu rouge… Je tourne la tête pour suivre du regard la voiture grise qui a failli renverser ma fille. Si je ne l'avais pas retenue in extremis par la capuche, je ne sais pas ce qu'il serait arrivé.

Soudain, je vois rouge.

– Attendez-moi ici, je lance aux enfants avant de me mettre à courir pour rattraper la voiture immobilisée au feu.

Quand j'arrive à la hauteur du véhicule, je me penche pour frapper du poing sur la vitre de la conductrice. Elle a une vingtaine d'années, une queue de cheval haute et cet air blasé de nature qui m'insupporte dès que je croise son regard. Lentement, elle ouvre sa fenêtre, hausse un sourcil d'un air interrogateur. Comme si elle ne savait pas ce que j'allais dire. Comme si elle n'en avait absolument rien à faire.

– Ça ne vous dérange pas trop d'avoir failli renverser ma fille ? je demande, les dents serrées.

– Vous n'aviez qu'à regarder avant de traverser, rétorque-t-elle en jetant un coup d'œil devant, sans doute pour vérifier que le feu ne passe pas au vert.

– C'est une blague ? Le Code de la route, ça te dit quelque chose, petite conne ? je siffle, choquée malgré moi par ma familiarité.

– Je conduis comme je veux, riposte la conductrice en souriant d'un air goguenard.

C'est à cet instant-là que mon sang ne fait qu'un tour. Je ne saurais pas dire ce qui provoque une telle bouffée de haine mais, brusquement, je ne suis plus en mesure de maîtriser ma fureur. Cette idiote a manqué renverser ma fille et elle ne daigne même pas s'excuser ?

Sans réfléchir à ce que je fais, je me vois ouvrir sa portière à la volée d'une main et empoigner sa queue de cheval de l'autre pour lui tirer violemment la tête en arrière. Au moment où les muscles de mon bras se contractent pour la projeter de toutes mes forces contre son volant, dans l'espoir évident de lui briser le nez, j'entends mon fils crier derrière moi.

– Maman, qu'est-ce que tu fais ? On va être en retard à l'école !

Aussitôt, ma main lâche les cheveux de la conductrice, qui profite de mon hébétude pour refermer sa portière et déguerpir sans demander son reste. Plus aucune trace de son air blasé sur son visage ; dans ses yeux, je ne lis plus que de la panique. Qu'est-ce qui m'a pris ? Ma fille me tire par la main pour me faire remonter sur le trottoir et je la suis comme un robot, déboussolée.

– Waouh, maman, on aurait dit Batman contre le Joker ! s'exclame mon fils en sautillant à côté de nous et en applaudissant d'excitation.

Ma fille, elle, croise les bras et me dévisage en fronçant les sourcils. Qu'est-ce qui m'a pris ? Jamais encore je n'avais senti une telle rage en moi, capable de me submerger au point de ne plus rien contrôler, de n'être plus qu'un torrent de violence. Si je n'avais pas été interrompue, ramenée à la réalité, nul doute que j'aurais pu frapper sa tête contre son volant, encore et encore, jusqu'à ce que son visage soit maculé de sang et qu'il n'y ait plus aucune dent intacte dans sa bouche. Sans un mot, je regarde mes mains qui, à présent, sont agitées de tremblements.

Instantanément, cette vision me ramène sans prévenir trois ans en arrière.

Je sais ce que tu as fait. Il est temps de payer.

Nicolas

Je caresse doucement les cheveux bruns d'Amélie pour l'aider à trouver le sommeil. Elle est allongée contre moi, lovée contre mon torse, et je sens son souffle qui s'apaise peu à peu contre ma peau. Moi qui m'inquiétais de son comportement étrange et de ses sautes d'humeur de plus en plus fréquentes ces derniers temps, je devrais être soulagé qu'elle se soit enfin ouverte à moi ce soir, qu'elle soit parvenue à se confier. Pourtant, les différents sentiments par lesquels je passe depuis qu'elle s'est tue pour venir se nicher dans mes bras n'ont rien à voir avec le soulagement. Incompréhension, angoisse, impuissance : voilà plutôt le triplet qui se déverse sur moi avec la violence d'un seau d'eau glacé.

– Quelqu'un me harcèle depuis des mois, je n'en peux plus… s'était effondrée Amélie une fois que les enfants ont été couchés. Je suis terrorisée…

Aussitôt, j'avais attrapé la télécommande de la télévision pour baisser le son et l'avais encouragée à poursuivre. Elle était tellement à bout que je n'avais pas eu besoin d'insister, contrairement à toutes les fois où elle avait affirmé en souriant que tout allait bien alors que j'essayais de lui tirer les vers du nez pour comprendre pourquoi elle semblait tellement sur les nerfs.

Elle m'avait parlé de ces messages qu'elle recevait quotidiennement, était montée dans notre chambre pour en rapporter une liasse de feuilles sur lesquelles, à chaque fois, était écrite la même menace.

Je sais ce que tu as fait. Il est temps de payer.

– Pourquoi ? avais-je bredouillé en examinant les mots un par un.

Amélie était restée muette. Assise sur le rebord du canapé, cramponnée à son mug de thé comme à une bouée de sauvetage, elle s'était tassée sur elle-même. On aurait dit une fillette prise en faute.

– Est-ce que tu as la moindre idée de pourquoi tu es la cible de tels messages ? j'avais tenté au bout de quelques minutes pesantes.

Lentement, elle avait hoché la tête, sans oser me regarder. J'avais écarquillé les yeux, stupéfait. À la télévision, une publicité pour Airbnb rythmée par une musique country était venue couper l'émission de Yann Barthès.

– Je… J'ai tué quelqu'un, il y a trois ans. Trois ans et bientôt trois mois, pour être exacte, avait alors soufflé Amélie d'une voix blanche.

Durant quelques instants, mon regard avait été attiré par des enfants qui, sur l'écran, riaient autour d'un feu de camp en faisant griller des marshmallows piqués sur une brochette. Mon cerveau essayait tant bien que mal d'analyser les paroles absurdes que venait de prononcer Amélie.

Ses doigts étaient tellement crispés sur son grand mug que les articulations en devenaient blêmes.

– Raconte-moi, j'avais murmuré en détachant ses mains de la tasse pour la poser sur la table basse.

Une demi-heure plus tard, après avoir écouté sa confession sans jamais l'interrompre, je n'en menais pas large. Il paraît qu'on ne connaît jamais vraiment les autres, et encore moins ceux qui nous semblent les plus proches, mais je n'aurais pas imaginé un jour tomber des nues à ce point. La part d'ombre se révélait un gouffre abyssal.

– Tout a commencé par une lettre envoyée à mon intention à ma maison d'édition, qu'on m'a transmise. Un courrier élogieux qui parlait de mon premier roman, accompagné d'une photo de moi et d'une enveloppe déjà timbrée. L'admirateur s'appelait David, il voulait que je dédicace ma photo et que je la lui renvoie. Ce que j'ai fait, étant donné qu'il avait pris la peine d'affranchir une enveloppe... avait commencé Amélie.

Ce David était venu la voir lors d'une rencontre organisée au Furet du Nord. Il était ensuite venu la saluer au salon du livre de Bondues pour la sortie de son nouveau roman. Puis, peu à peu, les choses s'étaient envenimées.

– À chaque événement auquel je participais, il était présent. Dans les médiathèques, dans les librairies, dans les salons. Au début, j'étais flattée qu'un lecteur sillonne la région pour le simple plaisir de me voir et d'échanger quelques mots avec moi. Mais ensuite... Quand je l'ai vu débarquer au salon du livre de Paris, à celui de Lyon puis de Montaigu, j'ai commencé à avoir peur face à un homme, certes toujours affable, qui était prêt à traverser toute la France juste pour me croiser...

Il venait voir Amélie pour lui montrer son classeur qui ne cessait de se remplir d'articles sur ses romans et de photos d'elle. Photos qu'il n'hésitait pas à piocher sur les réseaux sociaux et à faire agrandir. Il prenait soin d'attendre qu'il n'y ait personne d'autre que lui à la table où elle était installée, pour avoir tout loisir de l'accaparer. Amélie parlait d'un fan, j'appelais ça un psychopathe...

– Puis la situation est devenue incontrôlable… Il a commencé à m'écrire des lettres directement à mon adresse et je me suis rendu compte à quel point j'étais une cible facile à trouver, à traquer. Une fois, il est même venu à la sortie de l'école, soi-disant pour m'offrir un carnet Moleskine qu'il voulait me donner depuis un certain temps. J'ai commencé à me sentir persécutée, espionnée. J'étais tout le temps sur le qui-vive, avec l'impression d'être observée.

Amélie lui avait demandé d'arrêter d'être aussi envahissant, mais ce fêlé l'avait mal pris et il s'était montré si « blessé » qu'elle avait réussi à culpabiliser de la froideur qu'elle affichait désormais vis-à-vis de lui. Malgré moi, en entendant ces mots, mes poings se sont crispés de colère. Si j'avais été dans la vie d'Amélie à cette période-là, nul doute que j'aurais collé mon poing dans la figure de ce type en lui interdisant de l'approcher de nouveau…

– Le samedi matin, aux aurores, j'avais l'habitude d'aller courir le long de la Deûle, pas loin de l'écluse. Je laissais les enfants avec leur père, j'enfonçais mes écouteurs dans les oreilles et je partais une petite heure. Mon moment de solitude et de liberté. Mais ce jour-là, j'ai été rattrapée par une silhouette sombre et, quand je me suis retournée, je suis tombée nez à nez avec lui. Il était en tenue de sport, il a fait comme si notre rencontre était un hasard. J'ai continué de courir sans même retirer un de mes écouteurs, mais il a attrapé mon avant-bras pour que je m'arrête. Lorsque je lui ai crié de me laisser tranquille, il a saisi le fil de mes écouteurs pour tirer dessus. En souriant, il s'est exclamé, pas du tout essoufflé : « On peut bavarder un moment, quand même ! »

Amélie avait résumé la suite de l'histoire en quelques phrases fébriles et j'étais tellement estomaqué que je n'avais pas eu le courage de l'interroger davantage. Je savais tout ce qu'il y avait à savoir, de toute manière. À force d'être suivie et harcelée, elle avait pété un plomb et les choses avaient dégénéré au point qu'elle pousse violemment le type à la flotte pour se débarrasser de lui. Terrorisée à l'idée qu'il regagne la rive à toute vitesse et cherche à se venger, elle avait pris la poudre d'escampette sans se retourner. Ce n'est que quelques jours plus tard qu'elle était tombée sur un article de *La Voix du Nord* annonçant la noyade d'un homme dans la Deûle. Sous le choc, Amélie n'avait parlé de tout cela à personne et avait tout fait pour enfouir cet épisode traumatisant au plus profond de sa mémoire.

Jusqu'à ce que ces messages viennent à nouveau faire de sa vie un enfer. Jusqu'à ce qu'un corbeau décide de raviver sa culpabilité et son angoisse.

– Tu as une idée de qui peut vouloir te faire chanter ? lui avais-je demandé, très soucieux.

Elle avait secoué la tête, aussi démunie qu'effrayée. Je n'avais pas insisté, lui promettant de la protéger, lui jurant qu'il ne lui arriverait rien, que j'y veillerais. Elle avait paru un peu rasséréné.

À présent qu'elle s'est endormie contre moi, bercée par mes caresses sur ses cheveux, j'autorise mon esprit à réfléchir, à tenter de trouver une solution.

Il y a trois ans, Amélie a tué l'admirateur qui la traquait. Il s'agit d'un homicide involontaire, voire même de légitime défense. Avant ce soir, elle n'a jamais parlé à qui que ce soit de ce lourd secret. Et, à présent, dépassée, elle attend de moi que je prenne les choses en main. Que suis-je censé faire pour l'aider ?

Que suis-je censé faire alors que je connais l'identité du corbeau qui lui veut du mal ? Que suis-je censé faire quand je sais pertinemment que la personne qui lui envoie ces messages, c'est elle-même ?

Carène

Lorsque je vois un numéro inconnu s'afficher sur l'écran de mon téléphone portable, instinctivement, j'hésite à répondre. C'est rarement un appel digne d'intérêt, parfois une erreur, souvent du démarchage commercial qui me hérisse le poil. Malgré tout, sans savoir exactement pourquoi, je me laisse aller à décrocher.

– Allo… Carène ? demande une voix d'homme que je ne reconnais pas.

Aussitôt, j'acquiesce et demande d'un ton méfiant qui est à l'appareil.

– C'est Nicolas, le conjoint d'Amélie… déclare-t-il, visiblement un peu embarrassé. Je sais qu'on ne se connaît pas vraiment, mais j'ai trouvé ton numéro dans son portable, et comme je sais que vous êtres très proches, je me suis dit que tu pourrais peut-être m'aider…

Instantanément, les rouages de mon imagination s'activent. A-t-il l'intention de prévoir une fête surprise pour l'anniversaire de ma meilleure amie, dans quelques mois ? Compte-t-il sur moi pour l'aider à trouver un cadeau original qui lui plairait à coup sûr ? Parce que si c'est le cas, aucun problème, j'en ai des tonnes ! Une place de concert pour aller voir Eminem, une nuit dans un château soi-disant hanté en Normandie, un gaufrier pour confectionner des gaufres fourrées à la vanille… Je n'ai même pas le temps de commencer à réfléchir que les idées fusent dans mon cerveau !

Mais ce n'est pas du tout l'aide sur laquelle compte Nicolas. Il lui suffit de prononcer une seule phrase pour que je comprenne que je suis à côté de la plaque.

– Amélie ne va pas bien du tout en ce moment, et je m'inquiète beaucoup pour elle…

Je le laisse m'expliquer la situation sans rien dire. Assis à mes pieds, mon chien commence à gémir dans l'espoir que je l'emmène faire une balade, mais je pose mon index sur la bouche pour lui signifier que ce n'est pas du tout le moment d'attendre quoi que ce soit de moi.

Nicolas me parle de messages de menace qu'Amélie reçoit depuis plusieurs mois, il m'avoue qu'elle est dans un état de stress et de mal-être de plus en plus difficile à gérer et qu'il se sent complètement impuissant face à ce qui lui arrive.

– Il y a quelques jours, elle s'est confiée à moi et m'a raconté qu'il s'était passé quelque chose de terrible, il y a quelques années, avec un fan obsédé par elle qui n'arrêtait pas de la harceler... Un certain David... déclare Nicolas.

Ses paroles sont entrecoupées de longs soupirs gênés. Peut-être n'est-il pas certain de pouvoir se fier à moi, même si Amélie et moi sommes très liées et que jamais, jamais, je ne pourrais lui nuire, bien au contraire. Mais comme il ne m'a rencontré qu'une ou deux fois lors de déjeuners, je comprends qu'il ne sache pas forcément sur quel pied danser.

David

Après quelques secondes de réflexion, ce prénom fait tilt et me ramène à des souvenirs de salons du livre auxquels Amélie et moi avons participé ensemble, assises côte à côte puisque nous demandions toujours en amont aux organisateurs si c'était possible, histoire d'être certaines de pouvoir papoter un peu entre deux dédicaces.

– Apparemment, cet illuminé l'a traquée pendant un bon moment, il la suivait partout et débarquait à chacun des événements où elle était présente...

poursuit Nicolas, sans doute pour me rafraîchir une mémoire qui ne me fait pourtant pas du tout défaut, même si je n'ai pas encore réagi.

Je vois très bien de quoi il parle. Parfaitement, même…

– Amélie m'a dit qu'il était allé jusqu'à la suivre un matin où elle faisait un footing le long du canal, et que les choses avaient… disons… dérapé. Il avait voulu l'agresser, elle l'avait repoussé, en panique, il était tombé à l'eau et elle s'était enfuie. Elle n'a appris que quelques jours après qu'il s'était noyé.

En entendant ce que m'annonce Nicolas, j'ai toutes les peines du monde à déglutir. Ma gorge est tellement sèche que je me lève pour aller chercher un verre d'eau. Mon chien me suit en remuant la queue, tout content parce qu'il croit que l'heure de la promenade est venue. Quand je me rassieds peu après sur le canapé, il pousse un jappement plaintif. À l'autre bout du fil, Nicolas attend que je parle à mon tour, mais je ne sais pas quoi dire tellement je suis abasourdie.

– Amélie m'avait parlé de cet admirateur à l'époque, je m'en souviens très bien… je commence d'une voix hésitante.

– Le problème, ce sont ces messages qu'elle reçoit quotidiennement… Je crois qu'Amélie n'a jamais réussi à aller de l'avant, après cet… accident. Elle se sent terriblement coupable, comme si elle avait assassiné un homme de sang-froid, alors qu'il s'agissait de légitime défense, et qu'elle voulait seulement s'en sortir indemne…

Je ferme les yeux, horrifiée. Il faudrait que j'aie le courage d'interrompre Nicolas, mais je n'ai aucune idée de comment m'y prendre pour lui dire ce que j'ai à dire. Lui poursuit, imperturbable, comme si en parlant, il se délestait d'un poids trop lourd à porter.

– Ça va te paraître insensé, mais ces lettres de menaces… Je sais que c'est elle qui les écrit et qui les dépose dans notre boîte aux lettres ou ailleurs… Je l'ai vue faire, à plusieurs reprises. Elle se lève au milieu de la nuit rien que pour ça et, comme j'ai un sommeil léger, je l'ai surprise… Je ne sais plus quoi penser, ajoute-t-il enfin, en s'effondrant en larmes.

J'attends qu'il se calme un peu pour prendre la parole à mon tour. Je sais que mes paroles ne vont pas être faciles à entendre, mais je n'ai pas le choix.

– Nicolas, écoute… Je n'ai jamais vu ce David, mais, effectivement, Amélie m'en a souvent parlé en salon. À chaque fois qu'il venait l'aborder, je n'étais pas à côté d'elle. C'était toujours à un moment où je donnais une conférence sur mon roman, où j'étais aux toilettes, où j'allais prendre l'air. Je revenais et elle me disait qu'il était encore passé, avec ses classeurs remplis d'articles de presse et de photos d'elle imprimées. Il lui apportait toujours un paquet de gaufres Meert.

– Ce sont ses préférées, commente Nicolas, plus calme à présent.

– Le problème, c'est que… un matin, au salon du livre de Montaigu, j'ai voulu chercher un mouchoir en papier dans le sac à dos d'Amélie, et je suis tombée sur un paquet de gaufres alors que ce David n'avait pas encore pointé le bout de son nez. Va savoir pourquoi, je n'ai rien dit. En fin de journée, j'avais une interview avec un journaliste et quand je suis revenue, Amélie s'est plainte que son admirateur soit encore venu lui tenir la jambe pendant près d'une heure sans qu'elle réussisse à s'en débarrasser. Elle m'a montré le paquet de gaufres sur sa table d'un air dépité., je raconte d'un trait.

Nicolas reste silencieux et, soudain, je me demande si j'ai été assez claire.

– C'était le même paquet de gaufres, tu comprends ?

Je le laisse aboutir à la même conclusion que celle que je me suis faite à l'époque.

– Tu veux dire que… ce David… il n'a jamais existé ? bégaye Nicolas.

– Quelque temps après, elle a brusquement cessé d'en parler. Elle m'a dit qu'il avait dû se lasser d'elle, trouver une autre cible et, naïvement, j'en ai conclu qu'elle allait mieux, qu'elle avait eu une sorte de passage à vide et qu'il n'y avait pas de quoi se faire du mouron.

Le silence, comme un chewing-gum élastique, s'étire plus longtemps qu'il ne devrait. Ni lui ni moi n'osons reprendre la parole. Ni lui ni moi n'osons prononcer à voix haute la conclusion à laquelle nous arrivons en même temps. Enfin, au bout d'un temps qui me paraît atrocement long, Nicolas finit par reprendre la parole, complètement abattu.

– Cet admirateur n'a jamais existé. Amélie ne l'a jamais tué. Et les lettres qu'elle s'envoie à elle-même n'ont aucun sens. Est-ce qu'elle est… commence-t-il sans parvenir à achever sa question.

– Folle ? je tente, honteuse d'associer un tel mot à mon amie.

Nicolas acquiesce, paraît suspendu à mon verdict. Soudain, mon chien se lève d'un bond pour aller chercher lui-même sa laisse dans le panier à l'entrée. En trottinant, il l'apporte pour la déposer à mes pieds. Le message est très clair et, attendrie, je tapote le sommet de son crâne.

– Qu'est-ce que je suis censé faire ? m'interroge Nicolas, déboussolé. Tous ces messages qu'elle s'écrit, comment suis-je supposé réagir ?

– Je ne sais pas… Peut-être… les intercepter ? Aller les chercher dans la boîte aux lettres une fois qu'elle les a déposés et les détruire sans lui en parler ? je tente, en réfléchissant à voix haute. Peut-être que ça suffirait à calmer le jeu, à ce qu'elle passe d'elle-même à autre chose ?

Nicolas répète mes paroles en murmurant ; on dirait un enfant perdu. Soudain, je me redresse pour clipser la laisse au collier de mon chien. Il a raison, il est grand temps de prendre l'air.

– Je suis désolée, je vais devoir te laisser, mais on se rappelle très vite, d'accord ? je déclare à Nicolas avant de raccrocher à la va-vite, sans même lui laisser le temps de réagir.

Je me sens honteuse de me défiler de cette manière et, en même temps, immensément soulagée. Après tout, ce ne sont pas vraiment mes affaires, si ?

Amélie

Depuis que je me suis confiée à Nicolas, il a changé. Imperceptiblement, je le sens s'éloigner de moi, comme s'il avait peur de ce que je pourrais faire. Je pensais qu'il serait mon pilier, mon roc, mais c'est l'inverse qui se produit. Tout s'effrite, tout se délite et il n'y a même pas besoin de mots pour que je le perçoive. Je n'aurais jamais dû lui parler de ces atroces messages de menace, j'aurais dû me contenter de, chaque jour, les rouler en boule au creux de mon poing et de les jeter à la poubelle sans m'en préoccuper plus que ça. Je n'aurais jamais dû non plus évoquer David ; le simple fait de raconter ce qui s'est passé il y a trois ans au bord de la Deûle a ravivé un traumatisme que je pensais avoir surmonté mais qui, en réalité, est encore à vif. J'aurais dû tout garder pour moi plutôt que d'espérer l'aide de quelqu'un d'autre.

Parfois, je sens les yeux de Nicolas posés sur moi quand il pense que je suis absorbée dans une tâche quelconque. Quand je me tourne brusquement vers lui, il détourne la tête aussitôt, mal à l'aise, mais pas suffisamment vite pour que je ne remarque pas le jugement dans son regard. C'est comme s'il y avait écrit en lettres majuscules rouge sang « COUPABLE » dans ses yeux. Coupable d'avoir tué un homme, coupable de l'avoir abandonné à son sort, coupable de ne pas être allée me dénoncer après coup. Coupable, coupable, coupable.

La nuit, je fais systématiquement le même cauchemar. Je me trouve dans une eau noire et glacée, dans l'obscurité la plus totale. Je tourne sur moi-même, paniquée, jusqu'à découvrir, à quelques mètres de moi, Nicolas, qui est tranquillement assis dans une petite barque en bois. Terrorisée, gelée, je crie son nom, je le supplie de venir me secourir alors qu'il dérive lentement loin de moi. Je pleure, je hurle, et lui se contente de sourire doucement sans faire le moindre geste pour pagayer dans ma direction.

Cette nuit-là ne déroge pas à la règle. Quand je me réveille, je suis en nage. Il me faut quelques minutes pour me souvenir de l'endroit où je me trouve et retrouver mon souffle. Je tourne la tête vers la droite, là où Nicolas doit être paisiblement endormi. Je n'ai qu'une envie, me lover contre lui et me concentrer sur les battements réguliers de son pouls pour me calmer.

Mon sang ne fait qu'un tour quand je prends conscience qu'il n'est pas là. Je suis seule dans le lit, seule dans notre chambre et, aussitôt, pas encore pleinement tirée du cauchemar qui me hante, mon cœur s'affole entre les barreaux de ma cage thoracique. Aurait-il pu m'abandonner en pleine nuit ? Faire sa valise en catimini dans la journée, la planquer dans le placard de l'entrée en ayant prévu de filer à l'anglaise dès que j'aurais sombré dans le sommeil ?

Soudain, je sursaute. Dehors, dans la rue, j'entends le claquement métallique caractéristique de notre boîte aux lettres, signe que quelqu'un vient de déposer quelque chose à l'intérieur. Ce bruit qu'avant j'attendais avec l'excitation d'un enfant, preuve du passage du facteur. Ce bruit qu'aujourd'hui j'en suis venue à appréhender et à haïr.

C'est lui, c'est le corbeau. Qui d'autre, à cette heure si tardive de la nuit, ou si avancée du matin ? Devrais-je me précipiter au rez-de-chaussée de la maison pour le surprendre, pour enfin savoir qui prend un malin plaisir à me menacer et à m'effrayer, qui tient tellement à me faire payer un crime que moi-même je ne me suis jamais pardonné ? J'aimerais avoir ce courage, cette audace, mais la terreur me paralyse et m'empêche de faire le moindre mouvement. Si Nicolas était à mes côtés, je pourrais le secouer et le supplier d'aller en bas attraper celui qui me fait chanter. Mais il n'est pas là. Comme toujours, je suis seule. Seule.

La porte d'entrée s'ouvre dans un léger grincement, et je l'entends ensuite se refermer discrètement. Je mets ma main sur la bouche, comme si je craignais de ne pouvoir m'empêcher de pousser un cri ou un gémissement.

Quelqu'un est entré. Il est entré chez moi ; il est là, en bas. Qu'est-ce que je suis censée faire ?

Malgré la terreur, j'essaye de réfléchir. Mon téléphone portable est dans le salon, branché au chargeur à côté de mon bureau. Impossible de prévenir qui que ce soit. La seule pièce de la maison qui ferme à clé, c'est la salle de bains, mais, aussitôt, je chasse cette possibilité de mon esprit : les enfants sont endormis dans leurs chambres au second étage, et il est hors de question de les laisser livrés à ce tordu qui vient de s'introduire au rez-de-chaussée.

Dans le salon, j'entends des pas progresser sur le parquet. Le son est feutré, comme si la personne ne voulait surtout pas se faire remarquer. Je repousse doucement la couette pour poser les pieds au sol, me lève sans faire de bruit. Mon cœur a un loupé quand j'entends l'escalier grincer. Il monte.

Des yeux, je cherche où me cacher, mais il n'y a aucun endroit où me dissimuler dans la chambre hormis derrière la porte. J'avise la lampe que Nicolas m'a offerte il y a quelques semaines, une lourde lampe de banquier avec un abat-jour en opaline verte. Le plus discrètement possible, je la débranche de la prise et l'attrape pour la serrer contre moi. Les marches de l'escalier grincent à nouveau, le bruit se rapproche et je me terre contre le mur derrière la porte entrebâillée.

Les pas sont à présent sur le palier, à quelques mètres de moi à peine. Je suis frigorifiée, j'essaye tant bien que mal de retenir ma respiration au maximum, mais j'ai l'impression que mon cœur tambourine à plein volume dans le silence de la maison.

La porte de la chambre s'ouvre doucement et une ombre apparaît. Je me cramponne de toutes mes forces à l'arc de la lampe, puis, sans réfléchir davantage, au moment où la silhouette entre dans la pièce, je projette en avant le pied imposant. Je frappe avec l'énergie de la terreur et il s'effondre dans un bruit mat à mes pieds. Portée par l'adrénaline, mes mains s'agrippent à la lampe, se lèvent au-dessus de ma tête pour prendre de l'élan, et frappent encore. Encore, encore, et encore. Jusqu'à ce que mes muscles, à bout, ne répondent plus et que je m'écroule à mon tour au sol.

Il ne bouge plus. Dans l'obscurité, je sens un liquide tiède et épais sous mes pieds nus. Il ne bouge plus. Je n'ai plus rien à craindre, à présent.

J'attends que mon rythme cardiaque s'apaise, puis, au bout de quelques minutes, je me relève. Tremblante, j'enjambe la silhouette inerte. Machinalement, je repose la lampe sur ma table de chevet. L'abat-jour en opaline est brisé, il n'a pas résisté aux chocs, et mon cœur se serre en pensant à tous les antiquaires que Nicolas a dû écumer pour dénicher cette lampe dont je rêvais depuis toujours. Je rebranche la prise, tire sur le cordon pour ne plus être plongée dans cette pénombre. Une lumière douce envahit la chambre. Enfin, je tourne la tête vers celui qui me traquait depuis des mois. Enfin, je vais découvrir son visage. Je retiens mon souffle. Nicolas.

Abasourdie, je reste figée, les doigts encore accrochés au cordon de la lampe. Le corbeau, c'était lui ? Celui qui m'a écrit tous ces messages de haine, c'était lui ? Pourtant, il a tellement bien joué la comédie quand je me suis confiée à lui et que je lui ai raconté le drame qui s'était produit avec l'admirateur qui avait fait de ma vie un enfer. Il a eu l'air tellement surpris, tellement en colère pour moi, tellement peiné de ne pas avoir pu me défendre à l'époque. Je m'attendais à tout sauf à ça.

Mes épaules s'affaissent. Mes muscles se relâchent. Tout est fini, alors. Lentement, je m'agenouille auprès de Nicolas. Un par un, je ramasse les morceaux d'opaline translucide autour de son corps, en prenant garde de ne pas me couper. Je doute qu'on puisse les recoller, ils sont trop petits, mais je me renseignerais quand même, car, l'autre jour, j'ai lu un article sur un art japonais qui consiste à réparer les objets brisés en rassemblant leurs morceaux et en soulignant leurs jointures avec de la poudre d'or. Sublimer les fêlures, magnifier les failles.

Je sais ce que tu as fait. Il est temps de payer.

Une fois que j'ai ramassé tous les éclats, je me rassois sur le bord du lit, pensive. J'espère de tout cœur qu'il sera possible de réparer ma lampe. C'est le plus beau cadeau qu'on m'ait offert. J'y tiens tellement.

Une dernière pour la route
ALEXIS AUBENQUE

– Non, c'est non, déclarai-je d'un ton désolé.

Au moment où j'écrivis ces lignes, jamais je n'aurais imaginé tout ce qui allait se passer par la suite. Mais la vie a bien des façons de vous surprendre.

– Alexis, je ne te reconnais pas. Tu n'es pourtant pas du genre à baisser les bras, dit Bertrand. Juste une petite nouvelle pour un recueil, tu peux bien faire ça ?

Bertrand, c'est mon éditeur. Des années qu'on se connaît, mais tout ça devait prendre fin.

– J'en ai assez, j'ai tout dit et tout écrit, j'ai envie de passer à autre chose.

Bertrand haussa les sourcils et soupira, avant de reprendre.

– Ne le prends pas mal mais qu'est-ce que tu sais faire d'autre ? L'écriture, c'est ta vie. Les gens aiment ce que tu écris, tu n'as pas le droit d'arrêter.

Je venais de lui annoncer mon intention de stopper définitivement l'écriture. Cela faisait déjà deux ans que je n'avais pas sorti un roman, alors que la règle, en général, est un livre par an. Mais j'avais l'impression de ne plus rien avoir à dire, d'avoir fait le tour de toutes les thématiques qui m'inspiraient. Besoin de changer de vie, de passer à autre chose.

La seule question qui restait en suspens était : quoi faire ? La réponse était toute trouvée et je me fis un plaisir de lui annoncer :

– Je vais sortir un album.

– Comment ça ? Tu te mets à la bande dessinée ? s'étonna Bertrand.

– Non, un album de rock.

À mon grand désarroi Bertrand partit d'un grand éclat de rire, et je vis les larmes couler de ses yeux. Certes, je l'aimais beaucoup, mais à cet instant j'avais juste envie de l'étrangler. Néanmoins, je gardai mon calme et restai zen en attendant que sa crise passe.

– Alexis, ne le prends pas mal, mais tu n'as aucune chance. Le marché de la musique est totalement bouché et ce n'est pas à ton âge que tu vas percer. Sois réaliste.

– Tu n'as jamais écouté ce que je fais.

Bertrand se redressa dans son fauteuil et, s'essuyant le coin des yeux, redevint sérieux.

– Pas faux, mais même si c'est génial, tu sais comment c'est, nous sommes en France et tu es catalogué « auteur de polar ». Quoi que tu fasses, tu auras toujours cette image. Je suis désolé mais personne ne te verra jamais comme une rock star.

– Tu as peut-être raison, mais nul ne sait de quoi l'avenir sera fait, déclarai-je.

Et sans plus attendre je me levai de mon fauteuil. Je n'avais plus rien à faire ici. Même si j'avais adoré mes années chez Hugo & Cie, il était temps de passer à autre chose.

– Alexis, ne le prends pas comme ça. Je plaisantais. Je suis certain que ton album sera très bon, mais rien ne t'empêche de mener deux carrières en même temps. Je t'en prie, réfléchis. Je suis persuadé que tu as encore des tas de livres qui sommeillent en toi.

Je le regardai, et malgré toute l'amitié que j'avais pour lui, je réalisai qu'il était incapable de sonder le fond de mon âme. J'en avais fini avec l'écriture, une bonne fois pour toutes, et jamais je n'y reviendrais. Je le laissai dans son bureau, me retenant de claquer la porte.

Dehors, rue La Pérouse, une pluie battante m'attendait. Et dire qu'il faisait si beau quand j'étais entré dans les locaux de mon éditeur. C'était tout ce que je détestais à Paris, le changement de temps en un clin d'œil. Cela non plus ne me manquerait pas. J'appelai un taxi et après être repassé par mon hôtel pour prendre mes affaires, sans m'attarder je repartis en direction de l'aéroport. *Goodbye* Paris et le milieu de l'édition…

Il était tout juste quatorze heures quand mon avion se posa sur la piste d'atterrissage de l'aéroport de Figari. Enfin de retour sur la terre de mes ancêtres. Par mon arrière-grand-mère j'étais corse. Un Tramoni. Je n'avais encore jamais mis les pieds sur l'île de Beauté avant cette année où j'avais décidé de changer de vie. J'aimais l'idée que l'on doive se réinventer régulièrement et chez moi, c'était tous les dix ans. Dans les années 2000, j'étais un auteur de romans de science-fiction vivant à Paris. Dans les années 2010, un auteur de polar vivant à Montpellier. Et à présent j'allais être un rockeur vivant en Corse…

Bref, c'est l'esprit serein que je débarquai et allai chercher la voiture de location qui m'attendait. Une Ford Fiesta rouge du plus bel effet. Vitres baissées, je mis la radio et tombai sur un standard de Queen. *Show must go on*. J'ai toujours adoré ce groupe, et j'ai tellement rêvé d'être à la place de Freddy Mercury. Sur scène, tenir une foule à bout de gorge. Sentir le pouvoir de la voix sur des milliers de fans qui vous regardent transis d'amour. L'impression d'être un Dieu !

Si l'écriture est un des moyens, pour les individus atteints de nombrilisme aigu et à l'ego surdéveloppé, d'exercer une profession où ils se sentiront admirés, la musique est encore mieux ! Avoir des millions de personnes qui vous adulent et saluent votre génie, aucune autre activité ne vous le permettra… sauf si vous êtes acteur. Mais pour le coup, je n'ai jamais été attiré par le spectacle vivant.

C'est souriant et le cœur léger que je remontai la route territoriale 10 en direction de Bonifacio. Très peu de monde en cette période de l'année. Un soleil magnifique et une végétation de toute beauté.

J'allais monter le son de la radio quand soudain, surgit des fourrés une femme totalement nue qui se mit en plein milieu de la voie. Je ne dus qu'à un miracle de ne pas l'écraser ou de ne pas me planter dans le décor. Je freinai comme je pus et, jetant un œil dans le rétroviseur, je la vis toujours immobile au beau milieu de la route. Les bras ballants, le regard vide et surtout, le corps couvert de sang.

J'avais trop écrit de thrillers pour ne pas comprendre ce qu'il se passait. Cette femme avait dû être la proie d'un tueur auquel elle avait réussi à échapper. Je le reconnais humblement, mon premier réflexe fut d'une lâcheté absolue. Je ne pensai qu'à accélérer et m'enfuir, persuadé que le tueur n'était pas très loin. Mais le regard hypnotisé par ce que je voyais dans mon rétroviseur intérieur, je me repris aussitôt et enclenchai la marche arrière.

La femme parut se ressaisir elle aussi, et se mit à courir vers ma Ford Fiesta. Sans sortir de mon véhicule, j'ouvris la portière côté passager et lui hurlai :

– Montez vite !

La jeune femme ne se le fit pas dire deux fois, et s'engouffra dans ma voiture au moment même où je vis sortir des fourrés un homme tenant de longs couteaux dans ses mains. Mais ce qui me frappa le plus, ce fut son regard. Celui du mal incarné. Le Diable en personne ! Un frisson glacé me parcourut alors que j'appuyais, pied au plancher, sur l'accélérateur. L'homme resta au milieu de la route et ne chercha pas à nous suivre dans une course perdue d'avance, tandis que ma Ford s'éloignait à toute allure.

– Qui est ce type ?! demandai-je le souffle court.

Mais la jeune femme ne répondit pas. Elle était figée, tétanisée par la peur. Je n'osais imaginer ce qu'elle avait pu subir, et secouai la tête.

– C'est fini, tout va bien. Je vais vous conduire à l'hôpital et j'irai prévenir la police.

La jeune femme tourna alors la tête vers moi et, le regard chargé de larmes, elle me supplia de n'en rien faire.

– Je vous en prie, pas la police, surtout pas la police.

Je fis la grimace. Elle était sous le choc et voyait le mal partout. Elle voulait être seule, tout oublier. Je pouvais comprendre, cependant on ne pouvait pas accepter que l'acte de cet homme reste impuni.

– On doit le faire. Vous devez porter plainte.

– Non, vous ne comprenez pas. Cet homme est le fils du commissaire Marconi. Personne ne me croira.

Et, prenant sa tête entre ses mains, elle se mit à pleurer. Mon cœur se serra. Je ne savais quoi faire. Il était impensable de ne pas alerter les autorités. Je ne pouvais raisonnablement pas laisser un tel fou dans la nature. J'avais été le témoin direct d'une agression. Cet homme n'avait aucune chance de s'en sortir. Et aussi puissant que soit son père, même si j'avais de nombreuses réserves sur l'état de notre démocratie, je n'imaginais pas qu'on puisse enterrer une telle affaire. Nous n'étions pas dans un roman policier, mais dans la réalité et dans la réalité les flics font leur travail avec justice et abnégation.

– Je vais vous emmener à l'hôpital, vous devez…

– Non, je n'ai rien. Trouvez-moi seulement des vêtements et après, déposez-moi où vous voudrez, me demanda la jeune femme.

Elle avait un regard profondément chargé de désespoir.

– Vous devez voir un médecin…

– Je vous en supplie, vous ne comprenez pas…

Et brusquement, elle me regarda comme si elle avait vu un fantôme. La bouche grande ouverte, incapable de parler.

– Vous… vous êtes Alexis Aubenque ? bredouilla-t-elle.

Tenant mon volant fermement des deux mains et sans quitter la route des yeux, je ne pus m'empêcher de rougir. Quelles que soient les circonstances, mon ego est prompt à être flatté, et aussi déplacée que soit cette pensée en un pareil moment, j'étais fier qu'elle me reconnaisse.

– C'est exact.

– Je n'en reviens pas. Je ne vous avais pas reconnu avec cette barbe.

Je me l'étais laissé pousser depuis deux mois pour ressembler au rocker que je voulais être.

– J'adore tous vos livres, dit-elle dans une ébauche de sourire.

La situation était surréaliste. Elle venait de se faire agresser et retrouvait déjà le sourire.

– Eh bien, si vous avez lu mes livres, vous devez savoir que j'ai un sens aigu de la justice, et il est hors de question que vous ne portiez pas plainte.

– Oui, et je sais aussi que vous êtes toujours à l'écoute des femmes. C'est pour ça que, je vous en prie, trouvez-moi d'abord des vêtements.

– Bien sûr.

Et soudain une idée me vint à l'esprit. Évidemment je ne la lui aurais jamais soumise si elle ne m'avait pas reconnu, mais puisqu'elle savait qui j'étais, elle me paraissait acceptable.

– Si vous voulez, je vous emmène avec moi. Je vais passer quelque temps dans une villa isolée non loin de Bonifacio. Là-bas j'irai vous acheter des vêtements, et ensuite nous discuterons. Je tiens à ce que vous alliez porter plainte.

La jeune femme retrouva le sourire.

– Venant de n'importe qui d'autre, je m'enfuirais en courant, mais j'ai confiance en vous. Alors d'accord.

Je réalisai alors mon manque total de délicatesse et freinai pour me garer sur le bas-côté.

– Qu'est-ce que vous faites ?

– Ce que j'aurais dû faire depuis le début.

Sur ce, j'allais prendre dans ma valise qui se trouvait dans le coffre un short et un t-shirt que je lui donnai. À l'abri dans la voiture, elle réussit à les enfiler et même s'ils étaient évidemment trop grands, elle avait à présent une tenue décente, ce qui rendait la situation beaucoup moins gênante.

– Vous êtes un vrai gentleman.

– J'essaye.

– Comme Mike Logan.

C'est le nom de mon héros fétiche.

– Merci du compliment.

Les écrivains ont l'habitude de décrire leurs héros comme leur « moi » magnifié. J'aurais adoré être Mike Logan. Mais en avais-je la rigueur, la force, le charisme ? Pas sûr…

– En fait, je préférerais que vous soyez Ryan Bonfire.

Mon autre héros fétiche. Un justicier qui tuait toutes les crapules qui croisaient son chemin. Celui-ci aussi je l'adorais. Tuer des salopards sans sommation était un simple fantasme qui me faisait du bien, car dans la réalité je suis très vieux jeu, et résolument contre la peine de mort.

– Le bad boy au grand cœur, dis-je.

– Ce que j'aime chez lui, c'est son côté rock. J'adore le hard rock.

Je quittai la route des yeux un instant et la dévisageai plus longuement. La tension ayant largement diminué, je retrouvais un certain calme et réalisais que ma passagère était une femme lumineuse et vraiment charmante.

– À qui le dites-vous ! Je vais vous révéler un scoop, ça vous intéresse ?

– Et comment, répliqua-t-elle tout émoustillée.

– Je vais me lancer dans la chanson. Je suis en train de monter un groupe de rock. J'ai déjà quelques morceaux. Si vous voulez, je vous fais écouter les démos.

– Avec grand plaisir.

Je pris alors la petite route qui menait à la villa, un lieu isolé de tout avec une vue incroyable sur la Méditerranée.

– Voyez, on est presque arrivé.

– C'est super mignon, j'adore le coin.

Et après un dernier virage, on arriva en vue d'une villa de toute beauté. Le grand luxe. Huit cents mètres carrés, avec piscine à débordement, et tout le toutim, sans oublier la vue imprenable sur la Méditerranée

– Waouh, c'est à vous ?

– Non, un ami me l'a prêtée.

Avoir des relations dans le cinéma avait quelques avantages.

– J'adore ! Votre ami, c'est qui ?

Si je le lui avais dit, elle m'aurait sûrement trouvé bien moins attirant, aussi je préférai taire son nom.

– Top secret. Il ne souhaite pas que ça se sache.

– Je comprends.

Je garai la Ford Fiesta sur une des places de parking puis je fis entrer mon invitée dans la vaste demeure.

– Je vais vous installer dans une des chambres, et après j'irai vous acheter des vêtements à Bonifacio. Indiquez-moi juste votre taille.

Elle s'avança dans le salon et se dirigea aussitôt vers la grande bibliothèque. Mon ami était un grand fan de littérature de genre, et plus particulièrement de science-fiction.

– Je ne suis pas sûr que cela va vous plaire, dis-je alors qu'elle attrapait *Hypérion* de Dan Simmons.

– Vous plaisantez, c'est un de mes livres préférés.

Là, ça devenait très bizarre.

– Vous n'allez pas me dire que vous aimez aussi la science-fiction ?

– Si j'aime ? J'adore, j'ai lu *La chute des mondes* au moins dix fois, et je rêve que vous en fassiez une suite.

Alors là, c'était tout simplement incroyable.

– Vous savez que j'y travaille ?

– Non, vous déconnez ? Je croyais que vous aviez définitivement arrêté d'écrire. Cela fait deux ans qu'on attend votre prochain roman.

– Je sais mais, pour la SF, je ferai une exception, du moins après mon album de rock.

– Vous me le promettez ?

– Je ne promets jamais, mais je vais essayer.

Elle me sourit, et je succombai encore un peu plus à son charme.

– Bon, vous me donnez vos mensurations ?

Après avoir noté ces informations dans mon smartphone, je me dirigeai vers la sortie.

– Je vais y aller, je reviens d'ici une heure, prenez un bain ou profitez de la piscine.

– C'est gentil. Vous savez quoi ?

– Non.

– Vous êtes encore mieux que vos héros.

Le rouge me monta aussitôt au visage et je me raclai la gorge de confusion.

– Si vous le dites, dis-je en baissant la tête. Je reviens tout de suite.

– Et si vous restiez ? me demanda-t-elle en se rapprochant de moi.

Je n'étais pas dupe. Même si j'ai rarement su reconnaître quand une femme me trouvait attirant, cette fois son attitude ne laissait pas de place au doute. Mais comment accepter une telle proposition ?

– Non, je dois y aller. Vous êtes encore sous le choc de votre agression, et je ne suis pas le héros que vous croyez.

– Ne soyez pas modeste, vous m'avez sauvé la vie.

– Sans doute, c'est bien pour ça que je ne vais pas profiter de vous.

– Vous me voyez comme une victime, c'est ça ? Je vous dégoûte, répliqua-t-elle d'un petit ton dépité.

– Vous plaisantez, vous êtes magnifique. Et si vous voulez tout savoir, vous ne me laissez pas indifférent. Cependant, si vous me connaissez aussi bien que vous le dites, vous devez savoir qu'aucun de mes héros ne profiterait de la situation.

Je crus voir un éclair de colère passer dans ses yeux gris, mais qui ne dura pas.

– Très bien, allez me chercher des vêtements.

Je lui fis un clin d'œil et quittai la villa. Le soleil était en train de se coucher sur la Méditerranée, incendiant ses eaux de mille feux. Magnifique. Comment avais-je pu passer autant d'années à Paris ? Mais bon, c'était le passé. Seul le présent comptait désormais. Je remontai dans ma Ford Fiesta et passant le portail, je retrouvai le petit sentier qui m'était familier.

À présent, loin de cette femme, je repensai à la conversation que nous avions eue dans le salon et réalisai à quel point cela n'avait aucun sens. Aucune femme venant de se faire agresser, peut-être violer, n'avait envie de coucher avec un homme l'instant suivant, surtout avec un inconnu. Même si je ne l'étais pas tout à fait.

Les lèvres serrées, je réalisais qu'elle était complètement sous le choc et qu'elle n'avait plus aucune notion de ce qu'elle faisait. Je ne devais pas aller lui chercher des vêtements, mais plutôt aller voir la police et tout leur raconter. Cette jeune femme avait besoin d'aide, et c'était de mon devoir de la protéger.

Fort de cette résolution j'accélérai, quand subitement une silhouette se dressa en plein milieu de la route. Je reconnus aussitôt son agresseur. Le même regard diabolique. Mon sang ne fit qu'un tour et, sans réfléchir, j'accélérai. L'homme n'eut pas le temps de s'écarter. Je le percutai de plein fouet.

Le cœur battant à tout rompre, je m'arrêtai quelques mètres plus loin et regardai dans le rétroviseur. Il était allongé sur le sol, totalement immobile. Que faire ? Partir chercher la police ? Vérifier qu'il était mort ? Lui rouler dessus ? Trois possibilités. J'étais incapable d'opter pour la troisième. La première était la plus raisonnable. La deuxième était stupide. Combien de fois avais-je hurlé contre la bêtise de ces personnes qui, plutôt que de fuir, restent justement auprès de leur agresseur ! Et pourtant c'est ce que je fis.

Après être descendu de mon véhicule et m'être muni du démonte-pneu que j'avais pris dans le coffre, d'un pas de chat je remontai les quelques mètres qui me séparaient de l'homme que je venais de renverser.

Étendu sur l'asphalte, il ne bougeait toujours pas. J'avançais prudemment, aveuglé par la lumière éblouissante du soleil couchant. Arrivé à sa hauteur, je ne distinguai toujours aucun mouvement de sa part, mais une rigole de sang était en train de former une petite flaque près de lui. Je l'avais tué !

Pour en avoir le cœur net, je me penchai vers lui. À cet instant, il se retourna d'un coup et m'attrapa par le col de ma chemise. Sa bouche était en sang, son regard vitreux.

– Tu dois tuer ces diablesses, elles vont te rendre fou ! Tue-les avant qu'il ne soit trop tard !

– Qu’est-ce que vous racontez ? Lâchez-moi !

– Non, c’est toi qui vas m’écouter. Ce sont les filles du Diable, les filles du Diable !

Tandis que j’étais prêt à lui défoncer le crâne avec mon cric, il relâcha son emprise et ses yeux se révulsèrent. Il retomba lourdement sur le sol. Je restai un instant tétanisé de stupeur puis, me ressaisissant, je plaçai un doigt sur sa carotide. Aucune pulsation. L’homme était bel et bien mort. Je l’avais tué.

Étrangement, au lieu d’être effondré par l’horreur du forfait que je venais de commettre, seuls les mots que l’homme avait prononcés résonnaient encore dans ma tête. « Ce sont les filles du Diable » Primo, il n’y avait qu’une seule fille. Secundo, jamais je n’ai jamais adhéré à ces croyances mystiques issues d’un autre âge. Je compris alors à qui j’avais eu affaire : un cinglé qui faisait partie d’une secte et qui voyait en ma protégée le mal incarné.

– Pauvre type ! dis-je, pour toute oraison funèbre.

Je retournai à ma voiture et remis le contact. Mais rien ne se passa. J’essayai encore. Toujours pas le rassurant ronronnement du moteur.

– C’est pas vrai ! Il ne manquait plus que ça !

Je soufflai un grand coup et après un dernier essai infructueux, je me résignai à prendre mon téléphone pour joindre la police. Mais à peine l’avais-je sorti de ma poche que je me souvins qu’on ne captait rien sur ce sentier isolé de tout. Il ne me restait plus qu’une seule chose à faire : retourner à la villa et utiliser la ligne fixe. Je n'avais roulé que deux minutes. À pied, en marchant vite, en un quart d'heure, je serais de retour.

Cela ne me prit que treize minutes pour revoir le portail de la villa. J'enclenchai l'ouverture et bien que le soleil ait disparu à l'horizon, je m'étonnai de ne voir aucune lumière derrière les grandes baies vitrées.

Ma protégée s'en était-elle allée ? Peut-être s'était-elle endormie ? J'entrai dans la maison. Aucun bruit. Je traversai le salon. Personne. J'allais l'appeler quand je réalisai que je ne lui avais pas demandé son prénom ! Alors, plutôt que de crier un « il y a quelqu'un ? » ridicule, je montai l'escalier et allai voir dans les chambres.

Dans le silence inquiétant de la maison, j'entendis distinctement le bruit caractéristique d'un plongeon. J'allais à la fenêtre de la chambre avec vue sur la piscine. Dans lumière blafarde du clair de lune, je distinguai une tête émergeant de l'eau. Soudain une main me toucha l'épaule et je poussai un petit cri de fausset en me retournant d'un bloc. La jeune femme que j'avais sauvée se trouvait derrière moi.

– Excuse-moi si je t'ai fait peur.

– Mais qui c'est la fille en bas ?

– Une amie. Je me suis permis de l'appeler. Je ne voulais pas rester seule dans cette grande maison.

Je faillis lui répliquer que je n'étais parti que vingt minutes tout au plus et que je n'avais croisé personne sur le sentier. Au lieu de cela je répondis :

– Je comprends. Au fait, comment tu t'appelles ?

– Moi, c'est Lilith. En bas, dans la piscine, c'est Jézabel.

– Original.

– Oui, c'est ma meilleure amie, dit-elle avant d'ajouter : Mais comment se fait-il que tu sois déjà de retour ?

– Ma voiture est tombée en panne et mon téléphone ne capte pas.

– Je comprends. J'espère que tu n'es pas ennuyé que mon amie soit là.

Dans la pénombre de la chambre, j'avais l'impression que cette fille n'avait plus rien à voir avec celle que j'avais sauvée des griffes du cinglé sataniste. Quelque chose dans sa démarche. Aussi son regard trop assuré n'était pas celui d'une fille qui vient de se faire agresser et surtout, quelle drôle d'idée que d'inviter une amie qui, comme par hasard, se trouvait non loin de ma demeure.

– Non, pas du tout, au contraire, elle pourra te prêter des vêtements.

– Elle m'a donné les siens.

Effectivement, je réalisai qu'elle portait une jolie tenue, très féminine. Je reportai le regard sur la piscine dont les lumières venaient de s'allumer.

– J'ai trouvé l'interrupteur, annonça Jézabel qui était sortie de l'eau.

Elle était entièrement nue et ne paraissait nullement gênée de se montrer ainsi dans le plus simple appareil devant un étranger.

– Je vais aller appeler la police.

– Non, je t'en prie, ne fais pas ça.

Son ton était plaintif mais également péremptoire. Le moment de vérité était arrivé.

– J'y suis obligé. En partant, j'ai écrasé l'homme qui t'a agressée.

Lilith sourit.

– Il est mort ?

– Oui, je vais devoir me dénoncer.

– À quoi bon ? Bon débarras. Au moins, il ne recommencera pas. Mon héros…

Elle posa ses bras autour de mon cou, et plutôt que de me sentir excité, une peur insidieuse me saisit.

– Lilith, je dois le faire, la police va venir m'interroger. Le cadavre est toujours sur la route.

– Eh bien, allons l'enlever et enterrons-le dans le maquis. Personne ne le retrouvera jamais.

– On ne peut pas faire ça.

– S'il te plaît, mon Ryan Bonfire à moi.

– Je ne suis pas un héros de roman, je suis un écrivain de chair et d'os. Je vais simplement faire ce que n'importe qui ferait à ma place.

Je crus un instant qu'elle allait m'en empêcher, mais elle recula et dit simplement :

– D'accord, c'est comme tu veux.

Je descendis au rez-de-chaussée chercher le téléphone fixe. Je venais d'attraper le combiné quand Jézabel entra dans le salon. Les mains dans le dos, arborant sa nudité avec fierté, elle s'avança vers moi.

Dans un éclair, les mots du tueur fou me revinrent en mémoire : « les filles du Diable. » Évidemment, l'homme savait que Lilith n'était pas seule. Et si c'était l'inverse ? Et si c'était Lilith et Jézabel qui avaient tenté d'agresser ce pauvre malheureux qui n'avait voulu que se défendre ? Et si ces deux filles étaient complètement cinglées et voulaient me faire la peau ?

Je collai le combiné à mon oreille, mais aucune tonalité.

– N'essaye même pas. J'ai coupé le fil, dit la jeune femme.

Et elle sortit de derrière son dos un long couteau de boucher.

– Qu'est-ce qui te prend ? Fous le camp !

– Alexis, ne sois pas grossier, ce n'est pas ton genre, intervint Lilith qui venait de redescendre de l'étage.

– Mais qui êtes-vous ? Qu'est-ce que vous me voulez ?

– Je crois que c'est clair, dit Lilith qui s'approcha en brandissant son couteau.

– Lilith, je t'ai sauvé la vie, j'ai tué pour toi.

Elle frappa dans ses mains pour applaudir et s'avança vers moi.

– Je suis fière de toi, mon écrivain préféré, et je vais te dire, je n'aurais jamais cru que tu aies le courage de tuer ce connard. C'est cool. Mais on va devoir te tuer quand même.

– Mais pourquoi ? Qu'est-ce que je vous ai fait ?

– Tu ne te souviens vraiment pas de nous ?

– Non, bien sûr que non ! hurlai-je.

– Et voilà, je te l'avais dit, cette ordure nous a complètement oubliées, dit-elle à sa comparse.

Et soudain cela me revint. L'histoire de deux filles déjantées qui tuaient de pauvres bougres qu'elles prenaient en auto-stop. Un de mes premiers romans, du moins tentative, que j'avais abandonné sans le finir.

– On est tes créatures et on a la rage. Tu ne parles que de Mike Logan, Nimrod Russel, Ryan Bonfire. Et nous, personne ne nous connaît. C'est pas très sympa pour un type qui se dit féministe.

– Mais vous n'existez pas !

J'avais l'impression de devenir fou. Mais tout cela était bien réel, j'allais me faire tuer par mes créatures. Je poussai alors un hurlement et me jetai sur la grande baie vitrée. Je la traversai et atterris sur le sol de la terrasse. Des douleurs terribles me déchiraient tout le corps.

Pour avoir vu des milliers de fois, dans les films, des héros le faire avec facilité, je pensais pouvoir agir de même. Transpercé de toutes parts par une myriade d'éclats de verre je réalisai mon erreur. Mes deux diablesses avaient observé mon exploit et, tandis que j'essayai de me redresser, Jézabel, son couteau pointé dans ma direction, s'avançait vers moi prête à me trucider…

– Alexis, hé ho, tu m'écoutes ? demanda Bertrand.

Je me redressai dans mon fauteuil. J'étais toujours à Paris dans le bureau de mon éditeur.

– Quoi ?

– Je te disais, pour la nouvelle, fais-moi une dernière nouvelle, juste une dernière, je t'en prie.

C'était plus fort que moi, mon esprit avait vagabondé alors que Bertrand avait continué de parler sans que je l'écoute réellement. J'avais essayé d'imaginer une histoire qui se tienne, la Corse et moi en héros…

– J'ai bien des idées, mais elles sont toutes trop nulles, dis-je.

Me mettre en scène et être la proie de deux de mes créations… Non, ce n'était pas possible. À oublier.

– Désolé, Bertrand, je ne l'écrirai pas, ta nouvelle.

– Tu sais quoi ? me dit-il alors que je me levai pour quitter les locaux de Hugo & Cie.

– Dis-moi ?

– Mais je l'ai, ta nouvelle. Tu viens de l'écrire, espèce d'idiot ! Et elle est déjà dans le recueil !

Page blanche

ROY BRAVERMAN

Le timbre de la sonnette. Le craquement du plancher sur le palier. Un rai de lumière sous la porte. Il abandonne sa page blanche et va ouvrir.

– Bonjour ! dit un sourire

– …

– Je peux entrer ? s'impatientent deux yeux écarquillés.

Il ne la remet pas. Quelque chose peut-être… il est possible qu'il l'ait croisée, mais il ne sait pas qui elle est.

– Qui êtes-vous ?

– Vous ne me reconnaissez pas ?

– Non, désolé. Nous nous connaissons ?

– Bien sûr. Enfin, moi je ne vous avais jamais vu, mais vous êtes bien tel que je vous imaginais.

– Vous ne m'avez jamais vu, mais vous me connaissez ?

Il se dit alors que c'est peut-être une fan, une admiratrice. Une adulatrice même, qui sait. Une lectrice prête à tout pour le rencontrer, comme à ses débuts, comme au temps de *L'amour au couvent*, quand de belles libraires ou de jeunes universitaires se jetaient dans son lit lors des signatures en province. D'une certaine façon, cette possibilité le flatte. Il reste au moins une lectrice fidèle à l'auteur qu'il a été. Elle est charmante d'ailleurs, tout à fait le genre de femme qu'il aime. Enfin qu'il aimait. Qu'il a aimées. Il regarde ses mains, croisées sagement devant elle. À hauteur de son sexe, comme par hasard. Elles sont vides et il s'en étonne.

– Vous n'avez pas de livre ?

– Non, pourquoi en aurais-je ?

– Pour la dédicace, je suppose…

Son rire tintinnabule. Blanches quenottes, lèvres cerise, hautes pommettes, et la blancheur de ce cou qui se tend.

– Non, je ne suis pas venue pour ça, rassurez-vous !

– Je ne vois pas en quoi cela me rassurerait, je ne sais toujours pas ce que vous me voulez.

– Je voudrais vous parler de *Dernier Eden avant le purgatoire*.

Il ne sait pas quoi dire. C'est le livre sur lequel il travaille. Celui qu'il jalouse, qu'il cache. L'histoire dans laquelle il s'enlise sans rien dire à personne. Seigneur Dieu, il en était donc rendu là, pour la première fois dans sa carrière. Et il avait dû croiser cette mignonne assistante chez son éditeur.

– Ah, vous venez pour le manuscrit. Oui, je sais, je suis un peu en retard, mais entrez donc, je vais vous expliquer…

Elle entre chez lui comme un nouveau personnage dans une comédie musicale, d'un pas dansé, sa robe virevoltante, la tête haute et le sourire radieux de pénétrer enfin dans ce décor qui, pour lui, n'est que celui de son quotidien. Il la classe aussitôt dans la catégorie « jeune universitaire » de ses anciens désirs. Il l'invite à s'asseoir dans le vieux sofa et elle s'y laisse tomber, un instant engloutie dans un remous de velours dont elle émerge le bas de sa robe remonté haut sur ses cuisses. Il lui propose un café pour ne pas y penser et laisse la machine à capsule le filtrer. Lui n'en prend pas. Il écrit au chocolat chaud mais ne veux pas que ça se sache.

– Pas de chocolat pour vous ? dit-elle de l'air mutin d'une enfant laissant savoir qu'elle sait.

Il ne répond pas. Il hésite à s'asseoir près d'elle sur le canapé mais choisit, par expérience, le fauteuil tout aussi fatigué face à elle. Pour la blanche rondeur de ses genoux et la tentation du sillon de ses cuisses.

– Je vais donc vous expliquer, mademoiselle… ?

– Blanche. Blanche, vous savez bien !

Non, il ne sait pas. Il ne se souvient pas. Alors il ment avec une coquetterie de vieux dandy qu'il regrette aussitôt. Pauvre idiot !

– Blanche, bien sûr, excusez la mémoire défaillante d'un vieil homme.

Elle ne répond par aucune indulgente politesse, et il s'en offense le temps d'une seconde. Le temps qu'un rai de soleil ne laisse deviner, dans un soudain contre-jour, par la transparence de sa robe légère, ses jolis seins galbés. Et libres. Est-ce que cette petite assistante serait là, comme les étudiantes et les libraires d'antan, pour lui faire du gringue ?

– Voilà, je suis un peu en retard sur la date de remise du manuscrit parce que je remanie l'intrigue autour d'un nouveau et puissant personnage qui…

– Justement, c'est de ce personnage dont je veux vous entretenir.

– Mais, comment pouvez-vous le connaître ? Je n'ai parlé de ce revirement à personne.

– Vous parlez bien du personnage du grand reporter, Olivier, l'écrivain baroudeur ?

– Oui, mais encore une fois, comment…

– Écoutez, je vais être franche, je suis venue vous voir pour vous dire que je ne veux plus coucher avec lui.

– Pardon ?

– Je sais, cela va vous contrarier, mais je n'en peux plus, c'est plus fort que moi !

Il la regarde, sa petite bouille de colère boudeuse, ses yeux de bakélite, sa moue décidée. Désirable dans l'instant, là, tout de suite si elle l'accepte, dans le vieux velours frappé de son canapé. Puis il se reprend, enfouit son visage dans ses deux mains, et le malaxe comme pour en effacer un mauvais rêve.

– Qui diable êtes-vous donc ? panique-t-il.

– Mais Blanche, bien entendu, Blanche Castelet, votre héroïne.

– Blanche Castelet ? Mais c'est impossible…

– Paul, je peux vous appeler Paul ? Paul, je suis Blanche, c'est vous qui m'avez imaginée, créée, conçue, je croyais que vous vous en étiez rendu compte.

– Non, non, murmure-t-il décontenancé, je vous croyais envoyée par mon éditeur…

– En fait, je le suis un peu, d'une certaine façon, puisque votre roman bloque à cause de moi.

– Mon roman ne bloque pas ! s'insurge-t-il, vexé puis soudain idiot d'avoir à se défendre face à un personnage.

– Huit pages en un mois, Paul, huit fois réécrites pour des scènes d'un érotisme douteux et, à mon sens, inutile et nuisible à la force de l'intrigue.

– Non mais comment vous permettez-vous… !

Il a bondi de son fauteuil, poussé par une trop magistrale indignation pour ne pas s'en sentir aussitôt ridicule devant un personnage qui ne peut pas exister. Enfin qui n'existe pas en vrai, ailleurs que dans son œuvre. Dans sa tête. Seigneur Dieu, deviendrait-il fou ?

– Paul, je me permets parce que vous m'avez fait revivre huit fois cette copulation désobligeante et que j'en suis épuisée physiquement et moralement. Vous avez fait de ce baroudeur de pacotille…

– Olivier Thévenin, un baroudeur de pacotille !

– … oui, Paul, quelqu'un doit vous le dire en face une bonne fois pour toutes, vous avez fait de ce baroudeur de pacotille une bête de sexe qui ne vous ressemble pas !

– Me ressembler ? Mais pourquoi Olivier Thévenin me ressemblerait-il ?

– Parce que tous vos personnages masculins sont vous, Paul, chacun un peu, à leur manière, et que vous ne pouvez pas leur échapper. Mais ce Thévenin !

– Quoi, ce Thévenin ? se renfrogne-t-il dans un sursaut de fierté.

– Vous ne voulez quand même pas que je vous cite ? « *Il est un amant indomptable, un cheval fougueux, un mustang qu'elle chevauche comme dans une charge de cavalerie* ». Ou encore : « *Il prend tout d'elle, ses seins, sa bouche, son cul, son sexe et ne lui laisse que l'émoi de ses désirs assouvis et le désarroi de ses jouissances inattendues.* » Franchement, Paul ! Ou même : « *Il la désarticule de bonheur* », « *il tétanise son plaisir* », « *il écartèle ses moindres fantasmes et la jette, épuisée, dans ses draps, comme une naufragée volontaire dans l'écume des mers !* » Paul, Paul, Paul, quand même !

– Quoi, ce n'est pas si mauvais que ça. C'est imagé…

– Mais ça me défonce le cul, Paul, si vous me permettez d'être aussi directe. Depuis un mois, je ne sers qu'à ça, à me faire déglinguer par Thévenin sans autre raison que d'aller me consoler dans les bras de ce pauvre Lambert sous prétexte qu'il serait toute la douceur qu'une femme aimée serait en droit d'attendre.

– Eh bien quoi, ces deux genres d'hommes existent, non ?

– Bien sûr qu'ils existent, Paul. Ils sont tous les deux une part de vous-même, et je peux le comprendre. Mais être romancier, c'est écrire pour ses personnages, pas pour soi.

– Mais où allez-vous chercher cette idée que je n'écrirais que pour moi ? Savez-vous combien de lectrices et de lecteurs j'ai ?

– Vous en avez eu beaucoup, Paul, mais si vous bloquez sur ce roman, c'est que vous ne l'écrivez plus pour eux.

– Et dites-moi donc pour quelle raison, vous qui semblez tout savoir, je n'écrirai plus que pour moi ?

Elle hésite un peu, et la situation lui rappelle une scène où Thévenin perd la tête dans un désir violent après une colère de Blanche. Comment ils jettent leurs corps et leurs sexes à l'assaut l'un de l'autre, dans une étreinte au cours de laquelle il prend tout d'elle, ses seins, sa bouche, son… Justement !

Elle le regarde, et son silence parle pour elle. Il comprend qu'il vient lui-même de faire la démonstration de ce qu'elle lui reproche.

– Paul, avouez-le, vous ne voulez tous ces ébats que pour le plaisir d'une étreinte avec moi.

– Mais pour qui vous…

– Je me prends pour ce que vous avez fait de moi, Paul, et je ne vous en veux pas. L'idéal de toutes celles que vous avez aimées dans la vraie vie et de celles que vous avez convoitées dans une vie rêvée. Je suis l'abrégé de vos fantasmes, Paul, c'est ainsi que vous m'avez faite.

– Pas du tout. Mais pas du tout alors ! Vous êtes un personnage imaginaire, construit pour servir mon propos dans une histoire dont la portée vous échappe et vous n'avez pas la moindre idée du sens que je lui donne. D'ailleurs vous n'y êtes plus indispensable et il se pourrait bien que vous ne surviviez pas.

Il s'emporte et elle se fâche à son tour.

– Eh bien puisque nous en sommes-là, laissez-moi dire alors ce que je ressens vraiment. J'ai l'impression de n'être que votre geisha servile, une call-girl qu'on convoque, la concubine à disposition de votre gynécée mental. Qui croyez-vous tromper quand vous me faites prendre par Thévenin ? C'est vous qui me prenez, qui disposez de moi, de mes soumissions « guerrières », de mes abandons que vous voulez « audacieux ». Et quand vous me faites geindre, « supplier », gémir, feuler, c'est ce que vous voulez entendre de moi…

Il cherche quoi répondre quand une porte s'ouvre et que sa femme sort de leur chambre, nue dans une robe de chambre japonaise aux pans dénoués. Un instant fugace, elle est dans le rai de soleil qui embrase son buisson. « Ardent », est-il tenté d'écrire dans sa tête malgré sa surprise.

– Qu'est-ce qu'elle fait là, celle-là ? dit-elle en traversant le salon pour rejoindre la cuisine.

– Vous vous connaissez ?

– Bien sûr, dit sa femme qui s'étonne de sa surprise, vous êtes Blanche, son héroïne.

– Tu connais Blanche ?

– Une femme finit toujours par connaître celle qui couche avec son mari plus souvent qu'elle.

– Mais tu la vois ? Tu la vois vraiment ?

– Mon pauvre, ça fait vingt ans qu'elle nous hante, alanguie en déshabillé dans notre sofa, nue en tailleur sur notre terrasse, ou sur tes genoux, ou à table au dîner entre nous deux. Dans tes premiers livres elle me ressemblait, puis elle a ressemblé à tes autres amours de passage, puis à ta maîtresse. Enfin, quand l'âge et le temps t'ont saisi de ce terrible désarroi, à toutes les autres, impossibles et inatteignables, la boulangère, la stagiaire, la voisine, la doctoresse, l'avocate, cette inconnue du matin à l'arrêt de bus, la présentatrice de cette émission… C'est Blanche, quoi ! Blanche, ta Blanche !

– C'est ce que je suis venu lui dire, explique Blanche, je veux qu'il cesse de se servir de moi par personnage interposé.

– Toi, tu la fermes, petite bécasse opportuniste. Pour qui te prends-tu, à prétendre dicter à ton auteur ce qu'il doit faire de toi ?

– Écoutez, madame, rien ne vous oblige à la vulgarité, et votre mari est bien mieux placé que vous pour savoir que ses personnages ont ce pouvoir de forcer sa plume. Ne le raconte-t-il pas à chaque conférence ? « Ce sont mes personnages qui décident de mes romans. » C'est la seule raison pour laquelle je me suis permis de venir.

– Mais n'avez-vous donc pas compris, pauvre petite gourgandine, que les auteurs n'ont jamais vraiment vécu ce qu'ils écrivent ? Ils ne font que se délecter à le vivre par procuration à travers leur écriture. Même si vous m'avez ressemblé un jour, pensez-vous vraiment qu'il m'a aimé comme il prétend l'avoir fait à travers vous ?

– Là, franchement, tu deviens blessante, chérie…

– Mais non, pauvre idiot, puisque par ce message, qui s'adresse à moi à travers ton personnage, tu m'en demandes en quelque sorte pardon et que ça te rend vulnérable, donc attachant, et que je t'aime d'autant plus.

Blanche reste sans voix de se retrouver au milieu des aveux du couple.

– Un café ? propose alors la femme comme si rien n'avait été dit précédemment. Double Diavolitto dans une tasse sans anse sans sucre ?

– Comment savez-vous ?

– C'est ce que je bois, dit la femme d'un sourire amusé.

Elle disparaît dans la cuisine, et le mouvement fait voler les pans de son vêtement, traîne aérienne et volage qui dévoilent une seconde ses jolies fesses. Blanche bondit hors du sofa et s'approche de l'auteur.

– Écoutez, je suis autant désolée que vous de cette situation. Coupons court à tout ça : débarrassez-moi de Thévenin et n'en parlons plus.

Timbre de la sonnette. Craquement du plancher sur le palier. Une ombre dans le rai de lumière sous la porte.

– Occupée au café ! crie la femme depuis la cuisine.

Lui ne répond pas, figé à l'idée que sa femme sache qui est vraiment son personnage et, d'une certaine façon, donne raison à Blanche. Timbre de la sonnette.

– Toujours occupée ! préviens la femme.

Lui reste sans réagir, Alzheimer perdu dans un ailleurs éthéré, absent du monde. C'est Blanche qui va ouvrir.

– Thévenin ?

– Blanche, Mais qu'est-ce que tu fais là ?

– Et toi ?

– Je suis venu parler à l'auteur.

– Eh bien moi aussi, justement.

– Monsieur, dit Thévenin en entrant dans l'appartement, il faut que je vous dise : je n'en peux plus de baiser Blanche une fois par chapitre.

– Ah, vous voyez ! s'exclame Blanche.

– Il voit quoi ? s'étonne Thévenin.

– Je suis venu lui demander la même chose.

– Tu ne veux plus baiser avec moi ? Mais pourquoi ? s'inquiète aussitôt Thévenin. Je suis un mauvais amant ? Tu ne jouis pas ?

– Il ne s'agit pas de cela, tente d'intercéder l'auteur.

– Si, si, c'est bien de ça dont il est question, bien au contraire, reprend Thévenin.

Il se tourne vers Blanche et lui prend les deux mains comme on le fait à une confidente.

– Blanche, ce baiseur-là, ce n'est pas moi, tu vois ? Ces obsessions, ces ruts, ces coïts, ces pulsions, c'est lui, ce n'est pas moi. Je ne suis pas comme ça, Blanche.

– Et moi, tu crois que je suis comme il l'écrit ?

– Écoutez, ça commence à suffire, là, vos enfantillages de personnages gâtés. Je vous ai vendus à plus de deux cent mille exemplaires, je vous rappelle, alors un peu de respect pour mon travail, espèces de petits…

– Oups, il faut un café en plus, dit la femme en débouchant de la cuisine, dans son déshabillé japonais qui vole au vent. Ristretto avec un verre d'eau pétillante, je suppose ?

– Comment savez-vous ?

– Il a ramené cette manie de Buenos Aires, dit-elle en désignant l'auteur d'un petit mouvement du menton qui écarte un peu plus son vêtement et laisse apparaître un sein à la pesanteur tentatrice.

– Mon Dieu, que votre femme est belle… murmure Thévenin sans la quitter des yeux.

– Je te ferais remarquer qu'elle me ressemble beaucoup, dit Blanche.

– Que vous me ressemblez, corrige la femme qui, les mains prises par les cafés, ne peut cacher ce sein objet de tous les désirs. C'est Blanche qui bondit vers elle et rajuste les pans du satin.

La femme tend son café à Blanche comme un remerciement, pose le sien sur le coin de la cheminée, et retourne à la cuisine préparer celui de Thévenin.

– Tu en veux un aussi, chéri ?

Il n'ose pas refuser et il se crée comme une trêve, une parenthèse spatio-temporelle, le temps que sa femme revienne, toujours aussi impudique, avec le café.

– Mais mon Dieu, qu'elle est belle ! murmure à nouveau Thévenin, fasciné par le corps de la femme qui s'en trouve flattée.

– Chérie, tu devrais peut-être réajuster ton vêtement.

– Mais pourquoi donc ? Nous sommes seuls ici, non ? Eux ne sont que des personnages !

– Personnages, oui, s'offusque Thévenin, mais présents quand même.

– Et donc vous veniez dire à mon mari que vous ne vouliez plus sauter le personnage de Blanche construit à mon image.

– Quoi ? Blanche à votre image ? Mais madame, si Blanche l'était vraiment, à votre image, je…

– Oui, bon, ça va, on a compris, coupe l'auteur. Dites-moi ce que vous étiez venu me dire et finissons-en.

– Voilà, comme je vous l'ai dit, je ne veux plus de ce rôle où je passe mon temps entre les délires charnels et les mièvreries sentimentales de Blanche. Ça n'a rien de personnel, Blanche, tu le sais bien. En dehors de ça nous nous entendons bien dans ce bouquin, mais là, monsieur, je n'en peux plus.

– Honnêtement, chéri, moi qui lis et corrige tes manuscrits, je comprends ce garçon…

– Chérie, ferme-la, tu veux, c'est déjà assez complexe à gérer, alors n'interfère pas, d'accord ?

La bouche de la femme s'arque d'une petite moue moqueuse qui prend Thévenin à témoin, et quand elle se penche face à lui pour poser son café sur la table basse, elle étouffe son regard de ses seins généreux.

– Donc vous ne voulez plus, comment avez-vous dit, de ce rôle dans mon bouquin, c'est bien ça ?

– Oui.

– Qu'à Dieu ne plaise, je vous ferai mourir dans le prochain chapitre. Cela vous convient-il ?

Thévenin, sonné, ne répond pas, mais Blanche s'offusque d'une réponse aussi cruelle.

– Comment pouvez-vous ? C'est monstrueux !

– Mais n'est-ce pas ce qu'il désire ?

– Si vous faites mourir Thévenin, je vous préviens, moi je me laisse mourir et vous ne terminerez jamais ce livre.

– Foutaises, mademoiselle, c'est moi qui décide qui vit et qui meurt dans mes romans.

– Ah oui ? Et comment se fait-il que vous n'ayez rien écrit depuis un mois alors ? Soixante-quatre pages à la corbeille en huit tentatives.

– La fatigue, c'est tout, une petite baisse d'inspiration, rien de plus…

– Ah oui, la fatigue ? Et qui vous empêche de dormir depuis des semaines, qui se glisse dans votre lit, qui se colle à vous, nue, et vous caresse dès que vous prétendez vouloir écrire ?

– Vous ne prétendez quand même pas que…

– Bien sûr que si, répond Blanche, c'est ma façon à moi de faire la grève du zèle. Un surcroît d'inspiration pour noyer votre jugement. C'est moi qui écris le scénario de vos nuits blanches, et vous n'écrirez plus rien tant que vous n'aurez pas répondu favorablement à ma demande.

– À nos demandes, insiste Thévenin.

– Mais qu'est-ce que vous voulez, vous ? Je peux encore comprendre la demande de Blanche, mais vous !

Thévenin tente d'oublier la nudité de la femme et s'assied les fesses au bord du canapé, comme pour un entretien d'embauche.

– Ce que je voudrais, c'est un autre rôle.

– Un rôle ?

– Oui, nous autres, les personnages, nous jouons des rôles. Des rôles que vous inventez et que nous incarnons.

– Incarner ?

– Bien sûr, intervient Blanche, vous dessinez un rôle de tigresse et je l'incarne, par exemple.

– Mais vous n'existez pas, hurle l'auteur, vous n'êtes pas réelle, vous n'êtes qu'une tigresse en papier !

– Et pourquoi alors, s'il vous plaît, des milliers de lectrices pleurent à mes malheurs ? Est-ce qu'elles pleurent des larmes de papier ? se vexe Blanche.

– Elles pleurent à cause des sentiments humains que j'ai mis dans vos personnages, bon sang, ce n'est pas si compliqué à comprendre !

– Et comment appelez-vous un personnage avec des sentiments humain, alors, hein ? Allez, dites-moi !

– Un personnage, tout simplement !

– Oui, mais un personnage humain ! Nous existons autant que vous, monsieur l'auteur !

Blanche a crié et l'auteur préfère en revenir à Thévenin qui n'est plus là. Sa femme non plus. Il ne reste sur le dossier de sa chaise que sa robe de chambre japonaise. La porte de la chambre est fermée. Ils ne savent pas quoi dire. L'auteur est gêné, Blanche aussi. Ils sirotent leur café, puis elle entame une conversation dilatoire.

– J'ai beaucoup aimé le passage où vous me faites découvrir la côte amalfitaine. Vous y êtes allé, je suppose ?

– Oui, plusieurs fois, avec ma femme, à Positano.

– Ça se sent, votre écriture rend vraiment bien ce sentiment étrange d'être engagé dans la fin d'un monde dont on devine quand même qu'il pourrait survivre à notre décadence.

– Oui, c'est exactement ce que j'ai voulu décrire. Savez-vous que…

Et ils parlent une bonne demi-heure, en essayant d'oublier la porte de la chambre qui s'ouvre soudain sur la femme, nue, les tétons bandés, qui se couvre de son satin au passage.

– Café, tout le monde ?

Ils la regardent disparaître dans la cuisine, et quand ils se retournent, Thévenin est là, assis à la même place, le regard écarquillé.

– Ben quoi ?

– Donc vous voudriez changer de rôle, reprend l'auteur en maîtrisant son calme.

– Oui, j'ai déjà tenu beaucoup de rôles dans différents bouquins et…

– Quoi ? Vous prétendez être déjà apparu dans d'autre livres ?

– Mais bien sûr, c'est notre métier de personnages, c'est notre vocation. Rien que dans votre œuvre, j'ai été le Jacques Lhomont des *Amours d'aubaine*, et le Paul Cordelier des *Âmes assassines*. Et vous savez bien que vous m'avez engagé après la lecture de *Syncope* de votre ami Ekbhart. Et que je vous avais déjà séduit dans *L'Empire des déchéances* de Bonavista.

Il préfère ne pas répondre pour ne pas entrer dans le débat du plagiat versus inspiration.

– Et quel rôle voudriez-vous reprendre ?

– En fait je voudrais jouer un rôle que je n'ai encore jamais tenté.

– Et quoi donc ? se résigne l'auteur.

– Celui d'un homme qui aime un homme.

– Allons donc, comme c'est original ! Et de quel personnage voudriez-vous tomber en pâmoison ?

– Un curé…

– Un curé, rien que ça ? Alors vous passez de la sortie de lit japonaise à la soutane légère, c'est ça ?

– Vous devriez savoir, en qualité d'auteur, que c'est le principe même du rôle de composition !

La femme se lève, vexée, et se drape dans son soleil levant.

– Rôle de composition, murmure-t-elle entre ses dents, pauvre petit con !

Elle retourne dans sa chambre, vexée, sous le regard gêné de Blanche, sans que les hommes ne se soucient de son départ.

– Dites-moi, Thévenin, il ne vous aura tout de même pas échappé qu'il n'y a aucun curé dans mon histoire.

– Comment le savoir, puisqu'elle est inachevée, et d'ailleurs j'y ai bien réfléchi et j'ai moi-même quelques idées sur de possibles twists. Vous pourriez par exemple…

– Thévenin ! coupe-t-il avec violence, l'auteur c'est moi ici, et personne d'autre. Et j'écris en français, moi, monsieur, et surtout pas des « twists ». Je construis des retournements de situation. Alors…

Timbre de la sonnette. Répétitif. Craquements impatients du plancher du palier. Il se lève, encore sous la fougue de sa colère, et ouvre la porte comme on écarte un obstacle. L'homme est petit, cheveux courts grisonnants, l'œil bleu acier.

– Quoi, encore ?

– Je suis Lambert, monsieur.

– Quoi, Lambert ? Quel Lambert ? Je ne connais pas de Lambert.

– Lambert, monsieur, le policier, Capitaine Lambert.

– Connais pas !

– C'est flatteur, merci ! se vexe Lambert en passant une tête par la porte. On reçoit en privé les personnages principaux et on oublie le nom des personnages secondaires, merci pour le mépris.

– Quoi, vous êtes le Lambert de mon roman, le flic ripou ?

– Ah, quand même !

– Écoutez, Lambert, c'est déjà assez compliqué comme ça avec Blanche et Thévenin, alors faites simple et rapide : que voulez-vous ?

– Je voudrais bien, monsieur, savoir à quoi rime toute cette chienlit. C'est la débandade, monsieur. Tous les personnages sont laissés à l'abandon, ils errent dans votre histoire, s'arrogent des droits de regard, se battent pour un dialogue ou un paragraphe. Tout part à vau-l'eau, monsieur. Il se crée des liaisons, des inimitiés, des rancunes, des jalousies qui remettent en question la structure même du roman. Vous ne pouvez pas les laisser faire, monsieur, il y va de votre réputation, et de la nôtre par ricochet.

Il l'écoute, et, sans inviter Lambert à entrer, recule jusqu'au sofa dans lequel il se laisse tomber à côté de Blanche, troublé. Épuisé. Perdu. Anéanti.

– Mon Dieu, c'est à ce point ?

Lambert en profite pour entrer. Il referme la porte et vient s'asseoir de l'autre côté de Blanche, sous l'œil intéressé de la femme qui passe une tête par la porte de sa chambre.

– Café ? demande-t-elle en traversant la pièce dans sa lingerie fine légère à l'infini.

Mais malgré sa nudité généreuse, Lambert n'a d'yeux envieux que pour Blanche qui rougit et n'a d'yeux craintifs que pour Thévenin qui pâlit.

– Espèce de petite salope, murmure ce dernier en se penchant vers elle, égrenant chaque syllabe d'une crispation menaçante. Alors c'est donc ça, c'est donc lui ton amant, celui que l'auteur gardait pour le twist final…

– Le retournement de situation, je préfère ! précise l'auteur d'un doigt levé.

– … celui qui t'usine et te vilebrequine dans les chapitres dont je suis comme par hasard exclu !

– Mais Thévenin, toi et moi, nous ne sommes que des personnages dans un rôle, sans rien de sincère entre nous, ce n'est que du jeu ! se défend Blanche.

– Ah oui, et Lambert ? Il est quoi, Lambert ?

– Lambert, c'est celui dont je suis tombée amoureuse en le côtoyant dans ce livre. C'est pour ça que je suis venue voir monsieur. Pour lui demander de nous faire rompre dans son histoire, toi et moi, et d'écrire de belles pages d'amour pour Lambert et moi.

– Blanche, murmure Lambert au bord des larmes, pourquoi ne m'as-tu jamais rien dit de tout ça ?

– Café ! s'impose la femme dont le vêtement ne cache plus rien.

Elle pose une tasse fumante sur la table basse et surprend tout le monde en se redressant de toute sa nudité devant Lambert. Puis elle se penche vers lui et l'attrape par-dessous le menton, les yeux du pauvre flic entre la glorieuse gravité de ses seins.

– Non mais regardez-moi cette pauvre petite bouille de basset énamouré.

Puis elle retourne dans sa chambre.

– Blanche ! dit Lambert.

– Lambert ! dit Blanche.

– Mais comment ai-je pu écrire une telle mièvrerie ? murmure l'auteur.

– Il était vraiment temps que vous vous posiez la question, grogne Thévenin, et la seconde d'après, il disparaît.

– Qu'allez-vous faire alors, monsieur ? demande Blanche éplorée.

– Ma pauvre Blanche, je n'en sais fichtre rien.

– Vous n'avez aucune idée de la suite de votre histoire ?

– Pas la moindre.

– D'où vous vient l'inspiration, alors ? Comment avez-vous inventé nos vies, nos émotions, nos sentiments, nos haines, nos chagrins, nos jouissances ?

– Pas la moindre idée.

– Mais enfin, vous ne pouvez pas nous avoir amenés jusqu'ici pour nous abandonner en chemin. Vous n'allez pas me laisser entre les bras de cet obsédé de Thévenin !

– Fais gaffe à ce que tu dis, tonne la voix essoufflée de Thévenin depuis la chambre, je t'entends, tu sais !

– Je vais le flinguer ! hurle Lambert en sortant son arme de service, un Sig Sauer SP 2022 semi-automatique calibre 9 mm parabellum de 987 grammes, avec munitions 357 SIG fabriquées par Federal Cartridge aux États-Unis, chargeur de douze pour une portée de 50 mètres avec cadence de 30 coups par minute et une vitesse de sortie au canon de 350 mètres par seconde.

– C'est quoi cette tirade à la con ? demande Thévenin depuis l'encadrement de la porte, drapé dans le satin japonais, l'air sidéré.

– Je n'en sais rien, dit l'auteur, jamais je n'aurais régurgité une documentation de façon aussi brutale que ça. Ce n'est vraiment pas mon style. Ce n'est pas moi, ça.

– Mais qu'est-ce qui se passe ? gémit Blanche en se prenant la tête. Qu'est-ce qui nous arrive ?

La femme revient dans le salon, vêtue de la seule chemise de Thévenin, et s'assied dans le sofa tout contre Blanche pour la prendre dans ses bras et la serrer contre sa poitrine.

– C'est bon, mon chou, c'est bon, ce n'est rien. Et toi, dit-elle à son mari, fais quelque chose, dis-nous ce qui se passe !

– Mais je n'en sais rien, chérie, je n'en sais fichtre rien, avoue l'auteur effaré par tout ce vide dans son histoire.

Il enfouit son visage dans ses mains, les coudes sur ses genoux, et tout le monde est gêné de l'entendre pleurer.

Bruits de clés dans la serrure, tout le monde sursaute.

– Mais que faites-vous là ? demande le nouveau venu, sa valise à la main, une fois la porte grande ouverte.

Ils sont sidérés. Il est un moins beau que l'auteur, plus vieux, moins athlétique, mais il ne fait aucun doute que c'est le même. Comme ils ne répondent pas, il s'adresse à la femme dans la chemise de Thévenin.

– Dis-moi, que font-ils ici, Blanche ?

– Blanche ? s'exclame Blanche.

Il pose sa valise, referme la porte et enlève son manteau.

– Café, chéri ? demande la femme en se dirigeant vers la cuisine.

– Chéri ? répète Blanche sidérée

– C'est une chemise à moi, ça ? s'étonne au passage le nouveau venu.

– Non, je l'ai empruntée à Thévenin.

– Eh bien ne vous gênez surtout pas, Thévenin. Et je vous en prie, ôtez-moi cette japonaiserie, vous avez l'air ridicule !

Puis il se tourne vers Lambert et l'auteur :

– Bon, alors, expliquez-moi, que se passe-t-il ?

– C'est ma faute, monsieur, dit Blanche, je voulais me libérer de l'emprise de Thévenin alors je suis venu demander à l'auteur de faire évoluer mon personnage.

– À l'auteur ?

– Oui, à Paul, dit-elle en désignant l'auteur d'un mouvement de tête.

Le nouveau venu explose alors d'un rire carnassier qui les fait tressaillir de surprise.

– Mais l'auteur, c'est moi, pas lui, comment avez-vous pu nous confondre !

Ils restent tous sidérés, à numéroter dans leur tête toutes les ressemblances.

– Pourtant c'est bien lui l'auteur dans le roman… balbutie Lambert.

– Évidemment, l'auteur « dans » le roman, mais pas « du » roman. Moi, je suis l'auteur et lui, c'est le personnage de l'auteur dans le roman. Cela n'a rien à voir.

– Mais pourtant, monsieur, tout ce qu'il écrit dans le roman…

– Mais réveillez-vous donc ! Ce roman, c'est l'histoire d'un livre dans un livre. D'un personnage d'écrivain qui écrit un roman.

– Mais, alors ce qu'il a écrit… ?

– Mais il n'a rien écrit : moi, j'ai tout écrit. Ce qu'il est, ce qu'il fait, ce qu'il pense…

– Ce qu'il baise !

– Oui, ça aussi, Thévenin. Mais si vous le permettez, nous parlons sérieusement, là. Pour faire court, j'écris tout de ce livre, y compris ce qu'écrit mon personnage.

Blanche éclate en sanglots quand sa femme revient avec le café.

– Merci Blanche, dit le nouveau venu.

– Franchement, Jacques, j'aurais pu t'inspirer un personnage un peu moins nunuche !

– Blanche, Blanche n'est pas toujours aussi naïve dans ce roman.

– Oui, je sais, surtout quand elle baise avec Thévenin et je t'en remercie, mais là… !

– Mais alors, de qui sommes-nous les personnages, s'inquiète Lambert.

– De moi ! répondent ensemble l'auteur et le nouveau venu.

– Ah non, se fâche la femme, l'auteur, c'est Jacques et Jacques seulement. Je suis bien placée pour le dire, moi qui passe mes nuits blanches à le relire !

– Pourtant, dans le roman, moi aussi j'écris, et Blanche, Thévenin, Lambert sont bien des personnages de mon livre.

– Écoutez, Paul : vous, c'est Paul Eyghar, et vous n'êtes auteur que parce que c'est le rôle que j'ai donné à votre personnage. Parce que moi, c'est Jacques. Jacques Haret. Vous, vous écrivez le livre dans le livre, mais le livre, le vrai, il n'y a que moi qui l'écris, vous comprenez ?

– …

– Paul, tout ce que vous écrivez, c'est moi qui l'écris, parce que vous n'êtes rien, pardonnez-moi de vous le dire aussi crûment.

– Rien ! explose en pleurs Blanche.

– Comment ça, rien ? se vexent Thévenin et Lambert.

– Comment osez-vous ? se fâche Paul.

– Rien, explique Jacques Haret. Il suffit que je jette mon manuscrit, que j'efface l'historique de mon ordinateur, et vous disparaissez. Vous flotterez bien quelque temps dans cet appartement où j'ai mes habitudes d'écriture, mais vous finirez dans un halo de poussière à réintégrer mon corps et celui de ma femme pour n'être rien en dehors de nous.

– Mais en « dedans » de vous, nous serons toujours là, n'est-ce pas ?

– Je vous en prie, Blanche, ne compliquez pas les choses, d'autant que votre cas serait de loin le plus simple, puisque vous resteriez alors dans le corps de Blanche.

– Mais aussi un peu dans votre tête à vous, si j'ai bien compris.

– Oui, Thévenin, soupire Jacques, un peu dans ma tête aussi, mais ça ne change pas grand-chose.

– Quand même, proteste Lambert, cela signifie que nous ne serions pas tout à fait morts, vous en conviendrez.

– Mais vous ne pouvez être ni presque, ni un peu, ni tout à fait morts, puisque vous n'avez jamais été vivants !

– Sauf en vous, si j'ai bien compris, dit Paul.

– Mais non ! hurle Jacques qui fait repleurer Blanche. Même en moi, c'est moi qui suis vivant, pas vous !

– À propos, intervient alors Thévenin en fusillant d'abord Paul du regard, puisque je suis, paraît-il, dans l'appartement du vrai auteur et que ce vrai auteur, ce serait vous, je voudrais revenir sur la raison première de ma visite.

– Je vous en prie, cède Jacques en se disant qu'il céderait bien, lui, à la tentation de consoler cette petite nunuche de Blanche. Dans les draps et le déshabillé japonais de Blanche, par exemple. Avec elle aussi peut-être, pourquoi pas, ce serait envisageable. Il suffit de trouver la bonne histoire. Je vous en prie, Thévenin.

– Eh bien voilà, monsieur, si vous vouliez bien inclure le personnage d'un prêtre dans le roman de Paul, j'aimerais pouvoir en tomber éperdument amoureux.

Jacques le regarde, sidéré.

– Ou même en dehors du roman de Paul, pour autant que ça reste dans le vôtre.

Jacques reste coi. Paul soupire de résignation, Thévenin le fixe, Lambert lève les yeux au ciel, Blanche essuie les larmes. La femme va proposer un autre café quand la porte s'ouvre en fracas.

– Trente mille, c'est bon, on arrête ! dit l'homme qui entre.

Tous le regardent, médusés, sans comprendre.

– Trente mille signes espaces compris, c'était le calibrage requis pour cette nouvelle, vous pouvez disparaître, c'est bon, c'est terminé.

– Comment ça, disparaître ? Mais qui êtes-vous ? Pour qui vous prenez-vous ?

– Je suis Roy Braverman, l'auteur de cette nouvelle et j'en ai fini. Je n'ai plus besoin de vous. Merci.

– Et vous vous débarrassez de nous, comme ça ?

– Pas du tout, je vous récupère au contraire.

– Vous nous récupérez ?

– Oui. Je vous rengaine, je vous remets dans ma tête. J'étais vous, et désormais, vous êtes moi.

– Vous voulez dire que nous allons continuer à vivre en vous…

– Oui, probablement.

– … mais que nous sommes morts en dehors de vous ?

– Oh que non ! Bien au contraire, vous allez continuer *ad vitam aeternam* à trimbaler vos états d'âme et vos hantises existentielles, rassurez-vous.

– Nous ? Mais où ?

– Chez chaque lectrice et chaque lecteur, si j'ai bien fait mon job !

Syndicat de personnages
MARLÈNE CHARINE

Ça reste entre nous, mais on est passé à deux doigts de la catastrophe.

Tout a commencé un mercredi soir. Un resto entre copines, cinq nanas à piocher dans des plats de palak paneer, dhal tarka et riz basmati. Un régal. Si ça vous intéresse, je vous donnerai volontiers l'adresse.

Bref, à un certain moment, la discussion s'oriente vers mes projets en cours, mon processus de création et, je ne sais plus trop pourquoi, je lâche cette phrase que je pensais anodine :

– Je parle souvent à mes personnages.

Là, une de mes amies me regarde avec cet air navré, mais affectueux. Celui qu'on réserve aux enfants un peu lents, vous savez, ceux qui réchauffent le radiateur au fond de la classe en été – on ne considère pas assez la détresse des radiateurs éteints des mois durant, leur sentiment d'inutilité, je trouve. Je sens venir le truc du genre : « *Mais bien sûr, Marlène. Et la marmotte met le chocolat dans le papier d'alu. Au fait, as-tu pris tes médicaments aujourd'hui ?* » Et en effet, elle me demande sur un ton très pédagogique, chaque syllabe bien séparée de ses voisines :

– Tu sais que c'est dans ta tête, tout ça, n'est-ce pas ?

Je fais sans doute une drôle de mine, parce qu'elle ajoute, toujours en articulant de manière scolaire :

– Tu les imagines. Rien d'autre.

Je pourrais me récrier, lui démontrer par A plus B que si, je discute souvent avec eux. Mais j'ai assez fait de maths au cours de mes études et je ne veux pas que mon auditoire me prive de vin pour le reste de la soirée, alors je déballe mon air de clown et tout le monde rigole. Je me ressers en épinards et quelqu'un fait dévier la conversation sur un autre sujet. À la table voisine, une petite fille me fixe d'un œil insistant. Je tente un sourire, mais elle se détourne, moitié irritée, moitié dégoûtée. J'ai peut-être du vert entre les dents.

Le restaurateur nous fait gentiment comprendre que l'heure de fermeture approche et qu'il aimerait rentrer à la maison. On joue donc les prolongations sur le parking, avec une bonne demi-heure de papotages en rab'. Un dernier petit moment de chaleur amicale, et tant pis pour nos orteils gelés. Je ne pense plus du tout à cette histoire de personnages lorsque je m'installe au volant de ma voiture.

Moteur, marche arrière, coup d'œil de contrôle dans le rétroviseur et…

Je pousse un cri d'effroi et tire le frein à main en même temps. Mes yeux restent scotchés au rétroviseur. Il reflète les contours de trois silhouettes en contre-jour. Trois personnes assises côte à côte sur la banquette arrière.

– Donc, c'est comme ça que tu nous vois ? grince l'une d'entre elles, sans que je puisse distinguer laquelle.

Je parviens à décoller une de mes mains du volant, allume le plafonnier. Ne reste plus qu'à me retourner. Mon interlocutrice n'attend pas que je lui présente mon meilleur profil pour continuer.

– Comme des espèces de bouche-trous dont tu te sers à ton bon vouloir. Des « personnages » même pas réels.

Je connais cette voix et cette manière de cracher certains mots comme s'ils étaient garnis de foie de morue citronné. Cette froideur extrême, rempart ultime pour ne pas dévoiler sa grande sensibilité. Pourtant, je le sais, si elle parle comme ça, c'est parce que je l'ai blessée.

– Cécile…

Je retire ma ceinture de sécurité pour mieux lui faire face. Effectivement, Cécile, l'héroïne d'un de mes romans, se tient toute raide au milieu de la banquette, les bras croisés et une expression furibarde sur le visage. À sa droite, Merlin, son supérieur hiérarchique et âme sœur. Il semble d'humeur plus conciliante, même s'il m'adresse un regard noir, sourcils froncés et lèvres pincées. Sa présence me rassure. Mille fois plus que celle de la jeune femme rousse assise derrière mon siège. Ellie, fruit d'un programme de clonage top secret, m'a démontré à plusieurs reprises qu'elle avait de nombreux talents inattendus (oui, j'utilise le terme « talent » pour être polie, la plupart vous fileraient des sueurs froides). Les manipulations mentales et mémorielles subies dès sa prime jeunesse n'en ont pas fait un modèle de stabilité. Elle est en train de s'amuser à dessiner de petits bonshommes sur une portion de vitre embuée, ce qui pourrait être mignon. Sauf que sous ses doigts, ils sont tous désarticulés, yeux en x et langues pendantes. Impossible de savoir s'il s'agit d'une manœuvre d'intimidation ou d'un moment d'égarement.

– Vous êtes tellement plus que ça. Tu sais combien je vous aime. Vous tous.

Oui, enfin, certains plus que d'autres. Quelques-uns me fichent quand même la trouille, soyons sincères.

– Il est beau, ton amour. Tu t'es entendue avec ces cruches, là ? À pavoiser, à faire ton auteure…

– Toi aussi, tu as entendu. J'essaye de mon mieux d'expliquer notre relation, mais personne ne me croit. Tu préfères quoi ? Que je passe pour une timbrée ? Qu'on me propose des vacances en cellule capitonnée ? Je porte assez bien les chapeaux, mais l'entonnoir, je suis pas sûre.

À ces mots, Ellie penche brusquement la tête dans ma direction, sourit de toutes ses dents avant de bâiller à s'en décrocher la mâchoire. Je réponds d'un ridicule petit geste de la main. Punaise, je ne sais même pas laquelle de ses multiples personnalités tient la barre dans son esprit à cet instant. Mais Cécile n'en a pas terminé.

– Toujours des justifications. C'est trop facile, cocotte. On en a ras le bol, tous autant qu'on est. On en veut plus.

– Plus… de quoi ?

– Plus d'existence. De lumière. Fini de vivoter dans l'ombre de madâaame Charine.

Là, je sens un soupçon de panique poindre. Juste une pincée, un petit zeste. Je cherche le regard de Merlin, qui esquive en se grattant le menton.

– Jusque-là, poursuit Cécile, nous avons toujours été présents pour toi, mais à la demande. Nous aimerions plus d'équité. Nous ne sommes pas des pions ou de… vulgaires cartes Pokémon que tu pourrais sortir à ton bon vouloir, froisser un peu puis ranger dans une boîte. Nous existons, Marlène. Il serait temps que tu réalises ça pour de bon.

– Je le sais, Cile…

– Vraiment ? Quand est-ce qu'on a discuté ensemble pour la dernière fois, toi et moi ? Ça fait des mois. Et c'était en catimini, pendant une de tes insomnies. Si c'est ça ta notion de l'amitié…

Sa voix se brise et elle se renfonce dans son siège. Je renonce à tendre la main pour prendre la sienne.

Elle refuserait ce geste, je le sais d'avance. Et Ellie essayerait peut-être de me mordre au passage.

– Allez, rentre, soupire Merlin.

Il passe un bras autour des épaules de sa compagne, la serre contre lui. Je déteste le sentir en colère. Le rouge aux joues, je m'exécute. Le parking est vide désormais. Quelques graviers ricochent de part et d'autre quand j'accélère pour rejoindre la route (pas vite, mon carrosse a un âge vénérable). Silence dans l'habitacle. Mon trajet n'est rythmé que par les rais de lumière des lampadaires.

Je guigne une dernière fois dans le rétroviseur en éteignant le moteur. Cécile a posé sa tête contre l'épaule de Merlin. Blottie dans son coin, Ellie reste invisible. Je lance une bêtise d'un ton qui se veut guilleret :

– Terminus, tout le monde descend !

Je montre l'exemple, claque ma portière un peu trop fort. J'attends que mes passagers sortent à leur tour. Des angoisses font plop comme du pop-corn dans ma caboche. Comment expliquer la présence de ces invités surprises à mon mari et mes enfants, s'ils sont encore debout à cette heure indue ? Le mécontentement de Cécile est fondé. J'ai toujours pris soin de compartimenter ma vie. Mes activités d'auteure bien séparées des autres. Les membres de ma famille n'ont jamais rencontré aucun de mes personnages. Que vais-je pouvoir leur raconter ? Merlin et Cécile sauront se tenir, discuter en individus civilisés. Mais quid d'Ellie ? Elle n'a pas l'air d'être dans un état normal, si tant est qu'un tel état existe chez elle.

Malgré le froid, je commence à transpirer méchamment sous ma veste. Mes trois gais lurons ne semblent pas résolus à quitter le luxe raffiné de ma vieille Scenic. Ça doit discuter ferme là-dedans. Échafauder des plans de bataille. Je décide de leur fausser compagnie, grimpe les escaliers quatre à quatre, lutte avec mon trousseau de clés. Plus aucune lumière allumée, tout le monde dort. Un soulagement de courte durée, puisqu'une boot lacée vient bloquer la porte d'entrée lorsque je la pousse. Ellie ne chausse que du trente-six, mais elle saurait utiliser chacun de ses orteils, même le plus petit, pour me torturer, ou pire. J'exhibe mon plus beau sourire, style hôtesse d'accueil sous la menace d'un pistolet.

– On se boit un dernier verre ?

– Un thé, volontiers.

Merlin toise Cécile pour qu'elle s'aligne sur lui plutôt que de me réclamer quelque chose qui dépasse les trente-cinq degrés d'alcool. Après un soupir exaspéré, elle marmonne « deux ». De toute manière, je n'ai rien de plus fort que de la bière. Ellie vient de dénicher la dernière bouteille au fond du frigo. Je n'aime pas trop qu'elle boive de l'alcool, je n'ai aucune idée de l'effet que ça a sur elle. Pourtant, c'est elle qui effleure mon bras tandis que je vérifie pour la millième fois que les portes des chambres au fond du couloir sont toujours closes, qu'aucun rai de lumière ne filtre au-dessous.

– T'inquiètes pas. On va pas s'éterniser.

Il y a une petite pointe d'accent québécois dans sa voix quand elle parle français, c'est charmant. Sa promesse me ravirait si Cécile n'ajoutait pas, tranchante comme jamais :

– Pour ce soir. Mais tu vas vite nous revoir, compte là-dessus.

Elle avale le reste de sa tisane avec une grimace de dégoût, croise les bras jusqu'à ce que Merlin fasse de même. Puis ils s'en vont à la queue leu leu. Je referme à clé derrière eux et me liquéfie presque. J'ai eu chaud. Bon sang, ce que j'ai eu chaud.

Le lendemain démarre comme n'importe quel jour de la semaine. La valse des petits-déjeuners, chrono en main pour que chacun soit à l'heure à l'école ou au boulot. Mon mari lève juste un sourcil en découvrant les tasses et la bouteille vide sur le comptoir de la cuisine, la capsule pliée en forme de bateau. Il n'a heureusement pas le temps de s'attarder sur ces détails insolites, son train l'attend.

Aucun événement hors du commun à signaler sur mon trajet. Des ralentissements, comme d'habitude, mais aucun passager clandestin. Je commence à me détendre et c'est tant mieux : la journée sera chargée. La matinée file avec le bouclage de quelques mandats urgents, puis, après un déjeuner sur le pouce, j'ai juste le temps de parcourir mes mails avant d'enfiler ma blouse blanche et de rejoindre le laboratoire. Une demi-douzaine de collègues sont déjà présents, bloc-notes à la main. Ils entourent un spécialiste chargé de nous dévoiler tous les secrets d'un appareil de mesure dernier cri. Concentrée sur ses données techniques, je sursaute en entendant un chuchotement, presque au creux de mon oreille :

– Fascinantes, ces anciennes technologies.

Je me retourne et découvre un très long nez, et au bout, le docteur Arnold Woodruff. Le scientifique fou, eugéniste à ses heures, qui a joué avec Ellie comme s'il s'agissait d'une souris de laboratoire. C'est pas un gentil, vous l'aurez compris.

– Ce qu'il était possible de faire avec aussi peu de moyens…

Le dépaysement doit être complet pour lui qui vient d'un futur alternatif. Ses recherches sont soutenues par des fonds colossaux. Et que dire des méthodes qu'il a lui-même mis au point. Mes mains tremblent si fort que mon stylo s'envole, produit une parabole parfaite suivie d'une vrille, de quelques saltos et d'autres figures moins élégantes dont je ne connais pas le nom.

– Contente que ça vous intéresse, Arnold.

Je doute qu'il ait compris un seul mot de ma tirade. Déjà parce qu'il est anglophone et que je viens de lui parler en français. Et surtout parce que moi-même, je n'ai rien capté aux syllabes désordonnées sorties de ma bouche. Je crois qu'il manquait pas mal de consonnes. Une de mes collègues se tourne vers moi, un sourcil en l'air, et affirme que je suis drôlement pâle. Je bafouille un « *pasdesoucitoutvabienmerci* », toujours en français, alors que cette fois-ci, j'aurais dû passer à l'allemand. Elle finit par lâcher l'affaire. Je fais semblant de me raccrocher aux derniers wagons de la présentation qui suit son cours. Woodruff marmonne ici et là quelques « mmhh » appréciateurs. Quand je pense à ce qu'il a fait subir à Ellie, mes genoux s'entrechoquent. Ce type est dingue, et le pire, c'est qu'il n'en a pas conscience. S'il me suit jusqu'à la maison, s'il découvre l'existence de mes enfants…

Cette pensée me tombe dessus comme une enclume – comme dans les dessins animés, vous voyez le genre ? Plutôt que de me plomber, de me couper les jambes pour de bon, ça provoque une sorte de décharge. Ciao seringues d'atropine, défibrillateurs ou shots d'adrénaline, vous ne faites pas le poids face à une rencontre inopinée avec le docteur Woodruff. En moins de temps qu'il n'en faut pour le dire – non, le penser –, je file du labo et rejoins ma voiture – tiens, elle joue un rôle plus important que prévu dans toute cette histoire, ma pétrolette. Aucune idée de l'endroit où j'ai laissé ma blouse blanche. Peut-être dans les escaliers, ou alors sur le parking. Il se peut même que j'aie roulé dessus. Pour l'instant, j'avoue que c'est le cadet de mes soucis. Je me mets à rire nerveusement – stress et soulagement – car j'ai semé Woodruff et donc échappé au pire. Mais qui sait ce qui m'attend encore ?

Une délicieuse odeur de safran, une milicienne borgne et un immortel dépressif, voilà ce qui m'attend chez moi. Loïse et Richard, dont j'ai conté les aventures dans des nouvelles distinctes, sont installés de part et d'autre de ma table à manger. Les vestiges d'un repas, casseroles et vaisselle, traînent sur le plan de travail de la cuisine. Je compte quatre assiettes. Mon sang bourdonne à mes oreilles. À ce rythme-là, je vais bientôt ressembler à un pot de glace décongelé. Une stracciatella avec de petits bouts de chocolat tout mous.

Loïse me toise de son unique œil tout en marmonnant une comptine. Elle sait que je pense à mes enfants. Ce qu'elle ignore, c'est que mon côté maman louve peut me rendre aussi féroce qu'elle. J'hésite à montrer les dents. Le résultat serait moins spectaculaire – et beaucoup moins flippant – que le visage ravagé de Loïse. Et de toute manière, Richard énonce d'un ton affable :

– Ne vous inquiétez pas, Marlène. Vos garçons ont mangé à la cantine. Ils s'amusent dehors.

J'articule un merci et me précipite vers la fenêtre. En effet, mes deux gremlins s'ébattent sur l'aire de jeu du quartier. Le plus grand est pris dans une partie de basket sans panier, son cadet défie la gravité sur la nacelle de l'immense balançoire, une fillette assise à côté de lui. Deux autres personnages lient leurs forces pour les catapulter en direction du soleil. Je les reconnais : je raconte leur histoire dans mon dernier thriller. Les mouvements de la balançoire me donnent le tournis, mais je repère Cécile, postée un peu en retrait sur un banc. Elle a un truc avec les enfants. En leur compagnie, son vernis ronchon craquelle et laisse apparaître sa douceur. Ils sont en sécurité avec elle, c'est une certitude.

Je retourne à la salle à manger. Richard remplit le lave-vaisselle, un soupir pour chaque élément placé dans la machine. Il la referme avec un petit sourire las, mais tout de même élégant. Je ne peux m'empêcher d'y répondre. Le destin de Richard, ses siècles de vie et ses si nombreuses morts temporaires m'ont toujours profondément émue. C'est un homme bien. Fatigué, usé, mais un vrai chic type.

– Il vous faudra racheter du riz pour risotto, indique-t-il, aimable. Notre cuisinier du jour a terminé le paquet.

– Et du parmesan, ajoute une belle voix grave derrière moi.

C'est Merlin, qui sort tout juste de la salle de bains. Les manches de sa chemise sont retroussées jusqu'aux coudes. C'est donc lui qui s'est mis aux fourneaux. Les autres ont dû se régaler.

– Désolé, il n'en est rien resté, complète-t-il comme s'il avait pu suivre le cours de mes pensées.

Je m'en doute bien. Loïse ne mange pas toujours à sa faim, elle en a sans doute profité pour lécher son assiette. Et la casserole aussi, tant qu'à faire. Merlin me convie à m'asseoir à ma propre table et je réagis comme si c'était moi, l'invitée. Il me tend un verre d'eau que je vide à moitié. Bon, comment formuler ça ?

– C'est chouette de vous voir. Il faudrait qu'on se fasse ça plus souvent. De manière peut-être… moins spontanée, quand même.

– Je ne vous savais pas aussi organisée, Marlène, s'amuse Richard.

Un coup de sonnette m'empêche de répondre. Loïse se lève d'un bond souple pour aller ouvrir. Et c'est un déferlement, une invasion. Ils débarquent tous, se saluent ou s'ignorent, jouent des coudes pour trouver une chaise ou un quelconque espace libre où s'installer, se chamaillent, rigolent, s'insultent.

Ils sont tous là. Tous mes personnages. Et ça fait un sacré paquet de monde !

Ça sent l'after-shave, l'huile de vidange ou le cheval – oui, j'ai écrit de la fantasy et j'ai une petite, non, une grosse, angoisse à propos de Rodolphe, un dragon rouge format XXL. Il a beau être végétarien, je doute que mes voisins apprécient qu'il vienne s'accrocher au toit pour cracher de longues flammes orangées au-dessus du quartier. Je ne les reconnais pas tous, et je préférerais ne pas en connaître certains, ceux avec qui j'ai limité mes interactions au strict minimum. Je suis comme tout le monde, je n'aime pas passer du temps avec des salauds. Avec eux, c'est chair de poule et questions existentielles.

Et si à force de les côtoyer, on devenait pareils ? Et si la méchanceté était transmissible, à l'image d'un mauvais rhume ?

J'essaye de faire abstraction de ces vilains et me concentre sur les personnes avec qui j'ai noué un lien d'amitié, ou du moins d'empathie. Ils sont nombreux. Je tente un sourire un poil stressé, me rends compte que tous arborent un air sérieux, limite solennel. Je ne sais pas quoi dire – j'ai toujours préféré l'écrit à l'oral, sans quoi je ne serais peut-être pas devenue auteure. Merlin me sauve de ma gêne en avançant d'un pas.

– Comme tu l'auras compris, nous avons un message à te communiquer.

Murmures dans la foule. Merlin se tourne vers les autres, cherche leur approbation. On l'encourage çà et là d'un hochement de tête. Il s'éclaircit la voix d'un toussotement discret, puis reprend :

– Nous avons décidé de nous réunir en syndicat de personnages. Ensemble, nous avons discuté de nos revendications. Elles sont listées dans ce document.

Il me tend un dossier cartonné. Il est marqué « *Französisch* » au feutre noir sur la couverture, avec quelques graffitis. Il doit appartenir à l'un de mes garçons. Bon, tant qu'ils ne me demandent pas de réviser les piteux manuels de français utilisés par les écoles de ma région, tout va bien.

Quoique. Peut-être cela aurait-il été préférable. Sadique, mais plus facile. Car les exigences de la troupe bigarrée s'étalent sur une dizaine de pages A4. Certaines, assez brèves comme celle qui indique « Manger ! », me paraissent réalisables. D'autres ont été biffées. Les plus cruciales sont réunies sur le même feuillet. Là, c'est du sérieux. En gros, ils me demandent un accès illimité. Une porte ouverte en permanence sur ma vie, mes proches. Une visibilité complète. Une existence totale.

– Vous êtes devenus dingues ? Comment voulez-vous que…

– Ces exigences peuvent être reformulées avant d'être ratifiées, me rassure Merlin. Nous te laissons en discuter avec notre porte-parole.

Sur ce, tout le monde s'éclipse. Comme je suis plantée au beau milieu du passage, chacun y va de son petit mot ou de son geste. Tapes compatissantes sur l'épaule, « à bientôt », bises ou « grrrr », pimentés de regards navrés ou acides.

Plus un bruit. La porte s'est refermée sur le dernier des participants à ce putsch. Je rigole à l'idée que leur fameux porte-parole a dû oublier son rôle et partir avec les autres, et me hâte de tourner la clé dans la serrure. Non, mais, ils croyaient quoi, cette bande d'hurluberlus ? Que j'allais leur laisser carte blanche en permanence ? Ils empiètent déjà bien assez sur ma vie, avec leurs histoires. Qu'ils aillent voir ailleurs s'ils trouvent un auteur plus disponible, moi je dis bon débarras.

– C'est ce que tu veux ?

Je sursaute d'un bon mètre, tente d'empêcher mon cœur de quitter ma cage thoracique d'une compression des deux mains. Je cherche qui vient de parler. Bon sang, elle est tellement discrète que je ne l'avais pas remarquée, assise sur sa chaise dans l'ombre. Ses pieds ne touchent pas le sol et elle les balance comme n'importe quelle gamine de six ou sept ans. C'est ça, leur représentant ?

– C'est vraiment ce que tu veux ? répète-t-elle de sa petite voix.

– Que… Comment ?

– Tu voudrais qu'ils disparaissent tous, qu'ils te laissent toute seule ?

Un jeu de lumière me permet de distinguer ses cheveux attachés en queue-de-cheval brouillonne, sa frange un peu de travers au-dessus d'yeux qui hésitent entre vert et gris. Des yeux un peu tristes.

– Et si je te montrais à quoi ça ressemblerait ?

Elle se lève et je peux enfin la voir tout entière. Ses joues au rebondi enfantin, son combo pull rayé-salopette bleue. Et là… je la reconnais. C'est la petite fille qui m'avait regardé d'un air outré, au restaurant, l'autre soir. C'est la petite fille qui jouait avec mon fils, tout à l'heure, sur la balançoire. Mais surtout, cette petite fille, c'est moi. Une version de moi hors du temps. Une mini-Marlène. Sacrée révélation. Elle lève la main et je n'ai pas le loisir de m'inquiéter – en termes de paradoxe temporel, on est dans du lourd, est-ce qu'on risque de s'électrocuter mutuellement ? – qu'elle attrape déjà la mienne.

Il ne se produit rien, enfin rien qui puisse nuire à notre intégrité physique. En revanche, d'un coup et d'un seul, je me retrouve projetée dans le passé. Rideaux orange très seventies et tapisserie à motifs : je reconnais le séjour de l'appartement familial, celui où j'ai fait mes premiers pas, grandi et vécu tant de choses. Ma mini-moi m'invite à m'asseoir dans le canapé d'angle, tandis qu'elle s'installe à même la moquette. Elle pose les coudes sur la table basse en verre, celle que nous fracasserons quelques années plus tard, mon frère et moi, dans un bel élan de maladresse fraternelle – un méfait dont nous effacerons les preuves comme deux nettoyeurs professionnels. Elle allume la télévision et chic, c'est l'heure des dessins animés. Et re-chic, mon préféré entre tous, *Capitaine Flam*, débute à l'instant.

Mon sourire meurt en même temps que mon excitation. Tout ce que je vois à l'écran, c'est une suite d'images. Je ne parviens pas à me projeter comme je le faisais, à cette tendre époque. Aucun élan pour avertir le Cap'tain des dangers qui le guettent, aucune pensée sur ce qui pourrait survenir si… Et pourtant, j'en ai passé, des heures, à m'imaginer des histoires en sa compagnie. Que de scénarios parallèles, dans lesquels je remplaçais sa « douce amie Johan » – quelle pimbêche, celle-là –, j'ai échafaudé, le soir avant de m'endormir. Mais là, rien. Nada.

La mini-Marlène m'adresse un long regard appuyé. Elle éteint le poste, range sagement la télécommande. Puis elle me tire sans ménagement de mon apathie et de mon siège. Bam. J'atterris sans transition aucune dans un tout autre lieu. Mes pupilles s'habituent lentement à l'obscurité, mais mon sens olfactif a déjà reconnu l'endroit. Cette odeur de foin, de bois, la petite note animale… C'est la grange, dans la ferme de mes grands-parents. Le paradis sur terre. Je songe aux jeux avec mon frère ou entre cousins. Aux mille cachettes improvisées autour des différents bâtiments – pour nous ou nos bonbons – aux chatons encore aveugles qui s'accrochaient en miaulant à nos pulls en laine, à celui que nous avions baptisé sans être d'accord sur son nom et qu'un adulte avait sauvé d'une noyade en eau pas vraiment bénite… Des milliers de souvenirs me viennent à l'esprit comme des bulles s'échappant d'un verre d'eau pétillante. Ils ont le goût de fraises chauffées par le soleil, le parfum de pain tout juste sorti du four, la couleur des narcisses au printemps, la douceur des colliers de pâquerettes. Je me revois avec des bottes en caoutchouc trois fois trop grandes pour moi, à arpenter le domaine en inventant des histoires folles, pleines d'animaux fantastiques, de portails interdimensionnels et de fées en mission incognito.

Mais tous ces souvenirs s'effacent. Il ne reste plus qu'un décor de bottes de paille, et je ne parviens même pas à me rendre compte qu'il serait possible d'en faire un super fort. Que je pourrais m'y installer pour bouquiner ou rêvasser en paix jusqu'à ce qu'on me demande de nourrir les lapins. Non, il n'y a rien de spécial dans cet endroit. Juste de la poussière.

Je commence à comprendre où mon moi quantique veut en venir, mais elle m'a de nouveau agrippé la main. Direction la bibliothèque municipale, où tous mes livres fétiches ont disparu. La bibliothécaire tourne en rond dans la salle comme un robot détraqué, sans but ou utilité. Nouvelle traction de petits doigts et bing, le bord du lac, où les cygnes se tiennent à l'écart, silencieux, plutôt que de jouer aux princes sous le coup d'une malédiction à lever d'un coup de baguette magique. Zing, ma chambre d'enfant, dont je ne reconnais que la géométrie. Pas un poster sur les murs, pas un dessin sur le bureau rangé avec minutie. Pas de cahiers gribouillés d'histoires courtes ou de poèmes dans les tiroirs, ni de maison de poupée bricolée dans un carton à chaussures. Rien que du vide, du blanc.

J'étouffe. J'étouffe, mais je parviens malgré tout à implorer, alors que la mini-Marlène esquisse un nouveau pas vers une autre étape de ma vie parallèle bridée, exempte de toute fantaisie :

– Arrête ! Je t'en prie, arrête ça.

Elle me lâche la main et nous sommes à nouveau chez moi. Sauf que mes plantes vertes, d'habitudes persuadées qu'elles sont les reines de la jungle, dépérissent. Ma bibliothèque n'est pas vide, non ; c'est pire, il n'y a pas de bibliothèque dans mon salon. Et aucune pile de livres sur ma table de chevet. Je file jusqu'à une fenêtre, les nuages dans le ciel n'ont la forme de rien. Mes enfants sont toujours sur l'aire de jeu, mais immobiles. Contaminés peut-être par cette perte d'imagination. Ce néant est-il capable de tout engloutir autour de moi, comme dans *L'Histoire sans fin* ? Puis-je seulement, comme Bastien, inverser le cours des choses, faire revenir à la vie tous ceux qui rythment et enrichissent la mienne ?

– Alors ? demande mon alter ego.

Je m'accroupis devant elle. Cette fois, c'est moi qui prends ses mains dans les miennes.

– Je ne veux pas d'une vie pareille. Pour rien au monde.

Je prononce ces mots comme on prononce un serment, une promesse à l'infini et au-delà. Un sourire fleurit sur le visage de la mini-moi.

– Qu'est-ce que tu attends, dans ce cas ?

Quoi, c'est aussi simple que ça ? J'ai envie de me relever tout de suite, mais je la serre encore longuement contre mon cœur. On n'a pas souvent l'occasion de câliner l'enfant qu'on était – et qu'on reste toujours un peu, au fond de soi. Puis je cours jusqu'à la porte d'entrée, l'arrache presque de ses gonds. Personne derrière. La voix étranglée par l'appréhension – et s'il était trop tard ? –, je crie :

– Ne partez pas !

Et soudain, Cécile réapparaît. On se regarde une seconde ou deux, un peu gauches, sous le coup de l'émotion. Juste une seconde ou deux, avant de tomber dans les bras l'une de l'autre.

– Pardon, Cile. Je me suis comportée comme une idiote mesquine. C'était indigne de toi, de vous tous.

– On y est allés plutôt fort, admet celle-ci avec un sourire, tout en chassant une larme au coin de son œil.

Derrière elle, plusieurs personnages m'adressent un signe, puis continuent leur chemin, sereins. Un cavalier s'en va au petit trot, une main sur les rênes, l'autre sur le pommeau de son épée. Dans le ciel, les nuages ont pris la forme d'une caravane menée par des dromadaires, et mes loupiots ont entamé une fresque aquatique à la craie sur la route. Tout est à nouveau normal.

Cécile se dégage de notre étreinte, mais je la retiens par le bras.

– Reste. Un moment… ou plus longtemps. Tu veux bien ?

– Tu en es sûre ?

– Oui. On a des choses à rattraper… et un traité à ratifier.

Son sourire. Une denrée essentielle. Ses joies, ses peines, comme celles de tous les autres. J'ai enfin compris qu'ils sont bien plus que des « personnages ». Les bons, les mauvais, tous… Ils sont mes amis. Une part de moi.

Cécile est toujours assise à côté de moi dans ma cuisine lorsque mon mari rentre. Elle me lance un regard inquiet, mais je me lève, accueille mon homme comme d'habitude et glisse mon bras autour de sa taille pour lui dire :

– Je te présente Cécile.

– Oh, comme…

Il se fige, dévisage Cécile qui vire au rouge pivoine. M'interroge de ses grands yeux ronds et comprend sans que j'aie à prononcer un mot.

– Oh…

Il hésite encore, puis, plutôt que de lui serrer la main avec précaution ou de lui coller deux bises, la prend dans ses bras. Sans rien dire. Il connaît son vécu, et une bonne partie de ce qu'elle a traversé. Ce que j'ai retranscrit dans un roman.

– Bienvenue, murmure-t-il.

Un peu dépassée par cet accueil sans condition, Cécile bredouille des remerciements et attend d'être libérée. Je suis également émue et rassurée par la réaction de ma moitié. Depuis le temps, et malgré son caractère plutôt terre-à-terre, mon mari s'est habitué à mes bizarreries. Voir une de mes fantaisies gagner en réalité n'a pu que le réjouir.

Au final, aucun contrat n'a été signé. Un accord tacite s'est installé. Mes personnages savent que désormais, ma porte restera toujours ouverte. Que nous pouvons compter les uns sur les autres. J'en ai présenté plusieurs à ma famille. D'autres préfèrent demeurer discrets. J'essaye de m'adapter à leurs besoins, leurs envies. Et c'est réciproque.

Alors oui, on est passé à deux doigts de la catastrophe. Ma réaction bornée aurait pu avoir des conséquences nettement plus graves. L'effacement de ma créativité, mais aussi de la fantaisie de mes proches, celle – allez, tant qu'à faire et au risque de paraître grandiloquente, voyons grand – de l'humanité tout entière… Imaginez devoir vivre sans couleurs, sans relief. Sans rêves, éveillés ou non. Quelle horrible idée, affreuse et cauchemardesque.

J'avoue que cette crise m'a secouée. Mais certains séismes sont bénéfiques. Ils éliminent la poussière de nos vieux automatismes, remettent des teintes vives et du soleil là où nos vies en ont besoin. Ils renforcent des liens existants, en créent de nouveaux.

Depuis cette histoire, je la prononce de temps à autre, cette fameuse phrase. *« Je parle souvent à mes personnages. »* Mes interlocuteurs continuent de ne pas me croire, mais qu'importe. De l'autre côté de la pièce ou de la rue, je vois à chaque fois quelqu'un m'adresser un clin d'œil complice.

Alors, un conseil, regardez parfois par-dessus votre épaule, ou à côté de vous. Observez bien. Qui sait, des personnages en sommeil de votre imaginaire vous accompagnent peut-être aussi. Je vous le souhaite du fond du cœur.

Maxine
ANGÉLINA DELCROIX

Jour 1 – 9 heures

– Je suis censée vous parler de moi, je crois. Mais là, il n'y a rien qui vient. Qu'avez-vous besoin de savoir ? Je commence par quoi ?

Je pose un regard, que je pense bienveillant, sur cette nouvelle patiente. Cette introduction, je l'ai déjà entendue des centaines de fois et je me demande alors si mes yeux renvoient vraiment ce que j'imagine. Il y a maintes raisons qui retiennent les personnes à parler d'elles. La méconnaissance intime, la pudeur, le manque de confiance…

– Et à quoi bon vous parler de moi ? Le problème qui m'a poussée à prendre rendez-vous est extérieur à moi. Je subis la pression de mon patron et je veux juste que ça s'arrête.

Il y a cette raison-là aussi. La victimisation. Les autres sont le problème, pourquoi serait-ce à moi de faire un travail ? Je vais donc, comme souvent, demander à cette patiente ce qu'elle attend concrètement de la thérapie puisque c'est elle que j'ai en face de moi, et non son patron. Simultanément, une pensée accapare mon esprit. Le patient qui a rendez-vous dans deux heures engendre une peur au creux de moi depuis la dernière séance. Depuis qu'il m'a confié être dégoûté par le sexe avec sa femme, mais pas avec des prostituées. Ce n'est pas cette phrase qui m'avait perturbée, mais sa réponse quand je lui avais demandé quelle était la différence. Je me dois normalement de garder une posture neutre, mais cette fois-là, une sensation malaisante avait jailli sous ma poitrine. Ses mots résonnent encore dans mon esprit : *« Quand je couche avec une pute, j'ai l'impression d'être dans les bras de maman. »* Il n'y a pas que le verbal qui avait eu un effet sur moi lors de cette déclaration. Son regard avait pénétré le mien et un rictus d'assurance soudaine s'était dessiné alors que ce patient a pour habitude de parler les yeux rivés vers le sol et avec une voix hésitante.

– Vous allez garder le silence toute la séance ? Parce que je dois vous avouer que ça ne me met pas du tout à l'aise.

Je pose alors une question ouverte pour faire parler la patiente, le temps de remettre de l'ordre dans mes idées et mes émotions. Je dois éloigner tout ce qui parasite mon esprit pour être pleinement avec cette femme, pour la laisser me guider à travers sa carte mentale et tenter de percevoir ses schémas conscients et inconscients. J'ai la sensation de ne plus être en mesure de faire cela depuis quelques semaines. Une écoute pleine, active, sans jugement, sans interprétation hâtive. Je me suis laissé envahir petit à petit par le négatif qui se déverse dans mon cabinet, comme si mes barrières habituellement rigides avaient subi un choc brutal et que les fissures ne faisaient que croître au fil des séances. Le plus inquiétant est que je rapporte tout cela chez moi, le soir. Mes patients deviennent mon obsession. Je dois arrêter cette machinerie avant qu'elle ne me broie l'esprit et le cœur. Je dois mettre le doigt sur ce qui a percuté mes barrières. Mais pas maintenant.

La séance est finalement passée très rapidement et quand je raccompagne la patiente, je découvre Maxine assise dans la salle d'attente. Elle ne dévie pas les yeux de son magazine au premier passage, mais quand je reviens seule, elle me jette un regard noir, se lève et me précède sans me saluer. Cette jeune femme de vingt-deux ans est en thérapie avec moi depuis six mois pour travailler sur ses angoisses, son sentiment constant d'insécurité et la menace que représentent les autres. La confiance qu'elle accorde n'est jamais acquise et ses relations ressemblent à des jeux du chat et de la souris sur des œufs à coquille fine.

– Il faut que je vous dise quelque chose, m'annonce-t-elle alors qu'elle n'est pas encore installée dans son fauteuil. Ça ne peut pas continuer comme ça ! Je ne veux plus être avant lui.

Je fronce légèrement les sourcils, ne comprenant pas immédiatement de quoi elle parle.

– Lui ! s'énerve-t-elle en s'asseyant. Celui qui passe après moi.

Le fameux patient aux prostituées.

– Soit vous me faites sortir par une autre porte, soit vous le mettez à un autre horaire, mais je ne veux plus croiser sa route. J'en suis malade depuis la semaine dernière.

Je me garde de lui dire que moi aussi et lui demande ce qui s'est passé. Elle me répond qu'il a posé ses yeux libidineux sur elle dans la salle d'attente et qu'elle est sûre de l'avoir vu rôder autour de chez elle le soir même. Je lui demande donc si elle est formelle, si elle a une idée de la façon dont il aurait eu son adresse, si elle l'avait déjà vu avant de le croiser au cabinet. Je tente de la raccrocher à des éléments factuels pour forcer sa raison à remettre de la netteté dans son schéma interprétatif. Quand elle émet l'hypothèse qu'il l'ait suivie jusque chez elle, je lui fais remarquer qu'il entre en séance avec moi chaque fois qu'elle quitte mon cabinet.

– En fait, vous ne me croyez pas ! Depuis tous ces mois, vous me prenez pour une folle, c'est ça ?

Un œuf vient de se casser. Je lui affirme que je ne remets absolument pas en cause le fait qu'un homme ait pu rôder autour de chez elle, mais que je veux vérifier avec elle la possibilité que ce soit mon patient.

– Laissez tomber ! me tacle-t-elle. De toute façon, il y a plus grave à aborder aujourd'hui.

Je ne réponds pas, mais note sur ma feuille l'importance de revenir sur la colère qu'elle a manifestée envers moi dès la salle d'attente et sur le lien à faire avec le transfert qu'elle a mis en place.

– Ma meilleure amie m'a confié une lettre samedi dernier alors qu'on faisait une soirée entre potes. Elle m'a fait promettre de ne l'ouvrir que s'il lui arrivait quelque chose de grave.

Voyant Maxine effleurer le parquet avec ses yeux et accentuer en silence la double ride entre ses sourcils, je comprends qu'une inquiétude réelle est née de cet événement.

– Elle m'a dit qu'elle se sentait en danger depuis quelques semaines. Qu'elle avait l'impression d'être suivie, que des choses étranges lui arrivaient, qu'elle entendait du bruit la nuit près de ses volets. Sur le moment, j'ai franchement ri. On était tous un peu éméchés et j'ai cru qu'elle déconnait. Mais ses larmes ont vite stoppé mes rires. Elle s'est levée pour quitter la pièce et quand j'ai voulu la retenir par le poignet pour m'excuser, elle m'a violemment repoussée. Je n'ai pas pu lui reparler depuis, elle ne répond plus à mes appels. Je ne sais pas quoi faire. Vous feriez quoi à ma place ?

C'est la première fois en six mois que cette patiente me demande un conseil. Est-ce une légère marque de confiance ou un test ?

– En même temps, poursuit-elle sans attendre ma réponse, je flippe vraiment pour elle. Vous imaginez si ce qu'elle m'a dit est vrai, si quelqu'un lui veut du mal ? Je devrais peut-être prévenir les flics, non ? Je m'en voudrais trop s'il lui arrivait quelque chose. Ce serait insupportable de me dire que je savais et que je n'ai rien fait.

Quand je lui demande si elle a lu la lettre, Maxine reçoit visiblement ma question comme une gifle. Elle ouvre de grands yeux comme pour absorber la stupidité qui vient de franchir mes lèvres.

– Vous m'écoutez vraiment ou vous faites semblant, en fait ? Elle m'a dit de ne l'ouvrir que s'il lui arrivait quelque chose de grave.

Je me sens dans l'obligation de me justifier alors que j'aurais tout simplement pu garder le silence. D'ailleurs mes explications glissent sur elle comme des gouttes d'eau sur une bâche.

– Je ne sais pas comment vous fonctionnez, me rabroue-t-elle, mais moi, quand je promets quelque chose, je m'y tiens. Ça fait partie de la loyauté. Mais, vous, vous me dites que j'aurais dû la lire ? Tenez ! me lance-t-elle en sortant une enveloppe de son sac à main avant de tendre le bras vers moi. Prenez-la et lisez-la si vous pensez que c'est ce qu'il faut faire. Mais ne me dites rien, je ne veux pas savoir ce qu'il y a dedans.

Je m'interroge alors ouvertement sur l'utilité de la manœuvre et Maxine tente de me convaincre que l'idée est de moi.

– C’est vous qui voulez la lire, pas moi.

Je conteste cette affirmation et lui répète ce que je lui ai toujours énoncé, à savoir que je ne lui dirai jamais ce qu’elle doit faire ou ne pas faire. Elle baisse le bras, comprenant que je ne toucherai pas ce qu’elle me tend.

– Vous n’en avez rien à foutre, murmure-t-elle en posant un regard froissé sur moi.

Je crois que le moment est venu pour moi de lui dévoiler ce que je ressens depuis le début de cette séance, avant que trop de malentendus ne se hissent entre elle et moi. Je lui demande de me reprendre si je me trompe pour ne pas lui imposer mon interprétation et lui confie que j’ai la sensation qu’elle essaye, depuis son arrivée, de tester le niveau de confiance qu’elle peut m’accorder. Tout d’abord en m’imposant de régler le problème du patient qui la succède, puis celui de cette lettre qu’elle refuse de découvrir par elle-même.

– Je n’ai pas franchement besoin de vos interprétations bizarres, aujourd’hui.

Maxine serre les dents et ses lèvres se tordent dans une moue de gamine démasquée quand je lui réponds qu’elle cherche à savoir jusqu’où je suis prête à aller pour elle. Je lui demande pour quelle raison, mais ma question ne trouve pas preneuse. C’était une évidence. Trop directe, trop ouverte. Je ne dois pas me laisser submerger par le contre-transfert. Je lui fais alors remarquer qu’elle manifeste de la colère envers moi depuis le début de la séance et lui demande quel en est l'objet.

– Ce n'est pas à vous que j'en veux, finit-elle par avouer, mais à moi. Vous êtes contente ? J'ai peur de tout et me méfie de tout, mais ça, vous le savez déjà. Pourtant, depuis que je suis en thérapie avec vous, je me sentais un peu mieux. Je commençais à me raccrocher au réel. Quand mon esprit s'emballait pour imaginer des trucs fous, je tentais de comprendre ce que les autres voulaient ou disaient sans projeter mes angoisses sur eux. J'avais vraiment l'impression que l'horizon s'éclaircissait progressivement autour de moi. Mais depuis samedi, ce que j'essayais de construire pour m'en sortir s'est effondré. J'ai replongé dans mes délires, mes scénarios catastrophes et la conviction que tout le monde est contre moi. Les menaces que mon amie sent rôder autour d'elle m'ont confirmé que le danger est bien présent et qu'il se cache partout. En fait, je m'en veux parce que quand j'ai peur, quand je me sens en danger, je pense à vous. Savoir que je viens vous voir me rassure, savoir que vous existez me rassure. Et ça, ce n'est pas normal parce que quand je réfléchis un peu, je sais que vous n'êtes que ma psy, qu'après les séances, vous ne pensez plus à moi, que vous ne serez jamais mon amie, que vous n'êtes pas ma mère. Pourtant, je n'ai personne d'autre à qui me raccrocher quand je me sens défaillir.

Le transfert est une notion tellement délicate en thérapie. Savoir le gérer, le maintenir sans trop l'alimenter, jusqu'au moment où il faut aider le patient à en sortir. Je sais qu'il est beaucoup trop tôt pour entamer cette dernière étape avec Maxine, mais comment réagir à ce qu'elle vient de m'avouer sans casser ce qui s'est construit et sans donner trop de poids à ce qu'elle projette sur moi ?

– Hier soir, je me suis couchée vers vingt-trois heures et je me suis très vite endormie. Mais, quelque chose m'a brutalement réveillée. Trois coups brefs contre mes volets. Je sais que vous allez me demander si j'étais vraiment réveillée quand j'ai entendu frapper. Et oui, je suis convaincue que ces coups étaient réels. Je suis restée paralysée dans mon lit, impossible de réagir. J'ai repensé à ce que m'avait dit mon amie, évidemment. Et puis j'ai pensé à vous. Je crois que si ça avait frappé à nouveau, j'aurais composé votre numéro pour vous appeler à l'aide. Vous voulez savoir pourquoi ?

Je n'ai pas l'impression d'avoir répondu mais Maxine, qui scrutait ma réaction, me propose son explication.

– Parce que vous êtes la seule personne en qui j'ai confiance sur cette putain de Terre.

***

Jour 1 – 18 heures

– Je comprends mieux pourquoi tu m'as demandé de te caler en urgence, ce soir. Quelle probabilité tu donnes au fait que ce qui lui est arrivé soit réel ?

Ce n'est pas la première fois que je parle de Maxine à mon superviseur. Je lui ai déjà expliqué que cette jeune femme a une structure de personnalité paranoïaque qui tend fortement vers le trouble psychique et que, par conséquent, sa perception du réel est déformée et que ses interprétations sont faussées. Je suis consciente, tout comme lui, que les événements rapportés par Maxine peuvent être vécus par elle comme réels, même s'ils sont absents de notre réalité. Mon superviseur me fait aussi justement remarquer qu'elle ne fait que s'imaginer qu'il lui arrive les mêmes choses effrayantes qu'à son amie pour alimenter son propre fonctionnement délirant. Quand il me demande ce que j'ai fait pour le patient qui a rendez-vous après Maxine, mes yeux dévient sur le côté sans que j'aie le temps de les contrôler. Ayant perçu ma gêne, il réitère rapidement et froidement sa question. Je lui avoue avoir décalé ce dernier à un autre horaire et anticipe ses sermons en lui disant que ce type est vraiment louche et qu'il m'a même dit en début de séance le matin même : *« Si toutes vos patientes sont aussi canon que celle qui vient de sortir, je veux bien prendre votre place. »*

– Tu gères très bien ce genre de provocation habituellement. Qu'est-ce qui a changé là ? Tu viens de faire exactement ce que ta patiente attendait de toi.

Vexée, je lui demande s'il va m'enfoncer toute la séance ou m'aider.

– Si pour t'aider, je dois t'enfoncer, je vais le faire, rassure-toi. Donc, tu as sorti ta cape de super aidante pour voler au secours de Maxine. La prochaine étape, c'est quoi ? Tu ouvres l'enveloppe qu'elle a voulu te donner et tu lui dis ce qu'elle doit faire avec cette amie en détresse ?

Quand je sors l'enveloppe en question de ma poche et que je lui propose ironiquement de le faire à ma place, il me renvoie un regard glacial.

– Tu te fous de moi, là ! Qu'est-ce que tu fais avec ça ?

Cette enveloppe, Maxine l'a laissée à côté de son fauteuil en quittant le cabinet ce matin. Tout comme mon superviseur, je ne crois pas que ce soit un acte manqué, je crois que la manipulation était consciente de la part de ma patiente. Mais je me pose une question que je partage avec lui.

Quelle est la probabilité pour que deux jeunes amies très proches soient toutes les deux touchées par le même trouble psychique ? Que ma patiente fabule et dise entendre ou voir des choses qui n'existent pas, soit. Mais que son amie vive elle aussi les mêmes délires, ça me paraît être une grossière coïncidence.

– Qui se ressemble s'assemble, non ?

Je lui réponds que les contraires s'attirent et lui demande de baser ses théories sur autre chose que des proverbes sans fondement.

– Tu veux que je te dise quoi ? Même si son amie a effectivement des ennuis, en quoi cela entre en jeu dans le travail avec ta patiente ?

Je reste convaincue que si une jeune femme est menacée et craint pour son intégrité physique, on est dans l'obligation d'intervenir, mais il dévie à juste titre pour revenir à mon rôle de thérapeute envers Maxine.

– Tu sais ce que je crois, moi ? Je pense que la phrase que t'a dite ta patiente, comme quoi tu es la seule personne en qui elle a confiance sur cette putain de Terre, t'a fait basculer en mode sauveuse. Et que tu es prête à lui prouver par n'importe quel moyen qu'elle a raison d'avoir confiance en toi. La prochaine fois qu'elle viendra, tu pourras lui annoncer fièrement que le patient qui la dérange n'est plus après elle et que tu as gardé sa lettre au chaud, si tu ne l'as pas ouverte d'ici là.

Je tente encore de me justifier en lui disant que si je perds la confiance de cette patiente, son travail est foutu.

– Si elle a plus confiance en toi qu'en elle-même, son travail est aussi foutu.

Je sais qu'il a raison. Sa façon de me dire les choses me bouscule, comme à chaque fois, mais il est dans le vrai et son regard extérieur sur mes relations avec mes patients m'est toujours bénéfique. L'histoire avec Maxine et son amie n'est cependant pas aussi simple que mes questionnements habituels. Une autre personne est impliquée et il a beau me prévenir du danger d'incarner le rôle de la sauveuse, je reste persuadée que je ne peux pas fermer les yeux sur ce que je sais.

***

Jour 1 – 19 heures 30

Perdue dans mes réflexions au volant de ma voiture, je déclenche machinalement mon kit mains libres quand mon portable sonne. Une voix terrorisée inonde subitement l'habitacle.

– Je savais que j'aurais dû faire quelque chose ! crache Maxine dans son micro.

Je perçois des sanglots incontrôlables et tente de calmer ma patiente pour comprendre ce qu'elle dit. En vain. Elle débite des mots sans lien entre eux, elle pleure, elle crie. Elle finit par me transmettre son émotion comme si sa peur était régurgitée par les petits haut-parleurs au-dessus de ma tête. Mon cœur se serre et la contraction se propage jusqu'à ma gorge. Alors que je cherche à la questionner, elle hurle.

– Elle est morte !

Cette fois, les mots étaient clairs et nets et la phrase me sidère. Mon pied écrase le frein, mes mains cramponnent le volant, la voiture qui me suit m'incendie de coups de klaxon.

– Vous aviez raison, j'aurais dû ouvrir la lettre, s'effondre Maxine.

Mes yeux dévient vers mon sac posé sur le siège passager. L'enveloppe dépasse. Qu'y a-t-il dans cette lettre ? Quelle est ma part de responsabilité dans cette histoire ? Morale, pénale ? Je m'inquiète pour moi alors que je viens d'apprendre la mort d'une jeune femme. Mais que m'arrive-t-il ? Que s'est-il passé en seulement quelques heures pour que mon esprit soit à ce point troublé ? Les voitures me doublent en faisant vrombir les moteurs pour manifester leur mécontentement et leur impatience. Je n'arrive même plus à réagir.

– Elle a été retrouvée dans sa baignoire, les veines ouvertes.

La voix de Maxine joue au yo-yo et son souffle est court.

– C'est faux ! Elle ne se serait jamais suicidée, j'en suis sûre ! affirme-t-elle dans un cri qui se coince et déraille dans le fond de sa gorge.

Je suis émue par la tristesse de Maxine, mais ne sais absolument pas quoi faire, quoi dire, quoi penser. Un rideau vient de s'abaisser devant mon esprit et c'est le vide total derrière. J'ai l'impression de ne plus faire partie de la réalité qui m'entoure. Tout s'affole bruyamment à l'extérieur de la voiture, Maxine gémit et déblatère des mots que je ne saisis plus, mon téléphone sonne en double appel, et moi je flotte. Je reste là, suspendue sur le fil du temps que j'aimerais pouvoir couper pour qu'il n'y ait pas d'après.

Mon cœur fait un bond douloureux quand des coups sur ma vitre me sortent trop brutalement de mon état de choc. La vision qui s'offre à moi accentue la sensation de grand n'importe quoi. L'homme qui se penche pour me demander si je vais bien m'effraie. Je sens ma tête faire des allers-retours frénétiques de gauche à droite alors que mes yeux sont vissés sur lui pour s'assurer de cette réalité bouleversante. J'entends ma voix appeler Maxine. Elle est faible, elle tremble et n'a aucune chance d'atteindre son objectif, vu le débit de paroles et de pleurs qui envahit la ligne. Je l'interpelle à plusieurs reprises, mais le volume de mes mots ne veut pas monter. Alors je finis par craquer et hurler son prénom. Elle arrête enfin son monologue. Je lui demande si elle est convaincue que le patient qui passe après elle dans mon cabinet était devant chez elle l'autre soir. Après un silence de stupéfaction face à ma question, je poursuis en lui disant qu'il est à côté de ma voiture. Maxine manifeste alors sa peur pour moi et m'interdit d'ouvrir la portière. Je crois que je suis touchée par cette marque d'attention, même si je sais que je ne dois pas me laisser envahir par les angoisses de ma patiente au point de délirer avec elle. Pourtant cet homme me met mal à l'aise et le voir là fait naître des doutes et des peurs. Je finis par baisser la vitre en annonçant à Maxine que je la rappellerai plus tard.

– Un problème ? demande mon patient.

Je lui dis que je vais bien et lui explique qu'un appel urgent m'a forcée à m'arrêter. Il insiste en évoquant le masque de terreur scellé à mon visage. Je lui demande ce qu'il fait là. La question est sortie toute seule et plus sèchement que je l'aurais souhaité. Il me répond simplement qu'il rentrait chez lui, et qu'en passant près de ma voiture, il lui a semblé me reconnaître. Je le remercie du bout des lèvres et quand je passe la vitesse pour redémarrer, il s'écarte de la vitre mais lève un doigt pour m'interpeller.

– Faites attention à votre sac, me lance-t-il avec un sourire. C'est dangereux de le laisser sur le siège, surtout quand un papier dépasse. C'est tentant pour les adeptes du carjacking. À la semaine prochaine, conclut-il avant de rejoindre son véhicule.

***

Jour 1 – 22 heures

Je m'éternise dans les chambres de mes enfants à les regarder dormir paisiblement. Ils ont réussi, le temps du repas et de l'histoire du soir, à me faire oublier les événements de la journée. Je n'arrive pas à détacher mon regard de leurs visages si sereins dans les bras de Morphée. M'éloigner signifie replonger dans le surréalisme inquiétant de cette journée et je repousse ce moment au maximum. J'ai vérifié à deux reprises que toutes les portes étaient verrouillées et que les volets étaient bien crochetés. Pourquoi ressentir une telle menace planer autour de moi ? J'ai du mal à me l'expliquer. Le drame qui a eu lieu ne me concerne pas directement, pourtant je n'ai pas eu le courage d'allumer la télé ni de regarder les alertes infos sur mon portable par peur d'être confrontée à la mort de cette jeune femme. Maxine a tenté de m'appeler des dizaines de fois après que j'ai raccroché de façon précipitée dans la voiture. J'ai fait le choix de ne pas répondre et de ne pas écouter ses messages qui saturent ma boîte vocale. Je suis en train de fuir la réalité. J'en suis consciente et mes propres réactions me déçoivent, mais je ne sais plus ce que je dois faire. L'enveloppe est toujours dans mon sac. Le simple fait de la regarder est devenu angoissant. Je repense à mon patient qui a jugé important de pointer ce bout de papier dépassant de mon sac et une partie de moi se dit que ce n'était pas anodin, qu'il sait quelque chose. Et s'il sait quelque chose, peut-être représente-t-il un réel danger. Mon cabinet est accolé à ma maison, il sait donc où me trouver. Voilà pourquoi je ne me sens pas en sécurité ce soir, et mon instinct me pousse à retourner voir si tout est bien fermé. Je dois me calmer et laisser retomber la pression, faire le tri dans mes idées et analyser la situation. Je me demande si Maxine est en danger en ce moment même, si elle me lance des appels à l'aide dans le vide de ma messagerie.

« Parce que vous êtes la seule personne en qui j'ai confiance sur cette putain de Terre. »

Son regard était si sincère et dépendant quand elle a prononcé cette phrase. Je sais qu'elle n'a plus de famille proche. Ses parents sont décédés dans un accident de voiture alors qu'elle n'avait que douze ans. La tante qui a pris soin d'elle jusqu'à sa majorité est aujourd'hui en maison de retraite, atteinte de démence sénile et ses grands-parents lui ont tourné le dos il y a des années, quand ses troubles paranoïaques se sont manifestés. Et maintenant sa meilleure amie est morte. Des sentiments commencent à naître en moi. Affection, compassion, pitié, je ne sais pas encore le déterminer, mais ça ressemble aux prémices d'un attachement qui ne devrait pas être. Toutes ces pensées tournent en boucle dans ma tête alors que j'essaye de trouver le sommeil, calée en position fœtale sous ma couette. Que dit la lettre ? Que dois-je en faire ? Lui rendre, la confier aux forces de l'ordre, la lire ?

Mes sens se mettent subitement en alerte et mon cœur a beau hurler à mes muscles de se tenir prêts, mon corps est bloqué. Des sons viennent de m'alerter. Ceux de mouvements sur les gravillons qui entourent la maison et courent sous la fenêtre de ma chambre. J'inspire brièvement et hésite à expirer de peur de gêner mon ouïe qui vient de se focaliser sur l'extérieur. Calme total. Je me rassure en réalisant que le chat n'est pas rentré ce soir et que c'est lui que je viens d'entendre. Rationaliser pour ne pas se laisser submerger par les émotions. Alors que ma respiration retrouve un semblant de normalité et que mes poings se décrispent, un autre bruit me fige. Comme un frôlement régulier contre mes volets. Imaginer quelqu'un à deux mètres de moi alors que le noir total m'enrobe et que seules des lames de plastique me séparent de la menace a l'effet d'une bombe au creux de mon estomac. J'ai l'impression qu'un liquide urticant se répand dans mes veines, qu'il se déverse dans ma gorge, qu'il bouillonne derrière mes tympans. Quand le léger frottement s'arrête, mon esprit cherche aussitôt une explication rassurante, mais cette fois il n'a pas le temps de trouver. Trois coups brefs retentissent. Je suis terrorisée, mes membres tremblent sans pouvoir effectuer de réels mouvements, les larmes envahissent mes yeux, ma salive devient une bouillie impossible à déglutir. Je pense alors à Maxine et mon bras lourd se tend vers la table de chevet pour saisir mon portable. Je m'apprête à lancer un appel vers son numéro quand je réalise qu'il n'y a plus de bruit. Ai-je rêvé ? Mon premier sommeil m'a-t-il joué un tour à cause du stress engrangé tout au long de cette journée ? Pourquoi avoir eu le réflexe d'appeler Maxine ? Je réalise que nous sommes désormais liées par les confidences qu'elle m'a faites et par la lettre, mais je refuse de basculer dans son schéma délirant.

***

Jour 2 – 9 heures

Convaincue d'avoir donné trop d'importance à une simple terreur nocturne, je m'inflige un coup de fouet mental pour me ressaisir, Mon premier patient arrive à 9 h 30. Installée dans mon cabinet à relire mes notes en compagnie d'une tasse de café, j'entends la porte de la salle d'attente s'ouvrir. Vingt minutes d'avance, c'est surprenant. La porte de mon bureau est à son tour poussée sans préambule et je vois apparaître Maxine à bout de souffle.

– Comment vous pouvez faire comme si de rien n'était ? m'apostrophe-t-elle sans dissimuler sa déception.

Que dire ? Comment justifier mon comportement ? Et pourquoi devrai-je le justifier ? Je me lève pour me mettre face à elle sans lâcher ma tasse.

– Si vous saviez comme j'ai eu peur pour vous, balance-t-elle au bord des larmes.

Je m'attendais à ce qu'elle exprime de la colère envers moi, mais son émotion me poignarde en plein cœur. Je n'ai pas le temps d'anticiper son geste. Elle se jette contre moi pour m'enlacer et je reste tétanisée, le café en l'air. Je sais que je ne dois pas, l'ange sur mon épaule droite me crie « Non ! » à l'oreille. Pourtant, mon bras libre se referme autour d'elle. Je vois le petit diablotin qui adresse un sourire narquois à l'ange et je donne un peu de tendresse à cette jeune femme en plein désarroi. Trente secondes s'écoulent avant qu'elle ne m'avoue avoir croisé la voiture du patient louche devant chez moi. Je recule légèrement le torse pour regarder son visage et les doutes de la nuit passée m'assaillent à nouveau.

– C'est bien une Golf grise, non ? s'assure-t-elle.

Je revois mon patient se diriger vers sa voiture la veille après s'être assuré que j'allais bien et je distingue parfaitement la Golf grise dans mon souvenir.

– Il avait rendez-vous avec vous, ce matin ?

Ma tête balance de gauche à droite. Les mots ne trouvent pas le chemin de la sortie.

– Et si c'était lui ? S'il était responsable de la mort de mon amie ! réalise Maxine dont les yeux s'arrondissent sous l'effet de la peur. S'il me suit depuis plusieurs semaines, il a très bien pu me voir avec elle et la prendre aussi pour cible.

J'essaye de suivre son raisonnement qui me paraît de plus en plus cohérent. Effrayant, mais cohérent. Mais, quel aurait été le mobile de cet homme ? Pourquoi s'en prendre à l'amie de Maxine ?

– Comme ça, il me fait comprendre qui il est vraiment et le danger qu'il représente. S'il l'a tuée, je suis peut-être la prochaine ! panique-t-elle en faisant sauter son regard de la fenêtre à la porte de manière frénétique, comme si un fantôme allait surgir.

Ne voulant pas laisser la crise d'angoisse submerger Maxine, je lui demande de me regarder et lui assure qu'elle est en sécurité, qu'il ne peut rien lui arriver tant qu'elle est ici. Je me mords l'intérieur de la joue quand ces mots sortent de ma bouche. Je viens de lui confirmer que son lieu de sûreté se trouve ici, avec moi. Je dois être plus vigilante dans mes choix lexicaux pour stopper l'escalade de sa dépendance vis-à-vis de moi.

– Il faut qu'on aille voir la police, non ? On ne peut pas rester sans rien faire en attendant un autre drame ? Vous êtes d'accord avec moi ?

Ses phrases interrogatives ont des consonances affirmatives qui me laissent peu de marge pour refuser. Elle emploie désormais le « on », signe qu'elle vient de sceller une union dans son esprit et qu'elle m'a déjà embarquée dans son histoire. J'aurais dû écouter mon superviseur et être beaucoup plus prudente face à ce qui se joue avec cette patiente au sein de mon cabinet mais aussi en dehors des heures de consultation. Maxine baisse les yeux et se laisse gagner par la tristesse.

– J'ai égaré la lettre, finit-elle par déclarer après un long silence. Il y avait peut-être des choses importantes pour ma sécurité dans cette enveloppe. Comment j'ai pu la perdre ? Je ne suis vraiment qu'une grosse nulle !

Je contourne mon bureau et ouvre le premier tiroir pour en extraire la lettre. Quand elle voit ce que je tiens, son expression passe de la surprise au soulagement puis à l'incompréhension.

– J'étais sûre de l'avoir glissée dans mon sac. J'ai passé une bonne partie de la soirée à la chercher. Vous l'avez… ?

Sa question reste en suspens et je lis une confiance grandissante dans ses yeux quand elle comprend que je n'ai pas ouvert l'enveloppe.

– On peut regarder ensemble ? J'ai peur de faire ça toute seule.

Ma raison me dit de refuser, pourtant je lui propose de s'asseoir et lui tends la lettre. Laisser cette jeune femme repartir avec ce fardeau entre les mains alors qu'elle n'a personne autour d'elle m'est totalement impossible. Maxine s'installe dans le fauteuil, les fesses au bord, comme à son habitude, pour pouvoir s'éjecter au moindre problème. Elle décachette l'enveloppe et en retire lentement plusieurs feuilles pliées ensemble. Elle commence à lire en silence et rapidement, elle me tend la première page. Mes yeux font défiler les mots dont l'écriture porte la trace d'une agitation d'effroi.

Maxine,

Si tu lis cette lettre, c'est que je ne suis plus de ce monde. Je ne sais pas pourquoi il fait ça, mais ma vie est devenue un enfer depuis qu'il a croisé ma route. Ce malade te connaît. Je n'ai pas d'autres choix que de subir ses menaces et ses agissements effrayants. Je dois le faire pour te protéger. Il m'a dit qu'il me tuerait si je prévenais la police. Et il m'a promis de te tuer si je te parlais de lui. Mais, maintenant que je suis morte, tu dois savoir. Je te joins le peu de choses que je sais de lui. J'espère que ça t'aidera à te protéger et à le faire arrêter. Cet homme est obsédé par toi, il ne te lâchera pas tant qu'il ne t'aura pas eue. Traque-le avant qu'il ne te piège.

Merci d'avoir été cette amie merveilleuse.

Je t'aime.

Adieu.

Emy

Je suis dans le flou total, alors je lis et relis pour éviter d'avoir à commenter ou affronter le regard de Maxine.

– Je le savais ! lâche-t-elle subitement.

Alors que j'ose un regard vers elle, je la vois figée face à un morceau de papier photo. Elle retourne ce dernier vers moi et recommence son manège de surveillance vers la fenêtre et la porte. Je découvre le cliché d'une voiture grise au logo caractéristique. Je lui fais remarquer que ça ne veut rien dire parce que des Golfs grises, il y en a partout. J'ai l'impression d'avoir prononcé ces mots pour me rassurer encore plus que pour apaiser ma patiente.

– Stationnées devant la plaque de votre cabinet, il y en a beaucoup vous croyez ? me répond-elle en me montrant une autre photo.

Mon cœur est foudroyé par l'évidence, mais mon cerveau a du mal à tout mettre en ordre.

– On est sûres, maintenant, il n'y a plus de doutes. Emy ne savait pas qui c'était, mais vous, oui. Dites-moi son nom.

Je refuse d'un mouvement de tête désolé, hésitant entre secret professionnel et non-assistance à personne en danger.

– Non ? s'insurge Maxine en me foudroyant du regard. Vous plaisantez, j'espère ? Ce type a tué ma meilleure amie et va tout faire pour mettre la main sur moi, et vous refusez de me dire qui c'est !

Pour exprimer sa colère et son rejet envers moi, elle recule vers la porte, me méprise du regard, esquive mes tentatives d'approche et d'explications.

– Rendez-moi la lettre ! Je vais me débrouiller seule, comme toujours. J'avais confiance en vous, mais même en danger de mort, vous refusez de m'aider. Donnez-moi cette lettre ! crie-t-elle.

À peine me l'a-t-elle arrachée des mains qu'elle claque la porte derrière elle. Je reste interdite au milieu de mon cabinet.

***

Jour 2 – 20 heures

Ma journée de consultations se termine. Maxine n'a pas quitté mon esprit, je me suis même surprise à consulter mon portable entre chaque séance pour m'assurer qu'elle n'ait pas lancé un SOS. Avant de fermer le cabinet, je ressors le dossier du patient à la Golf grise, regarde son adresse, et relis toutes mes notes le concernant. Des points me sautent aux yeux et des liens commencent à se tisser autour de la personnalité de ce dernier que j'ai déjà définie de schizoïde. Un sentiment personnel d'étrangeté qui pousse cet homme à s'isoler socialement, à ressentir un mal-être récurrent en groupe, des difficultés majeures à établir des relations sociales stables et saines, un désintérêt pour les relations sexuelles, excepté celles avec des inconnues d'un soir. Tout ce qui émanait de cet homme venait appuyer ces constatations jusqu'à une séance que j'ai marquée d'une croix rouge dans le dossier. J'inspecte mes notes avec attention et me souviens désormais de ce qui s'était passé. Ce jour-là, il m'avait paru totalement à l'opposé de ces traits de personnalité dès son arrivée. D'ailleurs il avait osé, pour la première fois, me regarder en face pour m'adresser une remarque personnelle. Il m'avait demandé s'il était judicieux de faire ce genre de travail à domicile, d'une part parce que je n'avais pas de sas de décompression et que je risquais d'emporter avec moi les émotions négatives des patients et d'autre part parce que les détraqués sauraient où me trouver si besoin. Durant la même séance, il m'avait raconté un rêve dans lequel il se voyait immobile dans sa cave sans lumière en train de regarder le corps sans vie de sa femme baignant dans son sang. En relisant mes notes, une étrange sensation parcourt ma poitrine et un déclic se fait dans mon esprit. Il se peut que ce soit depuis ce moment-là que mes barrières de protection ont été bousculées. Depuis ce jour-là que je n'arrive plus à trouver les bonnes distances patient-thérapeute, à gérer mes contre-transferts, à me sortir les histoires de vie douloureuses de la tête. Depuis ce jour que la peur se répand en moi comme un poison vicieux.

Je me laisse stupidement surprendre par le vibreur de mon téléphone au point de sursauter en portant la main contre mon cœur. Quand je vois le prénom de Maxine s'afficher, je me précipite pour répondre, comme pour me donner bonne conscience. J'entends une respiration exagérée et dois réitérer trois fois mon « Allô » avant d'obtenir une réponse tremblante parmi des sanglots visiblement déclenchés par ma voix.

– Aidez-moi ! Je vous en supplie ! Ne me laissez pas toute seule.

Je cherche à savoir où se trouve Maxine et pourquoi elle est dans cet état de panique horrifiée.

– Je suis chez moi. Il est venu, il a voulu me faire du mal, me lance-t-elle en larmes.

Quand elle me confie qu'il est dans son jardin, je lui ordonne d'aller se mettre à l'abri, de s'enfermer et d'appeler la police.

– Non ! Je ne veux pas aller en prison.

Cette phrase provoque un silence d'incompréhension de ma part.

– Je crois que je l'ai tué, m'annonce-t-elle avant de s'effondrer bruyamment.

Des pensées contradictoires s'affrontent dans ma tête. L'horreur se mêle au soulagement. Le soulagement engendre une culpabilité écœurante. La culpabilité me terrasse d'un sentiment de honte. Le poids qui m'empêchait de respirer depuis hier vient de disparaître, envolée avec la menace que représentait cet homme. Qui suis-je devenue pour me réjouir de la mort d'un homme ? Nos instincts de survie sont-ils à ce point puissants qu'ils nous autorisent à éliminer le danger sans aucun remords ? Je n'ai pas tué cet homme moi-même, est-ce la raison pour laquelle je peux me permettre de me sentir libérée d'un poids ?

J'ignore pourquoi, mais je roule désormais vers le domicile de Maxine. J'ai répété les consignes à mes enfants avant de partir, même s'ils les connaissent par cœur. N'ouvrir à personne, ne pas sortir de la maison et m'appeler au moindre problème. Qu'est-ce qui me pousse à rejoindre une femme qui m'avoue avoir tué un homme ? Quel est mon but ? L'aider, mais de quelle façon ? La convaincre d'appeler les forces de l'ordre pour leur expliquer qu'il s'agissait de légitime défense et témoigner en sa faveur ? Oui, c'est ce qu'il faut faire, il n'y a pas d'autre solution. Mais je me dirige vers une scène de crime. Je vais me retrouver face à un cadavre, je gère ça comment ? Une boule est en train de se former dans ma poitrine et je dois forcer mes poumons à grignoter de quoi m'oxygéner un minimum. Ma tête commence à tourner. J'approche de l'endroit et aperçois Maxine sur le trottoir, dans la pénombre du crépuscule. Elle se tient les bras en position d'autocâlin. Ses larmes tracent des sillons noirs sur ses joues. Elle me fait rapidement entrer chez elle pour m'expliquer ce qui s'est passé. Le patient aux prostituées est arrivé derrière elle alors qu'elle mettait la clé dans la serrure de sa porte d'entrée. Il l'a menacée avec un couteau pour qu'elle se taise et qu'elle ouvre avant de la pousser à l'intérieur et de refermer derrière lui. Elle dit avoir réussi à s'extraire de son emprise pour se réfugier dans le jardin derrière la maison. Il l'a alors suivie en lui disant qu'il allait lui faire la même chose qu'à sa copine.

Je sens mon téléphone vibrer dans ma poche, mais décide de rester concentrée sur les déclarations de Maxine en proie à une agitation extrême. Elle me décrit avec précision la suite de la scène. Elle dit s'être retrouvée prise au piège, comme l'avait prédit Emy dans sa lettre. Le jardin est ceint de murs, elle ne pouvait donc pas s'échapper. Son agresseur l'a vite rattrapée et lui a saisi les épaules pour la retourner brutalement face à lui avant de commencer à la frapper à la tête. J'inspecte instinctivement le haut de son visage alors qu'elle enchaîne en disant qu'elle a brièvement perdu connaissance avant de revenir à elle. Il était alors à cheval sur elle. Elle s'est défendue, elle a cogné, ils se sont battus au sol et sans savoir comment, le couteau est tombé après lui avoir entaillé le bras. Elle me montre la plaie en question qui continue à déverser son sang de couleur vive. Elle m'explique que d'un geste rapide, elle a réussi à s'emparer de l'arme jonchant la terre, a serré très fort le manche et a frappé en direction de son agresseur en fermant les yeux. Elle a senti la lame résister alors elle a recommencé plusieurs fois. Les paroles de Maxine enfoncent progressivement un clou sous ma poitrine. Mon corps est parcouru de frissons jusqu'à la racine de mes cheveux alors que mon téléphone vibre à nouveau.

– Si on appelle la police, je vais aller en prison, c'est sûr, panique-t-elle.

Je lui assure que non, qu'elle a agi en légitime défense puisque cet homme est venu chez elle pour la menacer et qu'elle a la preuve qu'il est mouillé dans la mort de son amie. Je la rassure en lui disant que je témoignerai en sa faveur.

– Et si je vous demande de ne pas prévenir les flics ? On peut faire autrement, mais j'ai besoin de votre aide.

Je sais très bien à quoi elle pense puisque je pense à la même chose depuis son appel. La seconde solution si on élimine celle de prévenir la police. Mon cœur s'affole alors que je remarque que celui de Maxine se calme.

– Il était une menace pour vous aussi, me rappelle-t-elle soudain. Il avait commencé à vous suivre. Sa mort nous sauve toutes les deux et venge Emy ! Pourquoi on devrait prendre le risque d'être poursuivies en justice à cause d'un monstre ?

Je ne sais pas quoi penser. Peut-être a-t-elle raison. Mon téléphone ne cesse de danser le sirtaki au creux de ma poche. Je prends subitement conscience qu'il s'agit peut-être de mes enfants. Je l'extrais avec énervement de la doublure capricieuse pour voir apparaître le prénom de ma fille et mon cœur explose. En décrochant, je me dirige machinalement vers la fenêtre arrière de la cuisine. Ma fille me reproche d'avoir été aussi longue à réagir et m'apprend qu'il y a quelqu'un à la maison. Ma réaction première est de hausser le ton en lui rappelant que je lui avais interdit d'ouvrir. Elle m'explique alors qu'elle a juste entrebâillé la petite lucarne des toilettes devant l'insistance de la personne sur la sonnette. Une femme serait là pour me parler en précisant que c'est très urgent. À l'instant où ma fille prononce cette phrase, les lampadaires de la rue s'allument et l'un d'eux projette sa lumière éclatante sur le jardin. Le corps de mon patient me saute aux yeux comme un rottweiler à la gorge. Une plainte aiguë sort de ma bouche. Il est allongé sur le ventre. Ses vêtements sont recouverts de sang. Le couteau est au garde-à-vous entre ses deux omoplates. La voix douce de ma fille qui s'inquiète subitement pour moi me ramène à la réalité. Elle m'apprend alors que la femme s'appelle Emy et qu'elle est inquiète pour une amie qui est censée être en thérapie avec moi. Cette fois, mes genoux ploient et mon avant-bras m'évite de justesse de m'écraser au sol en se bloquant sur le rebord de la fenêtre. Maxine se précipite vers moi dans un élan de soutien. Je ne peux rien dire, la sidération anesthésie ma voix, mes sens, ma réflexion. J'ouvre la porte tout près de moi sans analyser mon action et me retrouve dans le jardin où j'inspire une grande bouffée d'air frais pour repousser le malaise qui me menace comme un rapace tournant au-dessus de sa proie. L'endroit est petit et les murs qui l'entourent sont plus hauts qu'il est large. La végétation non entretenue sur les pourtours, l'arbre imposant au centre et le cabanon défraîchi au fond comblent la quasi-totalité de l'espace. La lumière artificielle de la rue projette des ombres lugubres tout autour de moi. Ombres qui me font frémir d'effroi mais que je m'obstine à fixer pour éviter la vue du cadavre encore chaud qui gît à quelques pas de moi. Quelle est donc cette réalité macabre dans laquelle j'ai plongé sans être capable de m'en extraire ? Tout s'est passé si vite depuis hier matin. Je prends conscience qu'en deux jours, ma vie a entamé une glissade vers les ténèbres et que désormais, la remontée sera impossible. Jusqu'à hier, j'étais heureuse et ne parvenais pas à saisir l'essence même de ce bonheur, au point d'entrer en introspection au moindre petit problème.

– Bonsoir madame, je suis désolée d'avoir fait peur à vos enfants, mais je suis très inquiète pour une de mes amies et sa mère m'a dit qu'elle était en thérapie avec vous.

J'entends parler dans le combiné sans vraiment agripper les mots.

– Il s'agit de Maxine Grangier.

D'une voix sortie d'outre-tombe, je lui dis qu'elle fait erreur, que Maxine Grangier n'a plus de parents.

– Bien sûr que si, et ils n'ont plus de nouvelles d'elle, tout comme moi, depuis des semaines. La dernière fois qu'elle a disparu des radars comme ça, elle a fait une énorme crise qui aurait pu la pousser à faire une bêtise. Elle se sentait menacée, à tort, par quelqu'un et avait monté un plan pour éliminer cette personne. Pouvez-vous juste me dire si vous l'avez vue récemment et si elle va bien ?

Mes nombreuses pensées transitent si vite à l'intérieur de ma boîte crânienne que je suis incapable d'en arrêter une seule. Le téléphone me glisse de la main sans que je tente de le retenir. Maxine me ment-elle depuis six mois ? A-t-elle monté cette histoire de toutes pièces ? A-t-elle écrit elle-même la lettre ? Fais-je partie de son plan pour éliminer la menace qu'elle sentait peser sur elle à travers cet homme. Si c'est le cas, mes enfants sont-ils en danger avec cette fameuse Emy censée être morte ? Quel rôle ai-je à jouer dans cette organisation délirante ?

Le grincement de la porte me tétanise. Maxine est désormais face à moi et son regard alterne entre le corps sans vie et moi. Mes yeux tombent subitement sur le plan de travail à travers la fenêtre. Un porte-couteau y trône et la fente vide m'apparaît comme une fiente sur une veste noire. Tout se met en place dans mon esprit. Elle m'a dit que son agresseur tenait le couteau avant d'entrer. Je jette un regard furtif vers le corps et reconnais le manche noir et rouge identique à ceux de la cuisine. De plus, elle n'a aucune blessure au visage alors qu'il est censé l'avoir frappée. Enfin, selon elle, elle était au sol quand elle a poignardé son agresseur à cheval sur elle. Comment aurait-elle pu enfoncer le couteau dans le dos ? Si Maxine a prémédité ce passage à l'acte, elle a donc réussi à faire venir mon patient jusque chez elle. Ce qui, après réflexion, n'avait pas dû être bien difficile, puisqu'il la trouvait très jolie.

– Vous êtes très pâle, ça ne va pas ? me dit-elle avec visiblement une sincérité sans faille.

Un mot me percute soudain l'esprit. Le cadre. Les personnes souffrant de trouble paranoïaque ont besoin de cadre pour se sentir en confiance et rassurées. Je ne dois pas défaillir, pas maintenant. Si l'angoisse envahit de nouveau Maxine, je risque d'être sa prochaine cible. J'emprunte une voix ferme, redresse mes épaules avachies par les événements et lui énonce alors clairement ce que nous allons faire pour dissimuler le corps. Mes phrases résonnent comme des ordres auxquels elle ne peut se soustraire. Je la charge de trouver de quoi envelopper le corps, le temps que j'aille repérer les lieux en voiture dans la zone boisée où je pense faire disparaître le cadavre. Elle me sourit et se jette contre moi dans un élan d'affection.

– Merci !

Ce mot prononcé d'une voix suave m'enrobe de terreur et de dégoût, même si je ressens une peine indéfinissable pour cette jeune femme.

Quand les policiers arrivent, je suis derrière le volant de ma voiture stationnée le long d'un trottoir. Cinq minutes plus tard, je regarde Maxine sortir de chez elle, menottée, effrayée, trahie. Elle ne me voit pas, mais moi, je vois son cœur brisé couler sur ses joues. Au même moment, une patrouille arrive chez moi pour vérifier que mes enfants sont en sécurité. Emy n'était finalement qu'un pion dans le délire paranoïaque de Maxine, tout comme moi.

Quelques semaines plus tard, alors que l'enquête accapare toutes mes pensées et que la culpabilité m'enserre progressivement dans un étau à vis sans fin, une nouvelle patiente me dit : *« Vous êtes ma dernière chance. Si vous ne pouvez pas m'aider, je ne vois pas pourquoi je continuerais à vivre. »* Ce jour-là, je prends la décision de fermer mon cabinet pour reprendre la plume et coucher sur le papier toutes les émotions qui ne m'appartiennent pas et me parasitent le cœur et l'esprit.

Le monsieur dans le tipi
NICOLAS DRUART

Niko louvoyait entre les stands du marché aux puces, autour de la place Saint-Aubin.

C'était une de ces belles matinées ensoleillées qui avait le don de disséminer les Toulousains dans les artères de la ville, avec la promesse d'une agréable journée. Comme chaque samedi, les brocanteurs avaient investi les trottoirs ceinturant l'église, aussi Niko avait choisi de sortir avec sa fille en poussette pour effectuer la promenade du matin. Beaucoup de chineurs se bousculaient aux abords des étals regorgeant de meubles anciens, de bibelots, de quincaillerie, de vaisselle, de vinyles ou de vieux bouquins à la reliure élimée, autant de vieilleries qui attiraient les foules mais qui s'avéraient contraignantes pour déambuler avec une fillette de bientôt trois ans.

Niko fit un premier tour de la place, puis un deuxième, tout en esquivant les badauds, quand il remarqua un stand isolé, reclus derrière une fourgonnette à la peinture blanche écaillée. Il ne l'avait pas vu lors de son premier passage, preuve que l'emplacement du brocanteur n'était pas très avantageux. Comme s'il ne voulait pas écouler sa marchandise et qu'il souhaitait rester discret. Niko s'approcha. Des armes blanches, des montres à gousset, un service à thé et une vieille machine à café étaient entreposés sur des tables de camping. Derrière l'homme, des tableaux à la peinture défraîchie s'alignaient près du véhicule.

– Papa ! Du pain !

Niko soupira et arracha un morceau de la baguette achetée quelques minutes auparavant à la boulangerie du coin. D'un œil qu'il espérait avisé – alors qu'il n'y connaissait absolument rien en brocante – il détailla les bibelots. Le vendeur, un vieux bonhomme à la peau fripée, releva son béret avec son index. Ses lèvres se décollèrent, dévoilant un sourire édenté.

– Elle a quel âge ? s'enquit-il en désignant la fillette qui mordait dans son bout de pain.

Il avait un accent maghrébin à couper au couteau, peut-être marocain, comme le laissait suggérer le drapeau rouge orné d'une étoile verte qui habillait l'intérieur de la fourgonnette.

– Bientôt trois ans, répondit Niko. Elle…

Son regard accrocha un rouleau de tissu, enroulé autour de quatre montants en bois, posé dans le véhicule.

– C'est un tipi ?

Le sourire du vieux disparut, ses sourcils broussailleux se froncèrent.

– Oui…

Cool, un tipi, se dit Niko. Sa fille aimait les Indiens et il entendait des « hou, hou » à longueur de journée. Pour elle qui adorait se cacher, un tipi était l'objet idéal, celui qui comblerait toutes les attentes. Cependant le ton du brocanteur le troubla un peu, il demanda :

– Combien vous en voulez ?

– Le tipi pas à vendre.

– Pourquoi cela ?

– Très vieux tipi. Tissé au bled. Mauvaises vibrations. Il porte malheur…

Niko réprima une remarque condescendante. Un tipi qui porte malheur, voilà autre chose…

– Je vous en donne vingt euros, proposa-t-il.

L'homme fit mine de réfléchir. Il paraissait embarrassé.

– Tipi ! Tipi !

La fille de Niko pointait un doigt baveux constellé de miettes en direction de l'objet tant convoité.

– On est deux contre un, dit Niko en souriant. Je monte jusqu'à vingt-cinq euros.

Le brocanteur se gratta l'arrière de la tête.

– Mauvaise idée.

– Trente euros.

Niko ignorait si c'était une technique de vente ou si le gars était vraiment inquiet de vendre ce tipi. Il augmenta son offre à quarante euros.

Les rumeurs des conversations s'élevaient autour de la place, mélange d'espagnol, d'arabe et de français. On marchandait, on riait, on achetait. Le soleil cognait sur le macadam, excepté dans la parcelle ombragée où se trouvait Niko, telle une langue glacée au milieu de la fournaise. Un sentiment d'insécurité mêlé de vulnérabilité ; il se sentit soudain seul, loin de l'effervescence du marché aux puces. Des sillons se creusèrent à la commissure de ses yeux, signes de son malaise.

– Quarante euros, dit-il d'un ton qui se voulait péremptoire. C'est ma dernière offre.

Le brocanteur balaya les environs d'un regard, le visage se résumant à une succession de rides, puis finit par accepter. Niko se hâta de glisser le tipi sous la poussette, traversa la place et le canal du Midi avant de rentrer chez lui.

***

– C'est quoi, ce machin ? fit Mélo en découvrant le rouleau de tissu.

– Un tipi !

– Tipi ! Tipi !

– Il sort d'où ?

– De la brocante. 40 euros. La moitié du prix de ceux que t'avais vus chez Ikea. Cool, non ?

Niko observait sa copine, qui observait leur fille, qui observait le tipi coincé sous la poussette.

– C’est quoi, cette tête ? s’étonna-t-il. Il ne te plaît pas ?

– On ne sait pas d’où il vient. Il est peut-être infesté de puces.

– Le type m’a parlé d’une malédiction mais pas de puces. On est tranquilles.

– Hein ?!

– T’inquiète. J’ai eu affaire à un vieux un peu barré. Il m’a juste rusé pour augmenter le prix.

Devant la mine sceptique de Mélo, Niko se justifia :

– Margaux rêve d’un tipi depuis des mois. C’est génial, non ? Allez, viens, on le monte.

– On le lave avant !

– Pour chasser la malédiction ?

– Pour chasser les puces !

Une machine à laver et un cycle de sèche-linge plus tard, Mélo, Margaux et Niko s’affairaient autour du tipi. Même le chat Mojito était de la partie. D’une hauteur d’un mètre cinquante pour une superficie d’un mètre carré, le petit habitat était rudimentaire : quatre montants en bois enrobés dans un tissu jaune moutarde qui surplombait un tapis de sol. La fillette commença à loger ses peluches à l’intérieur, elle semblait heureuse. Le reste de la journée se passa autour de la nouvelle acquisition, source de jeux et d’imagination inépuisable.

Durant la nuit, des pas précipités réveillèrent Niko. Il ouvrit un œil, découvrit sa fille, sucette dans la bouche et sa main potelée cramponnée à son doudou.

– Papa, j'ai peur.

Niko se redressa sur un coude.

– De quoi tu as peur ?

– Papa, j'ai peur.

Il consulta son smartphone : 2 h 15.

– Qu'est-ce qui te fait peur ?

– Le monsieur dans le tipi.

Niko maugréa dans sa barbe de quinze jours puis hissa Margaux dans le lit, qui passa le reste de la nuit dans la chambre de ses parents.

Vers six heures, il fut surpris de retrouver sa fille entre Mélo et lui. Il avait oublié la raison de sa présence ici. Margaux était à un âge où les cauchemars devenaient récurrents ; il ne prêta donc pas une grande importance à l'origine du mauvais rêve. La journée débuta sur les chapeaux de roues, comme d'habitude, rythmée par les envies impétueuses de sa fille, qui demanda à se déguiser en Indienne pour investir son nouvel habitat de jeu. Niko l'aimait bien, ce tipi. Il se targuait même d'avoir fait une bonne affaire, lui, le piètre négociateur qui ne prenait aucune initiative en matière de bien matériel. Le tissu jaune se mariait à la perfection avec les murs peints en vert pastel, les meubles bruns et le lit à baldaquin aux rideaux beiges. L'habitation triangulaire, tapissée de coussins et où une douzaine de colocataires en peluche se partageaient l'espace, se fondait parfaitement dans le décor, près de la fenêtre, entre une bibliothèque remplie de Disney et la table à langer. Margaux s'amusa à l'intérieur durant toute l'après-midi.

La nuit suivante, Niko fut réveillé par des pleurs.

– T'y vas ? lui demanda Mélo.

L'esprit ensuqué, il opina en repoussant la couette, posa les pieds sur un plaid qui traînait par terre.

Un coup de tonnerre retentit, un éclair déchira le ciel d'encre, illuminant brièvement la chambre d'une lumière vive. La touffeur de ces dernières heures avait laissé place à un orage carabiné. Les volets baissés claquaient sous la force des bourrasques, une pluie drue dardait la table de jardin, sur la terrasse. Les gouttières vomissaient des torrents d'eau qui inondaient le parking extérieur de la résidence.

Niko tituba jusqu'au couloir où il tomba sur sa fille, plantée au milieu du passage. Il eut un mouvement de recul, surpris par cette apparition. Margaux se tenait immobile dans l'obscurité, le doudou-lapin pendant au bout de son bras. Elle nageait dans un pyjama d'été, ses cheveux blonds et bouclés se torsadaient devant son visage de porcelaine, tel un rideau d'or qui camouflait ses yeux. Un éclair fissura la nuit et l'ombre de la fillette s'allongea démesurément dans le couloir. Niko refoula les résurgences de toutes ces images de films d'horreur mettant en scène des gamines – brunes, pour la plupart –, et soupira un grand coup pour calmer sa respiration.

– Papa, j'ai peur, fit Margaux d'une toute petite voix.

– C'est à cause de l'orage ?

Elle secoua la tête, les lèvres retroussées en une moue contrite. Le tonnerre gronda, suivi d'un nouvel éclair qui creva l'obscurité de l'appartement. Les canalisations gorgées de pluie faisaient un raffut de tous les diables.

– Qu'est-ce qui te fait peur ? demanda Niko en passant sa main sur son visage fatigué.

– Le monsieur dans le tipi.

Il fronça les sourcils. Les souvenirs de la veille resurgirent : sa fille lui avait déjà sorti cette explication à sa terreur nocturne. Bien qu'elle fût sujette à des peurs inhérentes à son jeune âge, des motifs habituels ressortaient régulièrement : le loup, un oiseau, un crocodile. Aussi Niko s'interrogea sur cette nouvelle « source » effrayante ; c'était inédit que Margaux se plaigne deux fois de suite du même cauchemar. Il prit sa fille dans ses bras, déposa un bisou sur sa joue et la raccompagna dans sa chambre.

Une lumière bleue et tamisée emplissait la pièce. La veilleuse rotative projetait un jeu d'ombres chinoises sur les murs clairs ornés de tableaux et de puzzles encadrés, mais aussi sur les placards et les rideaux du lit. Les silhouettes des peluches se découpaient dans cette semi-obscurité bleuâtre, dissimulée derrière le tipi. L'imagination de Niko lui joua des tours, ces formes animalières semblaient se distordre à chaque rotation lumineuse, allongeant leurs membres, leurs ailes, leurs cornes, leurs griffes, autant d'appendices doux et molletonnés qui s'étiraient tels des longs doigts crochus et biscornus. Une main ténébreuse prête à saisir le premier mollet qui passait sous ses serres affûtées.

Une autre déflagration. L'orage mugissait, impérial, tonitruant. Niko manqua de sursauter. Trop d'histoires glauques dans sa tête. Il recoucha Margaux, après lui avoir fait un bisou, puis alluma la musique de la veilleuse avant de retourner dans sa chambre.

À peine allongé, de nouveaux pleurs. Niko pesta en se relevant. Il regagna le chevet de sa fille, l'apaisa avec tendresse quand un détail l'interpella. Plus exactement une absence de détail. La mélodie s'était arrêtée. *Bizarre*, songea-t-il, *il me semble bien l'avoir allumée*. Il soupira et, après un câlin et une berceuse fredonnée à l'oreille de Margaux, qui s'affaissait dans ses bras, signe d'endormissement, il ralluma la musique et sortit dans le couloir.

Un hurlement. Quelques minutes plus tard. Cette fois-ci Mélo se leva d'un bond et entra en trombe dans la chambre de la fillette. Margaux était recroquevillée sous ses draps, derrière les rideaux. Son ombre se balançait à travers les draperies pendantes, pendule étrange rythmé par une frayeur indicible. Mélo s'empressa de la prendre dans ses bras tandis que Niko demeurait figé sur le seuil, éberlué. La musique de la veilleuse s'était encore arrêtée.

De plus en plus curieux, pensa-t-il. L'inquiétude enfla ; contrairement à la fois précédente, il était sûr et certain de l'avoir allumée. La voix fluette de Margaux le tira de ses pensées.

– Maman, j'ai peur.

– Tu n'as pas de raison d'avoir peur, mon cœur. Qu'est-ce qui te fait peur ?

– Le monsieur dans le tipi.

Mélo échangea un regard incrédule avec Niko, une sorte de message implicite qui incita ce dernier à aller vérifier la présence d'un « monsieur dans le tipi ». Par principe. Cependant un curieux sentiment envahit Niko qui avait l'impression d'évoluer dans un de ces thrillers qu'il aimait lire ou qu'il adorait écrire. La malédiction mentionnée par le vieux brocanteur lui revint en mémoire. Ces paroles venimeuses se distillèrent dans son esprit tel un poison, infectant sa lucidité ; elles se conjuguèrent au tonnerre, à la fatigue accumulée depuis trois ans, et c'est avec un nœud incongru dans l'estomac qu'il s'approcha de l'origine du problème.

L'orage sévissait toujours, des éclairs incisaient la nuit de cicatrices dorées, éclairant par moments les mines circonspectes dans l'appartement.

Niko s'avança vers le tipi alors que Mélo consolait Margaux. Ses pieds nus s'enfonçaient dans la moquette. La lumière bleutée de la veilleuse lui caressait le visage à chaque rotation, l'obligeant à plisser légèrement les yeux. *Et pourquoi cette fichue musique s'est-elle arrêtée ?* Les battements de son cœur s'accélérèrent en un martèlement sourd qui atténua le nouveau coup de tonnerre ; le sang tambourinait dans ses tempes, ses oreilles bourdonnaient. Il esquiva les jouets éparpillés sur le sol, progressa avec précaution et, faisant fi du ridicule de la situation, tira d'un coup sec sur le premier pan du tipi.

Deux grands yeux gibbeux le dévisagèrent. Niko recula, écrasa une figurine de la Pat' Patrouille et faillit perdre l'équilibre. Il se retint à la commode, in extremis.

– Putain, lâcha-t-il entre ses dents. Saloperie de singe.

– Hum !

– Euh, vilain singe, rectifia-t-il alors que Mélo le fusillait du regard, la fillette en mode crapaud blotti contre elle.

Se sentant un peu idiot, il secoua la tête en direction du gorille en peluche de près d'un mètre, et dont les grands yeux sombres semblaient le fixer.

– Tu vas faire dodo avec nous, murmura Mélo à Margaux.

La petite fille opina vigoureusement puis tout le monde regagna le lit parental.

Le lendemain matin, Niko se retrouva seul dans l'appartement. Mélo arpentait les couloirs de l'hôpital, où elle exerçait depuis bientôt dix ans en qualité d'infirmière ; Margaux, elle, faisait les quatre cents coups dans la crèche accolée à l'établissement de soins. La matinée aurait dû être consacrée à l'avancée de son prochain roman, cependant les doigts du jeune auteur étaient demeurés figés au-dessus du clavier depuis que son harem avait déserté le domicile. Une seule pensée l'obsédait, annihilant sa créativité littéraire : le monsieur dans le tipi. La précision de la description horrifique tracassait Niko. Il n'était plus question d'un loup, d'un oiseau ou d'un crocodile – que Margaux n'était pas en mesure de décrire ou de montrer. Non. L'origine de la peur se révélait parfaitement claire. Une peur dérangeante de par sa justesse. Sa plausibilité. Un. Monsieur. Dans. Le. Tipi.

Niko entreprit d'éclaircir ce mystère. Mettre un terme à cette histoire. Il écrasa sa clope sur la terrasse et termina son café d'un trait. Il commença par examiner la fenêtre afin de déterminer si un individu aurait été en mesure de pénétrer dans la chambre de sa fille. Le ridicule atteint son paroxysme lorsqu'il réalisa que non seulement cette hypothèse était stupide, mais qu'il était impossible de forcer le mécanisme. De plus l'appartement se situait au troisième étage d'une résidence sécurisée, il était inconcevable que quelqu'un s'introduise dans l'enceinte, escalade la façade et crochète la fenêtre.

Niko ferma les volets puis les rideaux pour plonger la pièce dans le noir, recréer les conditions de la nuit. La veilleuse tournoya dans la chambre, propageant ce jeu d'ombres qui, même pour un adulte, pouvait conférer un aspect effrayant avec un peu d'imagination. *Alors qu'est-ce qui peut se passer dans la tête d'une petite fille de bientôt trois ans ?* s'interrogea-t-il. Il s'installa en tailleur dans le lit de Margaux afin d'être à la hauteur de la fillette – pour voir à travers ses yeux –, et de déterminer ce qui pouvait lui donner l'impression de distinguer un « monsieur dans le tipi » chaque nuit. Au bout d'une poignée de minutes, il se résigna. Rien ne rappelait la silhouette d'un homme.

Une seconde énigme accapara son attention, celle de la veilleuse. Pourquoi s'était-elle arrêtée ? Immergé dans l'obscurité, il s'accroupit dans le tipi, au milieu des peluches – dont ce putain de gorille –, et alluma le son de la veilleuse. Des notes stridentes emplirent la chambre, une mélodie qui rappelait celle d'un carrousel dans une boîte à musique. Un carrousel dépeint dans un roman de Stephen King. Niko se demanda qui pouvait bien avoir l'idée de fabriquer des veilleuses dotées de musiques dignes d'un film d'épouvante quand la pièce fut subitement plongée dans un silence angoissant. Niko se raidit, la peau recouverte de chair de poule. C'était absurde, n'est-ce pas ?

Lundi. Huit heures du matin. Accroupi comme un con dans la chambre aux volets clos de sa fille. Recouvrant une once de contenance, il s'en alla chercher un tournevis cruciforme. Saisit la veilleuse. La retourna. Il ôta les piles et les incéra dans le premier jouet dont l'usage en nécessitait, en l'occurrence un ours loquace qui avançait à quatre pattes. Il actionna le jouet, l'ours resta immobile. Niko soupira bruyamment face à ce constat d'une banalité affligeante : les piles de la veilleuse étaient mortes. Tout simplement.

Les nuits suivantes furent toutes émaillées par des pleurs. La fillette accusait invariablement le « monsieur dans le tipi » de lui faire peur, au grand désarroi de ses parents qui se retrouvaient démunis quant à la solution à adopter. Niko et Mélo avaient enlevé tout ce qui était susceptible d'effrayer Margaux et qui pouvait suggérer la silhouette d'un « monsieur ». Le gorille dégagea le premier, suivi par quelques peluches qui, une fois la chambre plongée dans le noir et balayée par la veilleuse, ressemblaient peu ou prou à une forme humanoïde.

Un soir, tard, alors que Niko n'arrivait pas à dormir, une série de grésillements le contraignirent à s'extirper de la couette. Il resta assis sur le bord du lit, attentif, l'oreille tendue. Margaux était dans sa chambre et il entendait sa respiration saccadée grâce au babyphone. Mélo et lui avaient ressorti l'appareil qui prenait la poussière dans un tiroir, et à présent Niko scrutait le récepteur qui retransmettait en direct les bruits de la pièce voisine. Des barres lumineuses s'allumaient lorsque le volume sonore augmentait. Pour l'instant une faible loupiotte verte fluctuait, preuve du souffle rapide de Margaux. Il s'octroya quelques secondes d'espionnage supplémentaire, avant que sa fille n'en vienne aux pleurs, quand un son grave l'éjecta du lit façon ressort.

Les barres lumineuses du babyphone virèrent au rouge. Au rouge terreur. Pétrifié devant l'appareil posé sur sa table de nuit, Niko entendit à nouveau le même son. Une voix rauque. Comme des chuchotements prononcés dans une langue étrangère. Quelqu'un – quelque chose – parlait dans la chambre de sa fille. Il courut vers le couloir, talonné par Mélo, et déboula au chevet de Margaux. La fillette était cachée derrière les rideaux de son lit, elle désignait le triangle de tissu nimbé de la lumière bleue de la veilleuse. Niko la prit dans ses bras.

– Ça va, Margaux ?

– Papa, j'ai peur.

Il recula dans le couloir, comme si un diable allait sortir du tipi.

– Qu'est-ce qui te fait peur ?

– La voix.

Mélo hissa Margaux contre sa poitrine et la berça doucement. Niko, lui, retourna dans la chambre et examina le babyphone. Le canal correspondait à celui du second appareil, placé sur sa table de nuit. La voix provenait donc bien d'ici. C'était une histoire de dingue. Son regard scanna les quatre coins de la pièce et tomba sur son reflet, renvoyé par la fenêtre aux volets fermés. Il fit un pas en arrière, saisi d'une peur incohérente. Son ombre se dessinait sur la vitre, au-dessus du tipi, forme oblongue, déformée par les lattes des stores et le triple vitrage, ainsi que les rideaux qui faisaient onduler sa silhouette. Niko jura. Le manque de sommeil commençait à avoir des effets néfastes sur sa santé mentale, il devenait crédule aux pires inepties : durant une seconde, il avait cru que cette ombre n'était pas la sienne, qu'une présence hantait le tipi. Harassé, il retourna dans le couloir.

– Tu as eu peur de la voix ? demanda-t-il à Margaux, la tête posée sur l'épaule de sa maman.

– Oui. J'ai peur de la voix.

– Elle venait d'où, cette voix ?

Sans surprise, elle montra le tipi. Et comme pour enfoncer le clou, elle ajouta :

– C'est le monsieur dans le tipi.

Les mauvaises nuits se succédèrent, Niko sentait l'irritation liée à la fatigue poindre, additionnée au ras-le-bol de cette situation. Un dilemme se présentait à lui. Si sa fille adorait passer ses journées dans le tipi, ce dernier lui procurait des terreurs nocturnes. Chaque soir, avant le coucher, il s'attelait donc à déplier cette fichue pyramide de tissu et à la ranger dans le placard encastré. Et il la remontait le lendemain. Malgré cette précaution, la fillette se plaignait toujours de la présence d'un « monsieur » dans sa chambre, par conséquent elle dormait avec ses parents.

Le vendredi matin, Niko avait décrété que cette histoire insensée n'était plus supportable. Il décida d'entreposer le tipi à la cave. Alors qu'il sortait dans le couloir, il tomba nez à nez avec sa voisine Tina, mère d'une petite fille du même âge que Margaux, à dix jours près. Le hasard du calendrier des grossesses de Mélo et de Tina avait rapproché les deux couples ; désormais ils passaient davantage de temps ensemble, échangeaient sur les péripéties de la vie de parents en observant leurs enfants s'épanouir durant un goûter ou un apéro.

– Salut, Niko.

– Salut.

– Ça va ?

– Doucement. Les nuits sont difficiles en ce moment. Et toi ?

– Ariane a une otite. On ne dort pas non plus. C'est un tipi ?

Niko posa le rouleau de tissu tandis que Tina fermait la porte de son appartement.

– Oui, c'est une longue histoire. Je le mets à la cave. Il fait peur à Margaux durant la nuit. C'est à cause de ça qu'elle dort plus.

Tina hissa son sac à main sur l'épaule, attrapa ses clés de voiture.

– En parlant de peur, dit-elle, il nous est arrivé un truc étrange l'autre soir. On a entendu de la musique dans la chambre d'Ariane.

Niko rebondit aussitôt :

– Nous, on a entendu une voix. C'était super flippant. Elle venait d'où cette musique ?

– C'est bien ça qui est bizarre, on n'en sait rien ! Ariane ne dort jamais avec de la musique.

La minuterie du couloir s'éteignit, immergeant le boyau moquetté dans une obscurité anxiogène, telle une conclusion lugubre aux propos échangés. Niko appuya sur l'interrupteur et demanda :

– Elle ressemblait à quoi cette musique ?

– On aurait dit une mélodie de manège. Genre une boîte à musique.

Cela fit tilt dans l'esprit de Niko.

– Tu as deux minutes ?

Elle consulta son smartphone, puis :

– Vite, alors. Sinon je vais être en retard au boulot.

Niko entraîna sa voisine dans la chambre de Margaux, alluma la musique de la veilleuse.

– C'était cette musique ! s'écria-t-elle.

– C'est un truc de fou.

– Et tu dis que tu as entendu une voix ?

– Oui, dans une langue bizarre. Elle sortait du babyphone.

– Attends, montre-le-moi.

Niko s'empara de l'appareil, posé sur la bibliothèque, anciennement près du tipi.

– On a le même modèle ! s'exclama-t-elle.

– Tu penses à ce que je pense ?

– Mais oui ! Ils sont réglés sur le même canal et…

– Quoi ?

– La voix que tu as entendue, ce n'était pas du japonais ?

– C'est possible.

– Gislain a regardé des mangas l'autre nuit, quand Ariane n'arrivait pas à dormir. Il s'est installé dans sa chambre pendant qu'elle était avec moi dans le lit. Si ça se trouve, c'était ça !

– On entend ce qui se passe chez l'autre ! résuma Niko, soulagé par la simplicité – et la rationalité – de l'explication.

Un poids s'était délesté de ses épaules, il lâcha un rire nerveux. Tina l'imita avant de se hâter de partir au travail. Un sourire béat étirait les lèvres de Niko, qui en oublia de descendre le tipi à la cave. Il s'installa devant son clavier et écrivit durant le reste de la journée.

Un hurlement d'effroi le réveilla en sursaut.

– Qu'est-ce qui se passe ? T'as bien descendu le tipi à la cave ? s'enquit Mélo.

Assis sur le bord du lit, Niko se demandait ce qu'il faisait là. Les phases d'éveil et de sommeil se succédaient, la réalité et l'onirique se mélangeaient dans son cerveau. Penaud, il haussa les épaules d'un air d'incompréhension. Il avait expliqué la découverte du matin à Mélo, la fréquence similaire utilisée sur le même modèle de babyphone que les voisins. On ne pouvait pas inventer une histoire pareille ! Le mystère de la veilleuse et de la voix ayant été résolu, Niko en avait oublié ce maudit tipi.

– Merde, j'ai zappé de le descendre quand Tina est partie.

– Il est où ?

– Dans le placard.

Les pleurs de Margaux s'intensifièrent ; ils se levèrent et se ruèrent dans la chambre de la fillette. Le tipi était là. Monté. Les pans de tissus s'ouvrant sur une pénombre sinistre, telle une brèche vers un obscur monde maléfique.

Niko demeura interdit sur le seuil, bouché bée. Comment cela était-il possible ? Il aurait juré avoir rangé ce tipi de malheur dans le placard. Mélo attrapa Margaux et elles regagnèrent le lit parental, tandis qu'il s'en alla vérifier la porte d'entrée. Elle était verrouillée, la clé dans la serrure. Il retourna en pestant vers la chambre de sa fille, empreint d'une colère sourde qui, il le savait, l'empêcherait de retrouver le sommeil. Encore une nuit foutue ! Il s'assit par terre, sur un coussin, le dos appuyé contre un des montants du lit à baldaquin. Le regard braqué sur le tipi. Braqué sur son ennemi.

Les minutes passèrent, inconfortables, fatigantes. Niko scrutait la faille béante de la pyramide de tissu, le menton posé sur sa main. Puis ses yeux papillotèrent, examinèrent le reste de la pièce avant de s'arrêter en hauteur, sur les planches fixées au mur. Une onde glacée se propagea le long de sa colonne vertébrale. Il recula légèrement la tête, avala sa salive avec difficulté. Toutes les peluches expulsées du tipi l'observaient depuis la dernière étagère, public sinistre et silencieux qui attendait le début d'un spectacle macabre. On aurait dit une guirlande de billes sombres, une dizaine de paires d'yeux qui semblaient le dévisager. Le juger. Il secoua la tête, épuisé par sa propre bêtise, quand un frottement émana du tipi.

Niko se figea, la respiration bloquée. Un autre bruissement se fit entendre – plus nettement cette fois-ci –, suivi d'un grattement contre le tapis de sol. Incapable de prendre la moindre décision, Niko observait le petit habitat, tétanisé. Soudain le tissu se tendit. Une protubérance qui froissa le tipi, avant de glisser le long de la paroi bleuâtre éclairée par la veilleuse. *Bordel,* se dit Niko. *La malédiction est-elle vraie ? Y a un type dans...*

La chose à l'intérieur se déplaçait à présent vers l'ouverture. Petit à petit. Elle longeait le pan de tissu, son ombre indistincte, intermittente, projetée par la lumière rotative. Le cœur de Niko s'emballa. Il se leva malgré tout, prêt à en découdre, armé de courage pour protéger sa famille. La forme émergea enfin du tipi. Niko distingua sa tête ronde, ses pupilles dilatées, étincelantes, ses oreilles en pointe. Ses moustaches. Le chat.

Niko laissa expulser toute sa frustration sur Mojito – qui ne comprenait pas ce que son humain lui voulait à une heure pareille –, et l'animal déguerpit en direction du salon.

– Et tu es certain que tu n'as pas remonté le tipi ?

– Puisque je te le dis.

– Alors on fait quoi ? On appelle la police ?

Le visage exsangue, Niko écrasa sa cigarette en secouant la tête. Il était crevé. Il avait l'esprit embrouillé. Il doutait. Il n'était plus sûr de rien. Mélo, aussi harassée que son compagnon, reposa son café du matin sur le rebord de la terrasse d'un mouvement brusque et ils rentrèrent dans l'appartement. Margaux regardait un dessin animé sur son petit fauteuil. Des cernes mangeaient sa figure, contrastant avec ses yeux bleus. Une fatigue ostensible émanait de son joli minois. Il fallait qu'elle dorme. On était samedi, cela faisait une semaine que cette situation ubuesque durait. Énervé, Niko se doucha, s'habilla et sortit avec la ferme intention de dire deux mots au brocanteur qui lui avait vendu le tipi.

La place Saint-Aubin grouillait de monde, les étals se succédaient autour de l'église. Le marché aux puces battait son plein, les badauds affluaient entre les stands bardés de vieilleries en tout genre, les tables pliables et les tapis garnis de bibelots. Sous la chaleur étouffante, Niko fendit la foule, les mains enfouies dans les poches de son jean. Il se rendit à l'emplacement du vieux brocanteur qui, si sa mémoire était bonne, se trouvait près du collège Michelet, à l'écart des autres vendeurs. Il fit le tour de la place, se faufila entre deux camionnettes débordantes de meubles anciens avant de s'arrêter net devant l'établissement. Il n'y avait personne.

Il continua le long du trottoir, dissimulé de la foule compacte par les véhicules garés en file indienne. Rien. Aucun stand. En proie à une inquiétude grandissante, il interrogea le brocanteur le plus proche.

– Excusez-moi. Il y avait une camionnette blanche stationnée ici, la semaine dernière. Vous savez si son propriétaire sera là aujourd'hui ?

L'antiquaire, un sexagénaire à la peau tannée par le soleil et coiffé d'un bonnet en laine malgré la chaleur, secoua la tête en signe de dénégation.

– Vous le connaissez ? insista Niko.

– Il est venu une seule fois. Personne ne le connaît. À mon avis il reviendra jamais.

Niko poursuivit son enquête, sans succès. Le vendeur du tipi s'était volatilisé et, plus grave encore, personne ne semblait en mesure de l'identifier. Apparemment il était venu sans autorisation, la thèse de la fuite paraissait la plus probable. Dépité, Niko retourna chez lui.

– Alors ?

– Il n'était pas là.

Songeuse, Mélo toisait le tipi qu'elle avait replié pendant l'investigation de Niko.

– On s'en débarrasse, décida-t-elle.

– Où ça ?

– Mets-le devant la résidence. Peu importe. Ce truc ne reste plus dans l'appartement.

Niko obtempéra. De toute manière il n'y avait plus à tergiverser : le tipi faisait peur à Margaux, ils devaient s'en séparer. Point. Bien qu'il eût écarté toutes les causes cartésiennes, il refusait de croire aux affabulations du brocanteur mystérieux et à une quelconque malédiction. Il ne trouverait probablement jamais d'explication logique, mais peu importe. Son pragmatisme en souffrirait peut-être mais sa fille dormirait. Et c'était l'essentiel.

Il descendit dans la cour de la résidence, sur ses gardes, priant pour ne pas croiser un voisin curieux qui le harponnerait au sujet de son dépôt sauvage. Il franchit les grilles du portail et, après avoir balayé le boulevard d'un regard, déposa le tipi sur le trottoir, contre un mur. Un sentiment de honte mêlé de culpabilité l'enveloppa aussitôt. Non pas pour avoir abandonné le rouleau de tissu, mais pour être responsable de perpétrer la « malédiction », de passer le flambeau macabre avec son lot d'insomnies à une autre famille si celle-ci décidait de récupérer le tipi. Cette idée saugrenue se dissipa au fur et à mesure qu'il grimpa les marches jusqu'au troisième étage de la résidence.

L'atmosphère semblait changée dans l'appartement, plus sereine, plus détendue. Niko et Mélo emmenèrent Margaux au parc et, après une longue journée ensoleillée de rigolades, ils se couchèrent, repus, un peu éméchés à cause d'un dîner arrosé, après le coup de sifflet final du match du Real Madrid.

Des mauvais rêves assaillirent Niko. Son sommeil était agité. Il remuait, grognait, parlait en dormant. Les pleurs de sa fille l'extirpèrent de ses songes tourmentés. Il ouvrit un œil. Du tissu. Partout autour de lui. Il était emprisonné entre quatre murs tissés de couleur jaune moutarde. Le tipi.

Il passa la tête à travers l'ouverture, découvrit Margaux qui le montrait du doigt en sanglotant. Des larmes coulaient sur ses joues rouges. Mélo déboula à cet instant dans la chambre, les yeux exorbités.

À quatre pattes dans le tipi, les clés de l'appartement dans la main, Niko, emmitouflé dans un plaid qui le rendait méconnaissable, se sentit pathétique.

Le monsieur dans le tipi, c'était lui.

Inspiration

DAMIEN ELEONORI

8 h 30

Le commandant Raphaël Molina fit glisser la manche de sa chemise sur le cadran de sa montre et amena la pièce de vingt cents jusqu'à l'alcôve prévue à cet effet. La monnaie disparut, avalée par la machine à café. Le reste faisait déjà partie de son rituel. Dès que le gobelet en plastique apparut, ses papilles semblèrent se mettre en ébullition. L'odeur de l'arabica de mauvaise facture lui chatouilla les narines, et toute la pression de cette dernière semaine se cacha dans un coin de son esprit. Au moins pour quelques minutes.

Il détestait ce genre d'affaires. Pas de mobile, pas de suspect, aucun témoin, ni indice. Des disparitions comme celles-là, il en avait peu connu et, une fois sur deux, elles s'étaient terminées en affaires non classées. Sans parler de l'emballement médiatique, politique et autres. Un feu de paille l'attendait, aussi intense qu'incontrôlable. Contre son poignet, il pouvait sentir les aiguilles tourner, le temps défiler inlassablement. Chaque seconde passée était une de trop.

Ses mains se saisirent du breuvage et il se dirigea, comme à son habitude, vers le large balcon aménagé à l'attention des fumeurs invétérés. Ceux qui, comme lui, ne pouvaient se passer de la sensation grisante de la nicotine emplissant leurs poumons. Jamais il ne se laisserait tenter par ces conneries de cigarettes électroniques. Des putains de cocktails chimiques pour acheter des bonnes consciences, rien de plus. Main sur la poignée, Raphaël s'apprêta à affronter le soleil brûlant de ce mois d'août, juste pour retrouver l'espace d'un instant un semblant de routine rassurante.

– Raphaël !

Fais chier. Raphaël remit son briquet au fond de la poche arrière de son jean, et oublia cette idée. Le devoir n'attendait pas. Au bout du couloir, Aaron Hooven, son lieutenant, approchait d'un pas décidé. Le commandant Molina prit les devants.

– Ils sont là ?

– Oui, tous les deux, répondit Aaron. Chacun dans une salle d'interrogatoire.

– Bien. Tout s'est passé comme prévu ?

– Presque. Le mari a été appréhendé à son travail, la femme à la maison. Leurs portables leur ont immédiatement été confisqués, aucun des deux ne sait que l'autre est ici.

– Mais… ?

– Le mari. Un sanguin, il a failli appeler son avocat. Mais c'est géré, j'ai su le convaincre.

– Comment ?

– T'inquiète pas, aucun vice de forme.

Raphaël sourit à demi, loin d'être rassuré par l'initiative de son lieutenant.

– Bon. Je commence par lui.

– Je m'en doutais.

Le temps de quelques pas pressés, le commandant Molina entra dans son rôle. Les bruits alentour s'atténuèrent, tout comme le décor. Il laissa Aaron passer devant lui et calqua ses pas sur les siens, dans un mouvement automatique qui ne sollicita plus son cerveau. Ses traits devinrent lisses, sans la moindre aspérité, ni tension. C'est à peine s'il jeta un œil au travers du miroir sans tain. D'une main il se saisit du mince dossier, de l'autre il actionna la poignée en inox et franchit la porte, la referma tout aussi brusquement, s'installa sur la seule chaise disponible et posa délicatement la pochette cartonnée sur la table en métal gris. Seulement alors, Raphaël leva les yeux.

– Bonjour monsieur Barent, je suis le commandant Raphaël Molina. Savez-vous pourquoi vous êtes ici ?

Aucune hésitation, à peine un préambule. Il avait adopté pour la manière directe, mais gardait une intonation douce, presque compatissante.

– C'est une blague ? Cela fait deux heures, au moins, que je demande à vos collègues, surtout le petit chauve, de me laisser…

– Je vais tout vous expliquer, coupa le commandant Molina, sans hausser le ton, ne serait-ce d'un iota. Mais, avant tout, j'aimerais que vous me disiez si vous reconnaissez ce portable.

Tout en poussant le smartphone, bien emballé sous scellé, il guetta la réaction de l'homme. Chaque mouvement, même ceux à peine perceptibles, allaient lui donner une quantité d'informations.

– Non, pourquoi ? Je devrais ?

– Je pense, oui. C'est à cause de cet objet que vous êtes ici et que je vous pose ces questions. Si vous voulez mon avis, vous devriez regarder de plus près, faire appel à votre mémoire. Un mensonge peut vous coûter cher, même s'il est involontaire, monsieur Barent.

Sur la tempe droite, une veine palpita. L'homme esquiva le regard appuyé de Raphaël et tourna la tête, une fois à droite, une fois en l'air, avant de soupirer. Résigné, il se saisit du film plastique de la main droite et l'amena à lui. Sa main gauche resta invisible, planquée sous le plateau de la fine table en métal.

– Vous êtes marié ?

La main fuyante se dévoila alors, comme démasquée. Une alliance en or blanc trônait à son doigt, bien trop serrée pour ses épaisses phalanges.

– Oui, se contenta-t-il de répondre.

– Depuis combien de temps ?

– Un peu plus de douze ans.

Des trémolos. Très léger, tels des frissons sur l'oscillation régulière de sa voix. Stéphane Barent était déstabilisé par l'attitude du commandant, dérouté par la situation. Le moment pour Raphaël de porter le premier coup.

– Ce portable appartient à Ludivine Sauny. Ces parents ont signalé sa disparition lundi soir.

Le commandant ponctua volontairement sa phrase d'un point sec, puis attendit. Il compta les secondes, avant d'enchaîner.

– Vous étiez au courant ?

– Je... non... merde... comment... je veux dire... qu'est-ce qui s'est passé ?

– C'est ce que nous cherchons à savoir. Son portable a été retrouvé au bord de la route, à quelques mètres de votre domicile.

– Attendez, vous me suspectez ? Tout ça parce que vous avez retrouvé ce truc près de chez moi ?

– Ce truc, comme vous dites, peut nous apporter bien plus de réponses que vous semblez le penser. Vous connaissiez bien la victime ?

– Non, c'est une amie de ma femme.

– Cela ne vous empêche pas de la connaître, si ?

La répartie cingla dans l'air. L'homme sentit le vent tourner et croisa les bras, le buste en arrière.

– Ma femme me parle d'elle, de leurs conversations, de leurs soirées, de leurs activités, et je l'ai vue à quelques occasions. Ce n'est pas ce que j'appelle « connaître quelqu'un », commandant.

Il se défend.

– Je comprends, bien sûr, c'était une question de routine, pour vérifier.

Raphaël fit glisser le smartphone emballé jusqu'à lui, avant de lentement ouvrir la pochette cartonnée et en extirper une double feuille noircie d'inscriptions.

– Vous savez tout ce que contient un simple téléphone ? J'avoue que, moi-même, ça me fait flipper… messages, appels, accès aux réseaux sociaux, partages, et plus encore. Par exemple, je peux deviner que Ludivine était chez vous samedi dernier au soir, qu'elle a apporté pour votre épouse une boîte de chocolats achetée dans une boutique sur le trajet, et qu'elle a enclenché son GPS en partant de chez vous, à minuit et demi. Soit quelques heures, peut-être moins, avant sa disparition.

La bouche de Stéphane Barent s'ouvrit un instant, avant de se refermer, hésitante sur les mots que ses lèvres sèches pouvaient laisser sortir.

– Angélique a organisé un repas pour…

– Angélique ?

– Ma femme.

Raphaël s'approcha légèrement de l'homme.

– Monsieur Barent, je sais tout ça. Je sais que votre femme a organisé une soirée pour ses quarante ans, que Ludivine Sauny est venue, qu'elle était ravie de revoir son amie de fac. Passons sur ce que je sais déjà, si cela ne vous dérange pas. Ce que je veux savoir maintenant, c'est ce que cet appareil ne me dit pas, et que vous et votre femme savez.

– Je vous l'ai dit, je ne la…

Stéphane Barent sembla prendre conscience de l'évidence. Raphaël attendait ce moment, prévu dans son scénario.

– Cela veut dire que ma femme est ici aussi ? Et que vous allez aussi l'interroger ?

– Bien sûr. Cela vous pose problème ?

Ses pupilles semblèrent plonger vers le sol, sur la droite. Ses lèvres frémirent en un rictus rapide, mais visible. Raphaël avait raison, ces deux-là avaient des choses à lui dévoiler.

– Non, aucun problème. Mais vous devriez commencer par elle, vous perdez votre temps avec moi. Je ne connais pas Ludivine plus que ça, je vous l'ai dit.

Belle démonstration d'amour inconditionnel. Une information importante.

– À moi d'en juger. Permettez quand même que je vous pose encore quelques questions.

– Faites, je vous en prie, commandant.

L'homme avait repris confiance. Ses bras se posèrent, confiants, sur le plateau en inox et la tête avança. Non seulement Stéphane Barent ne semblait pas affecté par la disparition de Ludivine mais, en plus, il se comportait comme un vainqueur, arrogant et sûr de l'emporter.

– Pouvez-vous dire comment était habillée Ludivine lors de cette soirée ?

– J'en sais rien. Demandez à ma femme.

– C'est à vous que je pose la question, monsieur Barent, pas à votre femme. Vous devriez pouvoir vous rappeler cela, c'était il y a quoi ? Quatre jours, à peine ? Votre mémoire ne vous fait quand même pas déjà défaut, à votre âge, si ?

L'attaque le piqua au vif. Raphaël le sentait, cet homme cachait des choses. Des vérités qu'il peinait de plus en plus à dissimuler. Derrière les soupirs, au-delà de l'énervement trop surjoué et d'une fausse confiance en soi trop fragile. Des artifices dédiés à camoufler un ou plusieurs secrets. Peut-être rien, peut-être beaucoup plus.

– Elle avait un jean, je crois. Avec des chaussures ouvertes, à talons.

Il l'a regardée. Bien regardée. Avec suffisamment d'intérêt pour voir quel genre de chaussures elle portait.

– En haut ?

– Je ne sais plus. Un chemisier, un truc dans le genre.

– Vous n'avez tout de même passé toute la soirée à mater ses pieds ? Si vous êtes capable de me dire que ses chaussures étaient ouvertes et à talons, vous devriez pouvoir m'en dire un peu plus sur ce que Ludivine Sauny portait en haut.

– Un… un chemisier blanc, ou beige.

– Transparent ?

– Comment ça, transparent ? Vous vous foutez de moi ? Vous croyez que je suis assez con pour tomber dans un piège aussi évident ?

– C'est juste une question, détendez-vous. Chaque élément, chaque détail, peut nous aider. Est-ce que le chemisier de Ludivine était transparent ? Est-ce que ses sous-vêtements étaient visibles, en dessous de ce chemisier ?

– Un peu, oui. Mais je n'ai pas fait plus attention que ça.

Raphaël laissa planer quelques instants de silence, avant de répliquer, le plus lentement possible.

– Je vais être franc avec vous, monsieur Barent. Je peux ?

– Comme si vous aviez besoin de ma permission.

– C'est vrai. Je crois que vous me mentez. Je crois que Ludivine vous a fait de l'effet lors de cette soirée. Et vous savez ce qui me fait dire ça ?

– Non.

– Tout simplement parce que c'est ce que votre femme nous a avoué.

L'homme recula et se laissa tomber contre sa chaise, qui vacilla. Les mots l'avaient percuté, physiquement. Le commandant Molina resta immobile, les yeux rivés sur Stéphane Barent. Dans son dos, il pouvait aisément imaginer Aaron pester contre cette manœuvre à la limite du respect des procédures. Mais cela allait payer, il le sentait.

– Elle vous a dit quoi ?

– Ne me faites pas répéter, vous avez très bien entendu. Attention, cela ne fait pas de vous un coupable, ni même encore un suspect. Mais, si vous persistez à me mentir, vous basculerez dans l'une ou l'autre de cette catégorie dans mon esprit. Et je sais que vous ne voulez pas que je vous considère comme tel.

Pas un mot de trop. Aucune erreur. Raphaël restait concentré et déroulait son scénario sans fausse note.

– Que voulez-vous que je vous dise ? Ludivine, c'était une bombe, aucun homme ne peut rester insensible à une femme comme elle ! Alors oui, je l'ai matée pendant cette soirée, mais c'est tout. Rien de plus, nada.

– C'était ?

– Quoi ? Comment ça ?

– Vous avez dit « c'était » une bombe. Elle n'est pas encore morte, à ce que je sache. Sauf si vous avez des informations dont je ne dispose pas.

– C'était… un lapsus. Vous perdez votre temps avec vos manipulations, cherchez plutôt Ludivine, au lieu de me poser vos questions à la con.

L'homme croisa les bras, et détourna le regard.

– Comment était-elle habillée, monsieur Barent ?

– Jean moulant bleu clair, chaussures noires ouvertes à talons, chemisier blanc avec une fleur sur la droite, soutien-gorge en dentelle rose. Satisfait ?

– Pas encore. À quelle heure est-elle partie de chez vous ?

– Vous le savez très bien. Vers minuit et demi.

– Elle avait bu ?

– Un verre de vin, c'est tout. Une coincée.

– Et vous ?

– Plusieurs verres.

– Vous lui avez proposé d'autres verres ? Histoire de la… décoincer ?

– Oui, mais elle a refusé. Je n'ai pas insisté, chacun fait ce qu'il veut.

– Rien de particulier à nous signaler pendant cette soirée ? Un coup de téléphone ? Un comportement sortant de l'ordinaire ? Un évènement quelconque ?

– Demandez à ma femme, elle en saura plus que moi.

– Qui d'autre était à cette soirée ?

Raphaël déroulait les questions, sans temps mort, sans transition.

– Un couple d'amis, avec leurs deux filles. De vraies chieuses, si vous voulez tout savoir. Elles ont fait tomber un tableau que j'avais rapporté d'Étretat, une reproduction d'un Monet. Je vous donnerai leurs coordonnées, ne vous gênez pas pour les convoquer, ça me ferait plaisir.

– Notez-les sur cette feuille.

D'une main tremblante, Stéphane Barent inscrivit noms et prénoms, sans hésitation.

– Ce sont des amis proches ?

– Ce sont nos voisins. La maison derrière chez nous, vous ne pouvez pas la louper, elle fait deux fois la nôtre.

– Ils connaissaient Ludivine ?

– Non, ils ne s'étaient jamais rencontrés. Ils ont tous trois fait connaissance samedi dernier.

– Ils sont partis de chez vous à quelle heure ?

– Juste après elle. J'ai vu la lumière chez eux en allant me coucher. Eux, par contre, ils ont bien picolé, ils étaient bourrés tous les deux.

– Bon. Nous allons passer les interroger, pour écarter toute possibilité. Rien d'autre ne vous vient à l'esprit ?

– Non. Je peux partir ?

Raphaël se leva. La première étape était terminée, il était temps de passer à la suite.

– Pas encore. Je vous laisse ici quelques instants, je reviens.

– Et puis quoi encore ? Je veux parler à mon…

– Votre avocat, oui, je sais. Cela tombe bien, je vais aller discuter avec votre femme. À tout à l'heure.

Le commandant Molina sortit de la scène, satisfait de ce premier acte, riche en promesses. Le contraste entre l'éclairage vif de la salle d'interrogatoire et l'antichambre, plongée dans la pénombre, calma sa tension.

– Verdict ? lui demanda simplement Aaron.

– Il ne m'a pas tout dit. Mais je n'en tirerai rien de plus pour l'instant. La femme, elle est dans quelle salle ?

– Quatre.

Raphaël se dirigea vers le prochain couplet de sa mélodie, une valse à deux temps au cœur de laquelle il dansait entre plusieurs personnalités. Plusieurs façons de tourner autour de la vérité, de l'amener à lui sans y avoir l'air.

Il posa sa main sur la poignée et respira un grand coup. Cette partie était sa préférée, celle où les langues se déliaient, où les mensonges se révélaient, où il jouait son meilleur rôle.

***

Un courant d'air chaud m'interrompit. La fenêtre entrouverte, dévoilant le décor d'une chaude journée d'été, venait de laisser passer un coup de vent inattendu. Je refermai le battant et ramassai les feuillets poussés au sol dans un silence presque religieux.

Après l'agitation de la matinée, le lotissement cossu avait retrouvé son calme habituel. Je me levais et jetais un regard au-delà du jardin impeccable. Le soleil éclairait le décor de ses rayons éblouissants. Là, où quelques jours auparavant, la nuit avait enveloppé les alentours de sa noirceur. Je laissai tomber les volets roulants jusqu'à mi-hauteur, m'offrant un peu de fraîcheur bienvenue.

Face à moi, placardé sur le mur, la mer venait lécher des falaises sur une toile occupant tout mon champ de vision. Malgré un léger accroc sur le bas de son cadre, ce tableau était parfait, capable de vous envoûter à sa seule vision. Un tableau. Voilà comment je voyais la vie aujourd'hui. Une œuvre à façonner. Une pièce de théâtre, une peinture, un ballet. Trois coups retentirent à la porte. Secs, forts.

Ils en avaient mis du temps. L'heure était enfin venue de laisser la partition se dérouler, sous la baguette virevoltante du chef d'orchestre.

***

– Bonjour madame Barent, je suis le commandant Raphaël Molina.

La femme baissa les yeux sur ses mains tremblantes.

– Qu'est-ce… qu'est-ce que je fais ici ?

Ses traits étaient tirés, sa peau blanchâtre et de légères auréoles se laissaient deviner à la commissure de ses bras.

– J'ai quelques questions à vous poser, rien de plus.

Raphaël ouvrit le dossier posé devant lui et déroula le même scénario.

– Connaissez-vous Ludivine Sauny ?

La femme sembla se décomposer. Son visage s'écroula, laissant une surprise teintée de peur s'en emparer.

– Je… oui, bien sûr, c'est une amie. Pourquoi ? Il lui est arrivé quelque chose ?

À même question, une réaction diamétralement opposée.

– Les premiers éléments dont nous disposons ne sont pas rassurants. Ses parents ont signalé sa disparition lundi soir. Et nous avons retrouvé son portable dans un fossé, le long de la route, près de chez vous.

Ses mains jaillirent devant sa bouche, pour étouffer le cri qui ne demandait qu'à en jaillir. Ses yeux s'embuèrent immédiatement et, de ses pupilles, Angélique Barent sembla chercher une alternative, une issue à cette situation.

– Madame Barent, nous savons que Ludivine était chez vous samedi soir et qu'elle en est partie une à deux heures avant de disparaître.

– Vous… vous me suspectez de quelque chose ?

– Pas encore. Cela dépendra des réponses que vous me donnerez. Avez-vous remarqué quelque chose d'inhabituel ce soir-là ?

– Non, non. Enfin, je ne sais pas…

– Vous ne savez pas ? Pourtant, ma question est claire, il me semble. Je vous demande de vous rappeler une soirée qui s'est déroulée samedi dernier, il y a à peine quelques jours. Avez-vous quelque chose ? Ludivine semblait-elle préoccupée ? Passait-elle beaucoup de temps sur son téléphone ?

– Non, elle était… comme d'habitude.

– C'est-à-dire ?

– Joviale, souriante, une boule d'énergie.

– Je vois. Qui était présent ce soir-là ?

– Moi, mon mari et un couple d'amis, avec leurs deux filles.

– Ludivine a discuté de la même manière avec chacun d'eux ? Vous n'avez rien remarqué, là non plus ?

Angélique Barent baissa la tête quelques secondes, avant de la relever. Un mouvement infime, inconscient, mais qui donna à Raphaël une première confirmation.

– Qu'avez-vous peur de me dire, madame Barent ?

– Rien… je… je ne sais pas.

– Je ne vous crois pas. Laissez-moi deviner… Je dirai qu'il s'agit de votre mari. Que vous ne voulez pas me dire que Ludivine et votre mari, Stéphane, ont passé du temps ensemble à cette soirée.

– Comment…

– Est-ce vrai ?

– Je… oui. Enfin, non, pas exactement. Lui était très insistant, il ne la lâchait pas, mais c'est tout.

– Et elle ?

– Je ne sais pas… J'ai eu plusieurs fois l'impression qu'elle le fuyait, qu'elle l'évitait même. Mais je suis assez jalouse, je ne suis pas objective.

– Avez-vous des raisons d'être jalouse ?

– Aucune, du moins pas à ma connaissance. Ce n'est que la troisième fois que Stéphane la voit, tout au plus. Ludivine est belle et sexy, oui, mais il n'y a rien entre eux.

– Ils sont en contact sur les réseaux sociaux ?

– Depuis peu de temps, mais ce n'est pas ce que vous croyez. Ludivine a lancé une activité de bijoux pour enfants, des colliers, des bracelets, ce genre de trucs. La dernière fois où elle est venue à la maison, elle nous en a parlé, elle cherchait à se faire connaître. Stéphane l'a tout de suite demandé en ami et lui a fait de la pub dans son réseau.

Le commandant Molina marqua un temps d'arrêt et laissa son esprit analytique assimiler les informations verbales et comportementales qui lui parvenaient en flot continu.

– Madame Barent, comment va votre couple en ce moment ?

– Ce ne sont pas vos affaires, commandant.

– Au contraire, mentit Raphaël. Vous savez, votre mari est dans une salle similaire à la vôtre, en ce moment même. Et vous savez ce que je pense ?

– Non…

– Je pense que vous et Stéphane nous cachez des choses. Je pense qu'il se protège et que vous le défendez. J'en tire une conclusion évidente : seul un coupable a besoin qu'on mente pour le protéger.

Angeliqua Barent lâcha un profond soupir.

– Je ne suis pas une manipulatrice, commandant, ni une menteuse. Mais ce qui se passe, ou ne se passe plus, entre mon mari et moi, ne regarde que nous.

– Très bien. Alors, répondez-moi, sans me mentir. Selon vous, Stéphane aurait-il pu faire du mal à Ludivine ?

La question sembla résonner en écho dans la pièce vide, fouettant de son éventualité la femme assise face à lui.

– Je… je ne sais pas.

– Vous ne savez pas… A-t-il déjà été violent envers vous ?

– Stéphane est… un homme caractériel, qui peut parfois se montrer très colérique. Mais non, il n'a jamais levé la main sur moi…

– Continuez.

– Ce soir-là, samedi dernier, il est entré dans une colère monstre. Je n'ai pas tout compris… C'était en fin de soirée, tout le monde allait partir et l'une des deux filles de notre couple d'amis a donné un papier à Ludivine. Elle l'a lu et elle est devenue pâle, j'ai cru qu'elle allait s'évanouir.

– Qu'y avait-il écrit sur ce papier ?

– Je ne sais pas. Mais elle a jeté un regard noir à Stéphane, avant de partir sans un mot. Jamais je ne l'avais vue dans cet état.

– Mais vous aviez déjà vu votre mari avoir ce genre de comportement, n'est-ce pas ?

– C'est arrivé, oui.

– Vous l'avez questionné après le départ de Ludivine ?

– Je ne pose plus aucune question à mon mari depuis des années maintenant. S'il a quelque chose à se reprocher, il ne me l'avouera jamais, alors à quoi bon ?

Raphaël laissa son esprit visualiser la scène. Les mots se transformaient en images, dévoilant de plus en plus de détails.

– La gamine, celle qui a donné ce message à Ludivine, pourquoi a-t-elle fait ça ? Avez-vous une idée ?

– Oui, mais vous n'allez pas me croire.

– Dites toujours.

– Elle a des visions. Je ne sais pas comment l'expliquer mais elle peut parfois vous dire ce qui va vous arriver le lendemain, l'air de rien. Elle ne le contrôle pas, elle ne s'en rappelle même plus quelques minutes après.

– Donc, vous pensez que, sur le message qu'elle a donné à Ludivine, elle a écrit une de ces… prédictions ? C'est ça ?

– Oui.

– Et, selon vous, cette prédiction aurait quelque chose à voir avec Ludivine et votre mari ? C'est ce qui les aurait tous les deux mis dans cet état ?

– Vous ne me croyez pas, c'est ça ?

– Je suis quelqu'un de très cartésien, madame Barent, je ne crois que ce que je vois, et encore. Votre théorie est très séduisante, mais ne repose sur aucun fait concret, aucune preuve. Quelqu'un d'autre aurait très bien pu se servir de cette enfant pour faire passer un mot à Ludivine, pour la menacer. L'un des deux parents ?

– Non, impossible. Je ne les ai pas quittés de la soirée et j'ai vu leur fille écrire ce mot toute seule, juste après que…

La femme stoppa net, comme si une évidence venait de la percuter.

– Après que quoi ?

– Je… non, rien. Ce n'est rien, oubliez.

– Madame Barent, je vous laisse dix secondes pour me dire ce qu'il s'est passé. Si vous refusez, je vous colle en garde à vue pour obstruction à une enquête en cours.

Mentalement, le commandant Molina débuta son décompte, le regard fixé sur cette femme apeurée.

– Très bien. J'ai aperçu Stéphane discuter avec cette gamine, juste avant qu'elle ne me demande une feuille pour écrire son… message.

***

Je refermai la porte et gommai de mon visage ce masque ridicule que je m'étais forcé à prendre. Comme prévu, les flics n'avaient pas cherché plus loin que le bout de leur nez.

J'avais joué mon rôle à la perfection, induisant, presque de manière subliminale, des éléments dans leur esprit primaire. Ils iraient exactement là où je voulais qu'ils aillent. Certains prendraient sans doute des initiatives que je n'avais pas anticipées, d'autres tourneraient à droite au lieu d'aller à gauche mais, au final, chacun d'eux allait faire les choix qu'il devait faire. Aucun grain de sable dans l'engrenage.

Je montai à l'étage et entrai dans le dressing. Sur un cintre perdu au milieu des autres, une veste grise trônait. Banale, faite d'un tissu fin parfait pour les fraîches soirées d'été. Dans la poche intérieure, mes doigts frôlèrent un papier froissé. Celui-là même que Ludivine avait jeté au loin, après avoir quitté la maison des Barent.

Ce mince bout de feuille blanche avait magnifiquement rempli son rôle. Je redescendis lentement les marches et m'emparai de l'allume-feu posé sur le rebord de la cheminée éteinte. De ma main libre, je fis glisser la porte-fenêtre et sortis dans le jardin bien trop grand.

Je posai le message sur un reste de charbon de bois carbonisé et fis claquer le long briquet. Alors que les flammes commencèrent à consumer le papier, je regardais une dernière fois les quelques mots, écrits d'une main d'enfant, hésitante et maladroite.

Il va te faire du mal.

***

Raphaël Molina gardait son regard scotché sur les deux écrans à la qualité douteuse. Depuis sa sortie de la salle d'interrogatoire, aucun de ses collègues n'avait eu le cran d'essayer de le faire sortir de son mutisme.

– Il y a quelque chose qui cloche, lâcha-t-il après encore quelques longues minutes.

– Enfin, j'ai cru que tu allais rester muet à vie, ironisa Aaron. Prisonnier à jamais de ton esprit tordu.

– Très drôle.

– Je sais. Bref, la seule chose qui cloche, selon moi, c'est le mari.

– Trop facile.

– Comment ça, trop facile ? Il a tout contre lui : un penchant violent, une fascination pour la victime, peut-être même un passif avec elle. Sa femme l'a vu parler avec la gamine pseudo-voyante. Il te faut quoi de plus ?

– L'un des deux se fout de moi et je ne suis pas persuadé que l'évidence soit la vérité. Mais je suis sûr, en revanche, que, d'une manière ou d'une autre, ils sont tous les deux liés à la disparition de Ludivine Sauny. Il me faut des preuves, des éléments concrets.

– On ratisse les environs, en ce moment même, en partant de l'endroit où on a découvert le portable. Aucune trace pour le moment, aucun élément, aucun témoin. Désolé, mais il va falloir attendre un peu pour ta preuve.

– Et le couple invité à leur soirée ? Ceux avec les deux enfants ?

– Aucun des deux n'a de casier, aucune infraction, ils sont blancs comme neige. Sandra est partie à leur domicile pour prendre la température. On verra ce qu'elle en dit, elle a toujours eu une très bonne intuition.

– Qu'elle les questionne surtout sur Angélique et Stéphane Barent. On ne sait jamais, ils ont peut-être vu quelque chose.

– Tu les crois innocent ?

– Je crois les Barent impliqués, voire coupables.

– Tu sais qu'ils ne devraient pas être là ? Pas de cette façon, du moins. Si le procureur l'apprend….

– Je sais. Mais j'ai encore un peu de temps.

Sans plus d'explications, le commandant Molina se dirigea, à nouveau, vers la première salle d'interrogatoire et se planta face à Stéphane Barent.

– Vous ne m'avez pas tout dit, monsieur Barent.

Raphaël observa la réaction de l'homme face à lui. Derrière les oscillations de ses muscles, il put deviner les questions se bousculant sous son crâne. Avant qu'il ne puisse répondre, le commandant attaqua.

– Vous avez omis de me parler du départ de Ludivine. Du petit mot qu'une des filles de vos amis lui a glissé. D'où venait-il ?

– Du délire d'une gamine. Ses parents sont persuadés qu'elle… ressent les choses, une connerie dans le genre. Ils nous ont tannés toute la soirée avec le soi-disant don de leur fille.

– Qu'il y avait-il écrit dessus ?

– J'en sais rien.

– Alors pourquoi être entré dans une telle colère ? Qu'est-ce qui vous a fait réagir à ce point ?

Stéphane Barent secoua la tête, conscient que son comportement n'allait pas jouer en sa faveur.

– Ludivine. Après avoir lu ce mot, elle a eu un mouvement de recul quand j'ai voulu lui dire au revoir.

– Et vous n'aimez pas que les femmes vous rejettent, c'est ça ?

L'homme sourit, visiblement amusé de l'attaque. *Merde. Trop prévisible, j'aurai dû la jouer plus finement.*

– Commandant, je ne sais pas ce que vous a dit ma femme, mais je ne suis ni violent ni frustré. Je me fous totalement des femmes aussi coincées que Ludivine. Oui, ce qui lui arrive est triste, mais, au fond, je m'en tape. Coffrez-moi pour ça si vous voulez.

– Avouez que c'est contradictoire. Vous vous foutez d'elle, pourtant, vous éclatez de colère quand elle ose ne pas vous faire la bise.

Cette fois, l'homme ne répondit pas. *Merde*. Raphaël tournait en rond. Il n'avait que des prémisses, des soupçons, mais aucune preuve. Aucun élément tangible, aucun mobile. Dans sa poche, son téléphone vibra. Sur l'écran, un message. Sandra. Devant le texte affiché, le commandant faillit sourire mais se retint.

– Monsieur Barent, qu'avez-vous fait après votre soirée ? Une fois tous vos invités partis ?

– Quelle question, je suis allé me coucher. On avait pas mal picolé, pour tout vous dire, je ne tenais plus debout.

– Comment expliquez-vous qu'un témoin vous ait vu monter dans votre voiture et quitter votre domicile, vers minuit et demi ? Soit trente minutes après le départ de vos invités. Pas très prudent, dans votre état, si vous voulez mon avis.

– Conneries.

– Heureusement, dans votre quartier, la ville a installé de nombreuses caméras de surveillance. Une chance pour vous.

– Pour la dernière fois, j'avais trop bu, je suis monté me coucher, point. Je n'ai rien à voir avec cette disparition.

Un détail frappa brusquement Raphaël Molina. Une coquille dans le déroulé du film de cette soirée. Un faux raccord. Le commandant se leva d'un bond et fonça vers l'autre salle d'interrogatoire. Angélique Barent sursauta devant la tornade qui déboula dans la pièce.

– Qu'avez-vous fait une fois vos invités partis, madame Barent ?

– Comment ? Je… je ne sais pas… j'étais fatiguée, je suis montée me coucher. La soirée était un peu… arrosée.

– En laissant votre vaisselle, votre salon en plan ? Deux gamines turbulentes dans une soirée, ça peut faire des dégâts.

– Oui, je n'avais rien de prévu le lendemain, j'avais toute la journée pour ranger. Mais, pourquoi cette…

– Et votre mari ?

– On… fait chambre à part depuis quelques semaines. Je ne l'ai pas entendu monter mais, quand je me suis levée, il ronflait comme un ours.

– Avez-vous le sommeil léger, madame Barent ?

– Oui, assez.

– Alors vous auriez dû entendre la voiture de votre mari quitter les lieux, vers minuit et demi. Même alcoolisée. Votre porte de garage, elle est manuelle, loin d'être silencieuse. J'ai donc plusieurs options, vous voulez les connaître ?

– Je… je ne comprends pas.

– Première option : vous me mentez pour couvrir votre mari, pour ne pas avouer qu'il a pris sa voiture vers minuit et demi, heure de la disparition de Ludivine Sauny. Deuxième option : vous me mentez et avez pris vous-même sa voiture, pour vous venger de l'attitude de votre mari vis-à-vis de cette concurrente. Vous êtes jalouse après tout. Troisième option : vous m'avez baladé depuis le début et jouez un très beau rôle, m'amenant discrètement à accuser votre mari. Alors, madame Barent, laquelle de ces options est la bonne ?

Chéri, je suis rentrée !

***

Je sursautai. Sa voix me ramena de manière trop brutale à la réalité. Le décor redevint net progressivement, prenant sa consistance au fur et à mesure des secondes. La salle d'interrogatoire se métamorphosa en un bureau exigu.

– Chéri, tu es là ?

– J'arrive, lâchai-je de la voix la moins agacée possible.

D'un clic, je sauvegardai mon travail et fermai le clapet de mon ordinateur portable, laissant cette histoire en suspens. Un mal pour un bien.

Pourtant, jamais je n'avais écrit de thriller si palpitant. Ces époux me rappelaient ceux de *Gone Girl,* de Gillian Flynn, ou plutôt l'adaptation cinématographique de David Fincher. Ben Affleck en Stéphane Barent, cela collerait parfaitement. Mais, voilà, les points communs entre mon roman et cette histoire étaient trop nombreux. La surprise semblait éculée, le twist évident. Angélique Barent était coupable et avait joué avec le commandant Raphaël Molina pour faire accuser son mari volage. Fin.

Il manquait l'émotion, les frissons, l'inédit. Tout ce qui plongerait le lecteur dans un état hypnotique, absorbé par une lecture dont il peinerait à se sortir. Je jetai un dernier regard au deuxième écran, diffusant une chaîne d'informations en continu, avant de laisser mes yeux glisser vers ces falaises, peintes sur la large toile ornant le mur de mon bureau. Je délaissai mon antre et descendis au rez-de-chaussée.

À peine avais-je déposé un baiser furtif sur ses lèvres que l'interrogatoire commença.

– Tu as écrit toute la matinée ?

– Oui, et une partie de l'après-midi.

– C'est bien. Ça avance ?

Je souris.

– Très bien, oui.

– Tiens, j'ai eu un appel bizarre tout à l'heure.

J'admirai depuis toujours sa capacité à changer de sujet sans prévenir. Les mécanismes à l'œuvre dans son crâne défiaient toute logique.

– Ah bon ?

– Je n'ai pas pu répondre, j'étais en séance, mais on m'a laissé un message. Un homme qui prétendait être inspecteur de police et voulait me parler suite à une affaire de disparition. Sans doute encore une arnaque.

– Ce n'était pas un canular, les flics sont passés à la maison. Ludivine a disparu.

Je vis son visage changer de couleur en un instant, passant d'un rouge vif à une pâleur maladive.

– T'es sérieux ? Qu'est-ce qui s'est passé ? Et pourquoi ils veulent nous interroger ?

– Ludivine a disparu dans la nuit de samedi à dimanche, après notre soirée chez les Barent.

– Merde… Et Angélique et Stéphane ? Tu as eu de leurs nouvelles ? Ils doivent être mal, les pauvres…

– Très. Les flics sont passés chez eux ce matin. De loin, il m'a semblé qu'ils les emmenaient, mais je ne suis pas certain.

L'expression de stupeur que ses lèvres laissèrent échapper semblait surjouée, digne des meilleures téléréalités américaines, ou des pires. Pourtant, je savais qu'elle était sincère et que sa stupéfaction était tout à fait réelle.

– Ils en parlent déjà aux infos, je pensais que tu étais au courant, renchéris-je.

– Mais non ! Tu me connais, je suis déconnectée. Et toi alors ? Tu leur as dit quoi ?

– Je leur ai raconté la soirée, dans les grandes lignes. Le lieutenant m'a juste demandé de nous tenir à leur disposition, au cas où. Et si jamais on se souvient de quelque chose, un détail, il faut l'appeler directement. J'ai posé sa carte sur le meuble de l'entrée.

Elle se laissa tomber sur la chaise haute de la cuisine, comme terrassée par toutes ces informations.

– C'est incroyable…

– Allez, remets-toi, sers-toi un verre et on ira faire un tour après, histoire de se changer les idées. Je remonte quelques instants, j'aimerais vraiment finir mon chapitre.

Elle répondit d'un mince hochement de la tête. Je la laissais là, et me réfugiais de nouveau à l'étage.

Porte fermée, je respirais un grand coup. Comment tout cela avait-il commencé ? Je laissais mes souvenirs remonter le cours du temps, jusqu'à cet appel, reçu il y a quelques semaines. Je pouvais de nouveau entendre les mots de mon éditeur, assénés avec toute la franchise qui le caractérise.

Je n'ai pas aimé, Damien. Tes personnages sont trop exagérés, trop surjoués, trop tout. Revois ton manuscrit, et apporte de l'humanité à tout ça. Laisse ton roman devenir organique, il faut que tes personnages prennent vie. Ce sont eux qui doivent te guider à travers l'histoire, et pas l'inverse. Là, c'est mort, dans tous les sens du terme.

Qu'ils me guident. Qu'ils soient réels. Vivants. Le verdict avait tourné en boucle dans ma tête, jusqu'à cette fameuse soirée, samedi dernier. Ce moment où j'avais aperçu les regards insistants que Stéphane avait posés sur Ludivine, l'amie de sa femme.

Une première idée était née.

Un mari volage rencontre une femme lors d'une soirée et...

Plus humains. Plus vivants. Sans d'abord savoir pourquoi, j'avais glissé quelques mots à l'oreille de Stéphane. *Elle te kiffe, ça se voit.*

Une simple phrase. Un déclencheur.

J'avais ensuite laissé la réalité devenir mon histoire, et inversement. Stéphane, comme galvanisé, avait tenté plusieurs manœuvres d'approche envers la jeune femme, visiblement mal à l'aise.

Une deuxième idée. Je m'étais approché de Ludivine. *Si jamais il te colle trop, dis-le-nous. Il a une fâcheuse tendance à ne s'arrêter que lorsqu'il a obtenu ce qu'il veut.*

D'un sourire sincère, elle m'avait remercié. Avant de prendre ses distances avec Stéphane. Cela l'avait agacé, mais pas suffisamment. Au fur et à mesure que les minutes avançaient, je voyais mes personnages prendre vie devant moi, agir de leur propre chef. Écrire mon histoire.

Le rythme s'essoufflait, je devais suivre, en bon maître de cérémonie. J'avais resservi tout le monde en vin, plusieurs fois, tout en les occupant par une de mes histoires abracadabrantes. L'alcool avait donné un coup de fouet aux humeurs de tous, en commençant par Stéphane. Les femmes riaient, se prenaient dans les bras, tandis que Stéphane bouillait de plus en plus. Une anecdote sur ma fille, et ses dons, avait alors surgi dans la discussion, comme poussée par le destin.

Mon éditeur avait raison. Les meilleurs romans avaient leur propre vie, parfois loin de notre imagination. L'idée du message avait été la meilleure de la soirée. Celle qui allait bousculer leur destin, et mon histoire. Ma fille était en train de dessiner, aussi discrètement qu'un enfant peut l'être, un dessin pour tata Ludivine. D'un geste paternel, je lui avais proposé de le donner à Ludivine avant qu'elle ne parte. Un simple échange avec un papier que j'avais moi-même griffonné, imitant l'écriture d'une gamine de six ans, et le tour était joué. Leur destin. Mon histoire. Je devenais le créateur de tout.

Alors que Ludivine quittait précipitamment les lieux, j'avais posé mon regard sur des clés, pendant à un clou dans une boîte de l'entrée. Ce logo, celui d'une marque de voiture allemande. Ils seraient tous trop bourrés pour s'en rendre compte. L'apothéose de mon œuvre. Le reste était enfermé à double tour dans un tiroir de mon esprit, que j'avais peur de me dévoiler.

Le moteur vrombissant. Le trajet, phares éteints, à distance de la citadine roulant lentement. Cette rue d'un lotissement quelconque, plongé dans le noir absolu, grâce aux politiques d'économie d'énergie de la ville. La silhouette s'extirpant de la voiture. Mon pied, plongeant sur l'accélérateur.

Ludivine, désormais enterrée sous un mètre de terre. À l'endroit même où Stéphane et moi avons l'habitude d'aller courir. Juste à côté de maigres traces de pneus, laissés par sa voiture. Je n'avais plus qu'à attendre. Scotché sur les sites d'informations, manuscrit ouvert. Ce roman allait être vivant, c'était une certitude. Ce roman serait leur vie.

Stéphane Barent, Angélique Barent, Ludivine Sauny étaient devenus mes personnages. Je contrôle désormais leur vie, je l'écris à chaque instant, autant qu'eux écrivent mon histoire. Mais aucun de nous ne peut prédire le dénouement, que j'espère spectaculaire, inattendu. Après tout, qui de mieux qu'un auteur de thriller pour commettre le crime parfait ?

Woke

HERVÉ GAGNON

Mais les braves gens n'aiment pas que
L'on suive une autre route qu'eux
Non les braves gens n'aiment pas que
L'on suive une autre route qu'eux

Georges Brassens, *La mauvaise réputation*

Fin. C'était le mot favori de tout écrivain, mais aussi celui qu'il craignait de ne plus jamais pouvoir écrire ; le mot qui pouvait être annonciateur de son propre début... Ce mot se trouvait au sommet d'une montagne toujours plus ardue à gravir et, chaque fois qu'il tapait les trois lettres fatidiques à la fin d'un manuscrit, Édouard Wagner sentait l'angoisse l'envahir. Allait-il pouvoir grimper encore une fois ?

Le dernier ouvrage sur lequel il avait apposé le mot allait bientôt paraître et, selon son agente, le buzz était bon. Déjà, il avait accordé une grande entrevue dans un journal à grand tirage et quelques autres étaient prévues d'ici la sortie, dans une semaine. La couverture média s'annonçait très positive. Certes, on ne parlait plus depuis longtemps de « critique », mais au moins, on semblait éviter l'habituel recyclage de communiqué de presse, ce qui était déjà beaucoup. Quand on se compare…

Édouard Wagner était un écrivain de la vieille école et le revendiquait fièrement. Il n'avait aucune envie de devenir une personnalité médiatique, comme tant de ses collègues. Son job était d'écrire, pas de jouer son propre personnage. Il tenait à ce que ses livres soient connus. Nuance. Certes, cette attitude lui fermait des portes. Ainsi, on lui refusait systématiquement l'accès au « plaaaaaateau » de l'importante émission de radio animée depuis un siècle par Julie-Germaine, espèce de Castafiore de la *« littératuuuuure »* pointue qui définissait le bon et le beau avec l'aide d'un éventail de chroniqueurs serviles, dont les propres livres étaient généralement chroniqués par leurs collègues – à moins que ce ne soit celui leur conjoint. Tout cela sans compter le poète en résidence à la voix de crécelle qui hantait hebdomadairement l'émission et dont Julie-Germaine semblait être la seule à voir le talent. L'irritante snobinarde était réputée pour avoir décrété un jour qu'il « y avait suffisamment de livres publiés sans qu'elle ait à parler de ça » – ça étant les livres d'Édouard Wagner, qu'elle dédaignait allègrement.

Son allergie à la célébrité le faisait aussi se tenir loin des réseaux sociaux comme le diable fuyait l'eau bénite. « Face-de-bouc » et les autres engeances étaient un égout à ciel ouvert, un cloaque malodorant où des grands-mères à chats et des mésadaptés sociaux déversaient des quantités effarantes de fiel, de haine, d'intolérance et de stupidité, sans compter les théories du complot délirantes. En revanche, il aimait observer ce dépotoir virtuel d'un œil sociologique. Pour qui savait regarder, il offrait une vue imprenable sur la nature humaine dans ce qu'elle avait de plus déplorable.

Édouard avala une gorgée de whisky. À combien de verres en était-il ? Trois ? Quatre ? Il allait devoir se modérer s'il ne voulait pas ruiner l'importante entrevue télé du lendemain matin. À défaut de Julie-Germaine, Claudine, son agente, véritable *dragon lady*, avait joué des coudes dans les coins comme elle seule savait le faire pour l'obtenir.

Son fil d'actualités défilait lentement sur l'écran sans éveiller chez lui le moindre intérêt. Rien de nouveau sous le soleil. Les complotistes complotaient contre les complots qu'ils découvraient sous chaque pierre et derrière chaque arbre : la 5G, les vaccins, l'État profond, la terre plate… Il leur souhaitait d'ailleurs personnellement de marcher jusqu'au bord et de faire un pas en avant ! À côté de ces ratatinés du lobe frontal se trouvaient les hordes d'offensés perpétuels qui dénonçaient les manques de sensibilité et le racisme systémique qu'ils traquaient un peu partout. Leur raisonnement était aussi implacable que simple : vous êtes en désaccord avec moi, donc vous êtes raciste. Les hommes blancs hétérosexuels étaient coupables de tous les maux qui affectaient la diversité toujours plus diverse. Lui-même était censé avoir joui d'un privilège structurel qui avait grandement facilité sa vie. C'était bien mal connaître la vie d'écrivain. Vivre des redevances de ventes toujours imprévisibles ne tenait pas du privilège, mais du miracle – ou d'un entêtement masochiste. Il y avait encore toutes les variantes d'identités de genre : bisexuel, transgenre, non binaire, non genré, queer, et tutti quanti… Sans compter les orientations sexuelles, qui étaient autre chose de pas plus clair. Wagner n'y comprenait plus rien et n'avait pas envie de faire l'effort. Tous ces gens qui sortaient du proverbial placard pour claironner publiquement leur variante personnelle l'exaspéraient au plus haut point. Il était de l'école selon laquelle chacun pouvait bien faire ce qu'il voulait de son entrejambe tant que la chose demeurait de l'ordre du privé.

De temps à autres, l'envie lui prenait de se faire « polémiste », ces spécialistes de l'esclandre et du scandale si chers aux Français. Mais il n'avait pas la fibre pamphlétaire. Il aimait se tenir au milieu, là où tout le monde pouvait être raisonnablement d'accord ou, au moins, pas trop en désaccord. Les extrêmes, eux, changeaient tout le temps. À la longue, ça devenait fatigant. Le centre, lui, était calme. Comme l'œil du cyclone. Il se contentait donc d'utiliser les médias sociaux pour entretenir sa relation avec ses lecteurs – car il en avait et il appréciait leur bon goût – par le biais de publications généralement savantes, jamais controversées.

Il tendit distraitement la main vers la bouteille et se versa un dernier doigt de whisky. Le cinquième ? Bah ! Ce soir, décida-t-il, il faisait honneur au mythe de l'écrivain alcoolique. Une fois n'était pas coutume. Il reprit le déroulement mécanique de sa page Facebook. Les politiciens politicaillaient. Les vedettes vedettaient, les geignards geignaient. Les glousseurs gloussaient. La routine habituelle.

Un article attira soudain son attention. Il était question d'une cabale exigeant le retrait de *Blanche-Neige et les sept nains* de toutes les plateformes de diffusion parce que le film, jadis un classique, était maintenant jugé et condamné comme « offensant pour les personnes de petite taille ». *Vertically challenged*, disait-on en anglais. Édouard cligna des yeux, sidéré.

– C'est une blague ? chuchota-t-il dans son verre.

Il lut l'article. Son premier réflexe fut de rire. Puis, pour son plus grand malheur, l'esprit d'un collègue et néanmoins ami, passé maître dans l'art de la provocation, profita du cinquième whisky pour s'emparer de lui. Il avait toujours admiré le courage de marcher à contre-courant et la souveraine indifférence à la critique de Florent Jobin, une sympathique tête à claques moustachue un brin anarchiste. Ainsi mal inspiré, il décida de participer à la discussion, s'imaginant qu'il y en avait une.

Il partagea la publication sur sa page, se fit craquer les doigts et écrivit d'une traite un statut.

MATIÈRE À RÉFLEXION…

Indispensables lecteurs et lectrices, depuis le temps que nous nous fréquentons, vous savez qu'il n'est pas dans mes habitudes de commenter l'actualité. Je préfère laisser cette activité, généralement inutile, aux commentateurs de tout poil qui en font profession et qui ont des opinions sur tout, quitte à les fabriquer sur demande et à en changer au besoin.

Mais ce soir, je suis un peu perdu. Peut-être suis-je périmé ? Je ne sais trop, mais j'ai besoin qu'on m'explique : en quoi une revendication comme celle-ci peut-elle faire avancer quoi que ce soit, à part la cause de l'humour ?

Avec une indignation sincère, on exige l'abolition de *Blanche-Neige et les sept nains* parce que le récit est discriminatoire. Bon. Bon bon bon. Bon. Alors, allons-y en toute bonne foi…

Quelqu'un peut-il m'expliquer où, exactement, est l'insulte ? Les nains ne sont-ils pas, par définition, de petite taille ? S'ils étaient de taille normale, ils ne seraient pas des nains. Depuis quand la réalité est-elle insultante ? Que je sache, le film, loin de ridiculiser les sept nains, les présente comme sympathiques, drôles, courageux, déterminés, loyaux. Si je puis me permettre, ils en sortent grandis !

Je me demande ce qui viendra après. On s'insurge contre le baiser que le prince donne à Blanche-Neige pour la réveiller parce qu'elle n'y avait pas préalablement consenti ? On réécrit *Barbe bleue* pour cause de violence conjugale ? On fait le procès de Cruella De Vil pour cruauté envers les dalmatiens ? On interdit Obélix et le Père Noël pour ménager la sensibilité des gros ? On brûle tous les films de James Bond parce que 007 participe de la culture du viol ? Heureusement, d'ailleurs, car le mythique bikini d'Ursula Andress, horriblement sexiste, cache les seins de la dame alors que les hommes, eux, n'ont pas à cacher les leurs – vous aurez compris que les messieurs en sont unanimement indignés… ? Et comme le bikini est un instrument du sexisme patriarcal, la burka devient-elle d'emblée un outil de libération des femmes ?

Parti sur une irrésistible lancée, il ricana de plaisir et prit une gorgée. Il ne pouvait plus s'arrêter et n'en avait aucune envie.

Tant qu'à y être, devons-nous abolir la nécessité d'arriver à l'heure parce qu'insensible à la nature relative du temps selon les cultures ? Interdire aux Blancs de jouer du blues, interdire le pâté chinois (qui d'ailleurs, n'a rien de chinois) et les cours de yoga pour cause d'appropriation culturelle ? Abolir l'âge parce qu'il discrimine ceux qui n'en ont pas assez et ceux qui en ont trop ? Ne plus vendre les souliers en paires pour éviter de micro-agresser les unijambistes ? Et les culs-de-jatte, eux ?

Les professeurs doivent-ils tenir compte des sensibilités des élèves quand ils notent leurs copies ? Devons-nous parler d'un trou de personne au lieu de trou d'homme pour ne pas discriminer les employées de la voirie municipale ? Rebaptiser « l'Abominable être non genré des neiges », au cas où la rectitude politique aurait contaminé le Tibet ? Bannir les mots « homme » et « femme » pour ne pas heurter les queers et autres talibans de la diversité qui se sentent exclus de tout ce qui est normal ? Censurer les scènes de sexe hétérosexuel dans les films pour encourager la diversité ? Laisser les employés définir eux-mêmes leurs tâches pour ne pas les bousculer ?

Comprenez-moi bien : je considère que la diversité mérite d'être défendue et que les gens qui ont été trop longtemps effacés ont droit à leur place au soleil. Mais est-ce seulement moi, ou est-ce que, soudain, on surreprésente les personnages queer et non binaires dans les médias ? En voyez-vous tant que ça, vous, dans votre vie de tous les jours ? Avez-vous remarqué qu'on ne peut plus discuter de soupe aux légumes à la radio sans se sentir obligé de demander la recette d'un membre de la communauté LGBTQ ? Ils les coupent différemment, leurs légumes ?

M'est avis que, poussées jusqu'à l'absurde, les causes les plus nobles se torpillent elles-mêmes. À force de tout javelliser, à force d'aseptiser la langue et les comportements, à force de désinfecter les pensées de toute impureté, à force d'imposer un dogme, à force de purifier le passé, restera-t-il encore quelque chose qui ne soit pas incolore, inodore et sans saveur ? Sommes-nous condamnés à une vie beige comme les chaussettes d'un comptable ? Tout ça pour ne pas affecter la santé mentale fragile des perpétuellement micro-agressés ?

Peut-être est-ce notre faute ? C'est quand même nous qui l'avons fabriquée, cette génération d'enfants rois à laquelle on n'a jamais dit non mais qui, elle, dit non à tout le monde au nom de la liberté ? Nous étonnerons-nous qu'ils ne supportent ni l'adversité ni la contradiction ? Je crois qu'il faut discuter de tout ça. Posément, intelligemment, sans tomber dans l'exagération et l'absurde, pour ramener un peu de bon sens dans la conversation. C'est de la confrontation des points de vue que sortent les grands changements.

Votre avis ?

Il fouilla un peu sur Internet et trouva une image de petit lapin innocent qui semblait un peu apeuré. Pour rire, il décida de l'inclure à son statut. Satisfait de lui-même, il cliqua sur « publier ». Il éteignit son ordinateur, vida son verre, passa à la salle de bains, regagna sa chambre et, une fois revêtu de son boxer, il s'endormit, heureux de vivre dans un monde dominé par la raison.

***

Édouard Wagner se réveilla avec l'ombre d'une gueule de bois – le whisky ne lui faisait plus peur depuis longtemps. Il allait être en forme pour l'entrevue prévue dans quelques heures. Certes, la chroniqueuse – les critiques étaient une espèce en voie de disparition – n'aurait pas lu le livre en entier, mais elle ferait bien semblant ; et il ferait bien semblant de ne pas savoir qu'elle faisait bien semblant. Elle remplirait ses obligations professionnelles, son livre en récolterait de la visibilité, son éditeur serait content, son agente aussi. Un parfait équilibre d'illusions.

Son agente était en train de finaliser un plan d'entrevues pour faire mousser le livre avant sa parution. Certes, la mousse n'était plus aussi abondante que jadis. Le journalisme culturel n'était plus qu'un souvenir diaphane. Les chroniqueuses – étrangement, on semblait réserver la culture aux femmes – se contentaient de relayer mécaniquement les communiqués de presse. Même si cela lui donnait la nausée, il devait admettre que Julie Germaine, elle, savait de quoi elle parlait. Malheureusement, elle savait qu'elle le savait, ce qui, à ses propres yeux, en faisait une créature mi-déesse mi-pythie, dont les oracles étaient observés par tout lecteur branché.

Après deux capsules d'analgésique et une longue douche, il se sentit d'attaque. La sonnerie de son téléphone retentit. *Claudine Dumont*, affichait l'écran.

– Salut, mon agente, dit-il.

– T'étais où ? Ça fait vingt fois que je t'appelle ! fit la voix de Claudine.

Habituellement rieuse, elle semblait tendue.

– Bonjour à toi aussi. Désolé, j'étais sous la douche. T'inquiète pas, j'ai pas oublié l'entrevue.

– Il n'y en a plus, d'entrevue.

– Comment ça ?

– Elle a été annulée.

– Bon… Et on la fait quand ?

– T'as regardé ton fil Facebook, ce matin ? rétorqua Claudine sans répondre à sa question.

– Euh… non ?

– Regarde et rappelle-moi.

Son agente raccrocha sans lui dire au revoir. Il lança l'application et écarquilla les yeux. Sa publication de la veille avait provoqué plus de mille commentaires ! Mille ! Lui qui n'en avait jamais suscité que quelques dizaines ! Il les fit dérouler et sentit son cœur se serrer.

– *Oh boy…*

***

Le hashtag résonnait dans sa tête comme le battant d'une grosse cloche en bronze. *#metoo. #metoo. #metoo.* Lui, Édouard Wagner, écrivain notoirement réfractaire aux réseaux sociaux et plus qu'un peu misanthrope, se retrouvait au cœur d'une tempête *#metoo* et propulsé au rang de vedette bien involontaire. Les indignés en tous genres (et non genrés) s'étaient donné rendez-vous sur sa page Face-de-bouc pour l'accuser de tous les maux et de tous les péchés, et lui asséner autant de sentences. La Stasi de la pensée avait trouvé un déviant à brûler en effigie : Édouard Wagner.

Ahuri, il fit dérouler les commentaires. *Homophobe !* s'indignait un militant. *L'amour entre personnes du même sexe est une chose magnifique ! On aime la personne, pas son sexe ou son genre ! Transphobe ! Biphobe !* renchérissait l'individu pour s'assurer de n'avoir oublié aucune phobie. Édouard eut beau chercher, il ne se rappelait pas avoir médit contre les deux dernières catégories. Quant à la première… on ne pouvait plus rigoler ? *Grossophobe !* se fendait un autre en lui assénant une longue leçon sur les bienfaits de la diversité corporelle. Dans le monde où vivait ce prêcheur, l'obésité n'entraînait manifestement aucune maladie. *Islamophobe !* s'indignait une diversitaire de la religion oppressive libérée. *Le port de la burka est un choix exercé librement par la femme ! #amalgame ! Tous les Talibans ne sont pas des fanatiques ! #masculinitétoxique !!! Sinophobe !* le blâmait même ce qui semblait bien être une personne asiatique non binaire s'identifiant à ce moment au sexe féminin et qui, de toute évidence, n'avait pas saisi les nuances de sa blague sur le pâté chinois.

Perplexe, il se gratta la tête. Pour ce qu'il en savait, le suffixe *phobe* désignait la crainte de quelque chose. Le claustrophobe craignait les endroits clos. Les homo, les trans, les bi, les grosso, les islamo, les sino et autres préfixes ne lui inspiraient aucune peur. Sans doute cette meute de censeurs enragés avait-elle décidé que *phobe* faisait désormais allusion à la discrimination ou à la haine. Qu'il ne ressentait nullement, d'ailleurs.

#METOO!!!! hurlait virtuellement une enragée en majuscules – ce qui, lui avait-on laissé entendre, était très impoli selon l'éthique des réseaux sociaux. *TU ENCOURAGES LA CULTURE DU VIOL ! Ce n'est pas parce qu'une femme est inconsciente qu'un homme peut se servir à volonté. Le corps de la femme n'est pas un buffet ! SALE VIOLEUR ! PORC !* Culture du viol ? Porc ? Lui qui, vieux jeu jusqu'à l'excès, n'avait jamais effleuré une femme sans le plus grand respect ? Il relut à nouveau son message. Le Bikini d'Ursula ? *À BAS L'HÉTÉRO-PATRIARCAT COLONIAL BINAIRE CISGENRE BLANC !!!* Édouard dut s'y prendre à deux fois pour saisir toute la complexité de l'imprécation et en conçut même une forme d'admiration professionnelle. L'insulte renfermait tant d'insultes qu'il ne savait pas de laquelle il devait s'offusquer en premier. Dans le doute, il s'abstint.

Antidiversitaire ! tonnait un autre, convaincu de son bon droit. *À bas le privilège blanc !!!* rageait quelqu'un qui, chose étonnante, ne devait pas beaucoup s'aimer car il était précisément de la couleur qu'il honnissait. *Capacitiste !!!* lui jetait au visage une personne qui se réclamait d'une mouvance qu'il ne connaissait pas. Une recherche rapide sur Google lui apprit qu'il avait fait preuve de discrimination contre des personnes vivant avec un handicap, et dont les capacités étaient donc différentes – il ne fallait surtout pas dire qu'elles étaient moindres ! Intrigué, il relut son statut initial et y trouva la mention d'un unijambiste et d'un cul-de-jatte. Ça devait être la source de l'ire virtuelle. Même l'Association des comptables LGBTQ+ lui tombait dessus en défendant les chaussettes beiges !

Misère… dit-il en se massant l'arête du nez avec lassitude. *Le monde a perdu la raison*. Il nageait en plein délire. Les histoires récentes de gens connus emportés par un tsunami de rectitude politique lui revinrent en tête. Quel que soit le péché commis, chacun avait dû faire preuve d'une contrition quasi théâtrale, s'auto-effacer temporairement pour « réfléchir » et « travailler sur lui/elle-même », et éventuellement revenir sur la scène publique après un délai directement proportionnel à la gravité de l'offense pour demander pardon à de multiples reprises et obtenir l'absolution d'une « opinion publique » qui ne représentait dans les faits que l'opinion d'une infime minorité d'offensés et d'anti-tout bruyants qui trouvaient une caisse de résonnance dans les médias avides de nouvelles (et de chair) fraîches. Il sentit l'angoisse monter en lui.

Son tour était-il venu de parcourir ce chemin de croix, lui qui avait ricané un peu méchamment en voyant les autres payer le prix de leur implication sur les réseaux sociaux ?

Plusieurs internautes avaient détourné son image de lapin trafiquée, maintenant ensanglantée et accompagnée d'un anathème supplémentaire : *spéciste !* Bon… Voilà qu'il était un tueur de petits lapins… Les accusations d'âgisme se multipliaient aussi, en raison de sa blague sur l'âge – qui, si elle n'était pas très bonne, n'était pas non plus un péché mortel – et de ses commentaires de clôture sur la génération fragile. De toutes les épithètes qu'on lui jetait au visage, celui qui l'insulta le plus fut *#VieilHommeBlanc !* Sans doute parce qu'il touchait une zone sensible.

Il sentit l'esprit de Florent Jobin l'envahir à nouveau. Tous ces excités cherchaient à posséder le monopole de la souffrance existentielle.

– Non mais ça suffit, les victimes chroniques ! grommela-t-il, les dents serrées.

Il alluma son ordinateur, ouvrit Face-de-bouc et lança une nouvelle publication, négligeant la directive de son agente de le rappeler. Il le ferait. Après. Il n'allait quand même pas se laisser tondre comme un mouton sur la place publique par une poignée d'enfants gâtés. Il se mit à taper, ses doigts volant avec rage sur les touches. Il écrivit d'une traite.

DES MÉFAITS DU FANATISME RELIGIEUX

Indispensables lecteurs et lectrices, hier, dans un moment d'égarement, j'ai cru que l'écrivain pouvait encore contribuer au débat public. Je choisis de continuer à le penser même si, de toute évidence, la chose est mal vue dans les milieux bien-pensants.

Avez-vous remarqué à quel point la mouvance « woke » présente des similitudes troublantes avec un culte religieux – mieux, une secte ? L'absolue rigidité des opinions ; la conviction inébranlable de posséder une vérité révélée par Dieu (espérons que la divinité, comme les anges, n'a pas de sexe !) ; la pensée unique et l'endoctrinement ; le fanatisme avec lequel les prédicateurs de la bonne parole poursuivent de leurs anathèmes tous les déviants ; la stigmatisation et la mise au ban des dissidents ; l'emploi d'une terminologie hermétique (une femme transgenre, quoi qu'on en dise, c'est un monsieur qui s'habille en femme ! Demandez aux coureuses qui perdent un 100 mètres devant un homme biologique qui « s'identifie » comme femme et elles vous diront que les hormones de leur adversaire n'étaient pas au courant !) ; les mots qui définissent l'autre par ce qu'il n'est pas (je ne suis pas non autochtone ou allochtone, je suis blanc. Ce n'est pas un défaut, juste un fait) ; la censure des opinions ; la mise à l'index des écrits ; le maintien de l'orthodoxie de pensée et de parole par la menace et l'intimidation ;

les mots tabous ; la violence et la dénonciation ; le mal qui rôde partout et que l'on trouve à force de le chercher, quitte à l'imaginer ; le monopole du bien ; l'épuration de l'Histoire qui dérange et le déboulonnage des statues qui offensent ; les procès d'intention sans possibilité de défense ; la vertu devenue dogme ; les rituels expiatoires et l'auto-flagellation pour les hérétiques. Tout cela a des relents nauséabonds de sainte Inquisition ! Exhumera-t-on bientôt les morts pour leur faire un procès et humilier leurs dépouilles jugées coupables, comme on le faisait jadis ? Les « woke » en sont-ils arrivés là ?

Une nouvelle chasse aux sorcières et aux hérétiques est lancée et, déjà, des bûchers brûlent un peu partout sous le regard exalté de censeurs hystériques qui ont la conviction d'agir pour le bien commun. Quoi, après ? Fera-t-on porter un signe infamant aux déviants ? Essayez d'imaginer ce que pourrait être une société dominée par un amalgame de fascisme et de fanatisme religieux !

Relisez *1984*, mes amis. Orwell avait tout anticipé. Déjà, les médias et les pouvoirs publics parlent la novlangue (non genré, cisgenre, transgenre, pansexuel, fluide, queer, racisé et autres obscures sous-catégories dans lesquelles les gens concernés se perdent sans doute eux-mêmes). Bénie soit la femme non binaire, transgenre, autochtone, lesbienne et handicapée ! Elle possède toutes les vertus de la religion diversitaire !

Ces excités ne voient-ils pas qu'en vivant dans des chambres à écho où tout le monde pense la même chose, où chaque opinion leur confirme la leur, la prochaine génération, incapable de débattre, sera dénuée de pensée critique et de la maturité émotive nécessaire pour affronter les désaccords et les obstacles normaux de la vie ? Que la seule réaction qu'elle connaîtra sera de se déclarer indignée, blessée et menacée, et de réclamer l'abolition immédiate de la source de son malheur ? Ne voient-ils pas qu'en exigeant d'une même voix l'inclusion totale et absolue de tous sauf l'homme blanc, ils contredisent la notion même de diversité ? Ne voient-ils pas qu'ils sont devenus, eux-mêmes, des racistes de bon aloi ?

N'oublions pas qu'en 1453, alors que Constantinople était sur le point de tomber aux mains des Ottomans, les grands esprits théologiques débattaient béatement du sexe des anges ! L'histoire se répète, mes amis, et l'historien est condamné à le savoir.

Je ne suis pas désolé d'avoir choqué les micro-agressés de tout acabit, qui me macro-irritent au plus haut point. Il était plus que temps que quelqu'un leur apprenne que l'univers ne gravite pas autour de leur petit nombril fragile.

Je termine avec une citation apocryphe de Voltaire : « *Je déteste ce que vous écrivez, mais je donnerai ma vie pour que vous puissiez continuer à écrire.* » La citation est peut-être fausse, mais elle est de circonstance. On peut encore contredire sans être fasciste, nazi ou « phobe », et se réjouir que des opinions autres que les nôtres existent. Je suis de ceux-là.

Il appuya sur « publier » et fit un autre pas sur le chemin du Golgotha.

***

– Qu'est-ce que t'as fait ? As-tu perdu la tête ?

À l'autre bout de la ligne, la voix de Claudine Dumont, toujours si calme, était tendue comme une corde de violon. Un peu stupéfaite, aussi.

– Non, répondit Édouard. Il faut bien que quelqu'un dise les vraies choses de temps en temps.

– Oui, mais pas toi !

– Qui alors ?

– Quelqu'un d'autre !

– Ah.

Depuis sa réponse, publiée le matin même, une nouvelle avalanche d'anathèmes, de malédictions et de condamnations déferlait sur sa pauvre page Face-de-bouc. Des vidéos s'étaient mises à circuler sur les réseaux sociaux, montrant des gens qui brûlaient ses livres – véritables autodafés des temps modernes sortis tout droit de *Farenheit 451* qui confirmaient son parallèle religieux. D'autres faisaient leurs besoins et s'essuyaient avec. Rien n'arrêtait la créativité humaine, surtout quand elle était enragée… Il était plus facile de forcer le diable à faire une prière au bon Dieu que de discuter avec ces fanatiques. Alors aussi bien les forcer à se ridiculiser eux-mêmes, ce qu'ils faisaient fort bien.

Un soupir de son agente le tira de ses rêveries.

– Édouard, tout est annulé.

– Quoi, tout ?

– Les entrevues, les mentions dans les journaux, les magazines… Tout. Même les blogues ne veulent plus te voir !

– Ça va se tasser, rétorqua-t-il, confiant. Le bon sens finit toujours par triompher.

– Alors tu devrais espérer qu'il triomphe avant que tu ne puisses plus payer ton loyer.

Ils venaient de raccrocher quand un courriel apparut dans sa boîte de réception. Il sourit en apercevant le nom de l'expéditeur : Florent Jobin. Le sombre moustachu n'avait pas pu résister.

Dis donc, mon bon, te voilà, toi aussi, membre du club des réprouvés. Je suis bien heureux d'avoir de la compagnie. Je me demande à quelle sauce les excités vont te manger.

F.J.

***

Deux jours plus tard, la tempête, loin de se calmer, avait empiré. Par des moyens qu'Édouard ne pouvait même pas imaginer, un de ces drôles avait réussi à obtenir son numéro de téléphone – pourtant réservé à de rares élus triés sur le volet – et l'avait publié sur les réseaux sociaux. En un rien de temps, sa boîte vocale avait été saturée de messages haineux, de vulgarités et de quelques menaces franchement préoccupantes. Il avait dû se convaincre de ne pas céder devant l'intimidation avant d'appeler son fournisseur pour se procurer un numéro confidentiel hors de prix.

Son agente répondit à la quatrième sonnerie.

– C'est moi.

– Qui ça, moi ?

– Édouard Wagner, Claudine, répondit-il, exaspéré. Tu entends cette voix depuis vingt ans !

– C'est quoi, ce numéro ?

Il lui raconta ce qui était arrivé. Elle l'écouta sans rien dire et demeura silencieuse quand il eut terminé.

– Claudine ? Tu es là ?

– La sortie du livre est reportée, laissa-t-elle tomber.

Estomaqué, il accusa la nouvelle.

– De mieux en mieux… soupira-t-il avec irritation. Reportée jusqu'à quand ?

– Reportée comme dans « on verra si on le fait un jour ». Le communiqué de presse est déjà sorti. « Nous désapprouvons sans réserves les récents propos tenus par monsieur Édouard Wagner et, dans le respect de nos valeurs d'inclusion, de respect et de diversité, nous avons rompu tous liens contractuels avec lui. Toute commercialisation de ses titres est interrompue. » Je continue ?

– Tous liens ? demanda-t-il, incrédule.

– Ouais. Ils te jettent à la poubelle avec tous tes titres, mon vieux. J'ai déjà reçu la lettre officielle.

Édouard sentit un étau invisible enserrer sa poitrine et eut du mal à respirer. En l'espace de trente-six heures, on venait d'effacer le travail de toute sa vie. Il eut un vertige et dut s'asseoir sur une chaise de la cuisine.

– On fait quoi ? réussit-il à demander, la bouche sèche.

– Rien. Pour le moment il n'y a rien qu'on puisse faire. Tu t'es fourré dans un sale pétrin, Édouard.

– J'ai émis une opinion, se défendit-il.

– De nos jours, une opinion est un luxe, rétorqua-t-elle. Sauf s'il s'agit de celle qu'on a le droit d'avoir.

– On va trouver un éditeur moins frileux, suggéra-t-il. Ça doit encore exister, un éditeur courageux ?

– Tu ne sembles pas comprendre : tu es devenu radioactif. L'édition est une entreprise capitaliste, pas une œuvre de charité. Aucun ne voudra te publier. À toutes fins utiles, sache qu'Édouard Wagner n'existe plus.

Elle raccrocha et ses derniers mots résonnèrent dans la tête de l'écrivain. *Édouard Wagner n'existe plus.*

***

Un vacarme le réveilla en pleine nuit et il s'assit brusquement dans son lit, les yeux écarquillés dans le noir, le cœur battant et l'esprit confus. Il se secoua, tâtonna jusqu'à trouver la lumière, se leva et sortit de sa chambre, convaincu qu'il allait tomber sur un intrus et regrettant amèrement l'absence d'une batte de baseball. Faute de mieux, il ramassa au passage une sculpture inuit achetée jadis. Tendu, il alluma les lumières une à une sans rien voir de suspect. Il n'avait pourtant pas rêvé. Quand il entra dans le salon, un crissement sous son pied nu fut suivi d'une vive douleur.

Il s'assit sur le canapé et constata en même temps la coupure sur son talon, les éclats de vitre sur le plancher et la fenêtre éclatée qui laissait entrer une brise. Puis il vit la brique. Oubliant sa blessure, il alla la ramasser. On y avait attaché un papier avec un élastique. Il le détacha, nota que ses mains tremblaient et le déplia. Il sentit le sang quitter son visage.

Animal hater !!!

Notant distraitement que l'univers parallèle où vivaient ces fous était anglophone, Édouard sut aussitôt, sans l'ombre d'un doute, qu'une fois le jour levé, il trouverait la façade de sa maison maculée de peinture rouge. Et il eut peur. On savait maintenant où il habitait.

***

Les courriels arrivaient l'un après l'autre. Les chroniqueuses culturelles, qui avaient à peine daigné s'intéresser à son œuvre, se bousculaient maintenant au portillon pour obtenir un commentaire sur « les événements récents », ce qui était un euphémisme pour l'annulation de la parution de son livre. Chacune espérait obtenir une parcelle d'exclusivité et être la première à évoquer des regrets ou, mieux encore, engraisser la controverse et, par le fait même, son propre lectorat. À chacune, il avait répondu qu'il lui ferait plaisir de discuter de son œuvre, mais qu'il ne désirait pas donner de la visibilité additionnelle aux gens qui le harcelaient. Aucune ne donna suite. Un message parvint cependant à lui arracher un demi-sourire.

Comment va l'auto-flagellation, mon bon ? Ne frappe surtout pas trop fort. Tu pourrais ouvrir des plaies qui ne se refermeront pas. Frappe beaucoup, mais doucement. L'important est de bien paraître avec force grimaces.

F.J.

La police était passée et un agent blasé avait machinalement dressé un rapport. Malgré l'insistance d'Édouard, il avait refusé de parler de menace, se contentant d'évoquer un acte de vandalisme. Non, on ne lui accorderait pas une protection spéciale.

Il avait réussi à trouver un homme à tout faire qui avait recouvert la vitre cassée d'un panneau de contreplaqué solidement vissé et un fabricant de fenêtres allait passer dès le lendemain pour prendre ses mesures. Le verre brisé avait été balayé, mais son souvenir n'était pas effacé.

Il sortit pour mettre le sac contenant les débris dans la poubelle. Il venait de tourner au coin de son garage quand une inconnue surgit, les yeux hagards et un couteau dans les mains. Il eut tout juste le temps de se dire qu'elle ne devait pas aimer les hommes blancs.

***

Plus d'une année s'était écoulée. Édouard avait réussi à maîtriser la furie en lui assénant un coup de sac poubelle qui s'était éventré sous le choc. Des éclats de verre l'avaient blessée au visage et il en avait profité pour la désarmer, puis lui frapper la tête contre le mur de brique jusqu'à ce qu'elle soit inconsciente.

La presse n'avait pas jugé utile de publier la nouvelle de son attaque, sans doute parce qu'elle entrait en conflit avec le récit de sa déchéance. La folle avait été déclarée criminellement irresponsable et prenait maintenant des pilules dans une institution. La police, elle, avait été forcée de le prendre au sérieux et l'avait protégé tandis qu'il organisait son déménagement dans le plus grand secret. Sa maison avait été vendue discrètement à un prix décourageant. Il habitait maintenant dans un lieu qu'il ne révélait à personne. Même Claudine l'ignorait et lui faisait suivre sa correspondance jusqu'à une boîte postale anonyme. Il avait fermé sa page Face-de-bouc et était devenu un véritable reclus.

– Tu es prêt ? demanda son agente, qui était la seule à connaître le numéro de téléphone qu'il changeait tous les mois.

– Je n'ai pas le choix, lui répondit-il.

Depuis l'attaque, il avait docilement obéi à toutes les directives de l'entreprise de relations publiques. Il avait admis son insensibilité à tout et à son contraire. Il avait annoncé son retrait de la vie publique pour cause d'examen de conscience. Il avait disparu des écrans radars jusqu'à l'annonce de la semaine dernière : il allait accorder sa première entrevue publique depuis « les événements » à nulle autre que Julie Germaine. Il avait fait pénitence. Maintenant il allait compléter son chemin de croix, s'auto-flageller, faire amende honorable et implorer le pardon de tout un chacun.

Nul ne pouvait vaincre les forces du bien.

***

– Nous avons le plaisir de recevoir aujourd'hui l'écrivain Édouard Wagner, annonça Julie Germaine, sous le regard béat des adorateurs du jour : l'autochtone urbain qui avait opportunément redécouvert ses racines ; l'auteur.e non binaire et son roman racontant la vie d'un.e personnage non binaire ; l'autrice noire trans queer hurlant la fin du privilège masculin blanc ; la chroniqueuse culturelle lesbienne pour laquelle une œuvre, littéraire ou autre, n'avait de valeur que si elle était diversitaire dans son auteur.e et son propos ; et le poète à la voix de crécelle qui brûlait de se lancer dans une de ses diarrhées lyriques. Ils étaient tous là, heureux d'être contents, béats et convaincus d'incarner la crème de la crème de l'humanité post-moderne. Tous lui lançaient à l'unisson des regards torves justifiés par leur supériorité et où brillait une lueur perverse. Ils se pourléchaient déjà les babines comme des hyènes flairant le sang.

De l'autre côté de la vitre du studio, Claudine lui adressa un sourire tendu et leva un pouce dynamique en signe d'encouragement. Il lui retourna un haussement de sourcils. Pauvre Claudine.

Tandis que la première question était imminente, il ne put s'empêcher de mesurer l'ironie de sa présence sur le « plaaaaateau » où l'on n'avait jamais daigné l'inviter avant. L'humiliation faisait du bon spectacle.

– Édouard Wagner, bienvenue sur ce plaaaaateau, chantonna l'animatrice de son insupportable voix haut perchée. L'an dernier, vous avez créé une véritable tempête sur les réseaux sociaux en commentant le retrait d'un film qui discriminait ouvertement les personnes de petite taille.

La pythie se pencha un peu vers lui, affectant un air à la fois curieux et compatissant.

– Aujourd'hui, qu'en est-il ?

– Eh bien, Julie-Germaine, je… je dois dire que j'ai longuement réfléchi à mon geste et, même si je me suis abondamment excusé à tous ceux que j'aurais pu offenser, je tiens à renouveler aujourd'hui, à ce micro, mes plus profonds regrets à quiconque a pu se sentir micro-agressé, choqué, indigné, malaisé, ou toute autre forme de ressenti négatif dont je n'ai nul droit de contester la validité.

Un *aaahhhhhhh* général d'approbation béate remplit le studio et le poète parut sur le point de se lancer dans une de ses odes.

– Je sais bien que ma faute est telle que jamais je ne redeviendrai celui que j'étais, ajouta-t-il. Ce serait bien trop souffrant pour tous ceux pour lesquels mon existence est une agression.

Il sortit une feuille imprimée de la poche intérieure de son veston.

– Je me suis permis d'écrire un petit quelque chose pour exprimer mes sentiments, dit-il en la dépliant. C'est inspiré du *credo*. Une femme de culture comme vous connaît certainement le *credo*, Julie-Germaine ?

– Bien sûûûûûr !

Édouard glissa à nouveau la main sous son veston et en sortit un Glock G26 ultra-compact obtenu sur le dark web – un an d'isolement lui avait permis d'en apprendre le fonctionnement. Le poète émit un petit cri digne de *La cage aux folles*. Les autres membres de la secte devinrent blêmes.

– Tout le monde dehors sauf l'animatrice, ordonna Édouard de la voix calme de celui dont la décision était prise.

Ils se bousculèrent vers la sortie, abandonnant sans l'ombre d'une arrière-pensée leur grande prêtresse qui, elle, avait les yeux ronds d'un chien terrifié. Derrière la vitre, Claudine secouait la tête, l'implorant silencieusement de renoncer. Mais il était trop tard. Plus jamais il ne publierait. Il était un intouchable. Il ne lui restait qu'à poser l'ultime geste de résistance, à devenir un martyr de la liberté de pensée. Peut-être qu'un jour lointain, quand la raison aurait rétabli son emprise, on se souviendrait de lui et qu'on publierait à nouveau ses livres.

– Ça va comme ceci, dit-il. Je crois en la divinité non genrée, créatrice du ciel et de la terre, tel que décrété par toutes les religions sauf la mienne. Je crois en son enfant non binaire, engendré par une femme trans qui l'a conçu par les voies naturelles. Je crois en la sainte Église « woke », seule capable de purifier les âmes. Je crois que l'homme blanc a été créé mauvais et demeurera mauvais ; que son pénis est la source de tous les maux ; qu'il porte en lui le péché originel de sa race ; qu'il doit expier éternellement les fautes de ses ancêtres ; qu'il ne peut trouver grâce à nos yeux que s'il s'identifie à un autre sexe et genre ; et qu'aucune de ses réalisations ne mérite d'être reconnue et perpétuée. Je crois que toutes les vies sont égales, certaines plus que d'autres. Je crois à la liberté de pensée et de parole de tous, sauf ceux qui refusent la vérité révélée. Je crois que toute diversité est juste et bonne, sauf la diversité d'opinion qui, elle, est mauvaise et condamnable. Je crois que les sexes sont une erreur de la nature et que seul le genre ressenti définit l'être humain.e. Je reconnais que quiconque n'est pas « woke » est fasciste et nazi, et mérite la mort. Je crois que la tolérance et l'inclusion sont l'apanage de toute société multiculturelle et que seuls les hommes blancs hétérosexuels ne peuvent prétendre en être les bénéficiaires. Je renie le passé, l'histoire et tout parti politique qui ne soit pas d'une gauche approuvée par notre gauche, non genrée, non binaire et diversitaire. Amen.

Édouard Wagner lissa méthodiquement le papier sur la table. C'était son testament. Puis il appuya sur la détente du Glock.

Urinoirs pour dames
VICTOR GUILBERT

Je fais souvent ce rêve, étrange et déroutant, d'une femme inconnue qui fait irruption dans les toilettes publiques où je me trouve. Elle fonce droit sur moi, ivre de colère, tandis que je me soulage dans une pissotière. Je suis obligé de me contorsionner afin de dissimuler mon sexe qui n'a pas terminé son affaire et c'est alors qu'elle tend un poing menaçant en hurlant à mon encontre :

– Ça va pas bien, non ? Pervers ! Qu'est-ce que vous foutez dans les urinoirs pour dames ?

Je me réveille en sueur, terrorisé, et ma nuit est foutue. Il me faut au moins deux bières du Colonel pour me rendormir, ce que je me garde bien de préciser à mon psy. Le vieux médecin n'hésite pas à me prescrire des pilules qui brillent dans le noir tellement elles sont chargées en psychotropes, mais sa déontologie est implacable sur un point : on ne mélange pas avec l'alcool.

Le psy secoue la tête, inspire bruyamment, tapote sa vieille pipe sur la table… Il n'a pas la moindre idée de ce que mon cauchemar signifie. Il sait que je m'en fous, que je ne suis là que pour faire le plein de pilules qu'il a rapportées d'un congrès outre-Atlantique. Alors il va me conseiller comme chaque fois de développer mon rêve dans un roman. Parce que, dira-t-il, sa retranscription écrite et littéraire révélera peut-être une signification nouvelle qui viendra comme une épiphanie libératrice. C'est fou le nombre de rêves tordus que j'ai pu caser dans des romans parce que mon psy me l'avait demandé.

Cette fois pourtant, il y a un truc qui me titille. Comme si ce songe avait été dicté par une muse. Une forme d'inspiration puisée dans le fond de mon esprit et qui aurait dévalé, telle une bille métallique géante, les méandres de mon inconscient. Une bille étincelante qui broierait toute réflexion futile sur son passage rotatif pour ne plus me laisser que le suc, la pensée essentielle et unique ! Je la vois, la bille, je peux quasi la toucher, je valide totalement ce médicament *made in USA* pas encore commercialisé en France et qui ne le sera probablement jamais. Il est costaud, mais je valide. La bille était si belle.

J'essuie l'écume rose qui s'échappe par la commissure de mes lèvres et je remercie mon psy qui me comprend si bien. Ce vieux camarade connaît mon faible pour les anxiolytiques qui font voyager. Après cet essai concluant, il me propose trois plaquettes, j'en négocie cinq, il ne veut rien savoir, je rajoute un billet, il m'en donne quatre et je sors de son cabinet la bouche pâteuse et les jambes encore fébriles de mon expérience chamanique américaine.

J'entre dans le bistrot d'en face et je commande une bière avec une paille. Je tiens quelque chose avec ce rêve, mon instinct est formel. Comme d'habitude, le barman vient m'emmerder parce qu'il n'est pas à l'aise avec le concept de la paille dans une pinte. Je lui demande ce que ça peut lui foutre, il grommelle et me tend la tige à contrecœur.

J'aspire à grosses goulées parce que, maintenant qu'on ne donne plus que des pailles en carton à la con, le papier se délite et on n'a plus le temps de savourer. J'attrape une pile de sous-bocks tachés, sous l'œil désapprobateur du bistrotier, et je griffonne mon rêve au dos des quatre ronds cartonnés. Je n'ai pas besoin de le relire longtemps avant que l'illumination n'apparaisse. *Urinoirs pour dames*, je le souligne plusieurs fois. Je l'encadre, je l'encercle, je me repais de cette trouvaille magistrale. J'imagine la tête de mon éditeur, muet d'admiration, fier, la larme à l'œil et hurlant dans les couloirs de la maison d'édition que je suis le plus grand génie qui ait jamais foulé le lino de son bureau. *Urinoirs pour dames*, c'est un titre de Goncourt.

***

Je vais au lac. C'est le message sobre que j'envoie à mon éditeur. Je me retiens de lui préciser que c'est pour un Goncourt parce que ce n'est pas le genre de nouvelle qui s'annonce par texto. Et puis je préfère lui réserver la surprise. Il sait que je vais au lac pour écrire, que j'en reviens chaque fois avec un roman, une nouvelle, un texte… Ou le plus souvent rien du tout, c'est vrai, mais quitte à rien foutre, autant que ce soit au lac. Je n'ai pas de distractions là-bas, à l'exception des bières et des pilules américaines. C'est une vieille cabane au bord d'un étang mal entretenu, avec des arbres qui poussent n'importe comment. Un écrivain n'a pas besoin de talent ; la clé pour écrire, c'est l'absence de tentation. Le talent, ça n'existe pas, c'est une invention marketing pour humilier ceux qui n'en ont pas.

La masure appartient à ma tante qui m'a laissé une clé, émue par mon intérêt pour l'endroit. Ses enfants la snobent sous prétexte qu'elle manque de confort et qu'elle sent la pisse. Ils ont raison. On raconte dans le coin que jusqu'au début du XXe siècle, cette cabane servait de chiottes aux bourgeois d'en face. Parce que de l'autre côté de l'étang, à une cinquantaine de mètres à peine, il y a une belle propriété cossue qui a vue sur moi.

Chaque fois que je viens écrire ici, je sors une table et une chaise que j'installe sur la rive, dans le champ de vision des nantis d'en face. Un peu pour l'inspiration, un peu pour les emmerder. Mais le palace est en vente depuis plusieurs mois. Ma tante dit que les prospères boudent les bords d'étang alors que la mer est à la mode. Le bourgeois préfère les marées noires et les bigorneaux à la vase et aux tanches, ce qui fait hausser les épaules de ma tante vachement haut.

J'aime bien écrire dehors, même quand il pleut, même quand il fait tellement froid que les canards atterrissent sur l'étang gelé en se cassant la gueule. Je ne me lasse pas de ces cons de bestiaux qui dérapent. C'est rassurant, la nature brinquebalante. On se dit que ce n'est pas seulement l'humanité qui est déglinguée. Parce que pendant plusieurs décennies, chez les cossus d'en face, le propriétaire a exigé de ses domestiques qu'ils aillent déféquer de l'autre côté de l'étang. Il ne les trouvait pas dignes de chier dans son palace.

Alors ils ont construit une cabane vers laquelle ils pagayaient, le ventre lourd, chaque fois que le besoin s'en faisait sentir. Puis quand tout est devenu cher et que la bourgeoisie a revu ses ambitions à la baisse, ils ont posé un sol, deux cloisons et c'est devenu un trois-pièces bucolique au bord d'un lac. Les enfants de ma tante prétendent que ça sent encore les water-closets Second Empire et c'est vrai. Les ouvriers qui ont camouflé l'endroit ont dû installer un plancher bien étanche posé à même les vestiges fécaux, si bien qu'ils ont réussi à créer une cave hermétique parfaite, capable de conserver les parfums à travers les âges. Je trouve que ça fait partie du charme de l'endroit, c'est émouvant de pouvoir humer des coprolithes vieux de plus d'un siècle. Et c'est le contexte idéal pour écrire *Urinoirs pour dames*.

Je ne me fais plus avoir maintenant. Je n'oublie plus de mettre une brouette dans le coffre de la voiture quand je vais au lac. Il faut se garer à trois cents mètres parce que des peupliers poussent dans le chemin et que personne ne s'en occupe, alors j'ai développé les réflexes de survie nécessaires. Je charge dans la brouette mon sac, un carton de vivres, trois caisses de bière du Colonel et deux boîtes de pailles en plastique achetées au marché noir.

Puis je godille entre les arbres en tirant mon cabrouet jusqu'à la cabane. Je renverse le contenu derrière le canapé et je pars chercher du bois parce que la cheminée fait office de radiateur, de cuisinière, de chauffe-eau, de spectacle hypnotisant et qu'il va bientôt faire nuit.

Je sifflote des airs débiles en ramassant les branches, c'est le meilleur anti-frousse que je connaisse. Une cabane paumée au fond des bois au bord d'un étang qui fume à la tombée du jour, quand l'ombre prend le pas sur la lumière, ça demande d'ajuster son niveau de courage. En général, à chaque séjour, j'ai besoin d'un crépuscule de réadaptation et ensuite je suis serein. Plus que l'habitude, je dirais que c'est grâce à la cure rigoureuse de bières du Colonel combinées à des pilules psychotropes macrodosées.

Les flammes crépitent dans la grosse cheminée. J'installe le duvet en boule à quelques mètres pour être prêt à me coucher quand ramper sera devenu la seule issue sous les effets de mon cocktail maison. Je ne me sers de la chambre qu'au plus fort de l'été, le reste de l'année je roupille en fœtus près de la cheminée. Même quand le froid s'amenuise, l'humidité poisseuse de l'étang vous empale par les pores jusqu'à imbiber les os. Se réveiller avec la gueule de bois dans un corps madéfié, je n'ai jamais rien connu de pire.

Calé confortablement dans le vieux canapé défoncé face à la cheminée, je décapsule une Colonel et j'attrape une paille que je glisse dans le goulot avec le soin d'un mousquetaire rangeant sa dague dans son fourreau. Il faut de l'élégance dans les gestes pour apprécier les grands instants. Je savoure la première gorgée mousseuse qui vaut plus que toutes les autres, en fermant les yeux, bercé par le crépitement des flammes et le génie qui me submerge.

Urinoirs pour dames, c'est l'histoire de Solange, dame pipi à l'aéroport de Roissy et qui n'aime rien de plus au monde que son métier. À tel point qu'elle fabrique elle-même ses produits nettoyants qu'elle améliore sans cesse pour que le parfum des latrines aéroportuaires fasse partie intégrante des remembrances précieuses des voyageurs. Car Solange le sait mieux que personne, le plus beau dans le voyage, c'est le souvenir qu'il nous laisse. Elle sillonne les kilomètres de toilettes de l'aéroport, son balai-serpillère à la main, et elle laisse chaque fois derrière elle l'effluve particulier de son détergeant sublimé.

C'est en allant chercher une deuxième bière du Colonel près de la fenêtre que je remarque la lumière dans la maison cossue de l'autre côté de l'étang. On dirait que le palace a trouvé sa famille royale.

Je m'emmitoufle dans une grosse couverture imprégnée de l'odeur de bois humide et d'excréments Second Empire, puis je sors attraper l'échelle derrière la cabane. Je la positionne, bien ancrée dans le sol humide, et je grimpe sur le toit. Je tâtonne à quatre pattes jusqu'au conduit de cheminée contre lequel je me cale confortablement, le dos réchauffé par la flambée cinq mètres plus bas. La vue sur la propriété perchée sur sa butte est parfaite. Les nouveaux propriétaires ont rasé la moitié des vieux murs de briques et installé une grande longère moderne presque entièrement vitrée, avec une piscine surélevée entre l'étang et leur terrasse. Ce n'est pas pour admirer la vue que je suis venu risquer ma vie sur le toit. C'est parce que c'est le seul endroit où mon téléphone profite d'un peu de réseau.

– Salut tata, c'est moi. Je suis à la cabane en train de plancher sur un futur Goncourt.

– T'es sur le toit ?

– Ouais, et justement, je vois de la lumière chez les nantis. Je me demandais si tu connaissais les nouveaux proprios. Pour me faire une idée du voisinage.

– T'es en train d'écrire un Goncourt ?

– Je te ferai une dédicace. Alors, les voisins ?

– Je pense que tu vas bien t'entendre avec lui.

– Pourquoi ?

– C'est Guillaume Musso.

Je n'écoute qu'à moitié les conseils de ma tante qui me recommande d'aller le saluer, comme on encourage un gamin à aller jouer avec le petit voisin sous prétexte qu'ils ont le même âge. Je redescends l'échelle comme un zombie, pétrifié par cette nouvelle, sans que je sache exactement pourquoi.

Je ravive le feu, je décapsule une bière et j'avale deux pilules américaines. Pourquoi la présence de Guillaume Musso de l'autre côté de l'étang me contrarie ? Je maugrée à voix haute, comme un vieux qui râle contre tout pour ne pas voir que le problème, c'est lui-même. J'insulte Guillaume Musso en déchirant les étiquettes de mes bières du Colonel, j'en fais des petites boulettes que je jette avec rage dans le feu.

Le type se pointe avec ses millions, squatte le bord de mon étang côté palace, pour aller pondre un énième succès littéraire noyé dans les autres, alors que je suis sur un Goncourt hyper exigeant, obligé de cuire des raviolis en conserve, le cul de la boîte planté dans les braises de la cheminée. Pour la première fois, cette cabane que j'avais toujours considérée comme un paradis m'apparaît misérable. Je lui trouvais de l'audace, à se tenir digne et droite face au faste opposé. La vérité, c'est qu'elle reste une descendante de latrines du bas peuple. La vérité, c'est que je loge dans les chiottes de Guillaume Musso.

L'avantage des pilules américaines, c'est qu'elles vous font agir sans tergiverser. Je suis quasi arrivé au petit ponton propret de la longère cossue, quand je réalise que je suis dans la vieille barque branlante de ma tante, en train de ramer à bras éperdus vers Guillaume Musso. Je veux comprendre comment ce type écrit pour amasser tant de millions.

Je gare soigneusement l'embarcation et je rampe dans l'herbe jusqu'à la piscine surélevée. Je m'allonge sur les dalles chauffées, épuisé, les muscles amollis et les dents serrées sous l'effet des pilules américaines. J'ai une vue imprenable sur le salon de Guillaume Musso. Il est assis à la grande table de sa salle à manger, une pile de feuilles à portée de main. Il griffonne frénétiquement, son stylo dansant sur les pages qui s'empilent comme si l'inspiration était intarissable. Une femme se tient debout à quelques mètres, dans la cuisine ouverte dernier cri. Elle lui apporte un verre façon cocktail compliqué et il l'embrasse tendrement.

J'aurais dû apporter des bières du Colonel, toute cette mièvrerie me donne soif. C'est confortable, les dalles chauffantes. Quand je pense que je dois dormir devant la cheminée pour pas mourir de froid et que ce type chauffe les bords de sa piscine même la nuit.

Qu'est-ce qu'il faut écrire pour se payer une baraque comme celle-là ? Avec une femme qui vous abreuve pendant que vous grattez ? Qu'est-ce qu'il faut que je fasse faire à Solange, la dame pipi de mon Goncourt, pour me payer des dalles chauffées sous la lune ?

***

Quand je me réveille, la longère est plongée dans le noir. La nuit est épaisse, froide, silencieuse et sans étoile. J'ai des courbatures dans tout le corps, alors je me laisse rouler le long de la petite pente pour rejoindre ma barque sur la rive.

Je jure à voix haute des insanités qui se perdent dans le noir humide : l'embarcation dérive à quelques mètres du bord. J'attrape un bâton trop petit et j'enfonce mes jambes dans l'eau vaseuse jusqu'aux cuisses en tâchant de faire le moins de vagues possible pour ne pas éloigner le canot davantage. Je parviens à le tirer vers moi au prix d'un effort aggravé par l'heure tardive et le froid. Je me hisse à bord, lessivé. La traversée dans l'air glacial est douloureuse. Je rame dans le coaltar, une pilule sous la langue pour me donner du courage.

Un nouveau trou noir plus tard, j'ouvre les yeux. On est le lendemain matin, je grelotte devant la cheminée froide, mon sac de couchage toujours en boule dans un coin parce que j'ai oublié de m'y faufiler. Déshydraté, boueux, frigorifié, je prends une grande décision. Je vais voler le manuscrit de Guillaume Musso. Ce sera d'autant plus simple que si j'en crois les souvenirs brumeux de mon expédition de la veille, le plumitif déverse son inspiration *bankable* sur papier.

Je sortirai deux livres la même année et coup sur coup : un Goncourt pointu et un bestseller bien ficelé. Et mon éditeur, non content de se brûler les cordes vocales à hurler mon génie à tous, de jeter en l'air des lambeaux de sa chemise arrachée par un accès de joie incontrôlable face au surhomme de la littérature que le destin a bien voulu placer sur son chemin, mon éditeur me demandera, solennel, un genou à terre et les larmes aux yeux, si je veux bien être son fils.

J'installe ma table de travail au bord de l'eau, les yeux fixés sur la rive adverse. Emmitouflé dans ma couverture crasseuse, quelques bières du Colonel décapsulées par avance avec la paille enfournée pour ne pas perdre de temps, j'avale une pilule américaine et je laisse le stylo s'agiter sur le papier, comme Guillaume Musso.

Solange ignore encore qu'un homme est tombé éperdument amoureux d'elle, sans même la connaître. James a succombé au charme des fragrances de ses potions javellisées maison qui flottent dans l'air roisséen. Ce jeune cadre dynamique qui parcourt le monde de comités de direction en réunions de briefing perd peu à peu goût à sa vie trépidante. Il n'a de cesse désormais de retrouver les toilettes parfumées du salon business premium de l'aéroport Roissy-Charles-de-Gaulle. Il en devient obsédé, jusqu'à rater volontairement des correspondances pour mieux profiter des arômes renversants dans le sillon de Solange. James maigrit, dépérit, rétrécit sur lui-même jusqu'au jour où le destin le prend en pitié. Alors qu'il s'est enfermé dans un cabinet afin d'étreindre la lunette d'une toilette fraîchement récurée par celle que son cœur aime sans qu'il le sache encore, il surprend une conversation. Edwige, la cheffe cruelle de Solange qui jalouse sa beauté et l'admiration que suscitent ses parfums en haut lieu, se réjouit au téléphone de pouvoir bientôt l'empêcher d'aromatiser ses détergents. En effet, le parlement européen est sur le point de voter l'uniformisation des savons et agents tensioactifs dans tous les aéroports de l'Union européenne. Seuls les parfums de lavande et d'eucalyptus seront alors autorisés.

– La fin du règne de Solange est proche, lâche Edwige dans un éclat de rire mauvais que l'abus de cigarettes a rendu effrayamment baryton.

Je bondis de ma chaise et je jette la caisse à outils dans la vieille barque. De l'autre côté de l'étang, une voiture est en train de s'éloigner sur le chemin propret qui relie le palace au reste du monde. Guillaume Musso s'en va, c'est le moment d'agir. J'aspire d'un long trait maîtrisé le contenu intégral d'une bière du Colonel pour m'empêcher de renoncer et je pousse la barque sur les eaux verdâtres. Je rame à m'en déboîter les épaules, impatient de pénétrer dans la longère, le salon et la tête de Guillaume Musso.

Je cale la barque en amont de la piscine, comme la veille, invisible depuis la maison, et je rampe prudemment vers les grands carreaux de grès où j'ai passé une partie de la nuit précédente. Je reste allongé un instant parce que les dalles chauffées sont particulièrement agréables sous le menton, puis je contourne la piscine et traverse l'étendue de gazon qui sépare le bassin turquoise de la longère impeccable.

Je colle mon visage contre la grande baie vitrée. La pile de papiers est toujours là, sur la table, enfermée dans un dossier rose. Je longe la vitre vers la droite en quête d'un point d'entrée pour récupérer mon best-seller. Cette partie de la maison est restée en brique. Chambres, salle de bains et toilettes à l'abri des regards indiscrets…

L'architecture moderne est pensée comme les réseaux sociaux : la transparence du salon feng shui, où se déroule notre vie parfaite, qui dissimule l'opacité de l'intimité où grouillent nos faiblesses, nos peurs et notre PQ. Toutes les fenêtres sont soigneusement fermées, impossible de me faufiler. Il ne faudrait pas que l'air vicié de l'étang vienne incommoder leurs narines délicates par une lucarne entrouverte.

J'avale une pilule américaine pour apaiser la colère de l'impuissance qui monte et pour accélérer le processus de réflexion de mon cerveau. Après avoir tourné en rond deux fois autour de la maison, je m'arrête devant la porte d'entrée, ma boîte à outils à la main. La grande et superbe porte en bois arbore une serrure moderne horizontale. Je peux sans doute en venir à bout à coups de marteaux. Mon curriculum vitae en matière de cambriolage se limite à la fois où j'avais récupéré des pilules expérimentales dans le tiroir de mon psy qui s'était endormi en écoutant mes névroses. Au prix de la séance, j'avais considéré que c'était plus un dédommagement qu'un vol.

– Vous désirez ?

La porte s'est ouverte et un homme à la carrure imposante se tient dans l'embrasure, à me jauger d'un air agréable. Je laisse la pilule américaine dicter ma conduite parce que je n'ai pas la moindre idée de comment justifier ma présence.

– Guillaume Musso ?

– C'est moi.

Il n'a pas une tête d'écrivain. Je ne sais pas ce que c'est qu'une tête d'écrivain, je n'ai sans doute pas moi-même une tête d'écrivain, probablement d'ailleurs qu'une tête d'écrivain, ça n'existe pas. Mais avec son faciès rondelet et sa carrure de lutteur polonais, il n'a surtout pas une tête d'écrivain.

– Vous êtes là pour les toilettes ?

C'est vrai que si on prend les choses à l'envers, qu'on oublie le manuscrit que je suis venu lui piquer, je suis là à cause des toilettes. De ma prise de conscience d'habiter l'ancêtre de ses commodités sur la rive d'en face, et à cause des urinoirs de Solange dans mon rêve de Goncourt prémonitoire. Mais comment a-t-il su ?

– Ça fait deux jours, c'est infernal. Merci d'avoir pu vous libérer. Suivez-moi, je vais vous montrer la fuite.

Je suis Guillaume Musso dans sa maison. On longe différentes pièces qui se succèdent de part et d'autre du couloir.

– Je vous voyais errer autour de la maison sans trouver l'entrée… Rassurez-vous, vous n'êtes pas le premier. Vous vous êtes garé au bout du chemin ? Vous avez dû croiser ma femme.

Il s'arrête devant une porte et m'invite à entrer. C'est une salle de bains aux dimensions d'un appartement parisien. Il m'indique les toilettes du menton.

– Ça goutte à peine, mais c'est le bruit qui est agaçant. Le ploc régulier dans la bassine que j'ai installée, en attendant. Si vous avez besoin de moi, continuez le couloir, vous me trouverez dans le salon. J'ai du travail.

La moquette à poils longs dans une salle de bains, c'est quelque chose. Un luxe coquet quasi-dandy. Je sors une bière du Colonel et une paille de ma boîte à outils. Je la décapsule avec un tournevis et je m'allonge sur le sol soyeux en observant le lustre doré. Un débat intérieur m'assaille sans que je ne parvienne à trouver une réponse nette : la perfection réside-t-elle dans la moquette à poils longs de salle de bains ou les dalles chauffées de bord de piscine ? Ce type a le sens du confort allongé. C'est un esthète remarquable et je commence à douter de la moralité mon entreprise. Le plic-ploc de la fuite qui résonne à intervalles réguliers me berce agréablement.

Je me réveille en sursaut en jurant contre ces pilules qui ne permettent pas de se détendre plus d'une minute sans s'endormir. J'entrouvre la porte de la salle de bains, tout est silencieux. Je me rassure en me disant que s'il m'a vu, roupillant sur sa moquette, au pire, il aura pensé que je suis un plombier narcoleptique. Ça n'éveille pas de soupçon, un plombier narcoleptique. Ce qui éveille les soupçons, en revanche, c'est un plombier qui ne répare pas les fuites.

Un mince filet d'eau coule le long d'un tuyau de métal. Il s'échappe par une jointure mal fixée et légèrement tordue. Il faudrait probablement changer la pièce ou poser un point de soudure.

Mon psy me répète toujours que la véritable personnalité d'un homme se révèle dans l'adversité et dans sa pharmacie. J'ouvre l'immense placard au-dessus du double lavabo et je ne peux retenir un sifflement d'admiration, comme on en voyait dans les films des années 70, en découvrant le contenu.

Le couple possède une collection impressionnante d'antidépresseurs, anxiolytiques, neuroleptiques, inhibiteurs et psychotropes variés. En tant qu'amateur du genre, je suis sous le charme de cette pharmacie de fin connaisseur. Je glousse en découvrant mes pilules américaines. Pour Guillaume Musso qui évolue dans les strates supérieures du milieu littéraire, ce doit être facile de se procurer la fine fleur des panacées haut de gamme. Ma sympathie pour le bonhomme continue de grandir.

Je fouille le contenu de ma boîte à outils, décidé à remplir ma mission. Un demi-tube de colle forte et une vingtaine de feuilles de papier toilettes plus tard, la fuite a cessé. J'admire mon œuvre dans un mélange de fierté et de dépit, puis je m'en vais annoncer à Guillaume Musso que ses toilettes sont réparées.

J'avance dans le couloir jusqu'à l'immense salon transparent et désert. Par la baie vitrée, je reconnais difficilement ma cabane misérable qu'on devine à peine au milieu des arbres trop serrés. Je suis un auteur invisible dans une cabane invisible. J'avale une pilule américaine que j'ai volée dans la pharmacie de Guillaume Musso pour aider mes pensées à faire diversion.

– Je vous offre à boire ?

J'aurais dû sursauter mais j'ai trop d'anxiolytiques dans les veines. Guillaume Musso a surgi de nulle part, ce qui est plus facile quand on habite un palace plutôt qu'une cabane. Je me sens profondément déprimé.

– Bière ?

– Vous avez des pailles ?

Nous sirotons nos boissons en contemplant en silence l'étang et la forêt, ma cabane camouflée parmi les troncs austères. Je crois que je déteste encore plus les pailles en bambou que les pailles en carton. Il y a trop de liquide qui arrive d'un coup et l'idée de la paille lavable me répugne un peu.

– Au fond, vous et moi, nous faisons un peu le même métier. Nous rendons les vies humaines plus agréables.

Je ne sais pas quoi répondre à autant de platitude. Je suis sauvé par le bruissement délicat et caractéristique d'une voiture de luxe se garant sur des graviers. Guillaume Musso se précipite vers l'évier et vide le contenu de sa bouteille.

– Ma femme est rentrée. Finissez tranquillement votre bière, mais je compte sur votre discrétion. Solange déteste que je boive avant dix-neuf heures.

Je l'observe, médusé, jeter sa bière, nettoyer l'évier et se précipiter vers la grande table de leur salle à manger pour faire semblant de travailler sur son manuscrit. Sa femme s'appelle Solange, même mon cerveau qui flotte dans les enzymes relaxantes de l'oncle Sam n'en revient pas.

Elle entre dans le salon, magnifique. Elle est blonde, élancée, elle porte une robe en laine élégante qui met en valeur des courbes validées par la norme actuelle. Elle est loin de ma Solange à moi, la dame pipi brune en uniforme sanitaire. Mais la coïncidence me fige. Guillaume Musso me présente, elle me sourit, je remercie pour la bière et la paille, je promets d'envoyer la facture, je sors et remonte le chemin bien entretenu vers la route pour faire semblant que ma voiture est dans les environs.

Je m'assois dans un buisson en attendant que le temps passe. Je ne suis plus certain de vouloir ce manuscrit. Est-ce une vie enviable celle où l'on doit attendre dix-neuf heures pour avoir le droit de savourer une bière ? J'ai senti la fêlure chez cet homme affable. Il a peut-être le talent et l'argent mais j'ai la liberté et le Goncourt l'année prochaine. Les dalles chauffées me manquent, à moins que ce ne soit la moquette à poils longs. Le temps que mon esprit embrumé se décide, il fait nuit noire.

Je me faufile le long de la maison jusqu'à la piscine. Le salon est éclairé, les restes d'un repas sont abandonnés sur la table, près du manuscrit dans son dossier rose, mais il n'y a pas de trace du couple. Je m'assure une dernière fois que personne ne me remarque et je dévale la petite pente jusqu'à la rive.

J'ai envie de pleurer quand je découvre que ma barque flotte à nouveau à une poignée de mètres du bord. Je remonte vers la piscine et je m'allonge, face contre les dalles chauffées, une pilule américaine qui fond sous la langue. Je remue le menton dans un massage tiède relaxant.

***

Quand je reviens à moi, le ciel noir partiellement dégagé laisse apparaître de rares étoiles. Rien de remarquable si ce n'est que ces astres sont en mouvement. Je me redresse douloureusement, le corps comme un carton épais qu'on essaierait de plier, et aussitôt je me mets à tanguer. Je m'agrippe au hasard dans un réflexe nourri d'adrénaline et je cligne des yeux pour m'habituer à l'obscurité. J'arrive bientôt à une conclusion déroutante : je dérive.

Je tâtonne dans la barque pour récupérer les rames introuvables et ne récolte qu'un liquide visqueux écœurant sur les mains. Seule ma trousse à outils est rangée dans un coin. J'hésite à appeler à l'aide quand une branche d'arbre vient me chatouiller l'oreille. J'ai vogué vers une rive boisée de l'étang. Je m'agrippe aux branches poisseuses qui baignent dans la vase et je me ramène ainsi, branche après branche, en me griffant les joues, vers ma cabane. J'ai soif, j'ai faim, mais plus que mon estomac, c'est le souvenir impossible des dernières heures que je voudrais combler.

Je devine la bicoque de ma tante dans l'obscurité et je tombe à genoux sur la rive, soulagé et à bout de forces, comme Depardieu dans *Christophe Colomb* quand il foule l'Amérique pour la première fois. L'évocation de l'Amérique me donne envie de pilule et l'évocation de Depardieu me donne envie de boire un coup.

Je tire la barque bien haut sur les graviers, parce que j'en ai assez qu'elle dérive dès que j'ai le dos tourné, et je titube ensuite jusqu'à la cabane, ma trousse à outils à la main, exténué sous les premières lueurs du jour qui pointent à travers les arbres.

J'allume le plafonnier faiblard et me vautre dans le canapé usé face à la cheminée. Qu'est-ce que j'ai fait des rames ? J'espère qu'elles ne trônent pas en évidence près du ponton de Guillaume Musso. Mon ventre réclame à boire et à manger dans un gargouillis tonitruant. Je le masse doucement pour le faire taire et je pousse un cri : mes mains sont couvertes de sang.

Un aperçu rapide autour de moi termine de me terrifier. Mes habits et la trousse à outils sont également teintés de rouge et tout ce que j'ai touché dans la cabane a gardé l'empreinte de mes paumes ensanglantées. Je me déshabille à la recherche d'une blessure mais mon corps n'est rien d'autre que la montagne de chair molle habituelle, blanche et intacte.

J'attrape une lampe torche dans une vieille armoire branlante et je sors nu dans l'aube naissante vers la barque solidement ancrée dans les graviers. Sous le faisceau balayant l'intérieur de la vieille embarcation apparaissent des traces de sang badigeonnées jusque dans les moindres recoins. Une flaque épaisse et poisseuse stagne même d'un bon centimètre dans le fond. J'éteins la lampe et je regarde de l'autre côté de l'étang. La longère de Guillaume Musso est toujours illuminée.

***

Je contemple mes habits flamber dans la cheminée dopée à l'alcool à brûler. Je résiste à l'envie féroce d'avaler trois pilules et de m'évanouir en attendant que ça passe. Il y a une explication logique qui finira bien par m'apparaître avec la fulgurance du bon sens.

Je me concentre pour faire poindre d'innocentes explications. J'ai pu lutter, par exemple, contre un ragondin sauvage qui ne voulait pas me laisser récupérer ma barque. Je l'ai fracassé à coups de rames, c'était lui ou moi, il a coulé en emportant mes pagaies dans sa chute. Ce n'est pas glorieux de foutre en l'air un rongeur en plein trou noir, mais je m'en contenterais.

Je réchauffe un croissant sous plastique dans un coin de cheminée pour lui faire perdre sa texture de supermarché. J'observe son gras luire sous les flammes qui dansent. J'ai un mauvais pressentiment. À moins que ce ne soit la descente, l'effet des pilules qui s'évapore. Pendant que mon repas chauffe, je nettoie les traces de sang dans la cabane à coups d'éponge chevronnés. Le résultat n'est pas trop mal, mais tout ce sang me donne la nausée. À moins que ce ne soit la descente.

Je prends une douche glacée plus désagréable que revigorante, j'enfile des habits propres et je dévore mon croissant de supermarché. L'alcool à brûler qui m'a aidé à cramer mes habits lui donne un arrière-goût de white-spirit pas inintéressant. Je remets du bois dans la cheminée et je m'ouvre une bière du Colonel. Le simple contact de la paille sur mes lèvres m'apaise déjà un peu. Mes inquiétudes se dissipent, je relativise, j'ai éventré un bestiau en plein trou noir, mais qui n'a jamais fait de connerie après avoir abusé de psychotropes ?

Je me replonge dans *Urinoirs pour dames* pour parfaire l'instant. Solange passe un sale moment aussi. Edwige l'a dénoncée à leur hiérarchie : sa collègue vole des détergents. Solange se défend, elle les emporte chez elle, c'est vrai, mais ce n'est que pour les parfumer, elle les rapporte toujours et dans leur intégralité. Elle évite le licenciement de peu, mais on l'avertit qu'elle ne pourra bientôt plus aromatiser ses produits d'entretien. Le vote du parlement européen est imminent. Devant les immenses baies vitrées qui la séparent des pistes, Solange songe au suicide. Elle préparera le tensioactif au parfum le plus envoûtant qui n'ait jamais été conçu et quand elle aura terminé d'embaumer l'aéroport, elle avalera le reste de la bouteille. Pendant ce temps, James cherche désespérément Solange qu'il sait maintenant être la source des chagrins de son cœur. Il ne peut plus se contenter de snifer les cuvettes, il doit rencontrer celle qui prépare ces potions magiques. Et justement, au hasard d'un duty-free, alors que James est morose au rayon des Toblerone géants, il voit passer Solange avec son chariot. Il sait que c'est elle, grâce au parfum qu'elle dégage. James est fébrile, il a attendu ce moment tellement longtemps.

– Solange ?

– Oui ?

– Je vous aime.

– Vous m'aimez ?

J'imagine le jury du Goncourt bouleversé par ce dialogue à l'économie où les non-dits transcendent l'humanité et j'en ai les yeux humides. Je me sens comme Guillaume Musso, avec le stylo qui écrit tout seul, la feuille qui se tortille de bonheur sous la bille qui la chatouille. Je reprends une bière du Colonel et une pilule pour me récompenser : je suis un génie.

Tandis que James déclare sa flamme à Solange, un vent de bonne humeur envahit Roissy-Charles-de-Gaulle. Les milliers de voyageurs et le personnel aéroportuaire rient, chantent, font l'amour… Un parfum sublime a enivré leur sens, tout n'est qu'amour et tolérance ! Solange a mis son plan à exécution, elle n'a plus qu'à boire le contenu de la bouteille.

– Non, Solange, je vous en supplie, vivez !

– Mais James, je n'aurai bientôt plus le droit de parfumer mes produits d'entretien… Je ne serai plus rien.

– Vous ne comprenez pas, Solange, je peux vous aider. Je suis lobbyiste !

Solange se suicidera malgré tout quelques semaines plus tard, juste avant leur mariage, en avalant sa potion au terminal 2C. En effet, James est anglais et le Brexit a été entériné, il n'a plus aucune influence au parlement, tout espoir est perdu. James se jettera peu après dans le réacteur d'un avion au décollage. On raconte que certains soirs, deux ombres flottent dans l'air de Roissy, laissant derrière elles un effluve envoûtant.

Je suis en larmes en mettant le point final à mon Goncourt. Je renifle, je range proprement mon tas de feuilles, et je sors prendre l'air en ce début d'après-midi ensoleillé. Je m'aspire une Colonel au bord de l'étang quand j'aperçois du mouvement chez Guillaume Musso. Des dizaines de personnes se promènent dans le jardin, autour de la piscine et sur la rive. Même à cinquante mètres, je reconnais immédiatement leur silhouette. Des flics.

L'un d'entre eux m'aperçoit et me fait de grands signes. Je réponds par un coucou discret pour garder une contenance, mais au fond de moi, je suis anéanti. Des policiers d'un côté de la rive, du sang de l'autre. Il n'y a pas de hasard. Le flic qui se tortille donne des ordres et quelques instants plus tard, une poignée de bonshommes déboulent en portant une barque à moteur qu'ils mettent à l'eau. Je vais avoir de la visite.

Je réalise alors que je n'ai pas nettoyé la barque repeinte à l'hémoglobine. Je profite qu'ils se préparent de l'autre côté de l'étang pour aller la retourner coque vers le ciel. Je suis à peine revenu que le bateau à moteur vient frotter le bord caillouteux de ma rive.

– Inspecteur Zoé Giraud, sympa la cabane.

Le flic qui se tortillait est une femme. Elle a une tête de hippie, les cheveux en bataille, un visage blafard tout en verticalité. Ça ne l'empêche pas d'être jolie, elle ressemble à Jacques Dutronc.

– Je vous offre une bière, inspecteur ?

– C'est pas de refus.

– Avec une paille ?

– Pourquoi pas.

Nous sirotons en silence, les yeux rivés côté nanti. Je me donne beaucoup de mal pour ne pas avoir l'air nerveux.

– Vos voisins d'en face, ils ont été assassinés.

Je tombe à genoux, pas vraiment comme Depardieu cette fois, plutôt comme une merde. Le cauchemar redouté prend forme.

– Enfin, c'est ce qu'on suppose.

– Vous supposez ?

– Il y a du sang partout. Trop de sang. Mais aucun corps. Je voulais savoir si vous avez entendu ou vu quelque chose.

– Rien du tout. Moi aussi, j'écris.

– Vous écrivez quoi ?

– Des romans.

– Pourquoi vous dites « moi aussi » ?

– Comme Guillaume Musso.

– Il écrivait des romans ?

Zoé Giraud sort un carnet de sa poche et griffonne une info.

– C'est marrant, je n'y avais pas pensé…

– À quoi ?

– À la confusion. Votre voisin, c'est Guillaume Mussot. Avec un « t » à Musso. Il n'a rien à voir avec l'écrivain, ce sont des homonymes.

Comme je suis toujours à genoux, je ne parviens pas à tomber plus bas.

– Il faisait quoi, dans la vie ?

– Il fuyait le fisc. Ruiné, il devait de l'argent à tout le monde. Il possédait un empire et il a tout vendu pour ne se retrouver qu'avec cette longère au bord d'un étang qui sent les égouts. C'est ironique.

– Qu'est-ce qui est ironique ?

– L'odeur d'égouts. Guillaume Mussot possédait des usines de fabrication de toilettes… Il a tout perdu en misant sur des vespasiennes un peu spéciales.

Je me liquéfie toujours d'avantage, je ne vais pas tarder à me diluer dans l'étang si je continue. J'ai peur de la réponse à la question que je m'apprête à poser.

– Elles avaient quoi de spécial, ces vespasiennes ?

– Elles étaient pour femmes.

On bourdonne dans le talkie-walkie de l'inspectrice que le corps de l'épouse, Estelle Mussot, vient d'être retrouvé dans les bois boueux qui bordent l'étang. Avec une rame ensanglantée près de son crâne pulvérisé.

L'inspectrice à la tête de Jacques Dutronc me remercie pour la bière à paille, puis elle rejoint son bateau à moteur qui s'éloigne sur l'étang.

Je rentre m'allonger sur le canapé et j'avale quatre pilules américaines. J'ai besoin de calme intérieur pour défroisser mes pensées. Un éclair de logique vient de me tomber sur le crâne avec la violence de la mauvaise nouvelle. Quand je me suis réveillé dans ma barque, après mon trou noir, je n'avais pas les jambes mouillées. Pourtant, elle flottait loin du bord avant que je ne sombre. Je ne vois qu'une seule explication : quelqu'un m'a installé dans le canot. Alors les enzymes neuroleptiques ouvrent les chakras de mes neurones dans une succession d'épiphanies abominables.

À ma première visite, la barque flottait déjà toute seule alors que je suis certain de l'avoir remontée sur la rive. C'était Guillaume Mussot. Il m'avait trouvé dans le coma au bord de sa piscine, avec mes pilules américaines dans la poche. Il les connaît ces pilules, il en a plein sa pharmacie, il sait que si on en abuse, on s'écroule. Alors il en avait profité pour ramer jusqu'à la cabane, à la recherche d'argent sans doute, et il avait lu mon Goncourt… La coïncidence l'avait frappé. Des urinoirs réservés aux femmes, comme le projet qui l'a ruiné. Il avait remis la barque à peu près en place et il avait fomenté son plan tandis que je pensais naïvement que c'était moi qui fomentais le mien.

Il m'avait fait entrer chez lui sous le prétexte de la fuite et j'avais mis mes empreintes digitales partout. Il m'avait fait croire que sa femme s'appelait Solange pour me pousser à la confusion. Et il avait attendu que je m'endorme sur les dalles chauffées de sa piscine. C'est le goût du confort qui m'avait perdu, c'est ce qui perd tous les écrivains un jour ou l'autre.

Il m'avait remis une ou deux pilules dans le gosier pour prolonger le trou noir, avant de massacrer sa femme à coups de rame et de jeter son corps dans les sous-bois humides. Il avait probablement ajouté son sang dans le massacre pour qu'on pense à un double meurtre. Il m'avait installé dans la barque repeinte en rouge meurtrier et il était parti loin d'ici refaire sa vie en me laissant dans ce merdier. Après une pause d'un peu plus d'un siècle, la cabane avait retrouvé sa fonction première : servir de chiottes aux nantis d'en face.

Je sens que le trou noir est proche, je me lève pour récupérer mon sac de couchage et tomber dans les pommes confortablement. Je remarque alors une forme dans un coin de la pièce, sous un sac en plastique. Je le soulève et vacille : le dossier rose de Guillaume Mussot. Sur la couverture, il a écrit en lettres capitales URINOIRS POUR DAMES. Je le feuillette fébrilement, ce n'est qu'une succession de tableaux chiffrés.

***

Je me réveille allongé à mi-chemin entre le dossier rose et le canapé, la tête dans une brume opaque et avec une envie de pisser féroce. Je traîne des pieds jusqu'au bord de l'étang et j'urine dans l'eau en réfléchissant à la suite.

– Vous avez bien dormi ?

Le sosie féminin de Jacques Dutronc se tient à quelques mètres, j'essaie de cacher mon sexe en terminant ce que j'ai commencé, foudroyé par une sensation de déjà-vu. Exactement comme dans mon rêve étrange et déroutant.

– J'ai lu votre manuscrit pendant que vous roupilliez, l'histoire de Solange. Intéressant. C'est marrant comme coïncidence que votre bouquin ait le même titre que le projet de Guillaume Mussot… *Urinoir pour dames.*

– C'est lui qui me l'a piqué. C'est un super titre de Goncourt.

– À la seconde où vous m'avez proposé une bière avec paille, j'ai su que c'était vous. On en a trouvé une dans la cuisine des Mussot. Je suppose que vos empreintes sont dessus.

– Il s'est servi de moi.

– Vous avez cru massacrer l'écrivain et sa femme, sans savoir l'erreur tragique que vous commettiez. Vous étiez jaloux de son succès, vous avez pété un plomb… Vous y êtes allé de bon cœur si on en juge par la quantité de sang dans la barque. C'était trop insupportable, vous dans cette vieille cabane, lui dans sa belle maison…

Nous regardons tous les deux la longère qui scintille au soleil de l'autre côté de l'étang, avec une légère fumerole qui s'évapore des dalles chauffées de la piscine. Mon téléphone vibre au fond de ma poche, un texto de la veille a erré des heures dans le désert cellulaire avant de trouver miraculeusement un bout de réseau. C'est mon éditeur qui me répond : « *Je te donne une dernière chance : j'ai une commande, il faut écrire un thriller court qui met en scène son auteur. J'ai demandé s'ils acceptaient que le personnage soit un gros loser, ils m'ont dit oui, donc tu peux participer. Tu me déçois encore, tu dégages.* »

J'ai chaud au cœur, je reconnais la façon maladroite de mon éditeur de me témoigner son admiration. Je vais l'impressionner, il va me coucher sur son testament, il va exiger du pape qu'on me canonise de mon vivant… Alarmée par mon sourire irradiant, Jacques Dutronc pose la main sur son arme.

– Vous vous sentez bien ?

– Deux morts, des fausses identités, un étang poisseux… *Urinoir pour dames*, c'est un super titre de thriller.

Dernière limite

LUDOVIC LANCIEN

Mon corps est propulsé en avant.

Le vertige s'accroît, un souffle tiède caresse mon visage. Une sensation agréable vibre en moi, je n'avais jamais éprouvé cela auparavant. Un déferlement de lumières blanches jaillit derrière la fine membrane de mes paupières.

Un écran aux couleurs chatoyantes. Rassurantes. Je crois même percevoir des voix au loin. Des intonations douces qui me font oublier la douleur et la tristesse. Toutes les ondes négatives s'évanouissent, les chaînes qui m'étouffaient se brisent enfin.

Pourtant, un son différent émerge bientôt de cette oasis de plénitude, plus sourd… menaçant. Tout à coup, un hurlement strident lacère mes tympans et remonte jusque dans mes tripes. Quelque chose s'approche. Quelque chose d'infiniment dangereux. Le monde bascule à nouveau dans les ténèbres. Et j'ouvre enfin les yeux.

***

Où suis-je ?

L'obscurité est totale. Privée de repères, je tourne la tête de droite à gauche et commence à paniquer. Ma peau se rétracte sous la morsure du froid et mes pieds nus s'enfoncent dans une terre humide et poisseuse.

Mon cerveau m'envoie les informations au compte-gouttes, comme s'il n'osait pas me révéler l'horreur de la situation. Je recule d'un pas tremblant et mon dos heurte un mur. Je tâtonne à la recherche d'un interrupteur, en vain. Mes doigts progressent lentement sur la pierre. Ses aspérités sont glacées, ses reliefs écharpés comme ceux d'une falaise.

Je retire vivement ma main en étouffant un hoquet de stupeur : une arête tranchante vient de me couper la paume. Je ne peux pas le voir, mais le sang coule de la plaie en un filet chaud et piquant. Je serre le poing pour endiguer le flux. Une sensation étrange me traverse. J'ai déjà vécu ce moment-là. Je sais maintenant où je suis. Je suis dans une cave. Mais pas n'importe laquelle… Soudain, un raclement à ma droite me fait sursauter.

– Qui est là ?

Ma voix n'est pas comme d'habitude. Elle est plus… éthérée. Que se passe-t-il ? Des signaux d'alerte s'allument partout sous mon crâne. Personne ne me répond. Ma mâchoire se contracte, le froid transperce la fine couche de mes vêtements et pétrifie mes jambes. Je répète, plus fort cette fois :

– Qui est là ?

– Ne t'énerve pas, Lucie. Ce n'est que moi.

C'est un jeune garçon qui vient de m'adresser la parole. Perdue dans l'obscurité, sa voix frêle me fait penser à un oisillon tombé de son nid : fragile et sans défense.

– Comment connais-tu mon prénom ?

– Tu ne te souviens pas de moi ?

Moment de flottement. De quoi parle-t-il ? Mon pied droit se détache de la fange boueuse, mais l'enfant devine mon intention.

– Ne bouge pas. Il n'y a aucun moyen de sortir d'ici.

Les questions se bousculent dans mon esprit.

– Qui es-tu ? Depuis combien de temps sommes-nous prisonniers ?

– Tu ne te rappelles vraiment pas ?

– Non, je… j'ai oublié. Nous sommes chez quelqu'un. Un homme. Il nous a enlevés. C'est tout ce dont je me souviens.

Silence. Un râle terrifiant s'élève de nulle part, suivi d'un ignoble craquement d'os.

– Bravo, Lucie. Tu as toujours été très douée pour mentir.

Ma respiration s'accélère. Son intonation… elle est maintenant différente. Toute trace de fébrilité semble l'avoir abandonné, et sa voix râpeuse déclenche sur ma peau une chair de poule impossible à réfréner.

– Plonge avec moi, Lucie. Cela fait si longtemps que je n'ai plus personne avec qui jouer.

Je le sens qui se rapproche. Il n'est plus le jeune garçon. Une odeur fétide empuantit brusquement les lieux, et mon cœur se soulève. Un claquement sec se répercute sur les parois de la cave, comme… comme des dents qui s'entrechoquent.

– Luuuucciie…

Dans un souffle interminable, l'enfant vient de chuchoter mon prénom. La vague de terreur qui s'ensuit manque de me faire perdre l'équilibre. Mon champ de vision capte brièvement une lueur, là où se tient l'enfant. Je l'aperçois enfin. Et je hurle devant cette vision d'épouvante.

La moitié de son crâne défoncé fourmille d'asticots bien gras. Une masse jaunâtre qui pulse au rythme d'effroyables bruits de succion. Son visage mutilé n'est plus qu'un entrelacs de profondes lacérations, d'où ressort par endroits l'éclat blanc d'un os. Un rictus haineux déforme ses lèvres tuméfiées, découvrant une rangée de chicots pourris. Son sourire s'élargit et un filet noirâtre s'écoule sur son menton.

– Tu me vois, Lucie ? Regarde ce que j'ai enduré, par ta faute.

– Arrête, dis-je, alors que les sanglots déchirent mes joues. Ne me fais pas de mal.

– Ce n'est pas à moi de décider. Alors, est-ce que tu me reconnais ? Je n'ai pas tellement changé, après toutes ces années.

Mes genoux cèdent et s'écrasent dans une flaque d'eau croupie. Un spasme violent me soulève et je me plie en deux pour vomir un jet de bile acide.

– Je t'en supplie… Adam.

L'enfant s'arrête, surpris. Les relents de putréfaction agressent mes narines et ma tête tourne si vite que je suis au bord de la rupture.

– Je me souviens de ton prénom, mais… je ne sais plus qui tu es.

Un silence terrible s'installe, et la lumière crasseuse continue d'éclairer faiblement le sous-sol. Une mèche de cheveux se plaque devant mes yeux, tandis que mes larmes se mêlent à la boue.

J'ignore ce qu'il m'arrive, j'ignore pourquoi je me retrouve dans cette tanière miteuse, en compagnie d'un garçon mort. Un cadavre putréfié, bouffé par les vers.

– Regarde-moi, dit-il d'une voix redevenue douce, juvénile. Tu n'as pas à avoir peur.

Je relève la tête, redoutant ce que je vais trouver. Adam est redevenu le petit garçon qu'il était. Son visage poupon me sourit. Il est vêtu d'un tee-shirt à l'effigie de Buzz l'Éclair et d'un bermuda bleu. Les remugles de chairs en décomposition se sont dissipés et l'éclat lumineux semble avoir gagné en intensité.

J'observe autour de moi, peu rassurée. D'où provient cette source irradiante ? Il n'y a pas d'ampoules au plafond et rien n'est accroché aux murs rocailleux. Rien.

– Tu te poses trop de questions, Lucie. Il est peut-être trop tôt.

Mon attention se reporte sur Adam, qui se trouve désormais à moins d'un mètre. Je sens mon cœur frapper de toutes ses forces contre ma poitrine. Je me redresse péniblement, les mains et les genoux couverts de boue. Je dois garder une distance avec cette chose.

– Trop tôt pour quoi ?

Il élude ma question.

– Je sais que tu as fait de ton mieux, que tout n'était pas entièrement de ta faute. Mais tu aurais dû t'interposer bien avant. Tu en avais la possibilité.

– M'interposer ? Je ne comprends pas. Contre qui ?

Soudain, Adam fonce sur moi et referme une main puissante sur mon poignet. L'étau s'intensifie et menace de me briser les os. Le corps du garçon se métamorphose sous mes yeux, alors que la terreur m'inonde : le haut du crâne éclaté, le nid d'asticots qui grouille sur la cervelle en un frémissement humide. Sa peau tourne au noir verdâtre et je hurle à m'en perforer les poumons.

– Arrête, Adam ! Arrête !

– Tu n'es qu'une petite salope. Tu m'as abandonné, comme tous ceux après moi. Tu étais la seule à pouvoir l'arrêter. Pourquoi as-tu attendu si longtemps ? Pourquoi ?! !

Une bave sirupeuse, épaisse comme du goudron, dégouline sur mon avant-bras. Mes pleurs redoublent, je me débats comme une hystérique mais l'enfant refuse de me lâcher. Son épiderme se fissure, se craquelle en plaques purulentes, semblable à la surface d'une bûche calcinée. Sa voix gutturale n'appartient plus au monde des humains.

– Tu vas le payer, Lucie. Je te jure que nous t'attendons. Cela fait quinze ans que je patiente. Crois-moi, la douleur qui t'est réservée sera insupportable.

La peau d'Adam se racornit, ses globes oculaires fondent dans leurs orbites comme sous l'effet d'une chaleur intense. Des flammes jaillissent de ses vêtements au moment où je parviens à me libérer. Je bascule en arrière et tombe sur les fesses. Adam n'est plus qu'une torche humaine d'où jaillissent des doigts crochus, cloqués par la fournaise qui le consume. Le garçon profère une ultime menace, avant que les flammes ne finissent par l'engloutir.

– Tu brûleras comme tu m'as laissé brûler ce jour-là. Je t'en fais la promesse. Tu me reviendras…

Dans ma chute, je distingue les marches d'un escalier en bois et me rue dessus, le regard voilé par les larmes. Les lattes grincent sous mes pas et j'entends le rire cruel d'Adam qui se déforme à mesure que la fournaise le dévore. Parvenue en haut, j'ouvre une porte et la referme en plaquant mon dos dessus, à bout de souffle. Mes nerfs sont mis à rude épreuve, aussi je me laisse aller et m'effondre sur le carrelage blanc, le visage enfoui entre mes jambes.

– *On ne peut plus rien faire pour lui.*

Je redresse brusquement la tête. Qui a parlé ? Je me relève, le dos toujours contre la porte, guettant le moindre bruit. Le silence retombe. Je tends l'oreille vers la cave. Adam est-il vraiment mort ?

Une sale impression me poursuit : tout cela est réel. Ce que je viens de vivre s'est vraiment déroulé. Je connaissais ce jeune garçon, cette cave. Comment est-ce possible ? Je jette un œil à l'entaille sur ma paume. La plaie ne saigne plus. Elle s'est résorbée et une belle cicatrice rose est apparue.

– Je rêve. Je rêve. Dites-moi que je rêve.

– Bonjour, ma chérie.

Je sursaute. Une silhouette se tient face à moi. Immense. Longiligne. Celle d'un homme. Il ne bouge pas et ses traits restent plongés dans l'ombre. Ma conscience me murmure un avertissement. C'est lui.

– Comment va Adam ? demande-t-il sur un ton détaché.

Mes lèvres restent scellées. L'homme se détourne et ouvre une porte menant vers l'extérieur.

– Suis-moi, dit-il sans me regarder. Mon œuvre se termine et je veux que tu m'accompagnes.

Puis il disparaît. J'hésite à lui emboîter le pas.

Je m'assure que je ne risque plus rien et me détache du battant. Je traverse la pièce, sombre, sans vie, et me retrouve dehors. Un spectacle fascinant s'offre à ma vue : des flocons de cendre tombent lentement du ciel pour venir draper le monde d'un voile gris.

***

L'homme s'est volatilisé.

La neige cendreuse redouble d'intensité et se dépose partout. Mes pieds nus s'enfoncent dans ce tapis cotonneux en soulevant de fines particules qui restent un bref instant en suspension avant de retomber au sol.

Je déambule dans un jardin aux allures de cimetière. Les plantes paraissent malades, flétries par le chancre. Un arbre centenaire à la ramure dénudée ressemble à une main difforme qui aurait rejailli des entrailles de la Terre. Son écorce dure et fendue me rappelle la peau du jeune garçon qui s'est embrasé sous mes yeux.

Je secoue la tête et inspire un grand coup, puis m'avance encore avant de découvrir un carré de terre retournée. Ses dimensions sont gigantesques, le monticule forme un dôme parfait. Au fond de moi, je sais de quoi il s'agit : un charnier. Tous ceux qui sont morts sont enterrés là.

Les bras blottis contre ma poitrine, je progresse timidement. La tempête se lève, le vent a le souffle vicieux et glisse sur mes mollets avant de remonter vers les hautes branches. Une nuée de tourterelles s'envole en un froissement d'ailes, tandis que je m'accroupis près de la fosse.

Mes épaules se cabrent et je commence à pleurer à chaudes larmes, incapable de me retenir. Je pose une main tremblante sur le tas humide et commence à gratter avec mes ongles. La mémoire me revient, une déferlante qui emporte tout sur son passage. Mes doigts raclent, creusent, dévorent. Je suis prise d'une frénésie incontrôlable, car je sais. Je sais ce que je vais trouver. Un cri muet m'obstrue la gorge, tout mon être se tord de douleur. Je m'érafle la peau et m'écorche l'âme. Le bout d'un nez se profile. Suivi de lèvres droites comme un coup de scalpel, un menton. Je reconnais sa peau si douce, celle qui me manque tant.

Je dégage les dernières mottes de terre et libère ses cheveux. Ses yeux sont clos, une expression sereine se lit sur son visage. J'arrête de creuser, le front en nage. Je caresse délicatement sa joue. Elle est froide, si froide… Quelque chose se brise en moi au moment où je prononce ce mot :

– Maman…

***

Je me souviens. Petit à petit.

C'est lui qui l'a tuée. L'homme que j'ai vu dans la maison. Il a assassiné ma mère, tout comme il a tué Adam. Et tant d'autres après eux.

Je n'en peux plus. Je me redresse et quitte cet endroit maudit. Je débouche sur une longue artère envahie par les herbes folles. Le manteau de neige s'étend jusqu'à l'horizon et se confond au loin avec un ciel couleur mercure. Des carcasses de véhicules corrodées par le temps sont échouées le long des trottoirs, les portières ouvertes aux quatre vents.

Je guette les environs, effrayée par ce décor post-apocalyptique. Où est passé l'homme que j'ai croisé ? Pourquoi ne m'a-t-il pas attendu ? Et cette voix, d'où sortait-elle ?

Quelque chose s'enroule autour de ma cheville et m'arrache un cri de surprise. Je bondis en arrière en manquant de trébucher. Le bout de mon pied a heurté un animal mort. Un chien. Ses côtes saillantes percent sa peau galeuse et grignotée par les vers. Sa mâchoire inférieure pend horriblement, déboîtée de son axe, maintenue par quelques tendons et des filaments de chair. Son œil noir, impavide, me fixe d'un air stupéfait, comme s'il me désignait coupable de son calvaire. Un médaillon est attaché autour de son cou.

– Mindy…

Je plaque une main sur ma bouche et vacille. Je contourne le cadavre, hagarde, et titube sur quelques mètres. Je dois quitter cet enfer au plus vite.

– C'est elle qui dessinait ?

La voix retentit si fort dans mes oreilles qu'elle me vrille les tympans. Je tombe lourdement sur le sol et vocifère face à cette nature indifférente :

– QUI ES-TU, PUTAIN ? QU'EST-CE QUE TU ME VEUX ?!

Un craquement à l'épaule gauche me fait soudain cracher une gerbe de sang. Je n'ai pas le temps de comprendre ce qu'il m'arrive qu'un second coup, plus puissant encore, me cueille en plein ventre. Je sens mes organes internes éclater, leurs fines parois translucides se déchirer sous l'impact.

Du sang remonte le long de mon œsophage et se déverse sur la poudreuse. Un goût ignoble de fer envahit ma bouche. La douleur est intense, un feu qui me ravage les entrailles. Le supplice est bien trop réel pour être inventé.

– Relève-toi, ma chérie.

La silhouette filiforme est là, plantée au milieu de la route. Elle m'observe, le visage caché dans la pénombre.

– Tu y es presque. Allez, viens me rejoindre.

Ma santé décline. Je ne sens plus mon bras gauche, il doit être cassé. Je veux parler, mais aucun son ne sort. Ma vue se brouille. Je tremble de froid, de peur. Et la neige qui ne s'arrête pas de tomber.

– On dirait que tu es salement amochée, constate l'homme d'un air amusé. Crois-moi, ce n'est rien à côté de ce que l'on m'a fait.

– Salaud, parviens-je à murmurer. Tu as tué ma… mère. Pour… pourquoi ?

L'inconnu tend une main amicale vers moi, mais il est trop loin pour que je l'attrape.

– Il n'y a qu'un seul moyen de le découvrir.

Voyant que je n'esquisse pas un seul geste, l'homme retire sa main.

– Ta mère, Adam, Mindy. Tu ne remarques donc rien ? demande-t-il avec malveillance.

– Je veux sortir d'ici.

– Comment, hein ? Sais-tu seulement où nous sommes ?

– Je veux…

– Depuis le début, tu es ma plus fidèle alliée. Je t'interdis de m'abandonner.

Puis il recule dans la brume, jusqu'à ce que celle-ci se referme sur lui. Je m'efforce de me remettre debout et me dirige en claudiquant vers l'endroit où il a disparu. Un mouvement, à l'angle de mon champ de vision, me fait pivoter. Deux hommes en manteaux longs sont en pleine conversation. Ils ont les traits tirés de ceux qui dorment peu, et mal. Leur expression est grave. L'un d'eux se frotte l'arrière du crâne et repose une feuille sur une vieille table en formica. Que font-ils dehors ? Cette scène incongrue ne m'empêche pas de me précipiter sur eux.

– C'est inconcevable. Comment a-t-elle pu assister ce malade ?

Je m'immobilise. L'homme qui vient de parler est celui que j'ai entendu tout à l'heure. Il ressemble à un policier. Son collègue soupire et enfonce ses mains dans ses poches.

– Vous croyez qu'elle avait le choix ?

– *J'en doute. Elle était aussi prisonnière que les autres.*

Ils ne me voient pas. Je suis invisible, comme si j'évoluais derrière un miroir sans tain. Je baisse les yeux sur les croquis qui tapissent plusieurs feuilles éparpillées sur la table. Ils représentent tous le même personnage. Un être immense, décharné. Ses bras sont disproportionnés, ses mains allongées se terminent non par des doigts, mais par des lames recourbées. La chose sourit, sa bouche trop grande s'écarte sur des dents pointues. Son corps est colorié des pieds à la tête en vert.

– Je n'ai jamais saisi ce besoin que tu avais de me dessiner.

Je fais volte-face. La silhouette se trouve en lisière d'un bois. Pourtant, je distingue chacun de ses mots comme si elle se penchait pour me les glisser à l'oreille.

– Tu étais une gentille fille. Je t'aimais, Lucie. Plus que n'importe qui. Tu as tout gâché, alors que tout fonctionnait si bien entre nous. Tu te rappelles le surnom que l'on m'avait attribué ?

Un filet de sueur froide longe ma colonne vertébrale. Je finis par hocher la tête.

– Le Botaniste, dis-je dans un murmure.

L'homme éclate d'un rire mauvais.

– Le Botaniste, répète-t-il plus lentement, comme pour se délecter de ce sobriquet stupide. Je suis passé à la postérité, Lucie.

– Tu dis n'importe quoi.

– Vraiment ? J'étais du pain bénit pour les médias, un sujet à sensations fortes. Personne ne savait qui j'étais, le pays entier me traquait. Les gens se terraient chez eux à la nuit tombée, barricadant leur progéniture à double tour dans leur chambre pour éviter qu'ils ne sortent. Car ils savaient ce qui pouvait se passer. Hein, Lucie ? Ils savaient, n'est-ce pas ?

– Tais-toi.

– Ils savaient, Lucie ? RÉPONDS !

– FERME-LA !

Je hurle à m'en briser les cordes vocales. Une veine saillante palpite sur mon front, la rage est décuplée par la détresse qui m'envahit. L'homme me dévisage. De la morve coule de mon nez, et je pleure à présent des larmes de sang. Je m'essuie d'un geste brusque, étalant sur mes joues le liquide poisseux. Mon épaule me fait atrocement souffrir. Je ne tiendrai plus très longtemps.

– Voilà ton problème, ma chérie, tu en es venue à me détester. Je ne te cache pas que j'ai souvent redouté ce moment. Au fond de moi, je gardais espoir que tu restes à jamais près de moi.

– Tu as tué ma mère.

– Tu crois que ça m'a fait plaisir ? J'ai expliqué à cette garce les pulsions qui me hantaient, mais elle n'a rien voulu savoir. Je lui faisais confiance et elle a tout détruit. Je suis né pour répandre la mort, Lucie. J'ai ça en moi !

L'air devient subitement irrespirable. Je porte une main à mon cou, les yeux exorbités. Ma langue sort de ma bouche en un feulement étouffé, mes yeux se révulsent.

– Pauvre petite Lucie.

Un coup puissant asséné au plexus solaire m'éjecte en arrière et je tombe dans une brèche qui s'est ouverte sous mes pieds. Ma chute semble interminable et le ciel s'éloigne à mesure que je sombre dans le néant. Mon dos s'écrase contre une surface meuble en soulevant un nuage de poussière. L'étreinte qui comprimait ma poitrine se relâche et j'aspire l'air comme une dératée.

D'où je suis, le ciel de marbre se découpe dans un rectangle. La lune gibbeuse filtre à travers le brouillard et déverse ses rayons argentés à l'intérieur du trou béant. Je suis plus proche de la surface que je ne le pensais. Deux ou trois mètres, peut-être. Des racines jaillissent de chaque côté comme autant de griffes esquintées et au loin, un hurlement inhumain déchire la nuit. Je me carapate au fond de l'excavation en gémissant. La sueur macule ma peau d'une pellicule moite, et je ramène mes jambes contre moi.

Un grognement bestial se rapproche. Puis, surgissant de nulle part, d'énormes pattes difformes et velues s'accrochent aux parois en raclant la terre. Ses griffes acérées labourent la terre et des remugles à vomir de pourriture envahissent l'air. Mon cœur bat à tout rompre, la Bête va bientôt se ruer sur moi et me tailler en pièces. Mes cris se mêlent aux grondements sourds du monstre. Contre toute attente, les pattes se retirent d'un coup et le silence revient. Mes yeux transis de peur ne savent pas où regarder. Un sifflement rauque s'élève des ténèbres :

– Luuuccciiieeee…

Un geignement s'échappe de ma bouche, mon menton se tord sous la panique. Du sang se met à ruisseler du haut de la fosse en une cascade rouge carmin. Une odeur de viande avariée me prend à la gorge et retourne mon estomac.

– Luuucciiieee…

Le soupir se transforme en un rire hideux qui secoue mes entrailles.

– Rejoins-moi, Lucie…

– Non, pitié.

– Regarde ce que tu vas devenir. Regarde…

Ma nuque endolorie refuse d'obéir, mais une force supérieure me pousse à tourner la tête. Le corps d'une femme est allongé près de moi, les bras ramenés sur son ventre, la tige d'une rose blanche coincée entre ses doigts fins. Elle porte une jolie robe à motifs floraux et des chaussures à talons. Mon regard remonte jusqu'à son visage, tandis que mes jambes se dérobent. C'est ma mère qui repose au fond de cette tombe. La voix rêche ricane lourdement :

– Tu vois, ma chérie ? Elle est morte, et moi aussi. Tu n'as plus aucune raison de vivre. Je sais que tu l'aimais…

Une vague d'émotions contraires me submerge. Sans savoir pourquoi, mes épaules se contractent et je serre le poing.

– Va te faire foutre, dis-je, surpris par le ton calme avec lequel je m'adresse à lui. Tu n'es qu'une illusion. Tout ça n'existe pas.

L'homme ne répond pas. Une brise légère caresse mes joues meurtries et un tourbillon de feuilles s'envole haut dans le ciel. Puis le silence s'installe, absolu. La nature retient son souffle. La température chute brutalement et un filet de condensation s'échappe de mes lèvres. Un frottement au-dessus de ma tête me fait dresser les poils des avant-bras. Le vent se lève de nouveau et s'engouffre dans la tombe. Le bruit reprend, plus proche encore.

Je devine une présence. Sa présence. Une branche craque quelque part. L'odeur fétide de la mort m'enveloppe doucement de son linceul. Mes membres se raidissent, comme si mon sang se solidifiait à l'intérieur des veines. La neige reprend sa lente et imperturbable descente. Les flocons de cendre se désagrègent sur tout ce qu'ils rencontrent en un choc feutré.

– Tu es incorrigible, ma fille. Naïve et douce à la fois. (Sa voix se transforme, distordue, une lamentation horrible.) J'ai si faim, Lucie… Tellement… faaaiimmm.

Les relents de pourriture écrasent mes autres sens et mes pupilles dilatées captent un mouvement rapide. Les crocs luisants de bave de la Bête se reflètent dedans, et je lève mes bras pour me protéger quand elle bondit sur moi en refermant sa gueule sur mon visage.

Ses crocs perforent mes chairs en profondeur et broient mes os comme une vulgaire coquille d'œuf. Mon crâne est réduit en bouillie, mais je ne ressens rien. Une lumière intense explose derrière mes paupières et tout mon être est aspiré en arrière. J'ai l'impression de flotter hors de mon corps, et les sons me parviennent de très loin, étouffés par la distance.

– Tu n'as pas le droit de me laisser seul ! Tu n'as pas le droit !

Je m'enfuis, priant pour ne jamais revenir. Je sais au fond de moi que ce n'est que partie remise. Qu'un jour viendra où je payerai de mes actes. Et ce jour-là, Adam et les autres enfants seront mes bourreaux pour l'éternité.

Mon rythme cardiaque s'accélère. Je perçois des gens qui s'affairent à proximité. Je suis vivante, mais la noirceur de mon âme ne me quitte pas. Un soubresaut me ramène à la vie. Et j'ouvre enfin les yeux.

***

– Elle est en état de choc, écartez-vous !

La brutalité avec laquelle je reprends conscience m'étourdit complètement.

– Il ne faut pas la perdre ! beugle un homme penché sur moi. Vite !

Une seconde personne glisse sa main sous l'arrière de mon crâne et m'enfile une sorte de tuyau plastique relié à un masque translucide. L'oxygène s'infiltre dans mes poumons agonisants et j'ouvre grand la bouche, avide de cet air pur.

– Respirez, madame. Allez-y doucement.

Je tousse plusieurs fois. Mon épaule gauche me fait atrocement mal. J'essaie de lever mon bras pour la toucher, mais le secouriste m'en empêche.

– Votre clavicule est fracturée, ne bougez pas. Vous souffrez également d'une hémorragie interne au niveau de l'abdomen.

Il claque des doigts au-dessus de ma tête.

– Est-ce que vous m'entendez ?

Je bats une fois les paupières, cela semble le rassurer. Tout le monde s'agite, c'est la cohue autour de moi. Les formes sont encore indistinctes, mais je sais que quelque chose de grave est survenu. Je tourne la tête de côté, aussi lourde qu'une enclume. Et j'éclate en sanglots.

Mon père est là, allongé sur le plancher en chêne. Raide mort. Deux balles lui ont perforé le front avant de ressortir par-derrière, emportant sa cervelle dans leur sillage. Son regard voilé me fixe – ou plutôt fixe le néant –, et de ses lèvres s'écoule un filet de sang.

Les deux inspecteurs existent réellement. Ils sont debout, près de la table en formica de notre salle à manger. Ils ont renversé tout un carton rempli de vieux dessins et paraissent désemparés.

L'un d'eux feuillette un livre de poche d'un air dubitatif. Sa couverture est d'un beau bleu nuit, ornée d'un pentacle avec une tête de bouc. Il survole les pages en soupirant :

– Ludovic Lancien… Ce type écrivait des thrillers. Celui-ci parle d'humains monstrueux atteints de maladies rares. Faut être sacrément tordu pour aimer développer ce genre d'intrigue.

– C'était peut-être une manière de conjurer les ténèbres qui coulaient en lui.

– Et les meurtres qu'il a commis, t'en fais quoi ? Un simple passe-temps ?

Son collègue hausse les épaules et leurs regards brûlants se posent sur moi. Ils doivent se demander quelles séquelles psychologiques je garde de mon enfance. J'ai été élevé par un monstre, un tueur de la pire espèce. J'étais sa fille unique. Son loyal serviteur. Il m'a enrôlée dès que je fus en âge de marcher.

Ma mère n'était déjà plus de ce monde, étranglée de ses propres mains. Il l'avait enterrée au fond du jardin, et personne ne s'était inquiété de sa disparition. Personne. Comme si elle n'était rien. Il s'est débarrassé d'elle comme d'un parasite, un encombrant qui le gênait dans ses sinistres projets. Et moi, je n'ai rien fait. J'étais sa chienne, au sens viscéral du terme.

Mon père partait souvent sur les routes la nuit, me laissant seule dans cette grande maison miteuse jusqu'au petit matin. Il roulait des heures durant, arpentant les ténèbres à la recherche d'une proie. L'âge ne comptait pas, le sexe non plus. Tel un prédateur, il flairait les plus faibles pour les attirer ensuite entre ses griffes.

Adam fut le premier. Il l'avait enlevé dans le parking souterrain d'un supermarché. Sa mère l'avait laissé à l'intérieur du véhicule familial le temps de faire ses courses. Elle ne le revit jamais. Mon père était rentré à la maison, le gamin endormi dans une toile de jute. Il l'avait descendu à la cave avant de remonter en arborant un sourire carnassier.

Je n'étais qu'une petite fille qui subissait les tourments d'un malade mental. J'ai pleuré, car c'était ma seule arme pour m'opposer à lui, mais il s'en moquait. Qu'avait-il à craindre de moi ? Je n'étais qu'une enfant.

Adam est resté deux mois enfermé au sous-sol, nourri exclusivement de pain sec et d'épluchures de légumes. Il était réduit au rang d'animal, et mon père savourait la peur qu'il suscitait chez le jeune garçon. Je ne me rappelle pas le son de sa voix, mais j'entends encore ses jappements désespérés lorsqu'il appelait sa mère au secours.

Puis un matin, mon père a fini par se lasser d'Adam. Il a fait irruption dans la cave et molesté si fort le garçon qu'il s'est évanoui. Je crois même qu'un os de son crâne s'est brisé contre un mur.

Il l'a hissé ensuite sur son épaule et l'a emmené loin de la maison, au cœur d'une forêt. Ce sadique m'a forcé à l'accompagner. Il tenait à ce que je profite du spectacle. Là, il a creusé une tombe et déposé le gosse au fond du trou. Avant de déboucher un bidon d'essence et de verser le contenu sur ses vêtements…

Mes yeux se noient sous les larmes qui n'en finissent plus de couler. Pourquoi ne suis-je pas intervenue ? J'avais quatre ans. J'en ai désormais dix-sept. Et j'ai fini par vaincre mon père. Le Botaniste.

Les médias l'avaient affublé de ce surnom, car il déposait toujours une rose entre les mains de ses victimes. Comme un ultime baiser avant le grand voyage. Les théories les plus fantaisistes couraient à son sujet car il frappait au hasard et tout le territoire français était devenu son terrain de chasse, forgeant sa sinistre légende au gré des cadavres qu'il semait sur son passage.

Et moi, dans tout ça ? Je détournais le regard. J'éteignais la télévision, brûlais les journaux, m'affranchissant de tout ce qui était susceptible de me rappeler ma lâcheté. Je ne participais pas toujours à ses expéditions, mais il savait qu'il ne risquait rien en s'éloignant de moi. Mon père restait le socle de mon existence chaotique. Sans lui, je n'étais qu'une morte en sursis. Aussi surprenant que cela puisse être, il me respectait. J'étais son binôme, son alter ego. Nous nous complétions dans la souffrance.

Une fois, ivre de rage après une longue période de disette, il a tué mon chien, un jeune labrador nommé Mindy. Son emprise sur moi était devenue si forte que je n'ai pas osé me dresser contre lui. Je l'ai vu plaquer mon animal adoré contre le mur et refermer ses mains puissantes autour de son cou. J'ai observé, prostrée dans un coin, ce spectacle terrifiant et grotesque à la fois, celui d'un être qui n'était plus mon père mais une Bête au faciès difforme.

Par la suite, devant la tombe de mon chien creusée près de celle de ma mère, j'ai pleuré, hurlé des heures durant contre ce Dieu qui m'avait abandonnée, jusqu'à ce que mon corps ne soit plus qu'une terre aride, morte de l'intérieur. J'ai compris alors que je devais éteindre ma conscience pour survivre.

À chaque fois que la Bête en lui se réveillait, je demeurais silencieuse et obéissais au doigt et à l'œil. Je l'aidais à accomplir les plus infâmes besognes, et le sang d'innocents tache désormais autant mes mains que les siennes. Je restais muette, asservie, mais une boule de rancœur grandissait en moi. Une frustration ancrée dans les recoins les plus inaccessibles de mon âme. Le désir de vengeance palpitait au creux de mon ventre, me brûlait le bout des doigts. Je savais que l'issue serait fatale. Le Botaniste était un être dépourvu d'empathie. Un concentré de vices et de violence trop longtemps refoulée.

***

Mes larmes se tarissent, et les souvenirs s'étiolent. Mon épaule est un volcan en éruption, les esquilles d'os vrillent sur mes nerfs. Le sang qui s'épanche de mes organes crevés m'empoisonne les chairs.

Mon père me fixe toujours. C'était un grand brun au physique élancé. Une mouche dodue vient se poser sur le sang qui suinte de ses lèvres et redécolle dans un bourdonnement paresseux. La batte de base-ball qui s'est fracassée sur ma clavicule et mon ventre se trouve entre nous deux.

J'étais la seule à pouvoir mettre un terme à cette folie. Alors aujourd'hui, j'ai fait la seule chose qui importait : appeler les flics pour tout déballer. La cavale du monstre devait cesser. Fière de mon coup, libérée de mes tourments, j'ai raccroché avant d'aller voir mon père au salon.

Quand il a réalisé ce que j'avais fait, il s'est muni de la batte et l'a abattue de toutes ses forces sur mes frêles épaules. Je ne me suis pas défendue. Je voulais mourir. Il était à califourchon sur ma poitrine en train de m'étrangler quand un policier a défoncé la porte d'entrée dans un fracas assourdissant. Mon père s'est retourné et deux balles l'ont percuté de plein fouet avant que son cadavre ne roule sur le côté. Près de quinze ans après le meurtre de ma mère, la Bête était enfin terrassée, et moi avec.

Mais les secours m'ont ressuscitée. Au cours de ces quelques minutes où je n'étais plus moi-même, j'ai été transporté ailleurs, vers un endroit peuplé de mes cauchemars les plus sombres. Un lieu entre deux mondes, le mien et celui d'après.

Le sang s'échappe de mes organes vitaux et mon corps se refroidit. Mon pouls ne bat presque plus, l'oxygène se raréfie. Quelqu'un hurle dans le salon, mais je glisse déjà vers le purgatoire. Je ferme les yeux et accepte mon châtiment. Lorsque je les rouvre pour la dernière fois, un flocon de cendre vient s'échouer sur ma joue. Adam est là, il me sourit.

Le point G
FRED MARS

L'été de mes cinquante ans, après une dizaine de romans publiés, je changeai (enfin) de maison d'édition.

Au grand mercato éditorial, j'avais décroché cette année-là ce que d'aucuns parmi mes confrères considéreraient, à raison, comme la timbale. En passant d'un obscur éditeur de province à l'une des plus prestigieuses écuries parisiennes, j'avais optimisé de manière très sensible mes chances dans la course aux prix littéraires. Au moins, sur le papier. Las, malgré les espoirs fondés par mon nouvel éditeur, mon roman *Fourmi du temps* n'avait rien glané de notable, si ce n'est une poignée de critiques polies, semblables à ces encouragements que les écoliers besogneux reçoivent de leur professeur. Quelque chose entre le « vu » et le « peut mieux faire ». Adieu les Goncourt, Renaudot, Femina et autres breloques génératrices de grosses ventes.

À vrai dire, jamais l'un de mes ouvrages n'avait reçu l'onction suprême du moindre bandeau rouge sang, signe distinctif des romans primés. Mes couvertures à moi demeuraient dramatiquement blanches, vierges de toute reconnaissance. Et à quoi se résumaient donc des romans sans succès, si ce n'est à des arbres abattus en vain. L'échec de ma prose m'était une honte double, à la fois intime et collective, artistique et environnementale. J'étais un (*tree*) *killer*, en plus d'être un (*serial*) loser.

Comme tous les perdants, les exclus du podium – et je ne parle pas que de la première marche, une médaille en bronze m'aurait suffi – je commençai par blâmer l'absence manifeste de goût des lecteurs influents, critiques ou éditeurs de renom. Ces gens-là n'y connaissaient rien, c'était bien connu.

Je n'étais pas un banal génie incompris, comme une armée d'entre eux peuple les salles d'attente des maisons d'édition ; j'étais LE génie incompris, celui dont on célébrerait l'œuvre post-mortem, à qui on édifierait des statues, des chaires et des intégrales dans la Pléiade. Mais je me foutais pas mal d'une gloire dont je ne jouirais jamais. C'est de mon vivant que je voulais m'enfiler la queue du Mickey jusqu'à la garde. Me gaver l'ego comme on gave un canard. M'empiffrer de vanité. Me repaître de moi-même jusqu'à la nausée.

Le principal reproche adressé à ma prose résidait dans son supposé « classicisme ». D'après mes contempteurs, j'écrivais un français daté, pour ne pas dire vieillot, comme il se pratiquait sous Balzac ou Flaubert, comme on dit d'un événement donné qu'il a eu lieu sous Pompidou. Sous son écrasant parrainage, en somme.

Mes thèmes, eux non plus, ne brillaient pas par leur caractère novateur ou leur audace. Je n'inventais pas de nouveaux mondes. Je tâchais juste de rendre compte du nôtre le plus honnêtement possible, et cela me semblait déjà pas mal. Dans *Fourmi du temps*, j'avais ainsi ausculté le destin d'un petit atelier d'horlogerie des Vosges, racheté par un groupe chinois et brutalement propulsé dans l'ère impitoyable de la mondialisation. Mon sujet était certes très contemporain, mais de toute évidence englué dans une réalité sociale un peu trop poisseuse au goût des journalistes. Ce qui les passionnait chez un François Ruffin les avait fait bâiller chez moi. Ainsi en allait-il de la cruelle injustice des médias, qui comme chacun le sait ne prête qu'aux riches, quand bien même le « riche » en question défend la cause des pauvres.

Bien entendu, j'étais loin d'être le seul à connaître cette infortune. Des « génies » sans gloire, on en croisait quelques brillants spécimens dans les travées des foires et salons du livre qui émaillaient l'année littéraire. Les plus notables de ces événements populaires avaient lieu au printemps et à l'automne, dans des villes de province de moyenne importance : Brive, Nancy, Metz, Vannes, Le Mans, etc. Pour un auteur de mon calibre, y être invité relevait de toute évidence du surclassement.

Étant établi que, d'ordinaire, n'y étaient conviés que les plus *bankables* des écrivains de chaque maison. Mais, de défections en crises de gastro de dernière minute, il restait toujours quelques strapontins que les organisateurs cherchaient à combler au dernier moment. Ainsi, en ce mois de septembre, bénéficiai-je d'une table de dédicace au prestigieux « Livre sur la place » de Nancy, installé sur la non moins fastueuse place Stanislas.

Dans les salons, les seconds couteaux tels que moi, peu sollicités pour des tables rondes et autres interviews avec la presse locale, se reconnaissaient et ne tardaient jamais à se regrouper. En particulier lors des inévitables dîners officiels avec les édiles du cru. Contrairement à ce qui se passait dans les mariages, la table des « parias » se formait spontanément, sans qu'aucun plan de table ne l'ait établie en amont. Ce samedi soir-là, je m'y retrouvai donc parmi mes homologues, aussi inconnus et invendus que moi. À ma droite il y avait une auteure de romances érotiques, Emma, et à ma gauche un polardeux ethnique, Mo. Après quelques verres de vin d'Alsace, les langues se délièrent et franchirent allègrement les limites de la correction. Après avoir déversé chacun des tombereaux d'amertume, anecdotes à l'appui, notre légère ébriété commune nous emporta à l'exact opposé, sur ces cimes auxquelles l'auteur ordinaire ne peut s'empêcher de rêver.

– Vous savez ce qu'on devrait faire ? lança Emma.

– Kidnapper François Busnel jusqu'à ce qu'il nous invite tous les trois à la *Grande librairie* ?

– Non. L'impact de Busnel est très limité. Aussi bien en intensité que dans le temps. Si tu ne « fais » pas Ruquier dans la semaine qui suit ton passage chez lui, ta courbe de ventes dessinera une jolie cloche, qui retombera aussi sec.

– OK. Donc tu proposes quoi ? demanda Mo, un peu désarçonné par le sérieux de notre consœur.

– Le Goncourt. C'est le seul prix qui permette à un inconnu de dépasser les 500 000 ventes en grand format. Regardez ce qui s'est passé avec Le Tellier.

– Merci, on est au courant, dis-je. Et comment tu fais pour le décrocher, ton Goncourt ? Tu couches avec Decoin ou Ben Jelloun ?

– Ou les deux à la fois ! s'esclaffa Mo.

– Très fin, s'offusqua Emma. Cela dit, y a bien un petit côté partouze dans mon idée.

– Euh, tu m'inquiètes là…

– On écrit un livre tous les trois, à six mains. Le Goncourable parfait. Le roman imparable qu'ils ne pourront pas ignorer.

– Faut que t'arrêtes le riesling, ironisa Mo.

Je me montrai moins tranchant que mon collègue. Certes, il y avait dans la proposition de notre nouvelle amie un *yaquafautconisme* assez stérile, où volontarisme et candeur se confondaient. Et pourtant, une petite musique me chantait à l'oreille que la perspective n'était pas si inepte qu'elle en avait l'air.

– OK. Et on le concocte comment ton goncourable ? C'est quoi, la formule imparable ?

– Là tout de suite, j'en sais rien. Mais je pense que ça mérite qu'on planche sérieusement dessus.

J'aimerais mettre ce récit sur pause quelques instants. En effet, il est une chose que vous devez savoir à propos des salons du livre. Du point de vue de la plupart des auteurs, ceux-ci font office de véritables « colonies de vacances pour adultes ». Des exutoires bienvenus entre deux périodes de réclusion scripturale, ces interminables journées de tête-à-tête avec leur clavier, qui composent leur quotidien le reste de l'année. De fait, une majorité d'entre eux tend à se « lâcher » plus que de raison dans ces circonstances festives. Beuveries, coucheries, blagues diverses et âneries proférées sans frein aucun, tel est leur menu ordinaire. Ainsi, 99,99 % des projets échafaudés lors ces retrouvailles, de même que les promesses qui y sont proférées, ne seront jamais suivis d'effets. Toute cette belle énergie créative sponsorisée par Bacchus, et accessoirement par le budget des villes et des régions qui les reçoivent, restera lettre morte. C'est le cas de le dire… Fin de la pause. Retour à nos trois larrons. Emma, Mo et moi. Retour au direct de nos espoirs échevelés.

La plus résolue d'entre nous semblait être Emma. Elle fut celle qui ne remisa pas nos coordonnées, poliment échangées le dimanche soir dans la mollesse somnolente du TGV retour, mais s'en empara au contraire dès le lundi matin. Dans la foulée de quelques échanges de mails initiaux, elle créa pour nous trois un groupe de discussion sur Messenger, intitulé « Mission G ». Mo résidait en effet à Nantes, Emma en banlieue parisienne et moi-même à Saint-Malo. Si nous voulions collaborer de manière efficace, les outils de communication et de partage en ligne nous seraient indispensables. Et les occasions de nous retrouver IRL comme disaient les millennials, assez rares.

Je dois préciser ici qu'il n'y avait guère plus différents comme auteurs que nous trois. Sur le papier, notre association apparaissait comme celle de la carpe, de la louve et du lapin. Je vous laisse le soin d'attribuer son animal totem à chacun… Comme déjà dit, Emma cherchait à faire vibrer les sens en jachère de ses lectrices. Mo s'ingéniait à les faire frissonner d'effroi – mais aussi de froid, ses polars se déroulant dans diverses contrées nordiques. Quant à moi, je m'employais à titiller la conscience sociale de mes quelques aficionados, avec l'impact et le succès que l'on sait.

– Je pense que si on veut parvenir à nos fins, il faut qu'on accepte tous les trois d'abandonner nos genres respectifs, suggéra Emma dans notre discussion inaugurale. On n'a aucune chance d'accrocher le jury avec de l'érotique, du polar, ni même avec du… Je ne sais pas comment tu définis ce que tu écris, Fred.

Quoiqu'un peu piqué au vif, j'abondai dans son sens :

– D'accord avec toi. Mais dans ce cas, on se dirige vers quel registre ?

– Le conceptuel.

– Je veux pas dire, mais dans « conceptuel » y a « con », et « tue elle », plaisanta Mo. Érotique et polar.

– Je suis très sérieuse. Si tu regardes les derniers Goncourt qui ont cartonné, tu remarqueras qu'à chaque fois ce qui domine, c'est moins le thème déployé que le concept qu'il y a derrière.

– C'est sûr que l'*Anomalie*, dans le genre « ceptuel »…

– Le Tellier est membre de l'Oulipo. Il avait donc toutes ses chances.

– Hum, objectai-je. On pourrait te répondre que *Chanson douce* ou *Au revoir là-haut* sont des fictions pur jus, et pas juste des concepts habillés d'un récit prétexte.

– On pourrait… Mais tu remarqueras que dans tes deux exemples, ce qui l'emporte, c'est la notion d'imposture. Celle d'une fausse gentille qui se révèle être un monstre. Et celle de faux escrocs qui sont de vrais gentils. Depuis au moins une cinquantaine d'années, les jurés du Goncourt sont fascinés par la figure du mystificateur. Et si ça, c'est pas conceptuel…

– Tu l'expliques comment ?

– C'est simple : quand toute la vérité a déjà été dite en littérature, il ne reste plus que le mensonge porté à son paroxysme pour emporter l'adhésion.

Ses arguments tenaient plutôt debout, il fallait l'admettre.

Les semaines suivantes, nous nous épuisâmes à trouver LA bonne formule. Celle que les jurés du prix convoité trouveraient à la fois assez retorse pour leur faire des nœuds au cerveau, et assez lumineuse pour captiver le lecteur lambda. Chacun à notre tour, nous déposions sur notre groupe de discussion nos idées à l'état brut, sous la forme de pitchs de quelques lignes. Parmi ces fulgurances, presque aussitôt abandonnées, on trouvait notamment : la séquestration puis la mise à mort d'un membre du jury Goncourt (« trop violent », « trop gore ») ; la litanie de nos déboires d'auteurs malchanceux (« trop pleurnichard », « trop complaisant ») ; la vie d'un trouple d'auteurs qui échangent leurs pseudos et leurs manuscrits à l'insu de leurs éditeurs (« trop nombriliste », « trop sexué ») Je vous fais grâce des quelques dizaines d'autres…

L'automne touchait presque à sa fin et nous ne tenions toujours rien de consistant. Si nous voulions être publiés pour la rentrée littéraire suivante, vivier dans lequel le jury du Goncourt puisait sa pêche miraculeuse annuelle, il fallait mettre les bouchées doubles. Torcher un manuscrit avant la fin de l'hiver suivant, trouver un éditeur idoine durant le printemps, annoncer la sortie de notre bébé aux premiers jours d'été, puis attirer l'attention des académiciens du Goncourt durant les chaleurs d'août, quand ces messieurs dames s'acquitteraient de leurs lectures pré-sélectives, au bord d'une piscine de Marrakech ou sur la plage de Guéthary. Dit comme ça, cela semblait facile, mais c'était pourtant bien une montagne qui se dressait devant nous.

Mo, le plus geek de nous trois, proposa alors d'offrir ses talents informatiques à notre cause. Grâce à un ami développeur, il mit au point un algorithme capable de décortiquer par le menu les trente derniers textes lauréats. Champ lexical, structure et longueur de phrases, récurrence des thèmes et des items, sonorités dominantes, prénoms des personnages, conformité aux canons du récit… Tout ou presque passa par cette moulinette faite de 0 et de 1. De ce gloubiboulga numérique, ressortirent bien quelques tendances, lesquelles fonctionnaient plutôt par exclusion (ce qu'il convenait d'éviter) que par inclusion (ce qu'il fallait à tout prix intégrer). Si bien qu'à la fin de ce mois de recherche fondamentale, nous nous trouvâmes à peu près aussi dépourvus que ce soir de septembre à Nancy, notre verre de riesling en main et notre désespoir d'écrivain en bandoulière.

Comme le temps pressait de plus en plus, Noël pointant déjà son manteau rouge et vert dans le calendrier, nous nous retrouvâmes tous trois dans une brasserie parisienne un beau jour de décembre. Facétieux à son habitude, Mo avait suggéré que nous

nous attablions chez Drouant, le QG historique du Goncourt, lieu de délibération et de remise du prix. Mais il convint finalement avec nous qu'il serait un peu idiot de se faire démasquer en organisant notre conspiration à l'endroit même que nous avions pris pour cible. Tentant, certes, mais vraiment trop risqué.

Allez savoir comment l'inspiration me vint cet après-midi-là, entre le café à cinq euros et le verre d'eau chlorée, sur la terrasse chauffée d'un banal café de Montparnasse.

– Je crois que j'ai trouvé…, dis-je, la voix un peu blême.

– Vas-y, on t'écoute.

– On va raconter *ça*.

– Quoi, ça ? Le café tiède au prix du menu Big Mac ?

– Non, *ça*, nous ! L'histoire de trois pieds nickelés de la littérature qui montent la plus grande supercherie de l'histoire du Goncourt. Encore plus fort que Romain Gary avec son Émile Ajar.

– Pas mal, admit Emma du bout des lèvres, un peu vexée de s'être fait souffler l'initiative, et ce faisant son leadership. La mise en abîme, c'est bien vu. Totalement leur came.

– Sans oublier qu'on va les mettre en scène, *eux*, renchérit Mo. Si ça, ça leur flatte pas l'ego dans le sens de la plume !

– Faudra pas non plus en faire des caisses, corrigea-t-elle aussitôt, histoire de reprendre l'ascendant. Faut que ça reste subtil, léger… Bref, très Saint-Germain-des-Près. Si on vire au burlesque de foire, ils ne vont jamais adhérer.

Au cours de l'heure qui suivit, aucun de nous trois ne toucha plus à sa tasse. Les idées fusaient, aussi rapides et létales que des balles. On allait « se faire » le jury du Goncourt tout cru, nous n'en doutions plus.

Nos rires surexcités finirent par attirer l'attention de nos voisins de table. Les regards obliques s'interrogeaient sur l'objet de notre frénésie. Emma, la tête et l'âme de notre conspiration, s'empressa d'ailleurs de sonner la fin de la récré :

– Impératif numéro un, reprit-elle à mi-voix, l'œil aux aguets, n'en parler à personne.

– Même pas à nos copains-copines ?

Célibataire comme je l'étais, je me sentais à l'abri.

– Pas même à ton chat ! La réussite d'une opé de ce genre réside dans la discrétion absolue.

« Opé », elle en parlait comme d'une mission commando.

– Et le titre ? murmurai-je à mon tour. C'est capital, le titre. Sans un titre qui fait mouche, on ne passera même pas la rampe des premières sélections !

Mes deux comparses échangèrent des regards un peu perplexes. Puis Emma reprit la parole, d'un ton canaille :

– J'ai une idée : *Le point G.*

– Comme… le point G ?! s'empourpra Mo.

– Oui. Là aussi, je pense qu'ils apprécieront le double ou triple sens.

G comme Goncourt, évidemment. Quant au point qu'il s'agissait de titiller, c'était bien celui de leur vanité, dont la judicieuse stimulation conduirait jusqu'à l'orgasme les membres du jury, et nous trois à l'extase littéraire. Sans omettre ce détail : sur les dix membres de l'académie, sept d'entre eux étaient des hommes. Quel mâle blanc de plus de cinquante ans résisterait à un sous-entendu aussi égrillard ? À une telle promesse ?

L'écriture à six mains, de la fin décembre à la fin mars, durant un hiver particulièrement studieux, se déroula avec une surprenante facilité. Sur notre groupe de discussion « Mission G », rebaptisé entre-temps « Point G », les propositions de scènes, plus ou moins rédigées, s'échangeaient avec ferveur. Galvanisés par notre objectif commun, nous faisions fi de nos divergences de points de vue comme de style. Il suffisait que l'un d'entre nous donne le ton d'un passage, pour qu'un autre embraye aussitôt sur la même note, cadavre exquis d'une ébouriffante fluidité. Les chapitres s'enchaînaient désormais à toute allure. Si bien que nous eûmes tôt fait de parvenir dans la fiction au point d'avancement précis où nous nous trouvions dans la réalité.

La suite, nous ne pouvions pour l'heure que l'imaginer : publication, sélection, scrutin et ivresse.

Mais, dans l'intervalle, nous avions déniché un quatrième rêveur, pour fantasmer avec nous les futurs délices dispensés par notre *Point G*. Ce larron était notre nouvel éditeur, Olivier Maillard, qui aussitôt mis dans la confidence et le contrat signé, avait décrété un embargo total sur ce titre. Pas une seule seconde nous n'avions envisagé de faire appel à nos éditeurs respectifs, tous trois trop timorés pour se risquer dans une telle aventure.

Bien que de taille moyenne, OM éditions s'était fait une spécialité des coups éditoriaux. Ce que, dans le milieu, on désignait sous le terme générique de « *crash books* ». Des livres événements annoncés à la dernière minute, couverts par le secret, bien souvent écrits par des auteurs gardés anonymes jusqu'à la publication, et dont le succès potentiel tenait à ce sulfureux parfum de mystère. C'est ainsi qu'OM avait décroché le jackpot quelques années plus tôt, en publiant les confidences d'une ex-maîtresse du président de la République en exercice. Des centaines de milliers d'exemplaires vendus, des cessions dans une trentaine de pays étrangers, une adaptation pour Netflix en cours de production. Une manne phénoménale, certes, mais qui comme toute source avait fini par se tarir. Olivier cherchait donc sa prochaine « licorne », comme il les appelait, la martingale qui ferait de nouveau de lui un éditeur riche et envié. C'est alors que nous avions débarqué dans son bureau, sa vie, et son programme des sorties de l'année, ce dernier miraculeusement rouvert pour accueillir notre « petit » projet…

Tandis que Maillard organisait dans l'ombre notre débarquement masqué sur ce théâtre des opérations truffé de mines qu'est la rentrée littéraire, nous étions tous les trois revenus à un semblant de vie ordinaire. Il va sans dire que nous l'espérions provisoire. Mais, en attendant, il n'était pas déplaisant de reprendre notre routine de tâcherons sous-estimés. Emma pissait sa copie érotique au kilomètre, Mo décrivait les grands espaces blancs avec ce lyrisme prisé de ses lecteurs, et pour ma part, m'octroyant une relâche bien méritée, j'avais repris le chemin des salons, délaissés au cours des derniers mois.

Sans mes deux compères, je m'ennuyai plutôt ferme lors de ces déplacements du printemps. Après tout, à ce stade de notre conjuration, et au vu de ce qui allait arriver dans les mois à venir, il était préférable qu'on ne nous vît pas trop traîner ensemble.

Lors d'un dîner pantagruélique au salon de Montaigu, début avril, je fis la connaissance d'une charmante jeune chroniqueuse littéraire, Ondine P., qui faisait de son propre aveu ses premiers pas dans le milieu. Au cours du repas, elle minauda comme on minaude avant trente ans, et marqua auprès de moi quelques points en prétendant avoir « lu et beaucoup aimé » *Fourmi du temps.* J'étais cuit dès l'entrée, confit au fromage, et carrément caramélisé au moment du dessert. Était-ce par désœuvrement, ou déjà ivre du triomphe annoncé, je l'invitai à me rejoindre un peu plus tard dans ma chambre. Ce qu'elle fit, à ma plus grande surprise. Clitoridienne convaincue, elle ne révéla aucun point G sous mes doigts, mais jouit tout de même suffisamment pour accepter de passer les quelques heures suivantes lovée entre mes bras.

Au fond, je n'en demandais guère plus.

– Et tes projets de roman, ça donne quoi ? s'enquit-elle vers trois ou quatre heures du matin.

La loi devrait interdire aux hommes sexuellement repus de prendre la parole. Les confidences sur l'oreiller devraient être passibles de haute trahison. Car bien entendu, je répondis…

– Un truc assez dingue. Un roman à plusieurs mains…

– Ah bon ? Raconte !

Et ma langue se délia avec aussi peu de retenue qu'elle en avait exprimé quelques instants auparavant, nichée entre ses jambes.

M'en voulais-je ? N'en doutez pas. Était-il encore possible de remettre le dentifrice de ma logorrhée dans le tube de ma prudence ? Non, hélas. Et bien qu'elle me quittât au petit matin en jurant tous ses seins qu'elle n'en toucherait mot à quiconque, je savais d'ores et déjà que cette délicieuse pécheresse nous entraînerait tous trois dans sa chute – de reins, vous l'aurez compris.

Dans un premier temps, je gardai pour moi cet épisode pitoyable. Je tentai bien de reprendre contact avec Ondine, espérant vainement de rattraper par la culotte – *stricto sensu* – ma bourde de Montaigu. Mais la jeune femme demeura sourde à mes innombrables relances, me signifiant dans le même temps mon congé et une nouvelle défaite. Comment avais-je pu être aussi con ? Surtout si près du but ?

Je ne savais comment annoncer ma trahison à mes deux acolytes. Lâchement, comme tous les coupables, j'espérais être démasqué malgré moi, sans avoir à être l'artisan de mon humiliation. Mais quelques jours seulement avant l'envoi des exemplaires de presse, Olivier nous convoqua dans son bureau de la rue des Martyrs – je me voyais déjà dans le rôle. Sa mine était grave et son regard soupçonneux :

– Je ne sais pas ce qui a fuité, ni même comment ça a pu fuiter…

Mon gloups intérieur produisit un vacarme de tuyauterie obstruée.

– Tout ce que je sais, c'est que Franz-Erik Metz a demandé un exemplaire du *Point G* avant même qu'on envoie le moindre communiqué.

Franz-Erik Metz, soixante-cinq ans, écrivain et journaliste, membre de l'académie Goncourt depuis quinze ans, l'un des piliers de l'institution.

– Tu crois que c'est mauvais signe ? l'interrogea Mo.

– Évidemment que c'est mauvais signe, le tacla aussi sec Emma. Les éditeurs de la France entière tueraient pour qu'ils feuillettent deux pages de leurs romans de rentrée. Et là, c'est lui qui demande à nous lire ? Ça n'arrive jamais. Ja-mais !

Maillard semblait valider ce que cette étonnante inversion des polarités annonçait de funeste.

– En effet, c'est rarissime… Et quand c'est le cas, tu peux être sûr qu'il s'agit du roman de l'un de leurs copains, par pur renvoi d'ascenseur.

– Il a justifié son empressement pour notre titre ? demandai-je.

– Oui, vaguement… Il a prétendu que *Le point G* était le seul roman de cette année à paraître sous embargo sur le nom de son auteur. Et que ça l'avait intrigué.

– C'est plutôt bon, ça, non ? s'enflamma Mo.

– Sauf que c'est forcément bidon.

– En attendant, reprit Olivier, ça soulève un aspect qu'on va bien devoir trancher : on reste sans nom d'auteur, ou on vous en bricole un pour vous trois ? L'impression commence dans une semaine, donc va vite falloir se décider.

La veille de la mise en branle des rotatives, quelque part dans une imprimerie située dans les Hauts-de-France – étonnant comme la plupart des livres étaient fabriqués dans la région de France où on lisait le moins – je reçus cet appel, directement sur mon portable. Inutile de demander à mon correspondant comment il s'était procuré mon numéro :

– Fred Mars ?

– Oui…

– Franz-Erik Metz à l'appareil.

– Ah, oui, bonjour, je…

– Vous fatiguez pas, Ondine m'a tout raconté.

Déflagration. Acouphènes. Silence.

– OK…

– J'ai demandé à lire votre livre en avant-première. Je serai le tout premier à l'avoir en main.

– OK…

Gloups, re-gloups et dix de gloups.

– Je ne peux pas présumer de mon sentiment tant que je n'aurais pas jeté un œil au texte, mais je trouve votre petite entourloupe collégiale carrément géniale.

– Ah, merci…

Il me passait la brosse pour mieux dresser le poil qu'il s'apprêtait à tondre… ou était-il sincère ?

– En revanche, ça ne sera pas possible aux conditions que vous imaginiez.

– C'est-à-dire ? étirai-je, comme si la bande de mon bafouillage défilait au ralenti.

– Eh bien, disons qu'avec les informations en ma possession, je pourrais faire en sorte que votre roman ne parvienne jamais jusqu'à mes camarades de l'académie. Je vous rappelle en particulier que, selon nos règles, les ouvrages écrits à plusieurs mains sont prohibés. En revanche, si nous trouvons un terrain d'entente, je vous garantis, outre mon vote, de conserver le secret sur votre mystification. Et il se pourrait bien qu'en novembre prochain, votre éditeur, vos amis et moi… nous décrochions le prochain prix Goncourt.

Je délirais, où il avait dit « nous » ?

Dans le paysage littéraire français, Franz-Erik Metz était ce qu'il était convenu d'appeler une « vieille gloire ». Bien qu'il n'ait jamais empoché lui-même le Goncourt, il avait engrangé quelques succès de librairie conséquents, au cours des années 80 et 90. Or, depuis, plus de vingt ans, son public fidèle s'asséchait titre après titre, jusqu'à ne plus composer qu'un groupuscule famélique. Oh, il était toujours l'un de ces écrivains bons clients, que s'arrachaient les antennes de radio et les plateaux télé. Mais même quand il brillait par sa faconde et ses mille anecdotes, les ventes ne suivaient plus. Lorsqu'on atteignait comme lui « Warhol et demi » à l'horloge du succès, il fallait s'y résoudre. Son heure de gloire était tout simplement passée, et elle ne reviendrait plus.

– C'est tout ce qu'il réclame pour prix de son silence ? s'étonna Oliver Maillard, deux jours plus tard dans son bureau.

À nouveau réunis tous les quatre, nous tenions conseil de guerre.

– Oui, être le premier à lire le texte. Et aussi, le choix du pseudo.

– Tiens. Et pour quelle raison ?

– Les initiales de nos prénoms ne lui ont pas échappé : F pour Fred, E pour Emma et M. pour Mo. F.E.M.

– Comme Franz-Erik Metz ! s'écria Mo, qui hésitait entre l'extase et la désolation.

– Voilà. Il envisage ça comme un clin d'œil, un hommage que nous lui rendrons en rétribution de ses bons services auprès de l'académie.

– Vous en pensez quoi ? nous demanda Olivier.

– Si c'est la condition sine qua non pour avoir le soutien de cette enflure, je suis partante, valida Emma. Ça ne me semble pas si cher payé.

– Bon pour moi.

– Oui, pour moi aussi, dis-je, plutôt heureux de sortir de ce guêpier à si bon compte.

Et c'est ainsi que *Le point G,* un roman signé par l'énigmatique F.E.M. et publié par les éditions OM, prit le chemin des immenses rouleaux de papier qui lui donneraient vie pour de bon, un joli soir de la fin avril.

Les mois suivants nous parurent longs, très longs, effroyablement longs. Notre nouvel allié ne nous donnait pas de nouvelles, pas plus qu'Ondine ou notre éditeur. Les rares fois où ce dernier daigna prendre nos appels, il affirma, rassurant, que tout était sous contrôle. Les premiers retours des critiques de la grande presse étaient excellents. Partout dans Paris, il se murmurait qu'un ovni littéraire anonyme figurait en première place dans les pronostics des bookmakers – ceux-ci n'avaient jamais aussi bien porté leur nom. Bref, selon l'expression consacrée, et sans s'emballer avant le début du sprint final, « ça sentait bon ».

Août fut une tannée brûlante. Septembre un supplice mou. Octobre une purge interminable. Et quand novembre se présenta enfin, et avec lui l'annonce du dernier carré des goncourables, je dois avouer qu'Emma, Mo et moi n'y croyions presque plus. Plus d'une année s'était écoulée depuis nos rêves de gloire arrosés de riesling. Et pourtant, entre deux Gallimard de saison et un Actes Sud de rigueur, notre bébé figurait bien dans le saint des saints : les quatre romans de l'ultime sélection.

Soyons honnêtes, moins que les qualités intrinsèques de notre livre, ce furent les spéculations sur l'identité du mystérieux F.E.M. qui électrisèrent les médias, le public et le jury. Nos ventes atteignaient déjà les 100 000 exemplaires, ce qui, pour un total inconnu, dépassait toutes les espérances. À en croire Maillard, cela promettait un résultat final après Goncourt au-delà des 600 000 ventes. Peut-être même plus…

Mais peu nous importait notre portefeuille, désormais. Tout ce que nous voulions, c'était cette queue du Mickey qui nous avait été jusque-là refusée. L'argent, c'était certes gratifiant, mais la gloire… la gloire ! Le fric se dépenserait vite. Mais un Goncourt, lui, graverait notre revanche dans le grand livre de comptes du destin pour l'éternité. C'était sans commune mesure…

Le jour J de la proclamation des résultats, un 13 novembre, ça ne s'invente pas, nous nous retrouvâmes tous trois dans la brasserie parisienne où tout avait commencé. Bien loin de chez Drouant et de son agitation. À notre demande, le patron du bar avait accepté de troquer BeIn Sports pour France Info sur l'écran plat de la salle. L'annonce du Goncourt allait y être faite en direct, comme d'habitude sur le parvis du célèbre restaurant et par la bouche de Didier Decoin, l'inamovible président de l'Académie.

Lorsqu'il se présenta enfin sous les flashes, nous retînmes tous trois notre souffle. Aucun d'entre nous ne parlait plus. Fini les blagues destinées à décharger le stress ou conjurer le sort.

– Mesdames, messieurs, le prix Goncourt a été attribué, dès le deuxième tour de scrutin, au roman du mystérieux auteur F.E.M., *Le point G*, publié aux éditions OM... Je dois dire que ce cru exceptionnel n'a pas laissé le jury indifférent. D'ailleurs, je cède le micro à mon camarade Franz-Erik Metz, qui souhaitait ajouter un mot à ce propos.

Durant quelques secondes, les vagues d'émotion qui déferlaient inhibèrent chez nous toute réaction. Officiellement, nous ne venions pas de remporter le Goncourt. C'était impossible, puisque nous étions trois, et non un unique auteur, comme stipulé par le règlement du prix. C'était ce F.E.M. qui venait d'empocher le trophée suprême. Et pourtant, nous étions bien les vainqueurs. Entre stupeur, incrédulité et félicité, nos âmes tanguaient sans savoir de quel côté verser in fine.

Nous étions encore K.-O., quand notre Faust de service – à moins qu'il fût le diable, et nous les damnés – s'avança face à la meute crépitante des photographes :

– Bonjour, je voulais vous dire en effet le plaisir tout particulier que me procure cette attribution... Car, je peux le révéler aujourd'hui, moi Franz-Erik Metz, je suis F.E.M. Je suis l'auteur du *Point G.*

Des cris s'élevèrent dans la foule. Decoin vira couleur coing. Les micros se croisèrent sous le nez de l'écrivain primé, comme autant de lames dans une passe d'escrime. Metz profita de l'effarement généralisé pour poursuivre son laïus bien préparé :

– En effet, les statuts de notre académie n'interdisent nullement à l'un de ses dix membres d'être candidat au prix que nous décernons. Il se trouve juste qu'aucun autre auteur n'avait eu le culot de le faire avant moi. Évidemment, on pourra me reprocher mon opportunisme. Ou même suspecter la partialité de mes confrères. Mais c'est bien la raison pour laquelle j'ai exigé de mon éditeur qu'il publie ce texte sous un pseudonyme avec embargo. Afin que celui-ci soit jugé au même titre que tous les autres. Sans aucun favoritisme. D'ailleurs, afin qu'on ne me reproche pas d'être juge et partie, je précise que je me suis abstenu au premier tour de scrutin. Et que je ne me suis rangé à leur avis au deuxième tour que sous la pression de leur unanimité.

À peine eût-il fini que des dizaines de questions furent aboyées de concert. Les deux autres larrons mis en scène dans le *Point G* existaient-ils réellement ? Les statuts seraient-ils modifiés d'ici l'année suivante, pour empêcher qu'une telle supercherie ne se reproduise ? Aucun des autres membres n'avait-il été mis dans la confidence ?

De notre côté, nous buvions notre déconvenue en même temps que nos cafés froids. K.-O. assis. Aussi blancs et muets que la porcelaine où nous trempions nos lèvres tremblantes.

Nous nous étions fait rouler comme trois bizuts. Comme on pouvait s'y attendre, Olivier était complice de la combine. Il ne répondit pas à nos appels, ni ce jour fatidique ni les jours suivants. Mais, quelques semaines plus tard, nous apprîmes sans étonnement que Metz et lui s'étaient entendus dans notre dos plusieurs mois auparavant. Dès que j'avais raconté la prise de contact du vieil auteur, notre éditeur avait flairé un coup plus fumant encore que notre petite arnaque. Et tandis que nous attendions notre heure de gloire comme trois idiots, les deux félons conspiraient en coulisse, tricotant ce *storytelling* qui relèguerait bientôt Gary et Ajar au rang de vulgaires amateurs de la supercherie littéraire.

Ils nous avaient trompés, mais ils ne s'étaient pas trompés. Le buzz absolu généré par l'annonce de Franz-Erik Metz propulsa *Le point G* vers des sommets inédits. Le million d'exemplaires vendus fut atteint avant Noël. Au bout de six mois, le record de *L'amant*, le Goncourt décroché en son temps par Marguerite Duras, fut effacé des tablettes. Notre roman tutoyait les deux millions. Les droits pour le cinéma avaient fait l'objet d'enchères décrites comme « historiques » dans le *Film français*.

Nous étions riches, Olivier avait eu au moins l'élégance de ne pas dénoncer notre contrat initial. Tristes mais riches. Floués mais riches. Oubliés, niés, à jamais relégués dans les abîmes de l'histoire littéraire… mais riches à en crever.

À nous l'ombre et la thune. À lui la postérité.

Environ un an après la parution, alors que l'onde de choc de ce Goncourt hors norme ne se tarissait pas, Franz-Erik et Olivier annoncèrent la publication d'une version révisée et augmentée du *Point G*. Telle que décrite dans la presse, celle-ci intégrait tout ce qui s'était passé depuis lors, conformant cette fois la fiction à la réalité, et non l'inverse.

Metz s'était vu banni à vie de l'académie. Mais cela lui faisait une belle jambe, désormais. À jamais il resterait comme le filou suprême, celui qui avait pris ses pairs à leur propre piège. Depuis le Goncourt, tous ses anciens titres émargeaient dans le top 20 des meilleures ventes. Partout dans les médias on parlait d'un génie trop longtemps négligé et enfin réhabilité. On se réjouissait même que cela fût fait de son vivant. Ça changeait des hommages post mortem.

Je filais pour ma part vers mon troisième épisode suicidaire depuis l'annonce de « notre » Goncourt, quand je reçus un appel émanant d'un numéro inconnu. Mais dès les premiers mots, je reconnus le miaulement suave d'Ondine :

– Tu m'invites au restau ? dit-elle de but en blanc. J'imagine que t'as les moyens de m'offrir les meilleures tables maintenant. Et puis, tu me le dois un peu, non ?

Son toupet stratosphérique me pétrifia. Puis je repensai à sa peau douce. À son clitoris batailleur. À ses orgasmes doux et nos deux corps enchâssés.

– Pourquoi pas…

– Super. Tu réserves et tu me dis ?

– Oui, oui…

– Oh, au fait, j'allais oublier… Tu sais que j'ai enfin trouvé mon point G ?

Récurrent
SALVATORE MINNI

Le silence. Un silence tomba.

Une odeur de moisi envahit ses narines. Un haut-le-cœur lui contracte le sternum. Des frissons lui parcourent le corps. Il a froid. Non, il a peur.

Autour de lui, le noir absolu. Impossible de lever les paupières. Il essaie d'ouvrir la bouche, sans y parvenir. Un bâillon l'entrave.

Une goutte de sueur glaciale ruisselle entre ses omoplates. Il tente de rassembler ses idées. De dérouler le film de ses souvenirs. Rien ne vient. Sa mémoire est engourdie. Ses mains également.

Il sent son sang pulser aux poignets et aux chevilles. Les liens sont trop serrés. Sa respiration s'emballe. Son cœur est prêt à s'échapper de sa poitrine.

Il tente de crier. En vain. Il tremble de l'intérieur. Ses idées s'entrechoquent sous son crâne. Comment est-il arrivé là ? Où est-il ? Qui lui a fait ça ? Et pourquoi ?

Pris d'une frénésie soudaine, il se dodeline sur sa chaise. Il bascule d'avant en arrière, de droite à gauche. Peut-être qu'en se renversant, il pourrait se libérer. Il finit par tomber sur la droite. Une douleur explose dans son épaule, lui arrachant un cri.

Le cliquetis d'une serrure lui glace soudain les sangs. Une porte claque, des pas lents s'approchent. Il n'a plus de souffle. De l'oxygène, il lui faut de l'oxygène. Son hurlement est étouffé par le tissu qui lui scelle la bouche. La colère et la frustration le dévorent.

Un souffle lui frôle la joue. Il se fige. Des effluves d'alcool se suspendent dans l'air. Il veut savoir qui est là et comprendre ce qui lui arrive. Il formule ses questions, mais n'entend que ses pathétiques « mmm mmm ». Il jure in petto.

Une main l'attrape par les cheveux. Il a l'impression que son cuir chevelu est sur le point de se désolidariser de son crâne. Il hurle. Sa tête tourne. Un manège infernal l'emporte. La seconde suivante, les quatre pieds de la chaise à laquelle il est attaché touchent le sol. On l'a remis en position assise. Son épaule le rappelle à l'ordre et sa tête est sur le point d'exploser.

– Ce n'est pas prudent de se jeter ainsi au sol. On risque de se faire très mal.

La voix claque, fouettant le silence opaque qui règne dans cet endroit. La chair de poule le parcourt tout entier. Ce timbre lui est familier. Féminin, légèrement cassé, comme il aime. Pourtant, le ton met ses instincts en alerte. Cette femme lui veut du mal.

– Mmm... mmm...

Frustration et colère l'assaillent.

– Ne te fatigue pas. Ici, c'est moi qui commande. Tu aimes faire souffrir les autres, hein ? Maintenant, c'est à ton tour.

***

Je venais de taper la dernière ligne de mon prochain roman. La phrase qui clôturait des mois d'écriture, de relectures et de corrections. Un long soupir m'échappa. J'étais parvenu à respecter les délais. Mon éditeur serait content mais la tâche n'avait pas été aisée. J'étais déjà dévoré par les doutes.

Ma nouvelle histoire allait-elle plaire à son public ? Avais-je été à la hauteur ? Le thriller psychologique est un genre exigeant. Rencontrer des thérapeutes, tenter de comprendre le psychisme de l'humain, plonger dans les méandres d'esprits torturés pouvait s'avérer éprouvant.

Comme toujours, j'aurais besoin d'un moment pour revenir à la réalité. Mes personnages, mes histoires m'habitaient, faisaient partie de moi. Taper le mot « fin » était à la fois un soulagement et un déchirement. Je me levai, quittai mon bureau et allai me servir un verre de vodka. Petit rituel d'écrivain. Boire un coup pour fêter la naissance de mon troisième bébé. Celui que j'étais le seul à connaître et que je m'apprêtais à présenter au monde. Entre excitation et appréhension.

Mon regard se perdit à travers la fenêtre de la cuisine alors que l'alcool se frayait peu à peu un chemin dans mes veines. Je me sentis plus détendu. D'autres personnages frappaient déjà à la porte de mon imagination, impatients de s'exprimer. Mais mon esprit était ailleurs. Un bruit de métal m'arracha un sursaut. La boîte aux lettres. J'abandonnai mon verre sur la table et quittai la cuisine.

Lorsque je revins, je posai le courrier à côté de ma vodka. Des factures surtout, et des publicités. J'exhalai un profond soupir en me servant un autre verre.

Une enveloppe rouge attira néanmoins mon attention. Je la décachetai et dépliai la feuille de papier glissée à l'intérieur. Mon rythme cardiaque s'accéléra. Sept mots. Rien, dans ces mots, n'indiquait une menace, pourtant mon instinct se mit en alerte. Le « n°1 » inscrit dans le coin supérieur droit m'intriguait. J'avais la sensation qu'il y aurait un « n° 2 ».

Dehors, des nuages anthracite étaient sur le point d'exploser. Je levai les yeux au ciel.

– Tu vis trop dans la fiction, me surpris-je à dire à voix haute.

Ma voix déchira le silence oppressant qui régnait chez moi. Un silence synonyme de solitude. Une solitude de moins en moins supportable. Une existence en noir et blanc depuis que le destin avait décidé de m'enlever l'amour de ma vie. L'écriture était devenue mon unique échappatoire. Le moment où je pouvais laisser ma part d'ombre s'exprimer.

Mon regard se posa de nouveau sur le message. Juste cette phrase. Rien d'autre. Pas d'expéditeur. Mon premier réflexe fut de penser à une plaisanterie de Roberto, mon meilleur ami. Ce dernier avait été le premier à me mettre en garde. Avec le succès, j'attirerais toutes sortes de détraqués. Je souris. Je raillais souvent mon ami qui s'inquiétait toujours plus que de raison. Mais, cette fois, c'était moi que l'angoisse triturait. Sans pouvoir l'expliquer, j'étais dévoré par un pressentiment.

Cette lettre était de mauvais augure, je le sentais au plus profond de mes tripes. Comme pour appuyer mes réflexions, un éclair zébra le ciel. Je relus chaque mot à voix haute. « TU SAIS CE QUE J'ATTENDS DE TOI… »

***

Jennifer s'était levée à l'aube. Le salon de littérature noire qu'elle attendait depuis un an avait enfin lieu ce week-end. La veille, elle avait préparé les romans qu'elle ferait dédicacer et s'était fixé un budget pour l'acquisition d'ouvrages sur place. Tant d'auteurs à rencontrer, elle ne tenait plus en place. D'habitude, Anne-Claire l'accompagnait mais, cette année, impossible pour elle de se libérer. Jennifer avait accepté d'acheter les livres sur lesquels son amie lorgnait et les ferait signer à leurs auteurs. La journée s'annonçait éreintante mais parsemée de bons moments.

Dans sa salle de bains, Jennifer termina de dompter ses boucles rousses. Puis elle appliqua un peu de fard à joues et du mascara, avant de rehausser ses lèvres d'une fine pellicule de rouge. Elle s'observa dans la glace et gratifia son reflet d'un sourire lumineux.

Le public pourrait accéder au salon dès 10 heures. Jennifer arriva sur place une heure plus tôt. Elle voulait être certaine d'être parmi les premières. Une journée passait rapidement. Il s'agissait de ne manquer aucun des auteurs qu'elle appréciait. Le cœur allègre, elle patientait devant l'entrée. Déjà, certains auteurs arrivaient. Sa respiration s'amplifiait à chaque fois que l'un d'eux répondait à ses « bonjour » intimidés. La sonnerie de son téléphone la fit sursauter. De l'autre côté de l'écran, Anne-Claire.

– Alors, ma belle, tu y es ?

– Yes ! J'ai vu passer Thilliez, Norek et Manzor. Je suis excitée comme une puce.

– Ah, Manzor ! Tu vas enfin le rencontrer !

– Oui et revoir les beaux yeux d'Olivier.

– Je t'envie. Je voudrais tellement être là. Tu n'oublies pas la liste que je t'ai faite, hein ? Abel, Favan, Denjean, Carbonel, Destombes, Manzor, en priorité, s'il te plaît.

– Oui, oui, t'inquiète, répondit Jennifer.

– Surtout Manzor. Tu me diras s'il est aussi sympa qu'on le dit ?

– Surtout Minni, tu veux dire.

– Lui, c'est ton chouchou, pas le mien. Ah ! Et n'oublie pas de faire des selfies surtout.

– Tu peux compter sur moi, je te ferai baver de jalousie. Moi et Norek, moi et Thilliez, moi et Minni, moi et…

– … tous ceux de ma liste ! ajouta Anne-Claire en décochant un clin d'œil entendu à son amie.

– Bien sûr.

– Bon, je vais devoir te laisser, faut que je bosse… Profite, ma chérie.

– Yes ! Bisous et courage.

Les minutes filèrent. La tension monta d'un cran. Plus qu'une dizaine de minutes avant l'ouverture des portes. Jennifer réprima son envie insoutenable de faire des bonds. Au fil du temps, son admiration pour les auteurs de polars s'était transformée en véritable ferveur. Certains étaient fans de hard rock ; elle, c'étaient les romanciers qui la faisaient rêver. Un long soupir exalté s'échappa de sa gorge.

Minni… Celui-là, elle ne le manquerait pour rien au monde. Un rictus mâtiné d'une satisfaction presque malsaine se dessina sur son visage.

***

J'avais une sainte horreur d'être en retard, comme c'était le cas ce matin. Je dévalai les escaliers menant au rez-de-chaussée de ma maison bruxelloise, j'enfilai ma veste, pris mes clefs sur la console de l'entrée et filai.

Entre trac et impatience de retourner aux salons après un an d'écriture, je mis le contact et démarrai. Mais ma voiture ne parvint pas à quitter sa place. Drôle de sensation. L'impression de flotter. Je fronçai les sourcils et jurai. Je jetai un œil rapide à ma montre et sortis de mon véhicule.

– C'est vraiment pas le moment, marmonnai-je en serrant les dents.

Mes mains se levèrent pour se poser sur ma nuque lorsque j'aperçus les pneus. Je fis le tour. Tous étaient crevés. Comment était-ce possible ? *Fait chier !* Le salon allait débuter dans une petite demi-heure. Il me fallait trouver une solution. Pas de temps à perdre. Je verrouillai les portières et me dirigeai au pas de course vers l'arrêt de tram qui se trouvait à cinq cents mètres de chez moi.

Installé sur un siège peu confortable, je continuais de pester intérieurement en repensant à mes pneus. Quatre chambres à air ne se dégonflaient pas toutes en même temps comme par enchantement !

Soudain, mes entrailles se tordirent, mon cœur s'affola. L'évidence s'imposa.

« TU SAIS CE QUE J'ATTENDS DE TOI… »

Ne pas céder à la paranoïa. Garder la tête froide. Il devait y avoir une explication plausible. *Tu vas attirer de plus en plus de détraqués avec le succès.* Les mots de Roberto résonnèrent sous mon crâne. Je frémis et balayai ces idées noires d'un revers de main. Qui pourrait me vouloir du mal ? Je n'étais qu'un auteur débutant dont la visibilité était en pleine croissance, certes, mais je n'étais pas Chattam, non plus ! On me connaissait à peine. Qui s'intéresserait à ma petite vie ? Je haussai les épaules.

Après plusieurs arrêts de tram, je m'engouffrai dans le métro en direction de Simonis-Élisabeth. Je devais descendre à Trône, six stations plus loin. Les portes de mon wagon s'ouvrirent. Je me frayai un chemin et courus vers la sortie.

« TU SAIS CE QUE J'ATTENDS DE TOI… »

Le front perlé de sueur et des auréoles sous les aisselles, je me présentai à l'accueil. On me remit mon badge nominatif et j'entrai. La salle était déjà noire de monde. De mon regard impatient, j'avisai une chaise vide. La mienne… J'aurais aimé prendre un moment pour saluer les copains, mais une petite file s'était déjà formée devant ma place. Je me hâtai vers ma table, adressant des signes de la main à ceux qui croisaient mon regard.

Posant ma besace au sol, je remerciai mes lecteurs d'avoir patienté. Puis je retirai ma veste, dégainai son stylo et invitai la première personne à s'avancer. Adrénaline. Bonheur. Plaisir. Ma paranoïa s'évapora sur-le-champ.

***

Jennifer avait déjà pu rencontrer plusieurs auteurs. Dès l'ouverture des portes, elle avait couru vers la salle, à la recherche d'Olivier Norek. Lui, il valait mieux être la première, sinon, elle aurait risqué de passer la journée dans la queue sans avoir l'occasion d'aller voir les nombreux écrivains de sa liste. Avaient suivi Manzor, Abel et Favan. Entre deux rencontres, Jennifer avait lorgné du côté de la table de Salvatore Minni. Vide.

Après de longues minutes, elle avait enfin aperçu le jeune auteur belge se diriger, au pas de course, vers sa place. Ses yeux jaugèrent le nombre de personnes dans la queue. Ça allait. Elle se faufila à travers la foule. Ce serait l'occasion d'acheter son dernier roman. Elle avait dévoré le précédent, M. Concerto était son personnage préféré. Tellement énigmatique, tellement complexe ! Elle s'était permis de contacter Salvatore Minni pour lui réclamer une suite. Le romancier lui avait gentiment répondu qu'il était l'auteur d'histoires isolées, des *one-shots* comme on dit. Qu'il n'aimait pas les personnages récurrents. Mais elle ne perdait pas espoir.

Quand son tour vint, elle se pencha pour embrasser Salvatore. Il était très accessible avec son public. Ce qui ne déplaisait pas à la jeune femme.

***

– Salut Sal, comment vas-tu ?

Je demeurai coi, entre deux battements. Cette fille m'appelait Sal ? Son visage me disait quelque chose, mais pas au point de justifier cette familiarité. J'affichai tout de même un sourire sincère et répondis.

– Très bien, et vous ? Pardon, je n'ai pas la mémoire des noms.

– Jennifer. Mais tu peux m'appeler Jen, si tu veux, lâcha-t-elle l'œil de plus en plus concupiscent.

– Euh… alors, Jennifer, vous avez lu mon petit dernier ?

Elle répondit que non. Qu'elle était justement là pour se l'offrir. J'en fus ravi et espérais qu'il lui plairait tout autant.

– En parlant du précédent, tu as pensé à une suite ? dit-elle se tortillant à mesure que les mots quittaient sa bouche. Ça ne peut pas se terminer de cette manière…

– Je n'aime pas les personnages…

– … récurrents, oui, je sais, tu me l'as déjà dit mais, pour Concerto, tu peux faire une exception, non ? Je suis certaine que tu n'en as pas fini avec lui…

Je ne compris pas à quoi cette lectrice faisait allusion. Pour clore le sujet, j'utilisai une formule qui avait déjà eu une certaine efficacité auprès des fans de Concerto.

– J'en ai fini avec lui. D'autres personnages, d'autres parts de moi, ont besoin de s'exprimer.

– Mouais… Je ne suis pas d'accord, mais bon…

Je me contentai de sourire et de jeter un coup d'œil rapide derrière Jennifer. Elle s'en rendit compte.

– Oh pardon, je parle trop. Donc, je prends celui-ci. Tu me fais une jolie dédicace ? (elle inclina la tête sur le côté). Ensuite, je te laisse, promis.

Alors que je faisais glisser la plume de mon stylo sur la page titre, Jennifer ajouta :

– Quel succès ! Je suis très heureuse pour toi. C'est tellement mérité ! Mais, pour M. Concerto, ça ne peut pas être fini. Je n'en démords pas.

Une lueur étrange traversa son regard. Tête baissée, je ne m'en rendis pas compte.

***

La journée avait été ponctuée d'émotions, d'échanges, de rires. Des moments dont tous les auteurs avaient besoin. Ils se nourrissaient de la chaleur de leurs lecteurs, de leurs compliments, de leurs débats, parfois. Le retour à la réalité n'était pas toujours des plus évidents.

Le dîner s'était déroulé dans la bonne humeur. Confrères et consœurs étant plus délirants les uns que les autres, les fous rires avaient fusé. Un bonheur qui remplissait les cœurs de toute l'assemblée.

Étant bruxellois, je n'avais pas exigé de chambre d'hôtel. Éreinté mais heureux, j'introduisis ma clef dans la serrure de ma porte d'entrée vers minuit.

Une bourrasque s'infiltra alors que j'entrais. Un frisson me parcourut. La température avait chuté. En pénétrant dans le salon, j'écrasai un bâillement et me dirigeai vers la cheminée pour allumer le feu. Un dernier verre m'aiderait à dormir. L'excitation du salon rendait l'endormissement difficile. Tant de visages, de mots se bousculaient dans ma tête ! Je ne pouvais m'empêcher de me refaire le film de la journée.

Installé dans mon sofa, les pieds sur la table du salon, je sirotais mon verre de vodka. Mes muscles se détendirent peu à peu. Je basculai la tête en arrière et exhalai un soupir satisfait. Malgré ma solitude parfois pesante, j'aimais ma vie. L'absence de proches, partis trop tôt, se faisait souvent ressentir. Surtout lors de moments heureux où j'aurais dû être comblé. Mais, me considérant chanceux, je ne me plaignais pas.

Personne avec qui partager mon bonheur… Un sourire mélancolique étira mes lèvres. Je vidai mon verre et allai le poser dans l'évier de la cuisine. Je repensai à mes pneus. Cela devrait attendre lundi. Une moue déforma mes traits. Dehors, nuit noire. La pluie fouettait les fenêtres.

Alors que je m'apprêtais à gravir l'escalier menant au premier étage, un claquement métallique stoppa ma progression. La fatigue ralentissant chacun de mes mouvements, je fis demi-tour pour me diriger vers la source du bruit. Dans la boîte aux lettres, une enveloppe. Sur le coin supérieur droit, un « n° 2 » fit monter ma pression artérielle.

J'entrebâillai le battant à la hâte, coulai un œil dans la pénombre de la rue. Je pivotai la tête à droite, puis à gauche. Personne. Un calme presque inquiétant. *Et merde !* Je refermai et mis le verrou, une boule d'angoisse dans la gorge.

Fébrile, je m'emparai du pli, l'ouvris et lus le message. Les battements de mon cœur devinrent assourdissants. Le sol se déroba sous mes pieds. Le vestibule se mit à tourner. Je posai une main sur le front pour atténuer la valse infernale. Me voulait-on du mal ? Si oui, pourquoi ? Et qui ?

Ma respiration se fit sifflante. Me calmer. Ne pas céder à la panique. La crise n'était pas loin. Inspirer, expirer. Rester concentré sur les mouvements de ma poitrine. Satané asthme !

J'avais lu les mots en silence, pourtant ils résonnaient sous mon crâne, tel un gong qui vibrait. La fatigue disparut. L'effroi prit possession de tout mon être. Jamais je n'avais ressenti une telle peur panique. À pas rapides, je m'empressai de baisser le volet du salon.

Comme pour chasser mes inquiétudes, je jetai le mot dans le feu allumé et détournai le regard. Dans l'âtre, les flammes mordaient déjà la phrase dactylographiée.

***

Le réveil m'extirpa d'une nuit peuplée de cauchemars. Mon sommeil avait été haché, mon corps semblait paralysé. Ma bouche était pâteuse, une migraine martelait mon crâne. J'ouvris les yeux, en grimaçant.

« CETTE FOIS, CE SONT LES PNEUS QUE J'AI CREVÉS... »

Telle une ritournelle diabolique, cette phrase m'avait accompagné tout au long de mes songes. Une part de moi minimisait la portée de ces mots. Une autre, plus insistante, y percevait un réel danger. Mon corps était encore engourdi par la fatigue, mais les questions écorchaient déjà mon esprit. Serait-il plus prudent de prévenir la police ? Sans doute. Mais il n'y avait aucune menace explicite dans ces lettres. On me rirait au nez, j'en étais convaincu. Quelle attitude adopter ? À qui en parler ? Personne ne me prendrait au sérieux. Mis à part Roberto, peut-être. Mais rien ne servait de l'inquiéter davantage.

Mon rythme cardiaque demeurait trop élevé. Mauvais signe. Le stress s'était installé en moi et je savais que cela durerait tant que cette histoire ne serait pas résolue. Je posai un œil torve sur mon réveil. La nuit m'avait semblé si courte. Je rassemblai mes forces et quittai la chaleur de ma couette.

Pas question d'arriver en retard pour le second jour du salon.

« TU SAIS CE QUE J'ATTENDS DE TOI... CETTE FOIS, CE SONT LES PNEUS... »

Je m'ébrouai pour chasser mes pensées anxiogènes et m'exilai dans la salle de bains.

Une heure plus tard, installé à ma table, j'échangeais quelques mots avec Claire Favan, ma voisine. J'avais rencontré Claire quelques années auparavant. Nous nous étions entendus sur-le-champ. Parfois, les âmes se reconnaissent. Une franche camaraderie nous liait désormais, nous soutenant l'un l'autre dans les moments de doutes qui assaillent les artistes à intervalle trop régulier.

Les portes s'ouvrirent, les premiers visiteurs entrèrent.

Soudain, je me sentis oppressé, presque agressé par la foule. Des hommes, des femmes, certains tenants l'un de mes livres. Une queue plus importante que la veille se forma rapidement. Le souffle court, je parvins à sourire, au prix d'efforts surhumains. *Qu'est-ce qu'il t'arrive, bon sang ?*

Les lecteurs et lectrices défilèrent à un rythme soutenu. D'habitude, je chérissais ces échanges. Ce matin, une part de moi se méfiait. Et si mon harceleur se trouvait là ? Impossible.

Dans la file, je reconnus Jennifer. Elle avait la tête plongée dans son portable. Quelque chose semblait la perturber. Son expression était moins joyeuse que la veille, son visage fermé.

– Bonjour, monsieur Minni.

Trop absorbé par Jennifer, je n'entendis pas la voix de la dame qui se tenait juste devant moi.

– Ouh ouh ! osa-t-elle.

Je pris enfin conscience de sa présence. Je me confondis en excuses. Et plongeai mon regard dans celui de ma lectrice. Lorsque vint le tour de Jennifer, je ne pus m'empêcher de lui demander si tout allait bien. Elle acquiesça d'un mouvement de tête. Elle sembla froide et distante.

– Alors, tu as déjà lu le roman que je t'ai dédicacé hier ? lançai-je, un peu mal à l'aise.

– Mmm… mmm…

– Aïe… tu n'as pas aimé ?

– Si, si, j'ai adoré ! Décidément, j'adore ton style !

Elle arbora un sourire crispé. Je sentis un frisson courir le long de mon échine.

– Mais… ?

– Mais rien du tout. Tu vas faire souffrir tous tes personnages ? demanda-t-elle, de plus en plus nerveuse.

– Eh bien, disons que j'écris des thrillers… Donc, il y a de fortes chances.

Embarrassé, je me grattai le front.

– Oui, mais tu refuses de continuer l'histoire de M. Concerto et tu assassines un personnage capital dans le dernier roman. Moi, je m'y étais attachée. Et maintenant, aucune suite n'est envisageable, grommela-t-elle sans vergogne.

Je fronçai les sourcils.

– Je n'écris pas de suite, Jennifer.

– On verra ! On ne se débarrasse pas de Concerto comme ça !

« CETTE FOIS, CE SONT LES PNEUS… »

J'eus l'impression de recevoir une claque. Non, ce n'était pas possible. Jennifer. Se pourrait-il que… ?

– Sal ? Tout va bien ?

– Hein ?

– Tu es tout pâle. C'est l'effet que te font mes compliments ? s'amusa-t-elle.

Je ne comprenais pas bien les réactions de la jeune femme. Des compliments ? Des reproches teintés de menaces, oui.

– Allo, allo ? Tu es sûr que ça va ?

– Oui, oui, répondis-je en tentant de dompter ma respiration.

– Donc, je disais, j'ai lu ton roman d'une traite. Je n'ai pas arrêté d'y penser ensuite. Je n'ai pas beaucoup dormi, d'ailleurs. Quelle chute ! Top ! Faire disparaître un des personnages principaux comme tu l'as fait… Punaise, ça, c'est du thriller ! Merci pour ces moments de folie !

– Tu avais pourtant l'air de dire que tu regrettais qu'il soit mort.

– Ah ? Non, pas du tout, au contraire. Bon débarras ! Tu vas pouvoir te pencher sur une nouvelle histoire mettant en scène Concerto, maintenant. Allez, je file, ils s'impatientent derrière moi.

Elle tourna les talons et s'en alla.

Je ne savais plus que penser. Cette fille était vraiment étrange. *Tu vas attirer de plus en plus de détraqués...*

***

Je venais de quitter le garage. On m'avait confirmé qu'il s'agissait d'un acte de vandalisme. Les quatre chambres à air avaient été percées à l'aide d'un couteau. J'en avais frémi. Tout en conduisant, je me rendis compte que je consultais mon rétroviseur, bien plus que nécessaire. Comme si quelqu'un me poursuivait. L'inquiétude s'était transformée en paranoïa. Pernicieuse. Déplaisante.

Partout, des regards malintentionnés, des réactions incommodantes, des gestes menaçants. Il était hors de question que je me laisse submerger. Vivre dans la peur n'était pas une option. Ma décision fut prise. Mon véhicule bifurqua à droite et accéléra. Lorsque j'arrivai devant le commissariat, je me mis à douter. On allait sans doute me prendre pour un artiste à l'imagination débordante, un farfelu. Je levai les yeux au ciel et poussai le lourd portail. À l'intérieur, une chaleur suffocante me tendit des bras poisseux. Je me sentis soudain mal à l'aise.

Que faisais-je là ? Deux lettres de rien du tout et me voilà chez les flics ? *N'oublie pas l'état de tes pneus*, me susurra une voix perfide. Je soufflai et me présentai à l'accueil. Une jeune femme, brune, le regard noisette et la peau dorée, m'invita à patienter.

Je serais reçu par un collègue dès que possible. Je me débarrassai de ma veste et relevai les manches de mon pull. Décidément, les flics étaient frileux.

Une heure plus tard, je remettais le contact, la mine déconfite. Comme je l'avais craint, on ne m'avait pas pris au sérieux. Le policier, qui avait enregistré ma plainte, transpirait la condescendance. Pour lui, rien ne servait de s'alarmer à ce stade.

– Ce n'est pas vous qui avez reçu des menaces, avais-je répondu en me levant.

L'agent m'avait toutefois assuré que des patrouilles passeraient plus souvent dans mon quartier.

– Elles ne sont jamais là au bon moment, avais-je rétorqué, avant de quitter les lieux.

Malgré moi, le visage de Jennifer se dessina sous mes yeux. Elle m'avait semblé si étrange lors de notre dernière rencontre. Son regard m'avait glacé. Et puis, son attitude était d'une incohérence troublante.

Se pourrait-il qu'elle soit derrière ces lettres de menace ? Non. Arrête avec ta paranoïa. Pourquoi ferait-elle une chose pareille ? Parce qu'elle est folle, me souffla une voix qui me fit frémir. Comment parvenir à oublier les messages que j'avais reçus ces dernières semaines ? Comment se sortir de ce pétrin ? Je tentai de chasser ces questions qui me hantaient.

Je ne savais que faire. Étais-je trop sensible ? Sans doute. Mon imagination foisonnante me jouait-elle des tours ? Peut-être. Une migraine lancinante s'installa peu à peu. Une vague d'affliction déferla en moi. Qui pourrait m'aider ? Plus j'approchais de mon domicile, plus mon sang pulsait. Un inconfort oppressa ma poitrine alors que je me garais.

Mes mains devinrent moites lorsque le pêne retourna dans sa gâche. Retenant mon souffle, j'entrai dans le vestibule et consultai ma boîte aux lettres. Elle était vide. Soulagement.

Il était temps de me mettre devant mon ordinateur. Taper le mot « fin » n'était en réalité que le début du vrai travail. Mon roman avait besoin d'être étoffé, poli et harmonisé. Cette perspective ne m'enchantait guère. Au moins, mon esprit serait occupé.

Alors que je m'avançais vers le living, j'eus l'impression d'être aspiré par un gouffre sans fond. La maison se mit à flotter, ma vue se brouilla, mon souffle se raccourcit. La crise d'asthme empêcha l'oxygène de passer. Rester calme. Me concentrer. J'ouvris les tiroirs à la recherche de mon inhalateur. Une poignée de secondes plus tard, la Ventoline avait dilaté mes poumons. Ma respiration était redevenue normale, ou presque. L'angoisse continuait cependant d'écraser ma poitrine. De mes mains tremblantes, je sortis mon portable de la poche de mon jean et composai le 112 sans quitter des yeux le mur sur lequel était écrit en lettres de sang : « S'IL NE VIT PAS, TU MEURS… »

***

Les techniciens de la police scientifique avaient envahi ma maison. Moi, je les regardais relever les empreintes, s'attacher à tel ou tel détail. J'avais l'impression d'être dans les pages d'un de mes romans. Abasourdi, mes yeux revenaient systématiquement vers les lettres rouges dégoulinantes qui souillaient le mur de mon living.

– Ce n'est pas du sang, monsieur, mais de la peinture rouge, je vous rassure.

– …

– J'ai fait le tour des lieux, il n'y a aucune trace d'effraction, précisa le flic.

Jennifer continuait à gangréner mes pensées, mais je préférai me taire. Avais-je le droit d'accuser une lectrice sans preuve ?

– Quelqu'un aurait-il un double de vos clefs ? Un ami, une ex, votre femme de ménage ?

– Non, je suis le seul à en posséder.

– Et vous n'avez rien remarqué d'autre ? Un objet qui aurait disparu ? Lors d'une effraction, la serrure est en général crochetée ou abîmée. On vole, on casse. Ici, rien de tout ça.

Une moue dubitative déforma les traits du policier.

– En effet. Pourtant, vous voyez bien que je n'invente rien. Je suis déjà passé au commissariat pour déposer plainte. On me menace. Je n'ai pas été pris au sérieux par votre collègue. Et maintenant, ça. Un message dans ma propre maison !

Une lueur de plus en plus sceptique traversa le regard du policier. J'étais sur le point de craquer.

L'air condescendant de ce flic m'horripilait. Ce type se fichait de moi ! Je soupirai de manière ostentatoire. Ma frustration s'amplifia.

– Vous ne me croyez pas, n'est-ce pas ?

– Vous êtes romancier, c'est bien ça ?

– Oui…

– Hum.

***

Roberto était assis sur une chaise, les bras croisés sur son torse. Le regard plongé dans le mien, il écoutait en silence.

– Du coup, je ne me sens plus en sécurité, tu comprends, expliquais-je. Et je ne te parle même pas de ce flic qui m'a pris pour un illuminé.

Roberto se contentait de soulever les sourcils ou d'acquiescer d'un signe de tête. L'air grave.

– Cette lectrice, Jennifer, je pense qu'elle est dingue. Elle a un faible pour moi… ou plutôt, pour un de mes personnages. Elle me harcèle parce que je refuse d'écrire une nouvelle histoire mettant en scène Concerto.

Je haussai les épaules, désarçonné. Roberto, lui, exhala un long soupir. Ses yeux se dirigèrent malgré lui vers l'écran de télévision. Mise en sourdine, Anne-Claire Coudray illuminait, de ses magnifiques yeux bleu acier, le plateau du JT.

Je fixais Roberto. La réaction de ce dernier se faisait attendre. Le temps sembla s'être suspendu.

Puis il finit par prendre la parole et me promit de tout faire pour me venir en aide. Il me proposa de prendre Jessica en filature. Un flagrant délit, voilà ce qu'il nous fallait ! Ensemble, nous finirions bien par découvrir la vérité. Une heure plus tard, nous nous fîmes une accolade franche, fraternelle. Une bouffée d'apaisement.

Un détail, cependant, hérissa les poils de mes bras. La montre à mon poignet gauche. Je n'avais plus porté ce modèle depuis des années. Depuis la rédaction de l'histoire de M. Concerto... Mon front se plissa. Je n'avais aucun souvenir d'avoir exhumé cette vieillerie. Je dissimulai mon trouble derrière un sourire forcé. Je saluai mon ami et allai m'installer face à mon texte qui s'impatientait d'être peaufiné.

Je pris une profonde inspiration et tapai les dernières corrections sur le clavier de mon ordinateur. Mais, lorsque je dirigeai les yeux vers mon écran, les mots qui s'y étaient inscrits n'avaient rien à voir avec ceux que j'avais écrits. En lettres majuscules s'affichait le nom de CONCERTO.

Je fixai mes mains avec appréhension comme si elles m'avaient trahi. Je m'empressai d'effacer le nom de mon personnage et me remis à corriger fiévreusement mon texte. Mais, quelles que soient les touches que j'actionnais, le nom de CONCERTO se recomposait sans relâche. Jusqu'à remplir toutes les pages.

C'est alors qu'une voix pernicieuse murmura dans ma tête :

– Si tu penses en avoir fini avec moi, Sal, moi je n'en ai pas fini avec toi. Et, crois-moi, tu veux tout sauf me mettre de mauvais poil. Tu sais de quoi je suis capable. Tu le sais trop bien. C'est toi qui m'as créé.

– Concerto ? fis-je, sidéré.

– Le même qui te fait vendre des bouquins. Alors, tu vas laisser tomber tous ces « personnages qui frappent à la porte de ton imagination », comme tu dis, et tu vas t'exprimer à travers moi, comme tu as sû si bien le faire ces derniers jours.

Je relevai la tête, déstabilisé. Des bribes de souvenirs me revinrent soudain en mémoire. Je me vis déposer les messages de menace dans ma propre boîte aux lettres, crever les pneus de ma propre voiture et écrire « S'il ne vit pas, tu meurs… » à la peinture rouge sur mon mur.

– Récurrent, va falloir que tu apprennes à utiliser ce mot-là, désormais, Sal. Sinon, je prendrai ta place et celui que tu penses être ne sera plus qu'un souvenir.

L'incident

MATTHIEU PARCAROLI

Avril 2015

La nuit semblait vouloir jouer les prolongations et le soleil peinait à se lever sur les toits parisiens que j'observais depuis le balconnet. La machine à café crachait son liquide ambré et chaud dans cette tasse que j'aimais tant. Son premier cadeau.

Elle était ébréchée et je manquais à chaque fois de me couper la lèvre en y buvant, mais j'y tenais. Les objets sont ainsi. Ils nous renvoient parfois à des souvenirs d'un temps révolu, d'un temps où l'amour était plus fort que tout, d'un temps où il m'aimait. J'enserrais la tasse à deux mains jusqu'à me brûler les paumes et j'en bus des gorgées rapides à m'en incendier l'œsophage. Je voulais sentir la vie couler en moi, qu'elle m'inonde pour que je m'y noie.

Le café avalé, j'avais saisi un des couteaux qui trônaient sur le plan de travail. Le support représentait un homme de plastique rouge sang traversé de plusieurs lames. Un autre de ses cadeaux. Douce ironie. S'il avait su.

J'avais choisi le plus gros, celui avec lequel il aimait désosser la viande et j'avais traversé le long couloir sur la pointe des pieds. Ne pas le réveiller, le surprendre dans son sommeil. Je me tenais dans l'embrasure de la porte, il était nu sur le lit, allongé sur le dos et seul le haut de son corps ressortait de sous les draps. Il s'offrait à moi et sa poitrine se soulevait au rythme d'une respiration lente et régulière. Debout à côté de lui, je pouvais presque sentir son souffle chaud, mélange d'alcool et de tabac froid.

Doucement, au creux de son oreille, je me mis à siffloter la chanson que nous avions partagée le jour de notre mariage. Pour le meilleur et surtout pour le pire, me répétais-je.

Juillet 2013

J'avais toujours rêvé de me marier. Comme un but ultime. J'avais voulu la Compagnie créole, Patrick Sébastien et la Bande à Basile. J'avais eu les trois. Dans cet ordre. La chenille avait toujours représenté pour moi, pendant longtemps, la quintessence du bonheur. Enfant, elle était le symbole des mariages heureux.

Ma mère, qui dépassait de vingt bons centimètres mon beau-père, n'avait pas su comment s'y prendre pour lui tenir les épaules sans se ridiculiser. Après un instant de réflexion, elle avait opté pour un déplacement en mode grenouille. Les genoux pliés, les jambes fléchies. Peinant à suivre le rythme endiablé du lépidoptère carburant au champagne, elle avait vite retiré ses hauts talons qu'elle avait jetés sur une table, manquant au passage de blesser tata Jeannette. Jamais je n'avais autant ri je crois.

La cérémonie avait été à notre image, sobre et joyeuse, digne et festive. Dès le réveil, mes yeux avaient pétillé et le sourire ne m'avait pas quitté de la journée. Elle avait été parfaite : à la mairie, j'avais regardé la salle se remplir derrière nous, ma fierté fermant la marche. Le maire avait lu les textes officiels et nos doigts enlacés ne s'étaient pas quittés de toute la cérémonie sauf pour signer le registre. Nos témoins avaient suivi derrière.

Matthieu avait la main tremblante et ne me quittait pas du regard. Sa fine barbe, fraîchement taillée, encadrait le sourire qu'il m'adressait. Il était heureux pour moi et ça se voyait. Il était fier et ça s'entendait. Il avait joué les chauffeurs de salle, n'hésitant pas à faire applaudir l'assemblée lors du premier baiser échangé à la mairie. À la fin de la cérémonie, le maire de la commune était même venu le féliciter pour l'ambiance.

Matthieu était mon meilleur ami, mon double, mon frère. Notre rencontre avait dû se faire dans un bac à sable et nous avions tout vécu ensemble : la maternelle, les premiers tours de lotissement à vélo, l'élémentaire, les Pogs, les premiers émois, le collège, les premiers baisers, le lycée, les premières peines, les premières désillusions. Et puis cette vie d'adulte qui a écrasé notre enfance, volé nos espérances. Malgré cela, nous n'avions jamais perdu le contact. Il s'était marié sept ans auparavant, avait fondé une famille, construit une maison. Il avait rattrapé le temps perdu, lui qui avait traversé son adolescence en célibataire tandis que j'enchaînais les conquêtes d'un soir ou, quand tout allait bien, de plusieurs jours. Matthieu vivait sa vie intensément et je l'admirais : il n'avait pas oublié ses rêves d'enfants et ses envies d'écriture. Il avait toujours été là, jusqu'à ma rencontre avec mon futur mari. Il avait pleuré lorsque je lui avais appris que j'allais me marier et plus encore lorsque je lui avais demandé d'être mon témoin. Alors c'est tout naturellement que je m'étais jeté dans ses bras après les photos d'usage sur le perron de la mairie. Pour le remercier d'être lui tout simplement.

Novembre 2013

La nouvelle était tombée une semaine après le mariage, comme si notre bonheur avait déjà une date limite. Licenciement économique.

Mon ex-patron avait insisté sur la deuxième partie comme pour se dédouaner de me mettre ainsi à la porte. Il avait ensuite ajouté des mots comme « conjoncture » « crise » ou encore « mondialisation », et avait rejeté la faute sur le gouvernement socialiste, incapable de diriger la France convenablement. J'avais décroché dès le premier mot, écoutant à peine ses justifications mensongères. Il me virait, voilà tout, et je voyais déjà les conséquences sur cette vie de famille que je voulais à tout prix construire : l'achat de notre future maison s'envolait, ainsi que notre projet bébé.

Il m'avait trouvé sur le canapé en larmes alors qu'il rentrait du travail, tard, comme toujours. J'avais pleuré toute la journée et je pensais la source tarie lorsqu'il avait poussé la porte de l'appartement, mais des sanglots avaient attendu qu'il rentre pour inonder à nouveau mes joues. Il n'avait rien dit. Pas un mot. Il s'était assis à mes côtés dans son costume bleu nuit que j'aimais tant. Sans prendre le temps de retirer sa veste, il s'était assis à mes côtés et j'avais laissé tomber ma tête sur son épaule.

Mais ce soir-là, sur ce même canapé, c'était avec un sourire que j'allais l'accueillir. J'avais décroché un travail de secrétaire comptable. Ce n'était pas tout à fait mon domaine de prédilection mais je pensais pouvoir tout de même m'y épanouir. Et surtout, j'empochais un CDI, qui nous permettait de remettre sur la table tous nos projets.

Il était rentré avec sa tête des mauvais jours, me saluant à peine, lui qui ne manquait jamais de déposer un baiser sur mes lèvres. Je l'avais interrogé pour comprendre les raisons de sa colère :

– Mauvaise journée. Le boulot.

Puis il avait ajouté ironique :

– Tu peux pas comprendre.

Il s'était approché de l'évier. J'avais quitté le canapé pour le rejoindre. Il s'était passé de l'eau sur le visage. Plusieurs fois. Avant de fixer ses yeux sur le fond en inox. Je déposai alors une main compatissante sur son épaule. Il tremblait. Il tourna son visage vers moi. J'aurais dû à cette minute suivre mon instinct et fuir. J'aurais dû agir comme la proie face à un prédateur et courir. Loin. Mais j'avais soutenu son regard sans voir qu'il tenait une tasse en main. Ma tasse. Celle qu'il m'avait offerte lors de nos premières vacances en Bretagne. Ses lèvres avaient bougé sans que je perçoive le sens de ses propos tellement ils étaient incohérents :

– Elle est sale.

Je fixai les croûtes ambrées, ainsi que le reste de vaisselle que j'avais oublié. Il me répéta, comme si j'avais mal compris la première fois :

– Elle est sale.

– Je vois.

Je n'avais pas su quoi répondre et, avec le temps, je m'étais rendu compte que cette réponse était finalement la seule valable.

Le silence qui avait suivi fut pire que les mots et il s'était étiré durant une éternité, juste avant le drame. Il avait toujours la tasse sale dans une main et il avait approché l'autre de ma nuque. J'avais espéré un baiser qui l'aurait calmé, mais il avait saisi mes cheveux mi-longs et, sans que je ne comprenne pourquoi, j'avais eu la tête dans l'évier, à quelques centimètres de mon assiette recouverte de restes de raviolis en boîte séchés.

– Tu trouves ça normal ? Tu crois que c'est à moi de le faire après ma journée de travail ? Tu crois vraiment que j'ai que ça à foutre ?

Il avait murmuré à mon oreille mais j'aurais préféré qu'il hurle, qu'il laisse exploser sa colère autrement que sur moi. Il maintenait toujours mes cheveux. J'avais mal mais je ne disais rien. J'aurais pu le frapper, le griffer, répliquer, l'insulter mais je n'avais rien fait de tout ça. J'avais subi comme on laisse passer un orage, en regardant les éclairs et en attendant le tonnerre.

– Tu vois cette tasse ?

Elle était si proche de mes yeux que j'en louchais. La coiffe bigoudène s'en trouvait déformée.

– Tu n'auras plus besoin de la laver.

Et il l'avait balancée sur le sol. Elle avait rebondi plusieurs fois sur le parquet avant de s'immobiliser contre une plinthe. Elle n'était même pas cassée : l'artisanat sino-breton, c'était du solide. À peine abîmée.

J'aurais préféré qu'il tente de briser toute la vaisselle du monde. J'aurais préféré, plutôt que de subir le même sort que la porcelaine armoricaine. En touchant le sol avec mon visage, j'avais moins bien rebondi qu'elle. Et alors que la tempête de ses coups pleuvait sur mes côtes, mon regard fixa le dessous du canapé : le sol était sale à cet endroit. Lui aussi. Et au milieu des moutons de poussière, je retrouvai la bouteille de champagne et les deux flûtes cachées avant qu'il ne rentre et qu'il me frappe pour la première fois.

Décembre 2013

Noël au balcon. Pâques au tison. Mon père avait accueilli tout le monde par une embrassade et avec ce dicton qu'il avait répété ensuite à chaque convive. En cette soirée de réveillon, ma mère avait mis les petits plats dans les grands. D'autant plus qu'elle avait décidé d'inviter également mes beaux-parents. Elle, qui se mettait d'habitude une pression déraisonnée pour les fêtes de fin d'année, s'était surpassée. Les décorations extérieures dépassaient l'entendement, le sapin naturel dépassait en taille tous ceux qu'ils avaient déjà eus et toutes les boules avaient été renouvelées. Le bleu acier avait cédé sa place à du rose poudré. J'avais validé mais le compte en banque de mes parents, un peu moins.

À table, les conversations avaient vite senti le vin et les rires gras avaient résonné du côté des figures paternelles. Mon mari avait aussi enchaîné les verres et riait de bon cœur aux blagues salées de mon père. Toute la soirée, j'avais aidé ma mère à débarrasser et la cuisine était vite devenue le lieu de toutes les confidences. Ma belle-mère avait enchaîné les questions sur mon nouveau travail et, surtout, sur ma vie de couple. Elle avait avoué qu'elle aurait adoré être une petite souris pour observer notre vie de jeunes mariés. Elle avait dit ça avec une pointe de nostalgie, regrettant probablement la fougue des premières années à deux.

Assez vite je n'avais plus su quoi répondre. J'enchaînais les banalités pour éviter de leur balancer la vérité, gardant pour moi l'innommable. Depuis plus d'un mois, mes nuits étaient ponctuées de cauchemars. Après l'incident – c'est comme ça qu'il avait appelé mon passage à tabac –, il s'était excusé platement. Plus d'une fois. Il avait même pleuré et je l'avais consolé. Pire, je lui avais pardonné.

Les jours suivants, il était revenu avec des fleurs, du parfum, un nouveau sac. Il me submergeait de cadeaux pour que j'oublie, pour qu'il oublie. Il était attentif à la moindre de mes envies, n'avait pas tari d'éloges lorsque, le lendemain, je lui avais annoncé ce CDI et j'avais même débouché le champagne que j'avais délogé du canapé. J'avais fait comme si tout ça n'avait été qu'un très mauvais rêve, comme si l'espace-temps m'avait joué un mauvais tour, et nous avions trinqué avec le même espoir : que cela ne se reproduise jamais.

L'église toute proche balançait ses douze coups. Tradition oblige, nous nous étions tous regroupés autour du sapin. Le papier était tantôt déchiré, arraché, plié, griffé. Dis-moi comment tu déballes et je te dirai qui tu es. J'avais espéré que les petites boîtes lui plaisent mais, à voir sa tête, j'avais fait erreur. Cinq cravates pour renouveler celles qu'il portait depuis trop longtemps.

La chambre de mon enfance n'avait pas changé. Les mêmes posters au mur, le même lit deux places et la couette chamarrée que j'aimais tant. J'avais allumé la lampe de chevet qui avait projeté sa pâle lumière sur la tapisserie. Avachi sur le lit, la respiration régulière, je pensais que mon mari dormait déjà. J'avais enfilé mon pyjama, fraîchement déballé, orné d'un gros Mickey sur la poitrine. Ma mère me connaissait encore bien. J'avais rejoint ses légers ronflements en déposant une main sur son torse. Il avait bougé. Le lampadaire de la rue n'avait jamais laissé entrer l'obscurité dans ma chambre. Les persiennes aidant, la douce clarté orangée me berçait. J'allais m'endormir lorsque j'avais senti sa main sur mon cou, puis son haleine alcoolisée. L'odeur des cigarillos partagés avec mon père me donnait envie de vomir. Il avait murmuré :

– Des cravates… tu n'as pas trouvé mieux ?

Ses yeux me fixaient. J'aurais préféré ne pas le voir, souhaitant une panne de courant dans le quartier qui aurait plongé le lotissement et ma chambre dans le noir. Je n'avais pas envie de subir encore sa colère. J'aurais pu hurler, réveiller mes parents, faire venir mon père qui lui aurait certainement mis son poing dans la figure. J'aurais pu, mais la peur avait été plus forte. Ou le manque de courage. Ou les deux probablement.

– Des cravates…

Il répétait ces mots jusqu'à l'obsession.

– Des cravates… Des putains de cravates…

Sa supplique au creux de mon oreille résonnait en moi et la culpabilité était arrivée sans que je l'invite. Au milieu de la nuit, le jour de Noël, dans la chambre de mon enfance. Je méritais ce qu'il allait me faire. J'avais longuement hésité avant de lui acheter ces putains de cravates mais la vendeuse des Galeries avait estimé que c'était le cadeau parfait. Le pire, c'est qu'elles m'avaient coûté cher, ces putains de cravates. Trop cher.

Son étreinte avait subitement relâché mon cou, laissant passer un peu d'air dans ma trachée mais c'était sans compter son envie de me faire mal :

– Tu vas en porter une. Juste pour voir. Après tout…

La douceur du tissu avait entouré ma nuque. La volupté de la soie, les prémices d'un jeu sexuel à venir, auraient pu me faire du bien mais j'étais loin des jeux sadiques de Hardin. Le nœud de la cravate avait vite fait son œuvre. J'avais vite suffoqué. L'air me manquait encore. Mon corps me réclamait de l'aide mais je ne bougeais toujours pas, sa violence anesthésiant tout mon être. Il y allait progressivement, jouant avec la cravate, serrant plus ou moins fort. J'avais cru mourir ce soir-là dans cette pièce, témoin de mon enfance, qui m'avait vu pleurer, chanter, m'émerveiller et rire, qui m'avait vu souffrir. Sa torture avait duré longtemps. Les minutes sur mon radio réveil s'étaient égrenées. De longues minutes jusqu'à ce qu'il relâche le tout dans un dernier relent de tabac froid :

– Et je ne veux plus jamais voir ce pyjama ridicule. Faut grandir un peu.

Il s'était rapidement rendormi, me laissant la cravate autour du cou comme un funeste souvenir. J'aurais pu hurler mais la crainte qu'il ne se réveille avait été plus forte. J'aurais dû mais j'avais préféré pleurer en retirant le pyjama que ma mère venait de m'offrir.

Février 2014

J'étais au téléphone avec Matthieu lorsqu'il était rentré du travail. Il m'avait souri. J'avais continué à papoter avec mon meilleur ami. Il m'avait donné des nouvelles de sa femme, de ses filles. Insidieusement, mon mari avait fait le vide autour de moi, me coupant de celles et ceux que j'aimais. Notre vie sociale, c'étaient nos travails respectifs, puis lui et moi. Dans cet ordre. Pas un autre.

Pendant qu'il se douchait j'avais continué ma conversation avec Matthieu. Il me demandait comment j'allais et je lui avais, comme à chaque fois, menti. Il me manquait : nos fous rires, ses blagues, mes confidences, sa folie. Il m'avait invité au restaurant le week-end qui suivait, celui juste avant la Saint-Valentin. J'avais dit oui puis reposé le téléphone sur la console près de l'entrée.

– C'était qui ?

Un coup de fouet. Qui claque dans l'air. Je ne l'avais pas vu sortir de la salle de bains et sa voix derrière moi m'avait fait sursauter.

– C'était Matthieu.
– Il voulait quoi ?
– M'inviter au restaurant.
Avec le recul je n'aurais pas dû le provoquer.
– Tu as dit quoi ?
– J'ai dit oui.

Quand une crise démarrait, quelque chose d'imperceptible se jouait sur son visage, quelque chose qu'avec le temps je savais détecter.

Il avait été de nouveau violent, me poussant contre la console. Le téléphone sans fil explosa sur le sol. Les piles hors de leur logement, roulèrent sur le parquet, rejoignant le dessous du canapé qui était désormais propre. Je le fixais. Je voulais lutter, ne plus être sa chose mais il avait attrapé mes cheveux. Une nouvelle fois. Pour se diriger vers la chambre à coucher. Il avait arraché mes vêtements avant de me violer.

Encore une fois, j'avais abdiqué. Et à chaque coup de reins il répétait :
– Tu es à moi. Tu es à moi.

Alors j'avais regardé le réveil encore une fois, les yeux embués de larmes troublant la vue de ces chiffres rouges encadrés de noir. Il avait joui et avait disparu, quittant la pièce comme il était venu. J'avais continué à pleurer avant de me lever.

Dans le salon, j'avais récupéré mon téléphone portable avant de m'enfermer dans les toilettes. J'avais appuyé sur le 1 et le 7 sans oser valider l'appel. Le rond vert était sous mon pouce mais, d'un geste, j'avais préféré renoncer, préférant envoyer un texto à Matthieu pour annuler l'invitation.

Juillet 2014

Il m'avait fait la surprise quelques jours avant. En ouvrant la boîte de pizza qu'il venait de commander, j'avais découvert deux billets d'avion. Destination Venise pour y fêter nos noces de coton. Un an déjà.

J'avais adoré l'attention, surtout que le dernier incident datait de février. Presque dans une autre vie. J'avais surtout essayé de tout faire pour qu'il n'y en ait aucun. J'appelais Matthieu en secret et je vidais systématiquement mon journal d'appels. Je n'avais rien à me reprocher mais lui, oui. J'avais préféré ne plus lui tendre le bâton pour me faire battre.

La côte adriatique étendait ses parasols colorés et je sirotais mon Spritz tandis qu'il se baignait. Les lunettes de soleil sur le front, j'avais les yeux plongés dans ce thriller où il était question d'une villa perdue au fin fond de la forêt vosgienne. Contradiction totale avec les trente degrés et le soleil qui me brûlait les jambes.

Je ne l'avais pas vu arriver, avec son sourire et ses cheveux bruns savamment décoiffés. Il s'était installé sur le transat occupé par mon mari. Sa serviette ne semblait pas le gêner et il avait profité de son absence pour entamer la discussion.

En italien d'abord puis, lorsqu'il avait compris que je n'en parlais pas un mot, il avait enchaîné dans un français quasi parfait.

J'avais posé mon livre sur la tablette du parasol et je l'écoutais. Il parlait beaucoup : il était le fils du propriétaire de la plage privée et me promettait de m'emmener à Venise pour un tour en gondole gratuit. J'avais tout de suite précisé que je n'étais pas célibataire en remuant mon alliance, mais il avait qualifié ça de « détail », en faisant apparaître une craquante fossette au coin des lèvres. Mais le « détail », comme il l'avait appelé, avait fini de nager et se trouvait juste derrière lui, projetant une ombre déformée sur mon transat.

– Il y a un problème ?

La question était rhétorique et avait été posée pour la forme. Il avait attrapé le débardeur de l'Italien par le col pour le déloger de sa place. Celui-ci avait tenté de le calmer en lui expliquant qu'il n'y avait rien de mal mais c'était trop tard. Il devait être resté assez longtemps en retrait, observant la scène, avant de décider qui de nous deux allait en prendre une.

Le tissu transalpin toujours serré dans sa main droite, il l'avait traîné sur le bord de mer, détruisant au passage un château de sable qu'un enfant avait passé l'après-midi à faire. Les pleurs de celui-ci avaient forcé les vacanciers à regarder la scène.

Mon mari était redevenu celui que je n'aimais pas, celui qui veut à tout prix dominer, celui qui veut montrer qui est le plus fort, celui qui veut en découdre. Mais cette fois-ci pas avec moi.

J'avais crié, l'implorant d'arrêter de se donner en spectacle. Lui demandant à genoux pardon pour l'audace de son offense. Mais il ne m'écoutait déjà plus. Il était devenu cet autre au moment même où il l'avait attrapé par le cou. Je n'avais pas compté les coups de poing qu'il lui avait assénés. L'autre ne se défendait pas ou peu. Autour d'eux s'étaient massés plusieurs hommes mais ils n'étaient pas là pour arrêter la bagarre. Bien au contraire, ils les encourageaient à continuer mais le pluriel était de trop : mon mari avait ses *tifosi*, tous acquis à sa cause alors qu'au sol, l'Italien ne faisait que se protéger des coups de pied. Les vivats de la foule lui avaient fait perdre la tête. Il s'était agenouillé pour le forcer à mettre la tête sous l'eau, plusieurs fois. Je tentais par tous les moyens de le déloger, lui griffant le dos au passage. En vain.

La délivrance était venue de trois hommes en uniforme. Les *carabinieri* étaient arrivés en courant sur la plage, armes à portée de mains. Le propriétaire de la plage dont le fils se faisait rosser avait appelé la police qui n'avait pas tardé à arriver.

Mon mari fut plaqué au sol et menotté tandis que la meute se dispersait, chacun retrouvant son rôle de père de famille. Il avait été vite embarqué dans la voiture qui l'attendait au bout de la plage. Il n'était revenu que le lendemain avec une plainte pour agression physique. J'aurais pu ajouter mon témoignage à celui de l'Italien. J'aurais pu mais j'avais préféré faire les valises pour rentrer en France.

Janvier 2015

Je n'étais plus que l'ombre de moi-même. Matthieu avait dû le sentir, sorte de sixième sens amical. Il avait envoyé un sms avec un laconique « Je suis en bas ». J'avais ouvert la fenêtre pour vérifier qu'il ne plaisantait pas et son sourire ne trompait pas.

En entrant, il avait ouvert ses bras dans lesquels j'avais posé ma tête. Il avait serré très fort. Puis j'avais pleuré longtemps au creux de son épaule. Il s'était tu, attendant que je me confie, mais je n'avais rien dit. Pour justifier mes larmes j'avais juste parlé de ce travail qui me pesait de plus en plus, de ce chef tyrannique qui me menait la vie dure. Matthieu n'était pas bête et avait saisi la comparaison. Il ne cessait de me répéter que je pouvais rompre ce contrat à tout moment et qu'aucun travail ne pouvait me rendre triste à ce point. Après le deuxième café, je fixais l'horloge du four qui voyait défiler les minutes. Je craignais qu'il ne rentre, qu'il ne voie Matthieu. Je ne pouvais effacer aucun historique cette fois-ci et je n'osais imaginer sa colère. Contre mon ami d'abord, et contre moi ensuite.

Depuis l'Italie, tout était allé crescendo. Les incidents s'étaient multipliés comme si cette bagarre en public lui avait donné des ailes. Pour tout, et surtout pour rien, il me frappait, m'injuriait, me rabaissait. Je prolongeais le temps passé au bureau mais il me l'avait reproché, souhaitant que j'avoue, sous ses coups, une liaison que je n'avais pas.

Il n'y avait pas eu de deuxième Noël en famille après la catastrophe de l'an dernier. Une mauvaise chute m'avait vu embrasser le coin de table. Il avait paniqué à la vue de ce bleu qui avait entouré mon œil et avait annulé les festivités qui devaient se dérouler, cette année, chez ses parents. Nous avions donc passé les fêtes à deux et, d'un commun accord, sans cadeaux.

J'allais demander à Matthieu de partir lorsque son téléphone bipa : sa cadette avait de la fièvre et sa femme lui demandait de rentrer. Inquiet, il me serra une nouvelle fois dans ses bras en me promettant qu'il repasserait très vite.

Mon mari était rentré quelques minutes après lui. J'avais juste eu le temps de laver les tasses. Ni vu. Ni connu.

Avril 2015

J'avais longuement hésité avant de mettre ce plan à exécution. Le tribunal retiendrait la préméditation, moi je plaiderais le crime passionnel. Je savais que j'irais en prison. C'était certain. Personne ne pourrait croire à mon histoire et comment, lâche, je n'avais rien dit, préférant le tuer que me plaindre. Mais qui m'aurait cru ?

J'avais continué à siffler longtemps avant qu'il n'ouvre les yeux doucement, les paupières encore collées de sommeil. Je voulais qu'il me voie sans lui laisser le temps de réagir, sans lui laisser le temps de me supplier, alors j'avais enfoncé ma lame d'un seul coup, visant le cœur.

Pour le symbole.

La flaque grenat envahissait déjà les draps blancs et quelques gouttes avaient rapidement perlé sur le bord du lit. Je restai un instant à observer la scène que j'avais tant répétée dans ma tête. Et je réalisais peu à peu qu'en ces premiers jours de printemps, je venais de tuer mon mari.

Je laissai échapper un cri silencieux tandis que le couteau rebondissait sur la table de nuit, faisait tomber la photo de notre mariage. Je me remémorai alors un instant ces moments heureux, de cette décision commune de nous marier après le discours de Christiane Taubira le 23 avril 2013 et l'adoption par l'Assemblée nationale de la loi sur le mariage pour tous à cette fête mémorable, la Bande à Basile, Patrick Sébastien, la Compagnie créole et ces deux costumes bleu électrique pour lesquels nous avions été complimentés toute la soirée.

Demolition Derby
VINCENT RADUREAU

Je me réveille en sursaut. J'ouvre grand les yeux, pris de panique. Je me redresse à moitié. Puis je retombe lourdement sur le lit et je referme les yeux, épuisé.

Bon sang que c'est dur. Ça n'était sans doute pas une très bonne idée de céder à l'irrépressible envie de faire une sieste. Il y a celles qui vous relancent pour le reste de la journée, et il y a celles qui vous accablent des heures durant. Ces quarante minutes d'un sommeil trop profond m'ont enterré six pieds sous terre ; il va falloir lutter un bon moment avant de retrouver la surface.

D'autant que, comme trop souvent, j'ai fait ce cauchemar dont on dit qu'il est commun à tous les jeunes journalistes. Dans une mise en abîme nauséeuse, j'ai rêvé que je me réveillais d'un autre somme pour allumer la télévision et constater qu'on venait de donner le coup d'envoi d'un match de football… que j'étais censé commenter en direct du stade ! Bien sûr, il était cent fois trop tard pour rejoindre le stade en question. J'étais donc en train de faire faux bond à mon employeur ; j'étais en train de saboter ma carrière naissante, rien que ça.

Saleté de cauchemar. Il me faut absolument me reconnecter à la réalité, effacer le souvenir de cette peur panique qui s'est lâchement emparée de mon esprit engourdi. J'observe ce qui m'entoure. J'analyse cette réalité qui me semble étrangère. Et qui l'est, de fait. Une moquette vert bouteille sur les murs, des reproductions de scènes équestres du siècle dernier, un mobilier de style faussement victorien, l'indispensable bouilloire avec ses sachets de thé Earl Grey. Et puis cette discrète odeur d'humidité qui règne dans un espace modeste et sombre. Pas de doute, je suis en Angleterre. Dans un hôtel de la perfide Albion à la décoration surannée et au confort tout relatif.

Sur la table de chevet, un bloc note avec le nom de l'hôtel, le Britannia. Et puis une carte des rues de Manchester. Mais bien sûr ! Manchester ! Je sais enfin où je suis et pourquoi j'y suis. C'est le jour du derby. Celui des Rouges contre les Bleus. Une moitié de la ville face à l'autre, une opposition féroce, une rivalité centenaire ; un derby, un vrai. Tout à l'heure, dans ce stade d'Old Trafford surnommé « le Théâtre des Rêves », Manchester United recevra Manchester City. Et c'est moi, petit journaliste sans pedigree, qu'on a choisi pour assurer le commentaire. Sacrée responsabilité, tout de même.

Alors ça n'est certainement pas le moment de se manquer. Ça n'est pas le moment de décevoir. Voilà pourquoi je me suis autorisé cette sieste que j'espérais plus courte : afin de retrouver toute ma lucidité. La veille, ma petite amie a eu la charmante idée d'inviter une dizaine d'amis pour fêter mon anniversaire avec un jour d'avance, sachant que le lendemain je serais en déplacement à l'étranger. Charmante idée mais courte nuit. Trop courte. Avec en prime un mal de crâne de tous les diables au petit matin. Je ne devais pas être joli à voir lorsque j'ai franchi les portes du terminal 1 de Roissy pour prendre cet avion de la British Airways. *Happy Birthday*, chéri.

La sieste s'imposait donc. Encore aurait-il fallu qu'elle ne soit pas comateuse et qu'elle ne s'accompagne pas de ce fichu cauchemar. Je me lève en grimaçant, saisi d'une sourde inquiétude. J'allume la télévision et constate avec soulagement qu'aucun match de football n'est diffusé au même moment. Ouf, le cauchemar s'évapore et l'horloge murale finit de me rassurer : il est 16 h 02. Le coup d'envoi est prévu à 18 heures, j'ai tout mon temps pour rejoindre Old Trafford.

Enfin, tout mon temps, c'est relatif. Il y aura forcément des embouteillages sur la route qui mène au stade, je devrai me frayer un chemin parmi les voitures de supporters rouges et bleus ; il me faudra ensuite trouver la guérite réservée aux médias accrédités pour récupérer l'indispensable *matchday pass*.

Enfin, je devrai m'enfoncer au cœur du Théâtre des Rêves, puis grimper jusqu'à la *TV gantry*, la passerelle calée sous le toit du stade où je trouverai ma « position commentateur », au côté de la caméra du plan large. Ah j'oubliais, j'aurai également besoin de faire quelques essais avec la régie, à Paris, pour vérifier qu'on me reçoit correctement, que le son n'est pas en décalage avec l'image. Bref, à la réflexion, je n'ai pas tout mon temps.

Malgré tout, je me permets de zapper un instant sur les quelques chaînes de la télévision de l'hôtel, histoire de réveiller l'intégralité des neurones restant à ma disposition. Je m'arrête un instant sur Sky News, cette chaîne d'information qui commence à prendre de plus en plus d'importance outre-Manche. On y parle encore et toujours des déboires de Charles et Diana, qui manifestement ne peuvent plus se supporter ; on revient encore une fois sur cette idylle supposée entre la princesse et je ne sais quel marchand d'art londonien. Puis un éditorialiste politique fait le point sur la reprise en main du parti conservateur par John Major, le Premier ministre. Enfin, un reportage anticipe sur ce lien inédit qui est en train de se tisser entre la France et l'Angleterre : dans quatre jours, le premier Eurostar quittera Waterloo Station pour rejoindre la gare du Nord, à Paris… Passer sous la Manche, quelle histoire ! Peut-être que bientôt, j'irai commenter des matches à Londres en prenant le train ; c'est dingue, quand on y pense. C'est le futur, et c'est déjà demain.

Bon, assez traîné devant le petit écran de cette chambre d'hôtel. Il faut que je me bouge, le coup d'envoi est dans moins de deux heures et je n'ai pas de temps à perdre. Sur Sky News, un chroniqueur sportif donne le programme de cette treizième journée du championnat d'Angleterre et rappelle que le choc du week-end opposera les deux clubs de Manchester dans un duel féroce dont le coup d'envoi sera donné à 17 heures, « *in less than an hour* », s'enthousiasme mon british confrère.

Comment ça, dans moins d'une heure ? Comment ça, un coup d'envoi donné à 17 heures ? Je vérifie fébrilement sur les documents confiés par la production, à Paris : il y est pourtant inscrit noir sur blanc que le match sera diffusé en direct à 18 heures (HF). Un frisson d'horreur parcourt mon échine. Le cauchemar me rattrape. Car ce HF entre parenthèses signifie qu'il s'agit de l'heure française. 18 heures à Paris. Donc ici, à Manchester, c'est 17 heures, abruti. Le match est effectivement « *in less than an hour* ». Moins d'une heure pour me rendre au stade en priant pour que les routes soient dégagées, pour courir chercher mon *pass* et rejoindre ma « position commentateur », tout là-haut, sous le toit. Si j'y parviens, je suis un surhomme. Mais j'y crois, c'est possible ; si et seulement si les événements tournent en ma faveur.

J'enfile chaussettes, pantalon et chaussures en un temps record. Et puis un pull et une parka épaisse car je sais d'expérience qu'il peut faire très froid sur une *TV gantry*, surtout dans le nord de l'Angleterre. Enfin, j'attrape cette magnifique casquette achetée à la boutique d'Old Trafford la dernière fois que je suis venu à Manchester. Je claque la porte de la chambre, je cours dans le couloir, j'appuie frénétiquement sur le bouton de l'ascenseur, qui met à peu près deux ans pour arriver à mon étage.

16 h 09 (heure anglaise)

Je sors du Britannia en courant. Je contourne l'hôtel pour retrouver ma voiture de location garée dans la petite rue derrière. C'est une Honda Civic rouge sans prétention, mais qui sent le plastique neuf. Je m'installe et constate avec désolation que je n'ai toujours pas assimilé la conduite à droite : le volant est côté passager. Enfin, de mon point de vue. Je passe par-dessus le levier de vitesse et me réinstalle maladroitement. Marche arrière. Je manœuvre comme je peux pour m'extirper de cette rue lugubre où bourdonnent les climatiseurs du Britannia.

Hélas, un sens interdit m'empêche de rejoindre Portland Street. Dommage, car cette rue-là, je la connais bien : elle m'emmène directement à Old Trafford en moins d'un quart d'heure. Je prends donc à gauche, mais je m'éloigne. Il faut que je trouve un moyen de revenir sur mes pas, en un double virage à droite qui m'apparaît salutaire. Mais au moment de prendre sur Bloom Street, des travaux viennent contrarier la savante manœuvre. Devant moi, une dizaine de véhicules attendent patiemment que des ouvriers libèrent la voie. N'ayant en aucune manière la culture toute britannique de la file d'attente, je bifurque ici où là, me croyant plus malin que tout le monde. À la parisienne, quoi. Je m'enfonce donc dans des quartiers que je ne connais pas du tout, dans des ruelles de plus en plus étroites, entre des remparts de bâtiments austères, tous faits de briques rouges. Une nouvelle déviation m'oblige à prendre à gauche et me voilà sur Canal Street, dans le quartier gay de Manchester, très animé le soir, désert le jour. C'est un no man's land bordé par le Rochdale Canal que je traverse en trombe.

16 h 18

Non seulement je n'ai pas progressé, mais j'ai la conviction d'avoir reculé. Impression confirmée lorsque je passe devant la façade du Britannia, sur Portland Street ; j'ai roulé pendant près de dix minutes mais je me suis contenté de faire le tour de l'hôtel.

Je commence à perdre mes nerfs. Je frappe le volant, je lâche d'affreux jurons à l'attention de tous ceux qui ne comprennent pas l'urgence de ma situation. Car je ne peux vraiment pas me permettre de rater le coup d'envoi de ce match. Si Paris n'entend pas ma voix dans quarante minutes, ma réputation sera définitivement ternie au sein du service des sports de la chaîne. On dira de moi que je ne suis pas fiable, que je n'ai pas de conscience professionnelle. Il y a un mois déjà, j'ai frisé la correctionnelle. Tout ça parce qu'en commentant un match de football italien, je me suis trompé trois fois au moment de citer le joueur qui venait de marquer un but. Trois fois, c'est beaucoup ; surtout lorsque le score final est de 3-0. Ça a fait rire tout le monde à la rédaction, mais j'ai bien compris que l'histoire ne serait plus aussi risible si elle se répétait. Ce derby de Manchester, c'est sans doute ma dernière chance de prouver ma valeur et de restaurer une confiance quelque peu écornée.

Alors j'accélère. Je slalome entre les voitures qui se traînent et semblent de plus en plus nombreuses. Mais je suis aussi moins vigilant, moins prudent. J'oublie que dans une voiture anglaise avec la conduite à droite, je n'ai plus mes repères habituels, surtout sur ma gauche. Je déboîte pour doubler une berline pas assez véloce à mon goût, mais je ne m'écarte pas assez ; en la dépassant, j'entends un horrible bruit de tôle froissée. Dans la même seconde, mon rétroviseur gauche explose au contact de celui de mon vis-à-vis.

Ça n'est pas la première fois que je martyrise un rétroviseur. Mais jusqu'ici, je m'étais contenté de frotter un panneau indicateur ou le mur d'un parking souterrain. Cette fois-ci, c'est différent. La morale, la courtoisie m'imposeraient de stopper ma Honda, de marcher tout penaud vers le véhicule que j'ai abîmé, et de présenter mes excuses à son conducteur. Puis il nous faudrait tous deux remplir je ne sais quel constat à l'amiable dans un anglais qui n'aurait rien d'oxfordien, sous l'inévitable pluie glacée qui se met à tomber sur Manchester.

Je n'en ai pas le temps, désolé. Pas le temps d'être courtois, pas le temps d'avoir de la morale. Il en va de mon avenir. C'est ma vie qui se joue là. Si je rate ce coup d'envoi, on ne m'enverra plus sur les terrains, c'est sûr. Je serai cantonné à la mise en forme de petits sujets de sport pour les journaux d'information ; et comme je vais rechigner, je me connais, on hésitera à renouveler mon contrat le mois suivant. Et puisque la concurrence est si forte dans la profession que je me suis choisie, on ne le renouvellera pas, ce contrat. On préférera aller chercher un autre journaliste, plus malléable, plus docile. Un type qui saura reconnaître d'obscurs buteurs italiens sur un écran 4/3 à la définition improbable. Et c'en sera fini de mes rêves d'ascension dans le joli monde de la télévision. Ma copine ne me regardera plus du même œil, mon père va maugréer des reproches à n'en plus finir, ma mère ne dira rien mais n'en pensera pas moins, mes potes me trouveront tout à coup beaucoup moins sympathique.

Et puis je perdrai le peu d'estime de soi qu'il me reste, c'est une évidence. Dans six mois je me retrouverai seul dans une chambre de bonne, les cheveux en bataille, à mâchouiller la pizza de la veille dans un canapé-lit que je n'aurai plus la force de quitter. Joli tableau.

Alors non, je ne peux pas prendre le temps de m'arrêter. Je fais un geste de la main en guise d'excuse et je poursuis lâchement mon chemin sur Portland Street. Dans mon rétroviseur central, je vois la voiture abîmée qui s'est garée sur le côté de la rue. À vue de nez, c'est une Vauxhall, cette marque bizarre qui n'existe qu'en Angleterre. Elle est noire et semble relativement neuve ; avec des éraflures sur le côté et un rétro en moins, désormais. Le conducteur en descend pour constater les dégâts et se retourne vers moi en brandissant le poing. Mais je suis déjà loin. *Sorry, mate.* Désolé, mon pote.

16 h 23

J'ai roulé sur Portland Street, Chepstow et Great Bridgewater Street. J'ai dépassé le *Peveril of the Peak*, le pub antédiluvien de la ville, avec ses murs de céramique jaune et sa porte verte ; je suis passé sous le pont de chemin de fer pour m'en aller rejoindre Deansgate.

Si ça continue comme ça, je serais dans les temps. Il faut que j'arrête de paniquer pour tout et n'importe quoi, que j'apprenne à maîtriser mes nerfs. Pour me changer les idées, j'allume la radio. Mon sourire revient lorsque j'entends l'un des titres de ce disque absolument génial sorti il y a deux ou trois mois. *Definitely Maybe*, le premier album d'un petit groupe local qui s'appelle Oasis. Des Mancuniens pur jus, sales gosses et têtes à claques, indécrottables supporters de Manchester City. Je reconnais le morceau aux premières notes de guitare : *Rock n'Roll Star* ! Je beugle le refrain à tue-tête dans ma Honda Civic et je vais mieux. Beaucoup mieux. Est-ce que je vais réussir à rejoindre Old Trafford en temps et en heure ? Assurément peut-être. *Definitely Maybe*.

16 h 27

La pluie s'intensifie, on est loin du crachin londonien. Ce qui tombe sur Manchester, c'est une bonne *heavy rain* comme on en rencontre parfois dans le nord de l'Angleterre et en Écosse. Une pluie qui vous trempe de la tête aux pieds et vous glace les os.

J'arrive au croisement avec Deansgate. C'est à partir de là que je vais pouvoir redescendre vers le sud-ouest, vers le stade de Manchester United. Je m'arrête au feu. La musique, elle aussi, s'est arrêtée. Un animateur à l'accent très, très local converse avec une série de supporters au téléphone, à propos du derby qui s'annonce. Les discussions sont enflammées. Ça gueule dans ma radio. Le flegme britannique de l'animateur est soumis à rude épreuve.

Par réflexe, je jette un coup d'œil dans mon rétroviseur central. Et j'arrête de respirer. La Vauxhall noire. Elle arrive en trombe en frôlant les trottoirs sous la pluie. J'ai l'impression qu'elle va se jeter sur moi et emboutir ma Honda par l'arrière. Et même si ça n'est pas son intention, j'ai peur qu'elle ne puisse s'arrêter à temps, avec toute cette flotte sur le bitume.

Le feu est toujours rouge. Un flot de voitures passe devant moi sur Deansgate. Derrière ma Honda, la Vauxhall finit par s'arrêter dans une gerbe d'eau impressionnante. Je me retourne et je vois le conducteur sortir. Puis son passager. Puis un autre, par la porte arrière. Et encore un autre. Et encore un. Mais bon sang ils sont combien là-dedans ? Et surtout, que me veulent-ils ?

Question idiote. J'ai bien une petite idée de la réponse. Avec leurs maillots bleus de Manchester City, ces supporters des *Skyblues* ne sont pas sortis de leur bagnole sous une pluie battante pour me demander leur chemin. Le premier d'entre eux est une petite teigne avec le crâne rasé et les oreilles décollées. J'en ai déjà croisé des dizaines, des comme lui, aux abords des stades en Angleterre, à brailler des chants à la gloire de leur club, par tous les temps. Je les ai même rencontrés en mars dernier à Paris, quand les hooligans d'Arsenal sont venus se frotter à ceux du PSG. Ces types ne craignent rien, ni le froid ni la pluie ni les coups de poing, et ils sont imperméables à tout effort diplomatique. S'ils se dirigent vers moi, c'est pour me faire bouffer le rétroviseur de la Vauxhall.

Je regarde le feu de signalisation. Toujours rouge. Mais le flot de voitures qui traversent est moins dense. Tant pis pour le Code de la route, je redémarre. Je prends à gauche sur Deansgate, pour aussitôt constater que l'artère est bouchée dix mètres plus loin. L'enfer. Le traditionnel embouteillage causé par les hordes de supporters se rendant au stade.

Derrière moi, les cinq mecs en bleu se sont mis à courir vers ma Honda. Je n'ai pas le choix. Je bifurque à droite sur Liverpool Road, qui, comme son nom l'indique, m'envoie vers l'ouest, vers la M62, vers Anfield et Goodison Park. Ça n'est pas du tout la bonne direction mais il me faut tout d'abord échapper à ces types ; je trouverai bien le moyen de reprendre la route d'Old Trafford un peu plus loin. Je me retourne pour constater avec soulagement que mes poursuivants ont lâché l'affaire ; je ne les vois plus au croisement avec Deansgate.

16 h 32

J'ai moins d'une demi-heure pour parvenir à destination, la situation devient critique. Malgré tout, il faut absolument que je me situe par rapport au stade ; je ne peux faire autrement que de m'arrêter un instant pour déplier cette immense carte de la ville mise à disposition par la société de location. Du doigt, je refais le chemin parcouru depuis le Britannia.

OK, j'y suis. Me voici donc à Salford, dans cette banlieue de Manchester qu'on surnomme *Dirty Old Town*, la « ville sale et vieille » qui a inspiré la chanson reprise par les Pogues. Il ne me faut pas très longtemps pour comprendre que la réputation de Salford n'est pas usurpée. Bon sang que c'est moche, dans le coin. Les bâtiments sont des cubes de brique rouge sans âme, sans entrée distincte, sans balcon, sans toiture, autant d'héritages d'une histoire industrielle dévastée par les années Thatcher. Autour de moi, tout est gris, délabré, vide.

Mais au moins je vais pouvoir rouler, et dans la bonne direction. Je redémarre et je continue ma route sur Ordsall Lane, cette rue triste à mourir qui va me permettre de redescendre vers Old Trafford. L'autre bonne nouvelle, c'est qu'il n'y a pas grand-monde dans le coin. Je double tout de même une voiture dont le conducteur semble un peu moins pressé que moi. C'est une Rover grise dans laquelle se sont entassés d'autres supporters, tous vêtus de rouge cette fois. Je les dépasse en prenant soin de bien m'écarter ; inutile de me mettre à dos les hooligans des deux camps.

Sur ma gauche, j'aperçois le Manchester Ship Canal, ce canal de navigation qui donne à la ville un accès à la mer d'Irlande, en passant par l'estuaire de la Mersey et Liverpool. Finalement, j'ai une chance folle de me retrouver par ici : ça me permet de contourner les principaux accès au stade et d'éviter les embouteillages. Si tout va bien, je serai à Old

Trafford dans une dizaine de minutes. Le temps de piquer un bon sprint une fois descendu de voiture, et je serai en place pour le coup d'envoi. Enfin, j'espère.

Je m'imagine déjà, hors d'haleine, en train de mettre mon casque pour cracher les premiers mots d'un commentaire de match qui s'annonce épique. Je m'y prépare mentalement, ça m'évite de paniquer. Tout en conduisant, je me remémore la composition probable de l'équipe de Manchester United, celle qui a les faveurs des pronostics. Schmeichel dans les buts ; Irwin, Bruce et Pallister en défense ; Ince, Keane et McClair au milieu ; Giggs et Kanchelskis dans les couloirs ; Hughes en attaque, aux côtés d'Éric Cantona, le Français. C'est avant tout pour lui que je suis là. Parce que ce *frenchie*, indésirable dans son pays, est en train de devenir une véritable légende en Angleterre. Ici, Cantona apparaît comme le symbole ultime d'un jeu inspiré et élégant, à des années-lumière du *kick-and-rush* un peu primaire des footballeurs britanniques. Chez nous, « Canto » est un paria ; ici, c'est un roi. Le *King*.

16 h 37

Je crois voir la silhouette d'Old Trafford se dessiner dans le lointain. J'accélère encore mais je suis surpris de constater que je ne suis pas le plus rapide sur Ordsall Lane. Un bolide me double avec fureur, en projetant d'impressionnantes gerbes d'eau. Mon pare-brise est submergé. Les pauvres essuie-glaces de la Honda sont débordés. Je parviens tout de même à voir que le bolide freine brutalement sur la route détrempée, jusqu'à se mettre en travers de la route. Je pile à mon tour. Et je réalise avec horreur qu'il s'agit encore de la Vauxhall noire.

Je ne sais pas comment, mais ces types m'ont retrouvé, rattrapé. Nos voitures sont arrêtées dans cette rue étroite et déserte. Mon cœur s'accélère, ma respiration se raccourcit. J'attends la suite, mais personne ne sort de la Vauxhall, comme si les types à l'intérieur savouraient l'instant. Je crois apercevoir leurs mines patibulaires à travers les vitres détrempées. Je les imagine en train de m'observer à leur tour, guettant chacun de mes mouvements, prêts à redémarrer si toutefois je tentais de leur fausser compagnie.

Enfin la portière avant s'ouvre et la petite teigne au crâne rasé sort comme une furie de la Vauxhall. Il se précipite vers moi. Je mets trois secondes à trouver la marche arrière sur le levier de vitesse que je cherche à droite mais qui est à gauche, bordel ! Trois secondes, c'est au moins deux de trop. La teigne est déjà sur mon capot quand j'enclenche la vitesse. Malgré le fracas de la pluie, je l'entends hurler que je suis un *fucking bastard* ou quelque chose comme ça. Il contourne ma Honda, s'accroche au rétroviseur encore intact. C'est à ce moment que je donne un coup d'accélérateur pour reculer brusquement. La teigne s'accroche, puis lâche le rétro après l'avoir déboîté.

Je recule tant que je peux, terrorisé. Je suis tellement obnubilé par ce fou qui continue de courir vers moi que je ne regarde pas derrière. Je devrais, pourtant. Car dans mon dos j'entends le coup de klaxon désespéré de la Rover grise que j'avais doublée un peu plus tôt, et qui arrive droit sur moi. Elle donne un coup de volant brutal pour m'éviter, se déporte sur la droite, tente de revenir du bon côté de la route, part en aquaplaning et s'en va percuter la Vauxhall noire. Le choc est d'une violence inouïe. Par réflexe, je freine et stoppe ma fuite en arrière. La petite teigne se décide enfin à me lâcher les basques et court désormais vers le lieu de l'accident.

Un homme sort de la Rover, il a le visage en sang. Deux autres parviennent à s'extirper du véhicule broyé à l'avant. Idem du côté de la Vauxhall, dont le flanc a été enfoncé. En un réflexe pavlovien, les deux groupes de supporters se font face. Trois rouges d'un côté, trois bleus de l'autre et la teigne aux oreilles décollées qui arrive pour créer le surnombre. Quelques cris, autant d'insultes, et les voilà qui se jettent les uns sur les autres et se bastonnent. La scène est encore plus terrifiante que l'accident. Ces mecs sont des malades.

Je remets la marche avant. La boîte de vitesses craque parce que je n'ai plus la lucidité de coordonner mes mouvements. Tout ce que je veux, c'est foutre le camp d'ici. J'appuie sur l'accélérateur comme si ma vie en dépendait et la Honda part en dérapant sur le bitume mouillé. Je la contrôle comme je peux, je passe devant la Rover, je percute l'avant de la Vauxhall sans le vouloir. J'ai dû laisser un clignotant et le pare-chocs dans la manœuvre, va falloir expliquer ça à la société de location. Mais je m'éloigne, enfin. Je les laisse à leur baston et je file vers le stade.

Dans mon rétroviseur central, je vois la teigne qui monte dans sa voiture et démarre sans attendre pendant que les autres se massacrent. Il ne veut pas lâcher l'affaire, le salopard.

16 h 41

Je ne sais pas pourquoi j'ai regardé ma montre. Comme si cette histoire de coup d'envoi avait encore de l'importance. Il y a un fou furieux qui me poursuit et je regarde ma montre pour savoir si j'ai encore le temps d'arriver au stade à l'heure. N'importe quoi.

Le stade, je le vois qui se rapproche au moment où je passe sur le pont qui enjambe le canal maritime. Le Théâtre des Rêves est si proche et si loin en même temps. Devant moi, il y a un croisement avec trois ou quatre options possibles. Pas le temps de regarder ma carte, pas le temps de lire les panneaux, je vais au plus court, au plus simple, pour échapper à mon poursuivant. On verra bien où ça me mène.

Il est là. Il est plus rapide. Il est revenu à ma hauteur. J'entends le bruit de son moteur, je vois son aile emboutie. Je sens son haleine chargée de houblon.

Face à moi, un nouveau carrefour. Un feu que je grille. Un virage à l'équerre. Et la Honda qui perd l'adhérence. Je la sens qui glisse. Je ne contrôle plus rien. L'arrière s'échappe, heurte le trottoir. La voiture se soulève. Se retourne. Je fais un tonneau et curieusement je me dis que c'est la première fois que ça m'arrive. Étrange pensée. Temps suspendu. Et puis le choc sur le flanc, la voiture qui se tord. Va falloir expliquer ça à la société de location.

16 h 44

Heureusement, les buissons du carrefour ont un peu amorti le choc. Je sors de la Honda, tout heureux de constater que je suis indemne. Enfin, je crois. Je sens quand même ce liquide visqueux qui commence à couler le long de ma tempe. C'est le cuir chevelu, qui saigne abondamment. Il paraît que c'est pas grave. Je mets ma casquette par-dessus et j'imagine naïvement qu'on n'y verra que du feu. Ah oui, parce que j'ai toujours la folle ambition d'aller chercher mon *matchday pass* à la guérite d'Old Trafford. Je crois que je ne suis plus très lucide.

Je regarde ma voiture en vrac. Quelques mètres plus loin, la Vauxhall n'est pas mieux. Elle aussi a fini sa course dans les buissons après avoir raté son virage. Et la petite teigne en sort en titubant ; lui, c'est son arcade sourcilière qui est sanguinolente. Il m'aperçoit, semble se souvenir du contentieux qui nous oppose depuis vingt minutes. Et il commence à courir, dans ma direction.

Je ne me suis jamais battu de ma vie. Je ne sais pas comment faire. Une fois, il y a longtemps, j'ai essayé de donner un coup de poing à un petit voisin. Mais c'était complètement raté, et ça l'avait fait rire aux éclats. Alors ça n'est pas aujourd'hui que je vais me mettre au combat de rue. Je prends mes jambes à mon cou.

Chester Road. C'est le nom que je parviens à lire dans ma course effrénée. Incroyable. C'est la rue qui mène à Old Trafford. Je le sais. Là-bas, dans deux cents mètres, il faut prendre à droite sur le Sir Matt Busby Way, et on se retrouve directement sur l'esplanade du stade. C'est fou, quand même. J'ai pris des routes un peu au hasard et je me retrouve exactement là où il faut que je sois. Tout en courant, je croise les derniers supporters qui se hâtent de rejoindre leurs places en tribune. Il y a un groupe tout en bleu, par exemple, sur le trottoir opposé. Ils me regardent, s'étonnent, puis constatent qu'un homme est à mes trousses, avec le même maillot qu'eux. Comme il a le visage en sang, les supporters doivent se dire qu'il s'agit d'un camarade victime d'une agression. Et ils imaginent que c'est moi l'agresseur, je ne vois que ça. Parce qu'ils se mettent, eux aussi, à courir après moi.

16 h 46

Le coup d'envoi est dans moins d'un quart d'heure. Le Théâtre des Rêves est là. Je vois la tribune Est qui apparaît, imposante, sous la pluie. J'imagine les joueurs commencer à sortir des vestiaires pour se diriger vers le tunnel qui mène à la pelouse ; j'imagine Canto redressant le col noir de son maillot rouge.

Et moi, je suis en train de courir à perdre haleine, avec une horde de supporters de City à mes trousses.

Je m'approche du *Trafford*, le pub qui se trouve au croisement entre la Chester Road et le Sir Matt Busby Way. C'est l'un des lieux de rassemblement des fans de Manchester United, les jours de match. Ces supporters-là, ils sont bien sûr tous en rouge, une bière à la main. Tant qu'il leur reste un peu de temps, ils ne manquent pas l'occasion de s'hydrater avant de s'époumoner pendant quatre-vingt-dix minutes. Les stades en Angleterre ne se remplissent qu'au dernier moment, c'est bien connu.

Les types en rouge me regardent à leur tour. Ils aperçoivent mes poursuivants, tous en bleu. Puis ils constatent sans doute que je porte cette magnifique casquette achetée à la boutique d'Old Trafford lors de mon dernier voyage en Angleterre. Une casquette aux couleurs de Manchester United, donc. Je ne suis pas sûr d'analyser parfaitement la situation, mais je pense aussitôt que les rouges me prennent pour l'un des leurs, odieusement menacé par les bleus de City.

Alors ils chargent. Ils se précipitent vers nous en poussant des hurlements de Saxons découvrant les armées romaines. Le télescopage entre ces deux bataillons de supporters est d'une brutalité sans nom. Les coups pleuvent, les corps s'entrechoquent, les bras se tordent, les nez explosent, les dents se brisent. Et moi je suis au milieu de tout ça, les mains posées sur la tête en une protection dérisoire. Je m'agenouille, je n'ai rien trouvé de mieux.

C'est à ce moment que je sens mes côtes exploser sur le flanc droit. Je tombe et me retourne sur le dos, en hurlant de douleur. J'aperçois la petite teigne au crâne rasé qui vient de me balancer un coup de pied phénoménal et qui hurle toute sa haine avec les poings serrés. Tout ça pour une histoire de rétroviseur, bon sang. C'est dérisoire. Ou bien ça n'est qu'un prétexte. L'occasion de se venger d'une maltraitance sociale dont je ne suis aucunement responsable. Ça n'est pas moi qui ai fermé les usines les unes après les autres, bon sang !

La teigne se jette sur moi. Ses poings s'abattent sur mon arcade, ma pommette. Mon visage enfle, s'ouvre par endroits, j'ai l'impression de n'être plus qu'une plaie vivante.

Enfin, il s'arrête. Ce sale type vient d'être projeté au sol par un gars en rouge. J'ai l'impression de voir mon sauveur, enfin. Hélas, le supporter de United avait sous-estimé le pouvoir de nuisance de la teigne, qui se relève aussitôt et saisit son adversaire par les oreilles pour lui donner un coup de boule dévastateur. Il faut que je me redresse. Que je file à l'anglaise avant que l'autre ne revienne pour me finir. Mais je n'en ai pas la force.

Soudain, les assaillants des deux camps s'arrêtent, stupéfaits. Ils regardent tous en direction du stade. À mon tour, j'entends les bruits de sabots et je finis par les apercevoir : les *bobbies* à cheval, la garde montée qui maintient l'ordre les jours de match. L'apparition est délicieusement surannée, mais pas franchement rassurante. Du haut de leurs canassons, les policiers casqués balancent des coups de matraque à l'aveugle pour dissiper l'échauffourée.

Je parviens à me relever. Et je me précipite à l'intérieur du *Trafford*, ce pub déserté par les supporters qui sont allés se mêler à la bagarre. Je me traîne sur le carrelage rouge, noir et blanc, aux couleurs du club de United ; je longe le bar, je patauge dans la sciure de bois censée absorber les débordements de bière. Je me retourne et j'aperçois la petite teigne qui entre dans le pub, l'air hagard. Alors je me réfugie dans les toilettes sordides, au fond de l'établissement.

Et j'attends. Le cœur battant, les yeux enflés, la tête bourdonnante. Assis sur la cuvette, je sens que je suis en train de partir. Je vais m'évanouir ici, à quelques mètres d'Old Trafford. Je regarde encore ma montre, je ne sais pas pourquoi.

16 h 58

Il est peut-être encore temps de… Non, il n'y a plus rien à espérer, il faut que je me sorte cette idée de la tête. Ce match, je ne le commenterai pas. Et ça n'est pas si grave, au regard de ce que je risquerais en sortant d'ici. De l'autre côté de la porte, j'entends encore les hurlements de ces hordes de barbares.

17 h 18

Ça alors. Je crois que j'ai eu une petite absence. Je me suis endormi, sans doute. En tout cas, ça m'a fait un bien fou. Je regarde ces toilettes poisseuses dans lesquelles je viens de passer une vingtaine de minutes et je me souviens de l'absurde enchaînement de circonstances qui m'a conduit ici. Et dire que c'est aujourd'hui mon anniversaire. Ça serait à pleurer de rire si ça n'était pas à pleurer tout court.

J'écoute à la porte des toilettes, mais je n'entends pas le moindre bruit ; alors je me décide à sortir. Je soulève le loquet avec une infinie précaution et je jette un œil de l'autre côté. Autour de moi, le pub est dévasté. Les tabourets et les tables ont été renversés, des pintes de bière ont été fracassées sur le carrelage. La sciure de bois ne peut plus absorber les litres de *lager* répandus sur le sol.

Je me risque sur le trottoir. Chester Road est étonnamment calme, mais la rue est jonchée de débris de toute sorte : écharpes, chaussures, casquettes, et même un panneau de signalisation qui n'indique plus vraiment la direction du stade. On dirait une scène de théâtre de guerre, après la bataille. Je constate avec soulagement que la petite teigne au crâne rasé et aux oreilles décollées n'est plus là pour me terroriser. Il n'y a d'ailleurs plus de supporters à l'horizon ; les *bobbies* à cheval forment un cordon de sécurité à quelques mètres de là pour les empêcher de revenir.

J'ai encore des vertiges, mais j'emprunte le Sir Matt Busby Way et je me dirige vers Old Trafford. Je ne sais pas ce que j'espère, je ne sais plus ce que je veux. Mais je vais au stade, comme si c'était la seule chose qui comptait. Je grimace à chacun de mes pas, avec ces côtes brisées qui m'empêchent de respirer correctement. J'arrive sur l'esplanade, devant la tribune Est. Et j'ai un coup au cœur en regardant l'horloge au mur de l'enceinte : 15 h 04 !

Mais non. Je me souviens aussitôt que cette horloge est arrêtée pour commémorer un bien triste souvenir. Celui de la tragédie de Munich, lorsque l'avion de l'équipe de Manchester United s'était écrasé en bout de piste, tuant vingt-trois personnes dont onze membres de l'équipe de football. C'était le 6 février 1958… à 15 h 04.

17 h 21

Voilà, c'est bien la vraie heure, hélas. À l'intérieur du stade, les rouges et les bleus s'opposent depuis plus de vingt minutes et je ne suis pas à mon poste. Je traverse l'esplanade, totalement vide. Je me dirige vers le petit bureau situé dans l'angle, celui qui sert d'accueil pour la presse.

J'entre en titubant. Il n'y a qu'une brave dame derrière le guichet, tous les autres *media officers* sont partis, semble-t-il. Je demande mon *matchday pass* dans un anglais plus qu'hésitant, entrecoupé de râles essoufflés ; la faute à mes côtes brisées.

La dame me regarde et s'affole, me demande ce qu'il m'est arrivé. Ah oui, j'ai oublié que ma tête ne doit pas être belle à voir. Mon œil gauche est à moitié fermé, ma cloison nasale est probablement déplacée, ma pommette et mon arcade droites sont ouvertes…

Je n'essaie même pas de lui expliquer et je redemande mon *pass*. Je lui dis que c'est très pressé vu que le match a commencé depuis vingt minutes, que je devrais être en train de le commenter, et que c'est très important que je puisse tout de même accéder à ma position pour prévenir Paris que j'ai eu un petit contretemps. *Please, ma'am*.

La préposée aux accréditations a l'air de comprendre mon désarroi. Puis son visage s'éclaire. Elle me répond avec un accent mancunien très prononcé, que je parviens à comprendre malgré tout : « Rassurez-vous, *young man*. À cause des incidents qui ont eu lieu tout à l'heure entre les supporters, le coup d'envoi du match a été retardé d'une heure. Le temps que les esprits s'apaisent, vous comprenez ? »

Je regarde la brave dame qui me sourit de toutes ses dents. Je crois tout de même déceler un peu de pitié dans son regard. Et puis je m'évanouis. Pour de bon.

Le 10 novembre 1994, le derby de Manchester a opposé United à City dans le stade d'Old Trafford. Les Diables Rouges de Manchester United se sont largement imposés sur le score de 5 à 0, avec des buts d'Éric Cantona, Mark Hughes, et un triplé du Russe Andreï Kanchelskis.

La domination des rouges était telle que les commentateurs mancuniens ont surnommé ce match le « Demolition Derby *».*

Major Guillaume
GUILLAUME RAMEZI

16 juillet 2049 – 11 h 29 – Cap Canaveral

Vingt-huit ans que j'attends ce moment. Vingt-huit ans que je m'y prépare. Depuis ce jour où, à huit ans, j'ai regardé, hypnotisé, le décollage de la fusée Space X emmenant Thomas Pesquet en orbite pour la deuxième fois, je n'ai plus quitté cet objectif des yeux.

Et cette fois, ça y est, c'est mon tour. À l'horizontale, sanglé sur mon siège et tourné vers le ciel. Tourné vers les mystères insondables de l'espace. Tourné vers mon destin. J'ai tout sacrifié pour être là et je ne regrette rien. Rien de ces dures années d'études où je passais le plus clair de mon temps enfermé dans ma chambre à lire et relire des équations toutes plus complexes les unes que les autres. Alors que mes camarades profitaient de leurs plus belles années, j'avais d'autres ambitions. Je n'ai pas non plus de remords d'avoir laissé Marie pour venir vivre aux États-Unis quand j'ai réussi l'exploit d'être sélectionné pour ce programme. Rien de tout cela n'était compatible avec une vie sentimentale. Elle m'en a voulu, et même si elle a refait sa vie, elle m'en veut sans doute toujours. Je la comprends. Mais rien n'aurait pu m'empêcher d'être là aujourd'hui.

Quand ils ont émis des doutes au début sur mes capacités physiques à supporter une telle épreuve, je leur ai affirmé qu'il n'y avait rien à craindre. Et je leur ai prouvé à force d'entraînements acharnés que c'était moi le candidat idéal.

Et nous y sommes enfin. Assis sur plusieurs dizaines de tonnes de carburant. Une bombe phénoménale en somme que nous n'allons pas tarder à sentir s'embraser dans un bruit assourdissant. J'observe à ma gauche. Olga, ma collègue russe, me sourit. Puis je tourne la tête à droite. Mike et Jonas, les deux Américains, ne me regardent pas. Le premier car il est concentré sur une multitude de données chiffrées qui défilent sur son écran, le second car, au fond, il n'a jamais digéré… L'année dernière, il a appris que c'était moi et non son frère qui avait décroché le commandement de cette mission historique. Il le cache très bien, mais je suis convaincu qu'il m'en veut.

Dans quelques secondes, nous allons décoller. Et dans une vingtaine d'heures, nous aurons rejoint nos deux collègues chinois déjà à bord de la station spatiale internationale, deuxième du nom. Pour les besoins de cette expédition, elle a été lancée il y a dix ans en remplacement de la première, trop vétuste et inadaptée à cette mission. C'est à ce petit bijou de technologie qu'il est arrimé.

Orion. Le premier vaisseau conçu pour voyager si loin. Il a été assemblé directement en orbite car il aurait été impossible de faire décoller une telle masse depuis la Terre. Et c'est à son bord que nous allons prendre place tous les six. Nous allons tester une dernière fois la totalité des équipements pendant deux jours, puis ce sera le grand saut. Nous nous détacherons de la station et volerons alors vers notre cible, Mars.

Le premier voyage habité vers la planète rouge. Objet de tant d'œuvres de science-fiction depuis des lustres, ce rêve fou est maintenant en passe de devenir réalité. Et c'est moi qui vais diriger cette mission, moi qui suis appelé à poser le premier pied humain sur la surface ocre.

Comme un clin d'œil, nous sommes le 16 juillet. Quatre-vingts ans, jour pour jour, après le décollage d'Apollo 11 qui s'envolait vers la Lune. Le grand public est persuadé que la date a été choisie pour cela. Cela n'a rien à voir, c'était juste le bon moment pour profiter de la trajectoire idéale et la plus courte vers notre objectif.

Un bip retentit dans la cabine, la radio s'enclenche.

– Commandant Ramezi, trente secondes avant la mise à feu.

Un coup d'œil sur mes écrans, RAS, tous les voyants sont au vert. Ils ont déjà toutes ces données en salle de contrôle de toute façon. Je me contente d'une réponse formatée :

– Contrôle, parés au décollage.

Un léger silence, puis nous percevons un vrombissement sourd provenant des entrailles de la fusée.

– 10, 9, 8, 7, 6…

Le bruit s'intensifie, la poudrière sous nos séants s'apprête à déchaîner toute sa puissance.

– 4, 3, 2, 1, *ignition* !

Telle une explosion phénoménale, le sol s'embrase vingt mètres plus bas. Immédiatement, la fusée commence à s'élever. Collés à nos sièges, nous ressentons la pression terrible exercée sur nos corps par la poussée monstrueuse. Je bénis ces heures passées dans la centrifugeuse à apprivoiser ces sensations qui me permettent aujourd'hui d'éviter de vomir dans mon casque.

Les secondes s'égrènent et nous montons à toute allure. Nous éprouvons un deuxième choc quand le second étage prend le relai, puis, doucement, les contraintes sur nos organismes diminuent. J'ouvre la main droite qui contenait depuis l'installation en cabine mon grigri. Cet objet qu'on emporte tous avec nous pour savoir quand c'est le moment. Et ça l'est. Je regarde, émerveillé, mon petit Chewbacca s'élever au-dessus de ma paume et commencer à flotter. Nous voilà en apesanteur.

17 juillet 2049 – 10 h 23 –
orbite basse – 415 km

Un bruit de souffle puissant accompagne l'ouverture du sas. Équilibrage des pressions et des atmosphères. Nous enlevons nos casques alors que la porte finit de s'écarter. Derrière elle, cinq visages nous regardent, souriants. Je m'approche et tout le monde me félicite pour cet arrimage parfait. Je remercie sans fausse modestie, même si chacun sait que le seul qui a bien bossé dans cette histoire, c'est l'ordinateur de bord. Tout a été géré en pilote automatique. Je n'ai fait que surveiller les écrans, la main sur les commandes, prêt à prendre la direction des opérations au moindre problème.

En plus des deux taïkonautes qui vont nous accompagner pour le grand voyage, un Japonais, un Allemand et un Russe sont là pour nous épauler. Ils ne prendront pas part à la suite de l'aventure. Ils sont le groupe d'appui qui aidera à la préparation finale et au décollage. Ces trois-là sont dans l'espace depuis plus de six mois maintenant. Ils sont la quatrième équipe à se relayer depuis deux ans et demi pour assembler Orion. Ils ont effectué la mise au point terminale et tous les derniers tests pendant que nous nous exercions sur une réplique parfaite du vaisseau au centre d'entraînement de Houston. Il n'y a pas de rancœur apparente chez eux, les rôles sont clairement définis depuis longtemps. Ils sont heureux d'apporter leur pierre à l'édifice.

En pénétrant dans la station ultramoderne, je passe devant un hublot et regarde vers l'extérieur. Je m'arrête net. J'en suis bouche bée. La Terre est là sous mes yeux, boule extraordinairement lumineuse au milieu d'une infinité d'un noir si profond qu'il en devient inquiétant. L'atmosphère, fine couche de protection, semble si mince et insignifiante vue d'ici. Planète bleue, rien ne pourrait mieux la qualifier en cet instant, mais elle paraît si fragile, si seule.

Olga s'est approchée de moi et me susurre à l'oreille :

– Et voilà, tu es contaminé… Tu sais maintenant ce que veut dire « *overview effect* » !

L'effet de surplomb… Bien sûr, nous en avons parlé au sol avec les psychologues. Cette prise de conscience de la nécessité de préserver cette minuscule oasis de vie perdue dans l'immensité de l'univers. Je ne l'aurai jamais imaginé si puissant. Ma collègue me donne une petite pichenette dans l'arrière-train et je glisse à l'intérieur de la station, lâchant à regret ce paysage hypnotique. Nous avons encore du pain sur la planche.

Il nous reste deux jours pour finaliser la préparation et transvaser la dernière tonne de matériel et d'équipements stockée dans le module nous accompagnant.

19 juillet 2049 – 17 h 38 –
orbite basse – 415 km

Ça y est, nous y sommes. Nous n'avons pas chômé pendant deux jours, mais tout est prêt. C'est surtout l'équipe d'appoint qui s'est démenée pour parvenir à tout finaliser. Nous qui allons prendre part au grand voyage, avons pris le temps de nous reposer un peu pour être au meilleur de notre forme pour l'instant T. À l'approche de l'instant fatidique, j'ai finalement perçu quelques regards envieux de mes collègues ne faisant pas partie des élus. Je les comprends. C'est un honneur d'être ici dans l'espace, mais passer si près d'une participation active à une tentative qui marquera l'histoire de l'humanité… À leur place, je ne m'en serais pas remis. J'aurais même probablement refusé de venir pour me contenter des tâches subalternes… Tout le monde se souvient d'Armstrong et d'Aldrin, beaucoup moins de Collins.

Mais c'est bien moi en cet instant qui franchis le premier le sas du poste de pilotage d'Orion. Moi qui m'installe sur le siège central. Moi qui donne le top au reste de l'équipage pour qu'il prenne place à mes côtés. Une fois sanglé, je regarde autour de moi. Les écrans sont tous allumés, couverts de graphiques incompréhensibles au profane. Je les saisis d'un simple coup d'œil. Je ressens une émotion très forte qui résonne jusqu'au fond de mes tripes. Je caresse de mon gant le pupitre en attendant le signal. Dans douze minutes, nous allons enclencher la procédure de lancement. Pour le grand public, ce moment est présenté comme le plus critique. En vérité, personne ne sait quels vont être les aléas d'un tel voyage. Le trajet vers Mars va durer cent quatre-vingts jours et une fois là-bas, nous allons devoir déployer le module terrestre, réussir à nous poser, commencer l'installation de ce qui doit être l'embryon d'une base martienne qui servira à toutes les missions futures, rejoindre à nouveau Orion resté en orbite après cinq cent cinquante jours passés sur place, et enfin prendre le chemin du retour… Même si l'agence spatiale a préparé des centaines de scénarios, personne aujourd'hui ne peut dire quels impondérables nous attendent. Mais Christophe Colomb non plus ne savait pas où il allait quand il a largué les amarres. Il est parti vers l'ouest pensant voguer vers l'Inde et il a découvert un Nouveau Monde…

C'est d'ailleurs à lui que j'ai prévu de rendre hommage deux minutes avant le lancement. C'est à ce moment-là que le centre de commandement nous mettra à l'antenne. Tout autour de la planète, des milliards de paires d'yeux seront braquées sur nous pour ce moment historique. Dans les régions les plus décalées, beaucoup se sont levés en pleine nuit pour ne pas rater ça. Comme l'avaient fait mes grands-parents en 1969… Aujourd'hui, un simple téléphone suffit pour nous suivre. À l'époque où la télévision était le seul moyen d'assister à l'évènement, ses ventes avaient explosé. Mon grand-père m'a souvent raconté cet évènement et les frissons qu'il a ressentis en entendant Armstrong au milieu des grésillements prononcer sa célèbre phrase. Lui aussi fera partie de mon hommage.

C'est le moment. Nous sommes connectés. En tant que commandant de cette mission, c'est moi qui prends la parole. Je me présente ainsi que tout l'équipage, même si le monde entier connaît nos noms et nos visages. Ils tournent en boucle depuis des semaines sur les réseaux sociaux. Nous sommes des stars avec des millions d'abonnés… Quelques phrases sur les grands périples qui ont jalonné l'Histoire, quelques références aux mythiques explorateurs, un mot sur le découvreur de l'Amérique et c'est déjà le moment de conclure. Je marque une pause, regarde par le hublot et finis en prononçant la formule que je prépare depuis des années :

– Aujourd'hui, ce n'est pas un bond de géant que va faire l'humanité. Il a été fait il y a quatre-vingts ans. Aujourd'hui, c'est un saut dans le futur que nous réalisons tous ensemble. Nous entrons de plain-pied dans l'ère des voyages interstellaires. À bientôt.

Je coupe la communication sur cet au revoir un peu timide. Les Américains voulaient absolument que je termine d'un pompeux « que Dieu nous bénisse ». Je n'en ai jamais eu l'intention, Dieu n'a rien à voir là-dedans. Mais ils n'en savaient rien, ils auraient été capables de me retirer mon commandement si j'avais ébruité mon projet. Certains doivent fulminer sur le plancher des vaches mais ils ne peuvent plus reculer maintenant. Et quand nous reviendrons, une éternité sera passée, tout cela sera de l'histoire ancienne. J'aperçois malgré tout dans le reflet du hublot mes deux collègues texans qui se regardent et échangent quelques gestes énervés. J'en souris.

Puis vient enfin le moment fatidique et le nouveau compte à rebours, le plus important qu'il m'ait été donné d'entendre. Au son du zéro, je tends la main et appuie sur le bouton enclenchant la procédure. Là aussi, tout est automatisé. Les crochets d'arrimage s'écartent, le moteur latéral s'allume et lentement, Orion prend ses distances avec la station. Puis c'est le réacteur secondaire qui prend le relai pour engager le vaisseau vers l'avant. La propulsion nucléaire ne sera, elle, mise en route que dans quelques heures, lorsque nous serons certains de ne pas causer de dommages à la station ou de risquer de retomber sur Terre en cas de problème… À ce moment-là, nous pourrons alors quitter nos postes, enlever nos scaphandres et vaquer à nos occupations à travers les différents modules. Ce sera notre quotidien pendant les prochains mois. La poussée s'intensifie et je vois sur ma droite le noir profond qui remplace petit à petit le bleu lumineux. Nouveau clin d'œil du destin, avant que la Terre ne disparaisse complètement, c'est l'Europe que j'aperçois en dernier. Je sens les larmes monter.

À mes côtés, Olga aussi a les pupilles qui brillent d'émotion.

1er octobre 2049 – 10 h 19 –
19 millions de kilomètres de la Terre

Aujourd'hui, c'est mon anniversaire. Au réveil, j'ai commencé par allumer mon poste personnel, nous en avons tous un dans le placard tenant lieu de cabine individuelle. Sans gravité, nous dormons tous verticalement, attachés au mur. J'ai pris l'habitude de consulter tous les matins les messages transmis par le contrôle au sol. Nous sommes en contact permanent avec eux, mais plus nous avançons, plus le délai de réception s'allonge. Pour l'instant, c'est encore presque insignifiant, mais quand nous serons sur Mars, il ira de quatre à vingt minutes suivant la position des deux planètes. Il y aura même une période de black-out. Lorsque le Soleil nous séparera, nous serons livrés à nous-mêmes.

En ce jour spécial, ce sont des messages particuliers qui affluent. De mes proches, de mes amis, ceux dont j'ai coché le nom sur la liste transmise à l'agence. Les autres sont tous filtrés, nous ne pouvons bien sûr pas traiter les centaines, les milliers, de courriers qui nous sont envoyés quotidiennement. Ceux-là reçoivent des réponses formatées expédiées par un algorithme.

Je lis le message de ma mère, plein d'amour et d'encouragements. Je sais à quel point c'est dur pour elle. Je suis son unique enfant. Mon père nous a quittés lorsque j'étais encore un bébé et nous avons toujours tout fait ensemble. Quand j'ai rejoint le centre d'entraînement, elle est même venue s'installer au Texas alors qu'elle ne parlait pas un mot d'anglais. Me voir partir ainsi pour une si longue et si dangereuse mission a dû être un calvaire. Mais elle savait que c'était mon rêve, alors elle n'en a rien dit. J'ai à nouveau une pensée pour ces navigateurs qui voguaient eux aussi vers leur inconnu quelques siècles auparavant. Pour beaucoup, c'était un voyage sans retour.

Une fois ma lecture terminée, je me rends dans le module commun faisant office de salle de repos, de cuisine et de salle de restauration. Je plane dans le couloir et passe devant Jonas. Il est en train d'effectuer des tractions sur un équipement sportif complexe. Cela fait partie de nos routines. Cette activité constitue même l'essentiel de nos journées. Nous devons réaliser plusieurs heures d'exercices physiques quotidiennement. Un volume important pour contrer les conséquences de la vie en apesanteur. Le programme précis qui a été établi pour chacun de nous nous assure qu'arrivés à destination, nous serons en mesure de mettre un pied devant l'autre. Surtout parce que la gravité sur Mars est trois fois plus faible que sur Terre. Mais nous savons tous que certains dommages seront irrémédiables et que le retour au bercail sera douloureux. C'est le prix à payer, le scorbut des explorateurs du vingt et unième siècle… Mon collègue américain n'a pas un regard pour moi lorsque je le salue.

Nos rapports n'ont jamais été très chaleureux et je dois dire qu'au fil des semaines, cela s'est aggravé. Nous sommes pourtant préparés pour cela, mais les premiers mois passés en vase clos, presque les uns sur les autres et sans aucune intimité ont fait ressortir des rancœurs et des comportements inattendus. Un point critique a été atteint deux jours plus tôt. Nous nous sommes opposés pour des futilités. Une situation que nous aurions dû être capables de gérer dans le calme et avec recul. Jonas m'a reproché d'être trop strict sur le planning quotidien. Il voulait un peu de souplesse sur le suivi des entraînements qu'il commençait à ne plus supporter mais j'ai refusé catégoriquement. Si ces programmes ont été établis de la sorte, ce n'est pas pour rien. Il n'était pas question de s'en écarter d'un iota. Le ton a monté d'un cran. Mike était du côté de son collègue, Olga penchait plutôt dans mon sens. Les Chinois n'ont pas vraiment pris position, ils se conforment sans broncher aux ordres transmis par le centre de contrôle et, par extension, aux consignes du commandant. Et c'est d'ailleurs avec cet argument que j'ai mis un terme à cette discussion. C'est moi, le commandant. Et les consignes ne bougeront pas. Fou de rage, Jonas a quitté la pièce en marmonnant et m'évite depuis cet incident.

Je continue mon trajet jusqu'au module de repos. Olga m'accueille avec un grand sourire et me tend un petit paquet en me souhaitant un joyeux anniversaire. J'ouvre timidement le cadeau, un peu surpris et ému par l'attention. Je découvre une jaquette défraîchie. Ray Bradbury, *Chroniques martiennes*… une édition originale américaine de 1950. Un présent inestimable à mes yeux. Je reporte un regard brillant vers ma collègue scrutant ma réaction. Ce cadeau fait suite à une discussion enflammée que nous avions eue deux ans plus tôt à Houston au sujet des auteurs de science-fiction incontournables. Elle s'en est souvenue…

Je pousse la paroi pour me projeter vers elle et la serre dans mes bras pour la remercier. Olga me glisse un baiser dans le cou en se contentant de dire qu'elle savait que ça me ferait plaisir. Les yeux dans les yeux, nos visages se frôlant, un moment d'hésitation s'installe. Je me reprends et m'éloigne d'elle. Notre relation a passé le stade amical de collègues de travail depuis longtemps déjà. Dans un contexte différent, nous aurions franchi le pas. Mais pas maintenant, pas ici. Les circonstances ne l'autorisent pas, nous ne devons pas nous laisser distraire. Je ne dois pas me laisser me distraire… Plus tard, lorsque nous serons rentrés, peut-être… Nous nous quittons sans un mot de plus, ce sera l'unique célébration sur Orion pour cette année supplémentaire. Sur Terre, ma biographie passe en boucle sur les chaînes d'information en continu depuis le matin.

13 décembre 2049 – 20 h 02 –
42 millions de kilomètres de la Terre

Après les tensions palpables du début de parcours, la situation s'est globalement apaisée. Nous avons tous conscience des enjeux de ce voyage et nous sommes conditionnés pour gérer ces moments de stress. Je dois reconnaître que c'est aussi en grande partie grâce à Olga. En plus de sa formation en exobiologie, elle a suivi un cursus de psychologie comportementale. Il était primordial pour une mission comme celle-là d'avoir à bord quelqu'un capable d'éteindre immédiatement tous les départs de feu parmi l'équipage. Et nous avons tous pour obligation de passer au moins deux fois par semaine dans le bureau de la cosmonaute. Et petit à petit, elle a réussi à calmer les ressentiments de Jonas. J'ai accepté de mon côté de mettre un peu d'eau dans mon vin, d'être un peu plus souple. J'ai notamment accordé une journée off à Jonas et Mike deux semaines plus tôt pour Thanksgiving. Ils tenaient à célébrer cette fête et ils ont même eu l'autorisation de boire une petite bière américaine.

Je dois rester prudent malgré tout. Olga m'a alerté la veille. Depuis huit jours, Jonas ne dort quasi plus. Il a effectivement une mine affreuse et redevient très irritable. Le matin même, je l'ai surpris prostré devant le hublot arrière. Il fixait une lumière scintillante. Encore vive, mais de plus en plus minuscule et insignifiante dans l'immensité des ténèbres. Notre point de départ, et peut-être de retour. Le mal du pays. Les psys nous avaient prévenus que cela pouvait arriver, malgré la préparation. Malgré le conditionnement physique et psychologique, personne ne pouvait prédire avec certitude quelles seraient nos réactions.

Mais pour ces situations aussi nous avons reçu des consignes. Alors ce soir, pendant que nous sommes tous réunis pour le dîner, je me place face à Jonas. Je décide d'aborder le sujet au moment du dessert. Les repas en apesanteur n'ont rien à voir avec un banquet terrestre. Nous sommes sanglés sur nos sièges et aspirons des poches de nourriture sous vide. Rien ne tiendrait dans une assiette ici. Néanmoins, depuis le début, nous considérons ces moments comme des rituels communs. Et les corvées sont réparties à tour de rôle. Ce soir, c'est Olga et Mike qui sont chargés de faire le service et débarrasser les déchets. Ils viennent de s'envoler de table pour se rendre au coin cuisine. Je me tourne vers Jonas et lui demande assez directement, trop sans doute :

– Comment vas-tu, Jonas ? J'ai l'impression que tu n'es pas dans ton assiette ces jours-ci.

Il pivote brusquement vers moi et me jette un regard courroucé.

– Ça va très bien merci, se contente-t-il de répondre.

J'insiste :

– Tu es sûr ? Je t'ai vu ce matin en train d'observer la Terre. Nous avons tous un peu de nostalgie. C'est normal, cela fait maintenant plusieurs mois que nous sommes partis, tu as le droit d'avoir un coup de mou.

L'expression est mal choisie, Jonas est un type très fier. Trop pour reconnaître qu'il a besoin de souffler ou d'un peu d'aide.

– Ça va, je te dis ! s'énerve-t-il. Viens pas jouer les confidents avec moi, t'en as pas la carrure.

Autour de nous, plus personne ne parle. L'atmosphère est devenue électrique. Mike et Olga se sont arrêtés et nous observent. Les taïkonautes se jettent des regards inquiets.

– Écoute, Jonas, regarde ta réaction, tu vois bien que ce n'est pas normal ! Nous ne pouvons pas faire comme si de rien n'était. Je crois savoir en plus que tu ne dors pas très bien ces temps-ci…

Cette fois, c'est après Olga qu'il en a.

– C'est toi qui lui as dit ça, bien sûr. Je me doutais bien que j'aurais pas dû te faire confiance. Tu lui racontes tout à ton petit commandant, hein ? Avec mon frère ça ne se serait pas passé comme ça.

Je prends un temps pour contenir ma propre colère avant de répondre en haussant le ton.

– Tu vas trop loin, Jonas ! Ça suffit maintenant. Nous avons ce qu'il faut pour ce genre de fatigue transitoire et nous savons tous que, pour toi, c'est indispensable aujourd'hui. Alors tu vas avaler quelques anxiolytiques et tu vas te reposer pendant deux jours, nous aviserons après. Et tu as raison, ça ne se serait peut-être pas passé comme ça avec ton frère. Sauf que c'est moi le commandant ici et que lui est à plusieurs dizaines de millions de kilomètres !

Je comprends immédiatement que cette dernière phrase est de trop. Je me suis laissé emporter dans l'affrontement, grossière erreur.

Jonas arrache le scratch qui le maintient sur son siège et commence à flotter. Il perd tout contrôle. Sous les yeux effarés de ses collègues de mission, il attrape une poche d'eau potable et la lance en direction de mon visage. J'ai juste le temps de l'esquiver. Je tends le bras pour l'intercepter, mais dans mon mouvement, je me suis moi-même détaché et je m'éloigne inexorablement de l'objet volant. Spectateurs impuissants, nous l'observons se diriger vers le mur opposé. Or à cet endroit, il y a le pupitre de commande du module de repos. Il est trop tard pour réagir et la flasque vient s'y écraser. Elle se déchire à l'impact. Une multitude de perles s'envolent dans l'habitacle alors qu'une grosse goutte se colle au panneau et s'infiltre vers les circuits. L'effet est immédiat. Une étincelle illumine le mur et malgré toutes les sécurités, des flammes commencent à apparaître. Pas des flammes longues et effilées comme sur Terre. Ici il n'y a ni haut ni bas. Dans l'espace, sans gravité, le feu est une boule bleue qui s'accroche à tous les supports qu'elle peut consumer.

La situation est critique. Les deux taïkonautes sont les plus prompts à réagir. Ils se précipitent vers le fond du module pour attraper les extincteurs. Jonas n'a pas bougé. Il se tient au mur, en face de l'incendie qu'il regarde avec incompréhension. J'ai pour ma part plané vers Mike et Olga qui m'ont arrêté à l'entrée du sas.

Alors que nos collègues chinois s'approchent pour essayer de souffler le brasier, la situation devient incontrôlable. La boule se répand et trouve un nouveau combustible en se glissant dans la paroi jusqu'au matériau d'isolation. Je me précipite sur l'écran de commande au niveau de la porte et j'active la procédure d'urgence. La ventilation s'arrête immédiatement pour tenter de stopper la propagation de l'incendie. Un peu trop tard malheureusement, c'est maintenant une grande partie du mur qui s'est embrasé. Nous savons quelles sont les étapes suivantes. La paroi coupe-feu du sas séparant le module de repos du reste d'Orion commence à se fermer. Je hurle à mes collègues de nous rejoindre vers la sortie. Les taïkonautes essaient encore un court d'instant de lutter avant de s'avouer vaincus. Ils se tournent vers nous et s'élancent à notre rencontre. Mais pendant leur hésitation, les flammes ont atteint un nouvel objectif. Dans le plafond, elles lèchent maintenant une des bouteilles d'oxygène servant à alimenter cette pièce. Dans le vaisseau, elles ont toutes été conçues de manière indépendante pour pallier tout dysfonctionnement éventuel. Jonas n'a toujours pas bougé. Il ne semble plus maître de ses réactions. Lorsque la bonbonne explose, il est projeté en arrière et heurte violemment le mur. Il perd connaissance et autour de son crâne, des bulles rouge sombre se mettent à flotter. Les deux Chinois ont été renvoyés par le souffle vers le fond du module.

Le sas est maintenant verrouillé. Par le hublot, nous voyons affolés que la déflagration a provoqué une fissure dans la carlingue. L'air s'échappe inexorablement de la pièce. Conséquence immédiate, l'ordinateur de bord a isolé ce module du reste du vaisseau. D'où nous sommes, nous ne craignons rien pour l'instant. Mais pour nos camarades, c'est une question de minutes.

Mike se jette sur moi et m'ordonne de couper la sécurité pour débloquer le sas. Je refuse, il sait très bien que je ne peux pas faire ça. Nous connaissons tous par cœur les consignes dans ces circonstances. Mais les appliquer dans le relatif confort d'un centre d'entraînement et s'y trouver confronter brutalement n'a rien de comparable. Si nous ouvrions cette porte maintenant, c'est Orion dans son ensemble qui serait menacé. Il n'est pas trop tard pour nos camarades, ils peuvent encore tenter de colmater la brèche. C'est en tout cas l'argument que je sers à Mike. Après ce court aparté, je me retourne vers le lieu du drame. Il ne s'est passé qu'une poignée de secondes, un temps suffisant toutefois pour que la situation devienne désespérée. En lieu et place de la fine déchirure, c'est maintenant un trou béant qui s'ouvre sur le vide. Jonas a déjà perdu connaissance et flotte tel un pantin désarticulé. Les deux taïkonautes ne sont pas au mieux et sont également sur le point de cesser la lutte.

Fou de rage, Mike se jette sur la porte pour tenter de la forcer manuellement. C'est évidemment impossible. Le trou continue à s'agrandir et menace désormais l'intégrité du vaisseau. Je sais ce qu'il me reste à faire. Je regarde Olga. Elle pleure, elle a compris. Je me dirige vers le pupitre de commande dans le dos de Mike qui tape des poings contre le hublot. J'entre quelques consignes et n'ai même pas un instant d'hésitation avant de valider.

Dans un bruit de succion, le module de repos se détache lentement du reste d'Orion. À l'intérieur, il n'y a plus que trois cadavres qui flottent.

10 janvier 2050 – 7 h 12 –
53 millions de kilomètres de la Terre

Après l'incident, nous sommes passés tout près d'une deuxième catastrophe. Mike, voyant les autres s'éloigner, a perdu pied. Il s'est jeté sur moi et a tenté de me frapper. Je me suis protégé tant bien que mal. Olga, toujours en larmes, a accouru avec une seringue pleine d'un sédatif qu'elle lui a injectée sans hésiter. Nous l'avons ensuite sanglé sur le lit de l'infirmerie.

Quelques minutes plus tard, alors qu'Olga et moi nous étions rendus au poste de pilotage pour évaluer les dégâts, nous avons reçu un message du centre de commandement. Les données télémétriques transmises en continu leur ont indiqué qu'il y avait un problème, mais sans les détails… J'ai fait un bref résumé de la situation et de nos pertes que j'ai envoyé immédiatement. Et nous avons attendu les consignes en retour de longues minutes. Étrange conversation, séparée par plusieurs dizaines de millions de kilomètres et la nécessité de patienter un temps certain pour avoir la réponse de son interlocuteur. Et elle est aussi claire qu'inévitable. Avec la moitié de l'équipage en moins, nous n'étions plus en mesure de mener la mission à son terme. L'abandon et le retour sur Terre étaient dorénavant la seule solution. Sauf qu'il n'est pas si simple d'arrêter un vaisseau lancé à pleine vitesse dans le vide intersidéral, il ne suffit pas d'un coup de frein à main… Le message se terminait donc en nous indiquant que des calculs étaient d'ores et déjà enclenchés pour nous faire revenir au plus vite, et que cela passerait inévitablement par une révolution autour de la planète rouge pour nous catapulter vers notre point de départ.

Après le drame, nous avons maintenu Mike sous calmants pendant deux jours. À son réveil, il a parlé longuement avec Olga. Et il a fini par reprendre son poste. Il ne m'adresse plus la parole, mais il fait son job. Ce 10 janvier est un jour particulier. Si tout s'était déroulé comme prévu, cela aurait dû être le grand jour. Celui où nous aurions pris place dans le module d'atterrissage pour, enfin, poser un pied sur la surface ocre. Les nouvelles données de trajectoire, téléchargées peu après la catastrophe, ont changé nos plans. Nous allons donc continuer notre route. Et dès demain, Mars sera dans nos rétroviseurs. Sans que nous en ayons caressé la poussière.

Mike vient d'entrer dans le poste de pilotage pour me remplacer, c'est son tour. Sans un mot, je lui laisse la place et quitte la pièce. Je ne dors quasiment plus depuis plusieurs jours. Chaque fois que je m'assoupis, je ne vois que Mars et ce rêve évanoui. Elle est souvent habitée de trois corps qui s'y écrasent avec fracas…

Ma décision est prise. Je me dirige vers le module d'atterrissage. J'y entre et verrouille la porte. J'enfile ma combinaison et m'installe aux commandes. J'enclenche la procédure. Elle n'est pas sans risque. Normalement, nous devrions être en orbite autour de la planète rouge pour une telle manœuvre. Nous devrions avoir nettement ralenti. À pleine vitesse, le désarrimage ne va pas être une mince affaire.

Dès que les moteurs se sont allumés, le signal a bien sûr été relayé sur les différents écrans de contrôle d'Orion. Quelques secondes plus tard, mes deux camarades se pressent derrière le hublot. Olga appuie sur l'interphone :

– Guillaume, qu'est-ce que tu fais ? Tu es devenu fou ? Ouvre cette porte immédiatement !

Je ne réponds pas. Je suis concentré sur l'ajustement des derniers paramètres. Une fois que tout est en place, je lève enfin les yeux vers elle. Elle continue à s'époumoner derrière les multiples couches de la fenêtre qui nous sépare. J'ai vécu cet instant en songe des dizaines de fois, alors j'agis pour que ce moment soit conforme à mes attentes. Et pour moi, il est évident que cela doit se passer en musique. Je lance mon album préféré et la voix de David Bowie se met à résonner dans le vaisseau. Olga me fixe toujours. En entendant cette chanson, elle cesse de m'interpeller. Elle me connaît, elle sait pourquoi je fais ça. De grosses larmes se forment au coin de ses yeux. Ici, elles ne peuvent pas couler, alors elles restent collées à ses joues.

– Tu n'es pas obligé, Guillaume…

Je lui souris et presse sur le bouton m'expédiant vers le premier « amarsissage » de l'Histoire. Je suis venu pour ça, j'irai jusqu'au bout. Même si dorénavant, c'est un aller sans retour. Lorsque je toucherai le sol, Orion sera déjà loin en direction de la Terre. C'est une mission suicide. Mes détracteurs diront que ce n'est que pure vanité, mais pas Olga. Elle a senti les autres raisons, bien au-delà de la réalisation du rêve d'une vie. Je suis le commandant de ce vaisseau. Je suis le commandant qui a perdu la moitié de son équipage, celui qui a largué dans l'espace trois de ses camarades… C'est ce que j'ai expliqué à ma mère dans le dernier message que je lui ai envoyé il y a quelques minutes. Quand elle le lira, tout sera déjà terminé. Dans l'habitacle, je n'entends plus que Bowie.

This is ground control to major tom

You've really made the grade

La gorge nouée, je me contente de souffler :

– Au revoir, Olga…

Les moteurs du module tournent à plein régime et il commence à se détacher. Mais le petit appareil souffre d'un trop grand déficit de puissance et il ne parvient pas à garder une trajectoire parallèle. Il se met en crabe et vient heurter le côté du vaisseau. Pot de terre contre pot de fer. Orion est bien plus imposant et résistant. Il est conçu pour voyager à pleine vitesse dans le vide intersidéral, pensé pour supporter certains impacts. Ce n'est pas le cas de mon habitacle.

Le choc arrache littéralement un des moteurs latéraux et je commence à tournoyer lentement. À chaque passage, je vois Mike et Olga s'éloigner inexorablement. J'active plusieurs commandes et parviens finalement à me stabiliser. Face à moi, par le hublot, c'est la planète rouge qui emplit dorénavant mon horizon. Et elle se rapproche vite, trop vite.

Ground control to major Tom

You're circuits' dead, there's something wrong

Derrière moi, c'est un panache de fumée qui m'accompagne. Il provient du propulseur endommagé, celui qui devait me permettre de ralentir mon approche. Je distingue maintenant les volutes de poussière soulevées par les vents martiens balayant une surface que je vais bientôt toucher. D'une certaine façon, dans quelques secondes, je vais réaliser mon rêve. Je serai bien le premier Homme à atteindre le sol de la planète rouge…

Planet earth is blue
And there's nothing I can do

Lui et moi

OPHÉLIE COHEN
Lauréate du concours « Storia »
su Fyctia (www.fyctia.com)

LAISSER MOURIR LES FLEURS

Je n'ai jamais eu la main verte. Ma plus grande peur, lorsque j'invite des amis, c'est qu'ils m'offrent une plante en pot. Imaginez un peu : la table est prête, garnie d'une vaisselle originale achetée dans une grande enseigne suédoise, deux ou trois bougies pour une ambiance cosy, une bonne odeur de carbonnade flamande qui s'échappe de la cuisine et le coup de sonnette. Cath et Béber arrivent. Mon amie me tend une magnifique orchidée blanche et violette.

– Oh mais c'est trop gentil, il ne fallait pas.

Intérieurement, je lève les yeux au ciel. Vraiment ils n'auraient pas dû, dans une semaine, elle sera morte ! Elle est superbe, mais en sursis.

– Béber a choisi le vin et moi les fleurs.

Oh ben tu aurais pu faire l'économie de la verdure, ma chérie. Le vin aurait suffi. Mais je suis bien élevée. Merci maman, merci papa. Je souris, remercie chaleureusement mes invités. En route pour une soirée entre amis. Huit jours plus tard, RIP l'orchidée. Je n'ai aucun lien de parenté avec Nicolas le Jardinier.

Pourtant, en ce dimanche après-midi 8 mai, je revêts l'habit du paysagiste : un beau tablier vert pour ne pas me salir et des gants qui me vont à ravir. J'ai acheté une campanule. Une plante vivace, rustique et robuste d'après les sites spécialisés. Il paraît qu'elle supporte autant la chaleur que le froid. Reste à savoir si elle survivra à mon aura.

Évidemment, j'ai aussi pris du terreau. Une espèce de terre remplie d'oligoéléments. J'ai mis toutes les chances de mon côté pour que cette magnifique fleur s'épanouisse dans mon jardinet. Je ne peux pas me louper. Je ne dois pas me louper. Parce que c'est sous la campanule que je l'ai enterré. Nul ne doit deviner sa présence. C'est un secret entre moi et ma garde rapprochée. Ce sont les seuls à qui j'ai avoué mon méfait.

J'ai creusé un trou à sa taille. Au millimètre près. Je l'ai tiré tant bien que mal jusqu'à sa dernière demeure. Enveloppé dans un drap blanc. Recouvert d'un habit virginal pour le laver de ses péchés. Le corps. Le terreau. La campanule. J'arrose. Me frotte les mains l'une contre l'autre. Les pose sur mes hanches. Comme tout bon ouvrier, j'admire mon travail. Contente et satisfaite. Personne ne devinera jamais que c'est là qu'Il repose en paix.

Il, je l'ai rencontré il y a dix ans, au cours d'une banale journée à l'hôpital.

J'avais un rendez-vous de fille. Vous savez, ces médecins qui ne voient que des vagins à longueur de journée. Je n'ai jamais compris ce qui pouvait tant attirer dans ce métier, mais bon, il en faut pour tous les goûts, n'est-ce pas ?

Revenons à Lui. Je l'ai rencontré à l'hôpital. Discret, je ne l'ai pas vu tout de suite. Il faut dire aussi que je n'étais pas d'humeur. Mon médecin m'a dit plus tard qu'Il était dans les couloirs quand j'étais arrivée, mais je ne l'avais pas remarqué.

Il était avec une jeune femme quand je suis sortie de mon tête-à-tête avec le Doc gynéco. Son interlocutrice était en larmes. Il était à ses côtés. La consolait. Enfin c'est ce que j'ai pensé. Il était habillé de noir. Il émanait de Lui un certain mystère. J'étais hypnotisée. Intriguée. Attirée mais aussi apeurée. Des sentiments contradictoires. J'ai repris mes esprits et me suis dirigée vers la sortie.

Nous étions au début du mois de mai. La nature s'éveillait au printemps. Je me suis assise sur l'herbe, dans le parc situé juste à côté de l'hôpital. Je n'avais pas envie de rentrer immédiatement dans mon petit appartement.

Pour ne pas penser, je me suis perdue dans la contemplation d'un défilé de fourmis. Inlassables ouvrières à la force titanesque et à la structure sociale complexe. Je m'interrogeais quant à la caste à laquelle j'aurais appartenu si j'avais été l'une d'entre elles lorsque j'ai été saisie d'un frisson. Un léger déplacement d'air, sur ma droite.

J'ai relevé la tête, distraite, et l'ai vu. Il était là, devant moi. Il était plus grand et impressionnant que quelques minutes auparavant. Tout en lui était sombre. J'avais beau chercher la lumière, je ne voyais que le noir et le désespoir. Pourtant Il m'a pris par la main et ne m'a pas lâchée, et ce pendant plusieurs années.

ABANDON

Très vite, Il a fait partie intégrante de ma vie. Je ne pensais qu'à Lui. Il m'obsédait. Je respirais avec Lui. Je me promenais avec Lui. Il m'accompagnait au travail et chez mes parents. Nous étions inséparables. Cela ne faisait que quinze jours que nous nous connaissions quand Il a commencé. D'abord, Il m'a coupé de mes amis.

Après ma visite au Doc gynéco, j'ai appelé Lucie. Je voulais tout lui raconter.

Lucie était ma BFFE. *Best Friend For Ever*. Quinze ans que nous nous connaissions. C'est sur les bancs du lycée qu'était née notre belle amitié, à la manière d'un bon vieux cliché. Les deux blondes rivales qui se disputaient les faveurs des garçons jusqu'au jour où, au détour d'une sortie scolaire, nous ne nous étions plus quittées. Nous nous confiions tous nos secrets, échangions nos fringues, nos cigarettes et nos mecs. C'est donc sans crainte que je lui ai parlé de ma rencontre. Nul doute qu'elle serait là pour m'accompagner dans cette histoire qui, je le savais, allait durer. Le lycée était derrière nous depuis une dizaine d'années. Nous habitions à une centaine de kilomètres l'une de l'autre, et malgré cette distance, nous avions à cœur de nous voir aussi souvent que possible.

Nous avons convenu que c'était moi qui viendrais et nous nous sommes donné rendez-vous sur la plage. Je voulais sentir le sable caresser la plante de mes pieds et cette odeur iodée à laquelle j'étais attachée. Quand elle est arrivée, nous avons sauté dans les bras l'une de l'autre. Malgré le passage du temps, nous gardions, ensemble, des comportements adolescents.

Nous avons marché le long du rivage.

– Comment vont les garçons ?

– Très bien. Ils te réclament. Quand je leur ai dit que j'allais retrouver Tata, ils voulaient absolument venir avec moi ! Mais j'ai pensé que nous serions mieux en tête à tête pour parler.

– Tu as bien fait. Je ne me serais pas sentie à mon aise s'ils avaient été là. Je suis encore toute retournée.

J'ai pris une grande inspiration et je lui ai raconté ma rencontre avec Lui. Ma surprise, mes craintes mais aussi mes espoirs. Sa présence au quotidien, la place qu'Il avait pris dans ma vie en très peu de temps.

Au fur et à mesure de mon récit, je voyais son visage se fermer. Bien qu'étonnée par sa réaction, je ne me suis pas méfiée. Il est vrai que nous avions toujours été fusionnelles, alors cette rencontre, c'était un peu un nouvel obstacle entre elle et moi.

– Ne fais pas cette tête, s'il te plaît, Lucie.

– C'est juste que je suis inquiète. Tu vis loin de moi et je ne voudrais pas qu'il t'arrive quoi que ce soit. En tout cas, si ça se passe mal, tu sais que tu peux compter sur moi.

Elle m'a prise dans ses bras, puis nous sommes remontées sur la digue. Nous sommes allées dîner dans un petit restaurant dans lequel nous avions nos habitudes. Nous avons passé la soirée à rire en partageant, une fois encore, nos nombreux souvenirs. Au moment de nous quitter, elle m'a à nouveau dit qu'elle serait toujours là pour moi. Pourtant, après ce soir-là, je ne l'ai jamais revue.

Lui ne me quittait pas. Compagnon de vie. Voilà ce qu'Il était devenu. Il partageait mes matins, mes journées et mes nuits. Il ne me laissait aucun répit. Où que j'aille, Il allait. Si j'essayais de m'éloigner pour aller seule faire des courses, rendre visite à un collègue, ou encore à un rendez-vous médical, Il s'invitait. Et je ne pouvais pas lutter. Il me l'aurait fait payer. Je le savais et je n'osais pas même essayer.

J'étouffais mais je ne pouvais pas le quitter. C'était impossible. Je n'en avais ni la force ni la possibilité. En moins d'un mois, Il avait pris possession de ma vie et tout tournait autour de Lui.

Alors à qui pouvais-je me confier ? La dernière fois que je l'avais vue, elle m'avait assurée de sa présence indéfectible. Lucie. Je l'ai appelée, plusieurs fois. J'ai laissé des messages. Sans réponse, j'ai baissé les bras.

Un matin d'août, mon téléphone a sonné. C'était elle. J'étais épuisée d'avoir enchaîné des nuits sans sommeil. Lui me regardait en souriant, satisfait de me réveiller chaque nuit et d'être devenu mon cauchemar vivant. Alors j'ai pris l'appel, m'accrochant à l'espoir que mon amie serait à mes côtés.

– Je suis désolée, j'ai été très occupée.

– Effectivement, j'ai vu ça. Deux mois que tu ne me réponds pas.

– Je sais oui, mais tu sais entre les garçons, le boulot, c'est compliqué.

– Mouais… Si tu le dis. Oublions alors. Quand peux-tu passer à la maison ? J'ai vraiment besoin de te voir.

– Je sais oui, mais ça va être compliqué. On part en vacances demain, et puis après il y a la rentrée…

Je n'ai rien rétorqué. Je n'avais ni le courage ni l'envie de me heurter à d'autres murs que ceux au milieu desquels Il m'avait enfermée. Nous avons épuisé les banalités, puis raccroché. Au fond de moi, je savais. Elle ne voulait pas Le rencontrer.

Lucie n'a pas été la seule. Beaucoup de personnes de mon entourage m'ont tourné le dos quand Il est entré dans ma vie. Était-ce moi qui ne les avais pas assez sollicitées ? Était-Il à ce point présent qu'Il leur avait fait peur ? C'est vrai qu'en peu de temps, Il avait pris une place immense dans ma vie. Si j'avais vite compris que notre relation serait difficile, j'étais loin d'imaginer ce que j'allais endurer.

LA PREMIÈRE FOIS

On n'oublie jamais une première fois. Elle nous marque au fer rouge et se rappelle à nous encore et encore. Le premier baiser qui embrase nos cœurs. Les premières caresses qui enflamment nos corps. Le premier coup au foie, puis à l'estomac…

Il vivait avec moi depuis un peu plus de deux mois. Je vivais avec Lui malgré moi. J'avais mis le doigt dans l'engrenage. Mais il fallait que j'aille au bout de notre histoire. Je n'avais pas le droit de perdre espoir.

Un après-midi, alors que je rentrais d'une visite à l'hôpital, Il m'a frappée. Pour la première fois.

Je m'étais allongée sur le canapé, pour me reposer quand… Déferlement de violence. J'ai eu le souffle coupé. Je n'arrivais plus à respirer. La bouche ouverte pour tenter d'aspirer un filet d'air. Je me suis effondrée sur le côté.

Mon corps a expulsé ce que j'avais mangé dans la journée. Encore et encore. Dès que je me redressais, la nausée me reprenait. Il a fallu deux heures pour que mon corps meurtri me laisse un peu de répit. Je me suis traînée jusqu'à mon lit, j'ai fermé les yeux, un instant.

Quand j'ai relevé les paupières, il était là, devant moi. J'ai hurlé, brisée, épuisée :

– Laisse-moi en paix.

Mais il est resté. Il s'est reculé. M'a observée. Tapis dans l'ombre de la chambre, Il se délectait de mes moindres gémissements, se repaissait de ma souffrance. J'ai fini par sombrer. Une nuit sans lune m'a emportée loin de Lui. Pour quelques heures, perdue dans un univers sans étoile, je ne souffrais plus.

Pendant trois jours, je suis restée couchée. Incapable du moindre mouvement. Physiquement atteinte, psychologiquement meurtrie. Notre histoire aurait pu s'arrêter là. J'aurais pu baisser les bras. Le laisser m'envahir, pousser un dernier soupir et mourir. Accepter sa présence et préparer mes proches à mon absence. Mais nichée au creux de mon âme, cachée dans les profondeurs de mes entrailles, il existait une autre version de moi. Une Walkyrie prête à tout pour rester en vie. Alors j'ai sorti l'artillerie. Je ne pouvais pas le quitter. C'est Lui qui vivait chez moi. Je n'avais pas le choix.

Au quatrième jour, je me suis levée et j'ai décidé de l'ignorer. Il ne gâcherait pas ma journée. Un petit déjeuner léger et un passage obligé par la salle de bains. Une longue douche, bouillante, pour laver les traces de son passage. Puis je me suis plantée devant ma psyché. J'ai observé mon corps abîmé. Mes cheveux courts et ternes. Mes cernes. Mes seins qu'Il aimait tenir à pleines mains. Du bout du doigt, j'ai cueilli une larme qui tentait de fuir le long de ma joue et j'ai entamé ma transformation. Des jours que je ne m'étais pas maquillée, il était temps d'y remédier.

J'ai redessiné mes sourcils. Apposé une ombre d'un joli vert irisé sur ma paupière avant de la souligner d'un trait de crayon noir. Un peu de fard et me voilà, quelques minutes plus tard, habillée et prête à savourer ma première victoire.

Je suis allée me promener dans les champs avant de rejoindre le village. J'ai savouré une salade en terrasse. Je goûtais à la liberté retrouvée. Le nez dressé vers le ciel, la peau caressée par le soleil, je m'émerveillais du ballet des passereaux, me régalais des rires des enfants. Alors que j'étais perdue dans ma contemplation, j'ai entendu mon prénom. Ma voisine, Michèle, se tenait de l'autre côté de la rue et me faisait des grands signes de la main. Elle a traversé et s'est assise en face de moi.

– Je suis heureuse de te voir. Tu m'as l'air fatiguée.

Pour le maquillage j'allais devoir revoir ma copie, visiblement, je n'étais pas au point.

– Les derniers jours ont été difficiles. Mes nuits sont plus mauvaises les unes que les autres alors… oui, je suis fatiguée.

Michèle a souri. Elle avait compris.

– C'est Lui ?

J'ai baissé les yeux vers le sol et hoché la tête. Penaude. Un instant, j'ai failli m'effondrer mais je me suis rappelée qui j'étais et…

– Oui. Mais je t'assure, aujourd'hui je vais bien.

Michèle m'a regardée, les yeux larmoyants. Un instant, j'aurais pu croire que c'était elle qui vivait avec Lui. Sa réaction m'a agacée. Il était mon fardeau, pas le sien. Comment pouvait-elle être plus affectée que je ne l'étais ?

Je me suis levée. J'ai prétexté un rendez-vous et me suis enfuie, sans me retourner. Je suis rentrée chez moi. Fatiguée, un peu contrariée par la réaction de Michèle, mais heureuse de ma sortie. Je me suis pelotonnée dans mon canapé. Plaid, thé et roman. Le combo parfait pour achever la journée.

Quand le jour a cédé sa place à la nuit, je me suis rendu compte du temps écoulé. Pendant quelques heures, je l'avais oublié. Il n'était pas venu me narguer. Il ne s'était pas montré. Mais ça n'a pas duré.

Ce fut donc la première fois. Il y en eut une deuxième. Puis une troisième. Avec le temps, j'encaissais plus facilement. Mettais moins de temps à me remettre. Je luttais. Souriais. Me relevais.

Alors, pour me punir, Il a volé un peu plus de ma féminité.

RECULER…

Avant de Le connaître, j'avais les cheveux blonds. Mi-longs. Je n'en étais pas particulièrement fière.

Ils étaient fins, sans matière. En même temps, je crois que nous, les femmes, nous ne sommes jamais contentes de nos cheveux. Trop épais, trop frisés, trop plat, *et cetera.* De Samson et Dalila à Hugo et Zola, de la séduction à l'émancipation, la chevelure des femmes a inspiré, fasciné. Tour à tour source de pouvoir, moyen d'affirmer son identité, symbole de vie et… de mort.

Nous étions au mois de juillet. L'été s'était installé. Des mâtinées brûlantes succédaient à des nuits suffocantes. Depuis plusieurs jours, je me réveillais en nage. Trempée et paniquée. Les angoisses m'assaillaient et je n'étais plus certaine de pouvoir supporter cela longtemps. Il mettait ma force et ma détermination à l'épreuve. La Walkyrie faiblissait et Il le sentait. C'est ce moment précis qu'Il a choisi pour frapper à nouveau.

C'était un lundi. Alors que j'étais sur la terrasse à boire mon café, Il s'est approché lentement et a tendu une main vers moi. Par crainte, j'ai baissé la tête. Je lui ai offert ma nuque, soumise. Le regard rivé au sol, j'attendais, résignée. Ce matin-là, je n'avais pas la force de l'affronter. Mes cheveux se sont alors mis à tomber. Une touffe après l'autre, je les voyais s'écraser sur le béton. Quelques mèches s'échappaient dans le vent, tandis que le reste s'amoncelait à mes pieds. Il m'a fallu quelques minutes pour réaliser. Sortir de mon mutisme et me rebeller.

Je me suis redressée, plus déterminée que jamais. La vue brouillée par les larmes, j'ai soutenu son regard. Le visage déformé par un sourire diabolique, Il me toisait, satisfait. Il a ouvert les bras, m'invitant à me nicher contre lui. Battre puis câliner, une technique éprouvée par tant d'autres avant Lui. J'aurais pu me blottir dans ses bras. Le laisser m'emporter. Me déposséder de mon avenir, de mes souvenirs. M'envoler avec lui, dans un soupir.

Mais cette fois encore, je ne cédai pas. Je me suis réfugiée dans la salle de bains. M'y suis enfermée. À clef. J'ai fait face au miroir. Le teint blafard, des cernes noirs. Nos semaines de cohabitation laissaient de plus en plus de traces. Même le maquillage ne pouvait plus cacher mes heures de souffrance. J'ai passé une main dans ma chevelure clairsemée et n'ai pu que constater les dégâts. Des trous, partout. Entrelacées entre mes doigts, quelques mèches que je ne quittais pas des yeux.

Ballet de sentiments contradictoires. C'est la tristesse qui m'a d'abord enveloppée. Mon cœur saignait, mon estomac se révulsait de douleur, mes yeux débordaient de larmes. Cette atteinte était un coup d'estoc supplémentaire. J'étais piquée au vif. Un genou à terre. Inconsolable. Quel regard porte la société sur une femme au crâne dénudé ?

Puis la colère s'est mise à gronder. Muchée au creux de mon ventre, elle cherchait à s'échapper. Elle est remontée le long de ma gorge pour se libérer dans un cri bestial. Il me volait tout ce que j'avais.

Il avait fait le vide autour de moi, m'avait coupée de mes amis, m'éloignait de mon travail. Il y avait eu les coups à l'estomac et aujourd'hui… Je ne voulais pas qu'Il prenne complètement le contrôle de ma vie, et la Walkyrie est sortie de sa tanière.

Détermination. J'ai ouvert le tiroir du meuble, sous la vasque, et j'ai pris ma tondeuse. Posée sur le bord de mon crâne, je lui ai fait faire des lignes. D'avant en arrière. Le bruit des minuscules lames qui coupent, les dernières poignées de mes cheveux plats et sans relief qui s'échouent sur la céramique du lavabo. La tête baissée, j'ai passé mes mains sur mon crâne glabre. J'ai cartographié bosses et aspérités. Et enfin, je me suis contemplée.

Fierté. Étais-je si différente sans cheveux ? J'avais toujours mon petit nez et une bouche finement ourlée. Des joues rondes et pleines. Et brûlant, au fond de mon regard, la flamme de la guerrière.

Les jours suivants, Il a tenté de reprendre le dessus. Il ne me lâchait pas. Était derrière moi à chaque pas. Il m'étouffait, donnant à mon corps la sensation d'un poids permanent à porter. Mais j'ai résisté, encore et encore. Je me maquillais chaque jour, alternais perruques et foulards lorsque je sortais. Sourire scotché sur le visage, la Walkyrie guerroyait et une nouvelle bataille approchait.

Petit à petit, j'ai regagné du terrain et repris ma vie en main. Alors, ce fut l'heure de son déclin.

… POUR MIEUX SAUTER

Huit mois, cinq jours et vingt heures qu'Il était entré dans ma vie par une belle journée de mai. Enfermée dans une camisole dont j'étais la seule à détenir les clefs, le temps était venu de me libérer. Je ne pouvais pas le faire plus tôt. J'avais d'abord un combat à mener. Contre Lui. Contre moi. Mais le gong avait retenti et l'heure du dernier round avait sonné.

– Allô, Maman. C'est moi.

– Oh ma chérie. Comment tu vas ?

– Bien, bien. J'ai rendez-vous chez le médecin ce matin.

À mon annonce, il y eut un blanc. Je savais que ma mère avait en horreur mes rendez-vous médicaux. Ils étaient pourtant vitaux.

– C'est encore à cause de Lui ?

– Maman…

J'ai tenté de la rassurer. Il ne m'avait pas frappé au ventre depuis plusieurs semaines. Mes cheveux commençaient à repousser et notre ménage n'était plus aussi étouffant. Mon tortionnaire me laissait reprendre mon souffle, plus souvent.

– D'accord ma chérie, je te crois. Mais tiens-moi au courant.

J'ai raccroché, un sourire aux lèvres.

Ma toute petite maman, je t'en ai fait baver ces derniers mois mais c'est bientôt terminé. Il va sortir de nos vies. Direction la salle de bains. J'ai redessiné mes sourcils avec un crayon brun, appliqué une ombre rose sur mes paupières et mis un peu de gloss nacré sur mes lèvres. J'ai caressé mon crâne avant d'y ajuster un foulard coloré.

En me dirigeant vers la porte de l'appartement, je me suis arrêtée devant le miroir du couloir pour m'assurer que tout était juste et parfait, mais en lieu et place de mon reflet, c'était Lui qui m'observait. Son regard noir m'a aspirée et pendant un instant, il m'a emportée dans son néant. Coincée dans une tornade grise, j'ai croisé mes souvenirs. Notre rencontre, le premier coup qu'Il m'a porté, mes cheveux arrachés… Je tournoyais sans pouvoir m'arrêter quand, de cet enfer, a émergé une main. Je l'ai agrippée et j'ai repris pied. Retour à la réalité. J'ai un rendez-vous à honorer. Au moment où je suis sortie de chez moi, j'ai cueilli une larme du bout du doigt.

Sur le trajet, mes pensées se sont envolées jusqu'à ce jour de mai où nous nous étions rencontrés.

– Adénocarcinome.

C'est comme ça que le Doc gynéco l'avait appelé. Pour moi, c'était LUI. J'aurais pu l'affubler d'un petit nom, Crabus, Crabe ou même Bernard puisqu'il avait fait de mon corps sa coquille, mais je ne voulais pas lui donner une identité pendant qu'Il me volait la mienne. Après une opération et des mois de traitement, il était temps de faire le point avec mon médecin.

– Alors, que donne la dernière IRM ?

Je tremblais à l'idée qu'Il ait été plus fort que l'armée de chimiothérapie qui avait accompagné ma chevauchée de Walkyrie. Derrière ses petites lunettes rondes, le praticien a souri.

– Il n'y a plus rien. Plus de tumeur. C'est terminé. Enfin presque.

– Presque ?

– Vous allez partir pour cinq ans d'hormonothérapie. C'est le traitement… standard… bouffées de chaleur… peau sèche

Je ne l'entendais plus que de loin. Je peinais à réaliser. *C'était terminé.* Après un peu plus de huit mois, huit rounds, je venais de Le cueillir d'un uppercut à la pointe du menton. Il était au tapis. L'arbitre pouvait commencer le décompte. Un… Deux… Trois…

DE JOYEUSES FUNÉRAILLES

Huit… Neuf… Dix… L'arbitre siffle la fin du combat. J'ai gagné. Par K.-O. Cris de liesse du public. Explosion de confettis. Je brandis le poing vers le ciel.

Dix années se sont écoulées. Il est sorti de ma vie. Définitivement. Au fil des ans, j'ai mené d'autres batailles contre Lui. J'ai dû accepter les changements de mon corps. Le vieillissement prématuré de mes cellules. Apprendre à vivre avec certaines douleurs. S'Il ne colonisait plus mon corps, Il y avait laissé sa marque.

Le temps avait été mon allier dans cette phase finale et aujourd'hui j'avais appris à m'accepter. À regarder mes cicatrices sans pleurer. Il avait été un compagnon de vie.

Si pour beaucoup, la maladie n'est pas palpable, pour moi, elle a été une personne à part entière. Elle s'est immiscée dans mon corps, mon quotidien. Elle décidait de mon humeur, cristallisait mes peurs. Elle m'a coupée de certaines personnes qui ont sans doute imaginé que le cancer était contagieux. Elle a provoqué des disputes mais aussi des remises en question… Elle est devenue un membre de ma famille, pour un temps. Les fractures causées laissent des cicatrices, mais il n'appartient qu'à nous d'avancer une fois le combat gagné.

Un matin je me suis décidée. J'allais L'enterrer.

On avait évoqué cette possibilité avec Cath et Béber, lors de notre dernière soirée. Après quelques bières, c'est mon amie qui avait lancé l'idée.

– Et si tu lui organisais des funérailles. Enfin, symboliquement.

Depuis, l'idée avait fait son chemin. J'avais envoyé un faire-part de décès à mes amis les plus proches, à mes parents et les avais invités à Son enterrement :

O. a la joie de vous faire part
de la perte de son Cancer.
Après dix ans d'une vie de couple tumultueuse,
Il l'a quittée en ce jeudi 05 mai.

Ses obsèques seront célébrées dans le jardin de O.
dimanche 8 mai à quinze heures.
Pas de fleurs, ni de couronne.

Après mûres réflexions, j'avais choisi l'objet qui personnifiait le mieux ce que j'avais traversé. Un objet qui, tant que je le possédais, me relierait à Lui. Je suis allée à la jardinerie et j'ai acheté une campanule pour décorer la tombe. Hors de question de Lui dresser un mausolée, mais je ne pouvais pas non plus fourrer la boîte dans le trou, la recouvrir et oublier toutes ces années. J'avais besoin de ce cérémonial. Il était essentiel à mon cheminement.

S'Il m'avait lâché la main, j'étais encore incapable de lâcher la sienne. Je pensais à Lui chaque jour. À ce qu'Il m'avait volé. Ce qu'Il m'avait fait endurer. Je peinais à passer à autre chose et même si je menais ma barque, j'échouais encore régulièrement sur les berges de ma colère.

En rentrant, je suis allée la chercher. Ma perruque. Elle était couchée dans son écrin depuis neuf ans. Je me souviens avoir arrêté de la porter très tôt. J'avais préféré assumer mes cheveux courts. J'avais revendiqué mon combat et affiché mon statut de guerrière. Alors, quoi de mieux qu'elle pour le représenter Lui ?

Un demi-sourire mélancolique a éclairé mon visage et accompagné ma plongée au cœur de mes souvenirs. Je me suis remémoré le jour où, après avoir perdu des poignées de cheveux au déjeuner, je m'étais rasée. Je me suis rappelé l'étrange sensation de ma paume de main sur mon crâne nu. Râpeux. Rugueux. J'ai revu mon visage marqué mais déterminé.

J'ai sorti la perruque de sa boîte puis je l'ai brossée une dernière fois, avec tendresse, laissant glisser les mèches dorées entre mes doigts. Je l'ai posée, délicatement, sur un papier de soie avant de l'enfermer à jamais dans son cercueil de carton. Ce moment-là, je l'avais voulu rien qu'à moi. Il ne se partageait pas. Ce deuil, je devais le faire seule. Plus tard nous danserions autour de Son tombeau, mais avant, il fallait que je Lui fasse mes adieux. Que je reprenne le cours de ma vie et que je ne Le laisse plus s'inviter dans mon présent au travers de craintes infondées, de peurs incontrôlées.

Je suis allée dans le jardin. J'ai creusé un trou à sa taille. Au millimètre près. J'ai déposé la boîte. Rebouché le trou. Planté la campanule. J'ai arrosé. Me suis frotté les mains, l'une contre l'autre. Les ai posées sur mes hanches. La tête penchée sur le côté, j'ai observé mon œuvre et j'ai souri. Cette plante-là ne mourra pas. Elle sera la mémoire de mon combat.

Coup de sonnette. Il est temps de faire la fête.

21 mois

MARINA FILIOL DE RAIMOND
Lauréate du concours organisé par ELA
auprès des familles de l'association.

La terre s'est dérobée sous nos pieds et le soleil a cessé de briller. À l'annonce du diagnostic, nous avons été irrémédiablement plongés dans une immensité de douleur. Deux mots improbables ont suffi à nous anéantir. Deux mots si scientifiques et inédits qu'ils sont venus télescoper la vie « normale » que nous menions jusque-là… Ces mots barbares, leucodystrophie métachromatique, se sont imposés à nous. Ils dicteront nos vies pendant quelques années… au mieux… et les changeront à tout jamais.

On a volé la vie de mon fils aîné de manière autoritaire, arbitraire, et il a été aiguillé vers une voie sans issue. Les gênes ont parlé et ils ne reviennent jamais sur leur parole.

Cadeau de la vie après une douloureuse fausse couche ; cadeau du Nil, conçu sur ce fleuve mythique ; cadeau de Noël 2010 que nous avons passé à la maternité ; Joris est tout simplement notre cadeau de tous les jours.

J'ai commencé à rédiger ces quelques lignes pour me soulager, car exprimer notre désarroi n'est pas facile. Collègues de travail, amis, proches et cercle familial restreint, personne n'est insensible. L'émotion est palpable au téléphone, les larmes bien présentes dans les yeux des grands-parents, oncles et tantes du petit Joris. Comment ne pas être effondré quand on a la chance de le connaître ? Énumérer ses qualités et ses traits de caractère les plus attachants serait inutile : d'une part ce serait trop long, d'autre part je suis sa mère et vous mettriez en doute mon objectivité ! Je dirais simplement et en toute humilité que Joris est un être exceptionnel, dans tous les sens du terme, et que tout ce qu'il recèle de bon s'exprime au travers de son splendide sourire.

Ces lignes, je les écris aussi parce que, dans cet immense malheur, nous avons la « chance » d'entrevoir une infime lueur d'espoir grâce à la recherche scientifique, à des chercheurs acharnés qui consacrent énormément de temps à tenter de contrer ces maladies qu'ils qualifient de « vraies saloperies ». Très tôt il nous a été proposé d'inclure Joris dans un essai clinique d'enzymothérapie substitutive et nous avons accepté… Comment imaginer un instant laisser la maladie faire son œuvre funeste sans nous battre contre elle de toutes nos forces, lorsqu'il nous est offert une arme qui « pourrait » l'atteindre ou la contrer ?

Le temps de la réflexion fut donc assez bref, nous avons pesé le pour et le contre, parcouru la longue liste des risques possibles, mais face au danger bien présent et réel, nous avons fait un choix qui nous semblait évident, celui de tenter quelque chose. Joris a alors intégré un protocole strict, lourd, et relativement long. Où cela le mènera-t-il ? Nul ne le sait, mais le laboratoire promoteur a investi financièrement dans cette recherche, cela signifie donc qu'il a un réel espoir de réussite. Un espoir modéré pour notre part car nous imaginons bien qu'un tel traitement ne le guérira pas, au mieux pouvons-nous espérer que la maladie soit freinée, voire stoppée dans son évolution.

Je pense beaucoup aux autres parents qui ont longuement attendu qu'un essai clinique s'ouvre afin d'y inclure leur enfant et qui, lors du lancement du protocole tant désiré, ont appris qu'il était trop tard, que la maladie avait déjà excessivement grignoté la myéline de leur enfant et qu'il ne rentrait plus dans les critères d'inclusion. Je n'ose pas imaginer ce qu'ils ont pu ressentir… Comment trouver un réconfort ? Se dire que, peut-être demain, les nouveaux enfants diagnostiqués bénéficieront d'un traitement qui améliorera leur qualité de vie et préservera leur si précieuse existence ? Non, ce ne sera jamais suffisant pour un parent.

Pour nous, cet essai clinique ne modifiera peut-être pas le cours des choses et Jo risque toujours de partir bien trop tôt. Mais cela fera avancer la recherche… pour les prochains.

J'écris, enfin, pour relater ce qu'est la vie de tous les jours lorsque l'on est inclus dans un protocole de recherche et parent d'un enfant polyhandicapé. Pour partager les difficultés engendrées par la lourdeur du processus, les montagnes russes émotionnelles, les éventuelles victoires de Joris face à la maladie, comme les possibles échecs…

***

Un essai clinique, un espoir très hypothétique

Cette histoire commence le 22 avril 2013. Ce n'est pas la date de l'annonce du diagnostic, non. Je ne l'ai pas retenue, comme si ma mémoire se refusait à l'inscrire. La date de la naissance de Joris, elle, est gravée à jamais dans ma tête, mais pas celle où nous avons appris qu'il mourrait dans l'enfance. Je pourrais aisément la retrouver mais je n'en ai pas l'intention. Je refuse l'idée d'un anniversaire, il n'y a rien à célébrer.

Le 22 avril 2013 est le jour de l'anniversaire de sa mamie. Jo rentre à l'hôpital pour une semaine. Il doit y subir divers examens plus ou moins longs, contraignants et désagréables : IRM, EEG, PEA, PES, endoscopie de la déglutition, test des fonctions motrices. Tout ceci pour parachever une opération chirurgicale visant à implanter, en sous-cutané, un dispositif intrathécal qui permettra de lui faire des injections d'enzymes sans qu'il subisse des ponctions lombaires toutes les deux semaines. Un mal pour un bien quoi !

25 avril, c'est le jour J. Jo va au bloc accompagné du plus grand spécialiste de la neurochirurgie infantile. Tout le monde nous assure que notre fils est entre les meilleures mains qui soient en France. Ainsi, même si nous pleurons en le voyant partir pour sa toute première anesthésie générale, nous n'avons pas trop peur… Il est jeune et il s'en remettra vite ; et puis, c'est pour le mieux ! L'attente est ponctuée par des messages, photos et vidéos des exploits de Tristan, son petit frère qui a l'immense chance d'être en bonne santé. Ils ont le même sourire enjôleur, et ces images nous font tellement de bien. Merci mamie !

Deux heures et demie plus tard, nous sommes appelés en salle de réveil : l'opération s'est bien déroulée. Ça y est, Joris est enfin prêt pour recevoir l'enzyme. Il faudra encore attendre une longue semaine avant la première injection. D'ici là, deux mots d'ordre, surveiller sa cicatrice et l'aimer fort.

3 mai : le jour J, le jour où le corps de Joris va connaître l'enzyme qu'il n'a jamais pu produire lui-même, l'arylsulfatase A. Comment va-t-il réagir à la présence de cette substance étrangère ? Son métabolisme saura-t-il en tirer tout le bénéfice ? Il le faut.

Cathéter fixé à la jugulaire, Joris dort paisiblement et le ballet incessant – prise de sang/tension/

température – ne le perturbe pas outre mesure. Il est serein. Le combat contre la MLD (*metachromatic leukodystrophy disease*) débute et nous, parents, sommes plus que jamais mobilisés.

Deuxième injection, troisième injection, quatrième injection… Commence alors une existence rythmée par des injections d'enzymes, une vie différente et peu commune. Une vie pénible aussi pour un petit bout de deux ans et demi, qui n'aspire qu'à jouer, rigoler et câliner. Les activités de Joris sont mises entre parenthèses trois jours toutes les deux semaines. Une parenthèse hospitalière peu réjouissante, faite de craintes, de nuits bruyantes et entrecoupées par les passages des infirmières : rythme cardiaque, tension, température, saturation… Il y a pire, certes, mais c'est difficile nerveusement, moralement, psychologiquement. En même temps, c'est à chaque fois un nouvel espoir.

Mais les semaines défilent, nous sommes invariablement déçus, rien de positif ne se manifeste, aucune amélioration visible. Les fonctions motrices de mon petit ange ne cessent de se détériorer. En l'espace de deux mois, notre bébé perd considérablement et brutalement de ses capacités. En mars, Joris marchait tenu d'une main, se déplaçait à quatre pattes comme un chef, baragouinait un vocabulaire d'une quinzaine de mots, était le roi des encastrements, souriait… En juin, il ne fait plus rien de tout cela, semble triste, taciturne, et après plusieurs crises extrêmement douloureuses qui nous semblent interminables et lors desquelles nous croyons devenir fous, il finit par perdre sa motricité fine. Bouger ses bras est devenu très pénible, ses poings se sont serrés. À trois mois Joris tenait sa tête, étape capitale dans le développement de l'enfant s'il en est ; à deux ans et demi il ne la tient plus.

Cinquième injection : Joris commence à s'habituer à l'hôpital, ce qui nous met du baume au cœur. Il y va même avec le sourire ! Certaines infirmières ont créé un lien particulier avec lui et les préparatifs avant l'injection se déroulent sans heurts ni larmes. Nous nous rendons tous à l'hôpital le cœur un peu plus léger et le temps passe plus vite.

Octobre : les premiers froids et une maman à bout de souffle. Un arrêt de travail s'impose. L'hiver se profile avec son lot de virus, bénins pour les personnes en bonne santé, mais extrêmement fatigants et pénalisants pour un petit atteint d'une leucodystrophie. Une rhinopharyngite a amené Joris aux urgences et a entraîné une hospitalisation de trois jours accompagnée d'une batterie d'examens… Nous n'en revenons pas ! À quoi va ressembler la saison hivernale ? Il lui faut plus d'une semaine pour remonter la pente, sourire à nouveau, et pour que ses crises de spasticité, qui se sont soudainement accentuées, disparaissent.

Et lui, que pense-t-il de tout ça ? *Mon petit frère est enrhumé et il continue à se rendre à la crèche tandis que moi je file à l'hôpital pour une ponction lombaire ? Pourquoi ? Qu'est-ce qui m'arrive ?*

Alors nous, parents, verbalisons autant que possible. Nous lui apportons des explications. Nous tentons de l'apaiser, mais que comprend-il en définitive ?

Malgré une pause d'un mois, sans me soucier de mon travail, je vais mal. Je pleure, souvent seule, je ne comprends pas ce qui nous arrive, ni comment notre vie a pu prendre une telle tournure. Je ne vis plus, je survis. Avec du recul, lorsque je repense aux mois qui se sont écoulés, je réalise que nous avons vécu l'intolérable, l'atroce. Comment des parents normalement constitués peuvent-ils surmonter une telle épreuve ? Mal, terriblement mal, on ne se remet pas de cette expérience.

***

Pause !

Le protocole suit son cours mais n'apporte pas les résultats que nous espérions. Il est désormais évident que la marche naturelle de la maladie n'a ni été stoppée, ni ralentie. Il suffit de regarder Joris et de le comparer avec le petit garçon de deux ans qu'il était au tout début de l'année 2013, avec toutes ses facultés motrices, la parole, la joie de vivre et une existence qui se présentait sous les meilleurs auspices. Si c'est bien le même enfant aujourd'hui, il est prisonnier dans un corps qui ne lui répond plus.

Nous avons tout de même constaté que depuis le mois d'août son état s'était stabilisé. Est-ce dû au traitement ou bien à un simple plateau d'évolution de la maladie ? Nul ne peut encore le dire car nous manquons de recul. Certains signes nous donnent cependant un réel regain d'espoir, comme cette semaine où il tente avec succès de dire des mots… Il n'a plus de raideurs, semble avoir moins de douleurs, il bave moins, bouge davantage ses jambes ainsi que ses bras, il est bien plus souriant et garde le moral. Nous avons même eu le luxe de diminuer ses doses de médicaments destinés à le détendre.

Ça fait beaucoup, me direz-vous ! Oui, vu sous cet angle cela paraît très encourageant, c'est vrai… Mais nous espérions bien plus ! Qu'il puisse dire à nouveau papa et maman… ce qui semble désormais insurmontable.

Prenons déjà ce qui nous est donné. Joris a l'air plutôt heureux en ce moment et il a même fait son entrée à la maternelle ! Il est visité par sa kiné, son ergothérapeute, son éducatrice spécialisée… Il bénéficie d'un bon accueil au sein de l'école : maîtresse investie, AVS dévouée, camarades accueillants, directeur responsable ayant fait installer une rampe d'accès à sa classe rien que pour lui ! Activités en tous genres : piscine toutes les deux semaines, visite à la ferme pédagogique tous les deux mois, peut-être bientôt du poney !

Il côtoie aussi bien des enfants en bonne santé que des petits polyhandicapés : la vraie vie, quoi ! Je suis heureuse que nous ayons les moyens de rendre son existence acceptable et surtout que l'on nous aide à la lui procurer. C'est dans ces moments-là que l'on réalise la chance que nous avons de vivre dans un pays avec des systèmes de santé et d'éducation aussi développés que les nôtres.

Arrive le mois de novembre et le deuxième bilan sur lequel j'ai tout misé. D'une part, parce que sa neuropédiatre nous avait dit au début de protocole qu'il fallait compter au moins six mois avant de porter un jugement sur le traitement. Et nous y sommes, six mois déjà ! D'autre part, parce que depuis fin août, Jo se maintient et il faut que ce que nous constatons – parents, famille, soignants – soit confirmé par des données scientifiques.

C'est donc reparti pour la valse des examens : déglutition, IRM, potentiels évoqués, GMFM… Nous croisons les doigts car, petit à petit, nous avons fini par nous persuader que le médicament a un effet. Nous voulons que le laboratoire promoteur de l'essai clinique s'en rende compte également. C'est de l'efficacité du traitement que dépend la poursuite des injections pendant presque cinq ans, temps nécessaire pour réaliser d'autres essais et toutes les formalités administratives et réglementaires pour une autorisation de mise sur le marché. Si le laboratoire n'obtient aucune preuve d'efficience, ou si le traitement a un impact trop faible sur la maladie, tout peut soudainement s'interrompre. Ce serait la pire des choses. La maladie aurait de nouveau le champ libre pour ravager le corps de mon bébé et nous le retirer. Cette hypothèse, je ne peux l'admettre.

« Peut mieux faire. » Si certaines choses se sont révélées stables et que d'autres ont montré une légère amélioration, cela n'a pas été corroboré par l'IRM qui montre une progression de la maladie, faible mais visible. Nous reportons à présent tous nos espoirs sur le dernier bilan, dans trois mois.

Malgré cette fausse note de l'imagerie, les derniers résultats ne sont pas mauvais, et Joris va bien ! Redressons la tête ! Son médecin semble aussi trouver – mais sans trop le dire – que cette stabilité serait vraisemblablement due au traitement. Il aura fallu du temps, mais voilà, quelque chose se passe. Le médicament n'a pas arrêté la maladie, il n'a pas non plus ralenti les dégâts au moment où il l'aurait fallu. Mais s'il permet une nette diminution de la douleur et des crises de raideur, ce bienfait sera déjà immense.

Joris est passé d'un profond mal-être à un équilibre de vie alliant confort, sociabilité et joie. Il sourit plus que l'année dernière, c'est un fait. Un constat que partagent la famille et les personnes qui côtoient Joris et c'est formidable. Pourtant, alors que nous commençons tous à croire en un effet positif du traitement et que nous voyons en ce petit bonhomme un véritable héros, le regard porté sur lui dans la rue change indéniablement et inexorablement.

***

En 2013, l'état de Joris se dégradait mais il demeurait aux yeux du quidam un petit garçon fatigué dans une poussette, rien de plus. Les regards ne s'attardaient pas et s'ils persistaient, ils étaient accompagnés de commentaires du type « que tu es mignon avec tes longs cils », ou « tu as sommeil, hein ! » ou encore « il est magnifique ! », cette dernière exclamation étant amplement méritée bien sûr…

C'est en grande partie pour prolonger un maximum cette « normalité » que nous avions fait le choix d'une poussette adaptée plutôt que celui d'un fauteuil roulant. Notre garçon, encore si petit, devait conserver le plus longtemps possible son statut d'enfant, avant de passer à celui d'handicapé.

C'est à présent terminé. Bien qu'il soit toujours dans sa poussette, des signes apparents de faiblesse sont désormais bien visibles : gilet de maintien et mentonnière sont deux accessoires qui attirent à coup sûr l'œil du passant. Les réactions se déclinent de différentes manières, plus ou moins irritantes. Le regard des jeunes enfants ne me touche pas, bien qu'il soit, et de loin, le plus insistant, mais rien de mauvais ne transparaît. Ils sont dans un questionnement légitime en découvrant la vie et ses singularités.

Le regard de l'adulte en revanche est celui d'une personne qui sait ce qu'est la vie et ses infamies.

Lorsqu'une femme marchant devant la poussette s'est retournée pas moins de quatre fois pour dévisager Joris, ça m'a évidemment agacée au plus haut point. Mais j'ai rapidement réalisé qu'il allait falloir s'y faire. Il faut être honnête, tout le monde n'a pas le même comportement que cette femme que j'ai jugé profondément stupide. Souvent, les passants évaluent la situation en une ou deux secondes et poursuivent leur chemin en regardant ailleurs, par pudeur, pour ne pas gêner, ne pas accabler. Certaines adressent un sourire attendri à Joris… Merci à elles.

Si j'aborde ce sujet, c'est que le regard de la société n'est pas anodin, il est très perturbant, souvent blessant. Jamais je ne dirai « c'est fini, je ne sors plus Joris dans la rue ». Je n'ai et n'aurai jamais honte de pousser sa poussette, ou son futur fauteuil d'ailleurs, je suis bien trop fière de lui ! Non, ce qui m'inquiète réellement, c'est ce que ressent Joris lorsqu'il est scruté de la sorte. Qu'en pense-t-il ? Cela le rend-il triste ? Le remarque-t-il ? S'il ne réalise pas aujourd'hui parce qu'il est petit et innocent, qu'en sera-t-il lorsqu'il sera en âge de comprendre que tout le monde n'est pas bienveillant ?

Dans mes souvenirs d'enfance, je détestais que l'on me remarque, je voulais être comme les autres, me fondre dans la masse. Il me semble que c'est un trait commun chez les enfants. Le souci de l'apparence compte très tôt. Très vite on lui donne une importance qui peut parfois mener au désarroi de celui qui pense ne pas être dans la norme. Lorsque Joris s'apercevra que son apparence accroche des regards plus ou moins compatissants, gênés ou pire, moqueurs, comment le vivra-t-il ? Il est bien assez torturé par son corps sans que cet autre frein au bonheur ne s'ajoute à son quotidien.

***

Une fratrie singulière

Tristan a passé un cap, celui que Joris n'a jamais eu la possibilité de franchir : il marche. Tout simplement. C'est si merveilleux et si douloureux à la fois, si naturel pour l'un et tellement inenvisageable pour l'autre, si TOUT, si RIEN... Nous l'avions tant attendu ce premier pas de Joris, tant fantasmé à mesure que les mois passaient, mais il n'est jamais venu. À la place, nous avons vu le retour du quatre pattes, puis l'impossibilité pour Joris de contrôler et décider de ses mouvements ; le tout accompagné d'une frustration déchirante, puis l'immobilisation et la position allongée la plupart du temps. Nous l'avons vue aussi, très nettement, cette dépression ronger l'humeur de notre petit. Son sourire enjôleur a disparu au profit de grimaces de douleur, de rage et des cernes ont marqué son joli minois. Ces dernières reflétaient ses nuits courtes et douloureuses.

Nous, parents, avons ressenti au plus profond de nous que quelque chose ne tournait pas rond dans le développement de Joris lorsqu'il a eu *21 mois*. Sa pédiatre avait mis son retard de marche sur le dos d'une « fainéantise », puis avait cru trouver l'explication ultime (et facile) : l'arrivée imminente de son petit frère. Je tiens ici à rappeler qu'il est important de ne pas omettre d'écouter les parents. Ils savent, ils ressentent, ils connaissent leur enfant et ne sont pas juste là pour l'accompagner aux rendez-vous et régler des honoraires. À bon entendeur…

Quand je repense à ce mot, « fainéantise », je suis blessée. Joris a été absolument tout SAUF un fainéant ! Il a lutté contre la maladie, contre la douleur chaque jour, chaque heure. Un combat acharné pour rester le petit garçon adoré et idéalisé de papa et maman, pour nous plaire. Joris est sans aucun doute un héros. Son courage et ses efforts quotidiens forcent notre admiration.

Perdu dans ce chaos et vivant la situation comme il pouvait, Tristan a fait ses premiers pas, curieusement, à *21 mois*. Au même âge, mes deux fils sont arrivés à une intersection et, comme au départ d'une course, mes deux petites têtes brunes se sont placées dans les starting-blocks de la vie. Au coup de sifflet, Tristan a pris un excellent départ digne d'un sprinter et est parti en tête alors que, derrière lui, Joris s'est effondré.

L'intersection aujourd'hui est bel et bien dépassée, chacun a pris la route qui lui était destinée. À nous maintenant de les accompagner au mieux sur leurs chemins respectifs. Celui de Joris nous a été présenté – en théorie – comme une voie sans issue, très courte et semée d'embûches douloureuses… mais néanmoins accessible PMR. En qualité de parents, nous empruntons ce chemin en totale méconnaissance de cause, mais guidés par notre immense amour pour lui. C'est son chemin, nous ne le laisserons pas sur le bas-côté.

Deux frères, de *21 mois* d'écart (encore ce chiffre !), si ressemblants physiquement, une multitude de gènes en commun et des destins pourtant diamétralement opposés. C'est tellement attendrissant de les voir ensemble. Tristan faisant mine d'ignorer son frère tout en étant curieux de lui, jaloux à l'occasion. Et Joris se montrant très intéressé, stimulé par l'énergie de son cadet et lui adressant toujours un sourire bienveillant. Il l'aime beaucoup son petit frère. Mais quelle curieuse image nous avons devant nos yeux tous les jours. Le petit courant, virevoltant dans l'appartement tel un poulet sans tête et évitant soigneusement le grand, au sol, immobile sur son tapis et regardant ces pitreries avec un air très amusé.

Vivre dans le présent uniquement. Au mieux avoir une vision à court terme sur une année, pas au-delà, ce serait trop angoissant de se projeter. Se réfugier dans le passé ? Là encore c'est impossible. Revoir les photos et vidéos de lui, de sa naissance à ses deux ans, est trop douloureux. Toute cette énergie, cette fougue se sont envolées.

***

Remettre la maladie à sa place

Il m'est un jour venu une pensée qui m'a permis de relativiser l'effroi de la mort de Joris *à cause* de la leucodystrophie, *par* la leucodystrophie, *du fait* de la leucodystrophie. La maladie, tellement présente, grandissante, monopolistique, *elle* et seulement elle. J'en étais arrivée à réduire la courte vie de Joris à cette morbidité. Or, il n'en est rien. La vie, ce n'est pas attendre une mort inéluctable, c'est vivre des aventures, profiter, faire des rencontres, construire, en ne perdant pas de vue qu'il y a une fin, mais sans connaître les circonstances de celle-ci.

Cela s'est imposé à moi, tout naturellement, au volant de ma voiture pour emmener Joris chez son kiné. Je me suis surprise à penser : « Et après tout, nous pourrions mourir maintenant, d'un bête accident de la route, tous les deux… comme des milliers de personnes, *du fait* d'une déficience technique, *par* une inattention de ma part ou *à cause* d'un chauffard. »

Comme si, finalement, il pouvait vivre une fin de vie plus commune. Alors oui, c'est vrai, cette pensée n'est pas réjouissante ! Mais le simple fait de se dire qu'il pourrait disparaître accidentellement, avec moi ou son père, dans deux semaines ou un an, c'est se dire aussi qu'il n'y a pas que la maladie dans sa vie et que son existence peut aussi bien s'achever d'une vingtaine de manières différentes, comme tout un chacun. Parce qu'il vit, tout simplement, il est tributaire de multiples risques et dangers quotidiens. La leucodystrophie ne le détermine pas. Surtout pas.

Un jour où j'assistais à une conférence dans le cadre de mon travail, j'ai eu le plaisir d'écouter un philosophe discourir, André Comte-Sponville. Le thème de la journée était économique et juridique : les entreprises en difficulté. Vous allez me trouver bizarre, mais je suis ressortie de la salle mieux qu'en y entrant, mieux que je ne l'avais été depuis longtemps. L'entendre parler d'optimisme m'a fait un bien fou… et j'ai eu envie de le lui dire :

« Bonjour monsieur,

J'ai participé au prix Cyrille Bialkiewicz jeudi dernier et j'ai eu le plaisir de vous écouter nous parler d'optimisme. Votre sujet était l'économie française, le peuple français, mais – sans doute suis-je nombriliste ! – j'ai intégré vos paroles et les ai rapportées à ma situation personnelle. Je voulais vous remercier car votre propos m'a apporté du réconfort, ce dont j'ai tant besoin actuellement. Mon mari et moi… [là je lui raconte notre vie si épanouie… je vous fais grâce de la redite]… Alors, j'ai retenu ceci de votre discours : *« L'espoir, c'est désirer ce qui ne dépend pas de moi. Cela induit peur, mal-être, pessimisme… »* ; *« La volonté, c'est désirer ce qui dépend de moi.* » La volonté ne s'applique malheureusement pas à notre cas, la génétique a décidé de tout. *« L'Amour, c'est vouloir ce qui est.* » Et ça, nous n'en manquons certainement pas !

En vous écoutant, j'ai réalisé que l'espoir procuré pas cet essai clinique était disproportionné et qu'il amenait du mal-être. Il s'agit d'une maladie tellement violente, tellement ravageuse, qu'un simple médicament n'est sans doute pas assez puissant pour la contrer, et nous en sommes aux balbutiements de la recherche sur les leucodystrophies.

Alors j'ai décidé de déplacer le curseur vers davantage d'amour, encore plus d'amour et toujours plus d'amour pour cet enfant. Et de revoir mes espoirs à la baisse tout en pensant que… peut-être… on ne sait jamais… ça peut marcher. Mais ne comptons pas trop dessus. Nous concentrer sur l'amour, c'est profiter de chaque instant avec lui, puisqu'il est, jusqu'à ce qu'il ne soit plus. Nous focaliser uniquement sur l'amour qu'on lui porte, c'est nous garantir des moments de bonheur intenses.

Cher monsieur, pour cette réflexion sur moi-même, je voulais vous dire un grand merci. »

Je garderai sa réponse privée, mais elle a beaucoup compté pour moi.

***

Et la vie se poursuit ainsi, guidée par cette manière de voir les choses. L'essai clinique fait partie du quotidien, il lui donne un rythme, mais sa place s'est décentrée. Il est devenu peu à peu moins contraignant et l'état de Joris s'est stabilisé… d'un point de vue neurologique.

Avec le temps, l'école en milieu ordinaire n'a plus été possible et nous sommes assez rapidement entrés dans le monde parallèle du médico-social. D'autres opérations chirurgicales ont été nécessaires pour améliorer sa qualité de vie et accompagner sa croissance. Nous avons lâché nos emplois et laissé derrière nous une région parisienne devenue étouffante. Nous sommes redescendus dans le Sud de nos enfances pour changer de cadre de vie et offrir aux garçons un air plus pur, de l'espace et de la nature. Nous y avons reconstruit un équilibre, même s'il est toujours précaire avec une leucodystrophie en arrière-plan.

Précaire, parce que même si l'évolution de sa maladie a marqué un palier, Joris grandit et tout l'aspect orthopédique pose à présent de lourdes problématiques.

Précaire pour la fratrie aussi, car il n'est pas simple de faire en sorte que Tristan profite pleinement de la vie et de ses copains, tout en étant constamment en alerte et en situation de protection vis-à-vis de son grand frère… La crise Covid a rendu cette difficulté particulièrement criante.

Précaire d'un point de vue social, puisqu'il est difficile de maintenir le lien avec l'extérieur, de nous rendre « fréquentables ». Beaucoup craignent de voir et d'entendre notre vie, et jugent trop laborieux de nous intégrer dans leur cercle de divertissement. Alors, nous faisons au mieux pour paraître moins fatigués alors que nous sommes épuisés, pour ne pas trop parler de maladie ou d'hôpital même s'ils font partie intégrante de notre vie, pour continuer de travailler tous les deux, et pour conserver notre humour même si nous trouvons que celui de l'existence est sacrément noir… Un vrai travail d'équilibriste… sauf que l'acrobate, lui, se repose de temps en temps !

Huit ans plus tard, Joris est toujours là, avec nous. Il a dix ans et demi et a gagné quelques années sur le pronostic. Externe d'un établissement où il est accueilli avec bienveillance et professionnalisme, il va bien dans l'ensemble. Il bénéficie toujours de son médicament qu'il reçoit toutes les deux semaines et grandit très vite !

Il ne parle pas, mais ses sourires en disent long. Il ne voit pas, mais il perçoit très précisément nos émotions. Il ne marche pas, mais son parcours est celui d'un coureur de fond. Il n'a pas l'usage de ses mains, mais il s'accroche à l'existence avec poigne ! Joris est une leçon de vie, un enfant attachant et admirable, extrêmement aimé et qui ne se résume pas à une pathologie, aussi intrusive soit-elle.

Et puis la leucodystrophie, voyez-vous, Tristan a bien l'intention de lui tordre le cou quand il sera adulte. J'ai bien essayé de lui expliquer que les études de médecine ne sont pas les mêmes que celles de créateur de jeux vidéo, mais il verra cela plus tard. Dans tous les cas, et sous quelque forme que ce soit, la lutte contre la maladie continuera.

À PROPOS DES AUTEURS

C'est en écrivant une pièce de théâtre à vingt-trois ans, *L'esquimau qui jardinait*, que **Barbara Abel** fait connaissance avec l'écriture. En 2002, son roman *L'instinct maternel* lui vaut de recevoir le Prix Cognac, premier d'une série de nombreux prix parmi lesquels le prix des lycéens 2015, en Belgique, pour *Derrière la haine*. Elle est l'auteure de 13 romans dont la grande majorité sont des thrillers psychologiques, aujourd'hui adaptés à la télévision, au cinéma ainsi que traduits dans plusieurs langues. Elle est également scénariste et a écrit une mini-série pour la télévision belge dont le tournage est prévu en mars 2022.

Amélie Antoine est l'auteur de huit romans psychologiques publiés aux éditions XO et Michel Lafon. Ce qui l'intéresse, c'est trouver, traquer, décortiquer la part d'ombre chez les gentils, et la part de lumière chez les monstres, parce que rien n'est jamais tout noir ou tout blanc…

Passionné de littérature de genres, **Alexis Aubenque** est un touche-à-tout. Après six années à écrire de la science-fiction aux éditions Pocket et Fleuve Noir, il se tourne ensuite vers le roman policier aux éditions Calmann-Levy puis Robert Laffont, où il recevra en 2009 le Prix Cognac pour sa série *River Falls*. Puis il décide de se lancer dans la romance à suspense avec *La fille de la plage* chez Hugo & Cie. Désormais, c'est aussi vers le fantastique qu'il se tourne en nous offrant le premier tome d'une nouvelle série : *Halloween Night*.

« Obsédé par le succès de mon écriture, **Roy Baverman**, écrivain opportuniste au bon sens du terme, a néanmoins réussi à imposer un style à l'américaine qui lui est propre. Quand on lui demande ses références en matière d'écriture, il ne cite cependant que Patrick Manoukian pour *Le Temps du voyage*, Paul Eyghar pour le très picaresque *Les Bertignac*, et Jacques Haret pour *Un roman brésilien*. Mais pas moi. L'ego, probablement, d'un cadet envers son aîné, nous qui avons pourtant très exactement le même âge. »

Ian Manook

Née en 1976 à Lausanne, ingénieure en chimie, **Marlène Charine** est une amoureuse des mots de la première heure. Elle aiguise sa plume au travers de nombreuses nouvelles et différents genres de l'imaginaire avant de trouver son domaine de prédilection dans le thriller. *Tombent les anges*, salué par trois prix, et *Inconditionnelles* sont publiés chez Calmann-Lévy.

Après avoir obtenu une licence de génétique, **Angélina Delcroix** intègre l'école de gendarmerie avant de se former à la criminologie et à la psychothérapie. Depuis le succès de ses premiers romans, *Ne la réveillez pas, Si je serais grande, Un peu, beaucoup, jusqu'à la mort et Synopsix,* elle se consacre à l'écriture.

Né en 1986 en région parisienne, **Nicolas Druart** a grandi en Aveyron et habite à Toulouse depuis dix ans. Infirmier de profession et boulimique de polars, il a commencé l'écriture par hasard suite à des problèmes de dos. Il est l'auteur de trois thrillers : Nuit Blanche (Prix du Suspense 2018), Jeu de Dames et L'Enclave. En disponibilité du CHU de Toulouse, il partage son temps entre l'écriture d'histoires bizarres et sa petite fille de deux ans et demi.

Damien Eleonori est né en 1980 à Nancy. Il travaille plusieurs années en tant que chef de projet en informatique avant de publier en 2015 son premier roman, *Psyché* (réédité aux éditions De Saxus en octobre sous le titre *La mort n'existe pas*). Après ces premiers pas, il se lance le pari fou de réunir des auteurs pour une bonne cause.

C'est ainsi que naît en mars 2018 aux éditions J'ai Lu le recueil de nouvelles *Phobia*, au profit de l'association ELA.

Reconnu comme l'un des maîtres du polar et du thriller ésotérique, récipiendaire de plusieurs prix littéraires, **Hervé Gagnon** a signé notamment les séries *La Mort du Temple, Vérité, Damné*, *Malefica* et *Les enquêtes de Joseph Laflamme.* Hormis le fait d'inventer des thrillers et des polars compliqués, il aime le whisky, le blues et la guitare. Si vous le cherchez, vous le trouverez dans un recoin sombre de l'histoire, en train de débroussailler un détail que tout le monde ignore. Il n'a jamais été invité sur le plââââteau de Julie-Germaine et envisage se faire passer pour un obscur auteur non-binaire du Nord-Est de la Finlande afin d'attirer l'attention d'un de ses chroniqueurs.

Dramaturge, parolier, nouvelliste, romancier, **Victor Guilbert** est un écrivain éclectique dont le dernier roman, *Douve,* est paru chez Hugo Thriller en janvier 2021. Son personnage principal, Hugo Boloren, reviendra dans un nouvel opus, *Terra nullius*, à paraître en mars 2022. Après avoir vécu plusieurs années à Shanghai, Victor Guilbert habite désormais à Paris où il travaille comme rédacteur et blogueur en parallèle de ses activités littéraires et théâtrales.

Horticulteur de formation, **Ludovic Lancien** est avant tout un grand amateur de littérature policière. Passionné par l'Histoire et les mythologies, il façonne ses récits en mêlant ces deux univers qu'il affectionne tant. Après avoir participé à quelques concours de nouvelles, il remporte le prix Fyctia 2019 du meilleur suspense avec son premier roman, *Le singe d'Harlow* (Hugo Poche Suspense). Son deuxième roman, *Les oubliés de Dieu*, est paru en novembre 2020.

« À la prétention de l'âge, qu'il a grand, **Ian Manook** ajoute l'insolence du succès, qu'il a tout aussi grand. Inlassable ressasseur de ses nombreux voyages, grands eux aussi, comme par hasard, il exploite avec un opportunisme assumé le filon du polar exotique. Insatiable collectionneur d'honneurs, il accumule les récompenses d'une fausse modestie distanciée qui ne trompe personne. À toutes ces qualités avérées, il faut cependant ajouter un très vilain et inavouable défaut : l'inaliénable amitié qu'il me porte envers et contre tous. »

Roy Braverman

Fred et Mo pourraient s'appeler Janus, tant ils sont indissociables en tant qu'auteurs. Une seule plume, donc, et néanmoins plusieurs genres à leur actif. À l'occasion de ce nouveau recueil *Storia*, **Fred Mars et Mo Malø** ont convié à leurs côtés une troisième larronne, la dénommée Emma. Ces pieds nickelés de la littérature de genre décrocheront-ils la timbale de votre adhésion de lecteur ?

Salvatore Minni est né en 1979 à Bruxelles. Son premier roman *Claustrations* (éditions IFS/Phénix Noir) a remporté le Prix Mot Passant 2018 et le Prix Coup de cœur du jury du Balai d'or 2019. Son deuxième roman *Anamnèse* (Slatkine & Cie) a été finaliste du Prix des lecteurs Club 2019 et du Prix Noir Charbon 2019. Il vient de mettre la dernière touche à son troisième titre qui devrait paraître en 2022. Auteur passionné, il est également l'un des cofondateurs du salon de l'Iris Noir Bruxelles.

Matthieu Parcaroli a quarante ans et est directeur d'une école en éducation prioritaire en Meurthe-et-Moselle. Il a été le lauréat en 2016 du prix E-crire Aufeminin, parrainé par David Foenkinos, pour sa nouvelle *Polenta*. Son premier roman, *Le cri des corbeaux*, un huis clos, est sorti en 2019 aux éditions du Masque.

Aujourd'hui journaliste et animateur pour Canal+ International, **Vincent Radureau** est une figure historique du service des sports de Canal+, où il est entré en 1992. L'une de ses premières missions, en septembre de cette année-là, a été d'aller commenter un match de Manchester United à Blackburn, sous un crachin typiquement british. C'est alors qu'il s'est pris de passion pour ce pays, pour ces gens, pour cette météo si particulière… et pour les Diables Rouges.

Dans les années qui ont suivi, Vincent est devenu un spécialiste de la Premier League anglaise. Pour l'émission « L'Équipe du Dimanche », il a fréquenté tous les stades de sa majesté, et notamment celui d'Old Trafford à Manchester, pour suivre l'ahurissante aventure anglaise d'un *frenchie* nommé Eric Cantona.

Vincent Radureau est également l'auteur de deux romans policiers qui se déroulent dans l'univers du sport : *Le Dernier Match de River Williams* et *L'Ombre d'un Géant* ont le basket NBA pour toile de fond. Il travaille actuellement sur un troisième opus où il sera question d'un certain derby entre les Rouges et les Bleus, du côté de Manchester…

Ingénieur de formation, **Guillaume RAMEZI** publie en 2018 son premier roman, *Derniers Jours à Alep*, plusieurs fois récompensé, notamment par le grand prix du salon de Nemours 2019. En 2019, sort *L'important n'est pas la chute*, puis Guillaume quitte French Pulp Éditions pour rejoindre en 2021 la collection Phénix noir des Éditions IFS. Il y publie en 2021 son troisième roman, *Le crépuscule des éléphants*, un écothriller dont une partie des revenus est reversée à la fondation WWF. Marié et père de deux enfants, Breton de naissance, il s'apprête à rejoindre le Béarn en 2022 après une page vendéenne d'une quinzaine d'années.

Née en 1980, **Ophélie Cohen** est tombée dans les bibliothèques quand elle était petite. Fonctionnaire de police depuis plus de vingt ans, elle trouve dans la littérature un refuge. Puis, elle saute le pas et se lance dans l'écriture. Une première nouvelle est publiée dans un recueil en autoédition au profit d'une association. En mai 2021, elle écrit *Lui et Mo*i spécialement pour le concours *Storia*, sur la plateforme Fyctia. Son premier roman, *Héloïse*, est paru en octobre 2021.

À PROPOS D'ELA

Fondée en 1992 par Guy Alba, l'Association Européenne contre les Leucodystrophies (ELA) regroupe des familles qui se mobilisent pour vaincre ces maladies génétiques neurodégénératives qui affectent la myéline (la gaine des nerfs) du système nerveux et qui engendrent des situations de handicap très lourd.

Chaque semaine en France, trois à six enfants naissent atteints de ces terribles maladies qui entraînent progressivement la perte des fonctions vitales : la vue, l'ouïe, la mémoire, la locomotion…

L'association ELA, reconnue d'utilité publique depuis 1996 et parrainée par Zinedine Zidane depuis l'an 2000, a quatre missions principales :

- Financer la recherche médicale
- Informer et accompagner les familles concernées
- Sensibiliser l'opinion publique
- Développer son action au niveau international

À ce jour, ELA a dédié plus de 14 millions d'euros à l'accompagnement des familles et 45,5 millions d'euros à la recherche médicale à travers 537 programmes scientifiques.

L'action menée par l'association ELA a notamment permis d'identifier une trentaine de formes de leucodystrophies, de mettre au point les premiers traitements et d'accompagner et de soutenir au quotidien les familles concernées.

Le combat continue plus que jamais !

Retrouvez ELA sur :
Internet : ela-asso.com
Facebook : @ELAOfficielle
Twitter : @ELAOfficielle
Instagram : @elaofficielle
Pour faire un don : https://ela-asso.com/

Découvrez en vidéo la vie des enfants d'ELA :

Composition et mise en pages
Nord Compo à Villeneuve-d'Ascq